Canciones desde la Osa Mayor

Canciones desde la Osa Mayor

emma brodie

Traducción de Laura Vidal

Papel certificado por el Forest Stewardship Council®

Penguin
Random House
Grupo Editorial

Título original: *Songs in Ursa Major*
Primera edición: julio de 2022

© 2021, Emma Brodie
Todos los derechos reservados
© 2022, Penguin Random House Grupo Editorial, S. A. U.
Travessera de Gràcia, 47-49. 08021 Barcelona
© 2022, Laura Vidal, por la traducción

Printed in Spain – Impreso en España

ISBN: 978-84-9129-539-6
Depósito legal: B-7747-2022

Compuesto en Arca Edinet, S. L.
Impreso en Rodesa,
Villatuerta (Navarra)

S L 9 5 3 9 6

A las asombrosas mujeres de mi familia, en especial a mis abuelas, Anne-Marie y Esther, y a mi tía, Rosemary

1

Mientras un tramoyista retiraba las piezas ya desmontadas de la batería de Flower Moon, el último jirón de luz diurna dibujó una curva dorada alrededor de los platillos. Tras un guiño al público, el sol rojo desapareció en el mar. En la oscuridad creciente, el escenario centelleaba igual que una concha nacarada y vibraba con la expectación del público.

De un momento a otro saldría Jesse Reid.

Curtis Wilks estaba a unos diez metros del escenario, en la zona reservada a la prensa. Estaban Zeke Felton, de *Billboard*, fumando un porro a medias con una *groupie* de Flower Moon que vestía un caftán adornado con mostacillas; Ted Munz, de *NME*, leyendo sus notas a la luz del foco que tenía más cerca y Lee Harmon, de *Creem*, intercambiando historias con Jim Faust, de *Time*.

La *groupie* de Flower Moon se acercó a Curtis con el porro en los labios y miró el pase que llevaba este colgado del cuello. Incluía una fotografía de la cara de Curtis (que en una ocasión Keith Moon había comparado con «el oso Paddington en versión vagabundo») impresa encima de su nombre y las palabras *Rolling Stone*. La *groupie* le ofreció el canuto a Curtis. Este lo aceptó.

El humo que expulsó fue como una pincelada de un cuadro impresionista: remolinos rosas en el aire salino, extremidades bronceadas y rostros jóvenes entrelazados igual que guirnaldas de margaritas por la explanada. Curtis devolvió el porro a la chica y la vio unirse a un corro de hippies. Alguien tenía una conga; ninfas vestidas de baratillo empezaron a bailar a un ritmo asincrónico.

Curtis era un periodista curtido en el circuito de festivales de música. Berkeley, Filadelfia, Big Sur, New Port…, ninguno podía competir con la isla de Bayleen en cuanto a atmósfera: la subida por los acantilados de roja tierra caliza, la pradera de flores silvestres, las vistas del océano Atlántico. Había algo mágico en subirse a un transbordador para ir a un espectáculo.

Mientras miraba bailar a las jóvenes, a Curtis lo asaltó una nostalgia prematura. En el mundillo cundía la sensación de que la música folk estaba a punto de ser historia; la guerra de Vietnam se alargaba de tal manera que las canciones protesta que habían encumbrado a Dylan y a Baez empezaban a sonar vacías y trasnochadas.

Curtis había ido allí a ver lo que todos los demás: a Jesse Reid protagonizando una versión reinventada del moribundo género folk. Como si le hubieran leído el pensamiento, las chicas que bailaban empezaron a tararear el primer single de Reid con voces trémulas de emoción.

My girl's got beads of red and yellow.
Her eyes are starry bright.[1]

Sus risas febriles le recordaron a Curtis los tiempos en que un joven Elvis Presley actuó en su instituto de Gladewater, Texas, en el año 55. Un Curtis de dieciocho años y obsesionado

---

[1] Mi chica usa collares de cuentas rojas y amarillas./Le brillan los ojos igual que estrellas.

con Buddy Holly había visto a chicas que conocía desde el jardín de infancia llorar sin disimulo, entregadas a la fantasía de que Elvis pudiera fijarse en ellas. Una ilusión que duró lo mismo que la canción «Bye Bye Birdie». Así de grande era el poder de una verdadera estrella del rock.

El cantante de voz suave Jesse Reid no podía ser más distinto de Elvis y, sin embargo, parecía despertar la misma adoración en sus seguidoras. Tenía la voz de vaquero barítono de Kris Kristofferson (solo que en el caso de Reid no sonaba forzada) y la destreza lírica a la guitarra de Paul Simon, con el añadido de que era más alto que los dos y tenía unos ojos azules que, según la revista de cotilleos que Curtis leía a escondidas, *Snitch Magazine*, eran «del color de unos vaqueros Levis lavados a la piedra».

She makes me feel so sweet and mellow.
She makes me feel all right.[2]

«Sweet and Mellow» era el equivalente en canción a una chocolatina Snickers; oírla era desearla. Éxito absoluto del verano, llevaba dieciocho semanas en la lista de las diez canciones más vendidas de *Billboard*. Curtis había seguido la pista a Reid desde que hizo de telonero de Fair Play en el Wembley Stadium el año anterior, pero el último single de Reid, perteneciente a su álbum epónimo, lo había transformado de la noche a la mañana de héroe minoritario a ídolo de masas.

Y aquella noche Reid ocuparía su trono de heredero forzoso del folk rock.

El público rompió a aplaudir cuando un hombre calvo con barba gris subió al escenario. Era Joe Maynard, el presidente del comité del festival. Cuanto más aplaudía el público,

---

[2] Me hace sentir a gusto y relajado. / Me hace sentir bien.

más agobiado parecía Maynard. El radar de Curtis para las noticias se encendió.

—Sí, hola, mis bellos amigos —dijo Maynard y silenció los vítores con un gesto de las manos—. Veamos, no es fácil decir esto, así que voy a ir al grano: me temo que Jesse Reid no va a actuar esta noche.

Curtis sintió una punzada de desilusión al ver reducida a cenizas su lista mental de posibles titulares para la crónica del concierto. La perplejidad cundió entre el público. Una a una, las expresiones de felicidad se marchitaron, como un prado de dientes de león que se vuelve blanco de ira, preparado para explotar. Y entonces lo hizo. Gritos de indignación repicaron en la noche igual que campanas. Las chicas que habían estado cantando y bailando un momento antes se deshicieron en llanto. Detrás del micrófono, Maynard se encogía más y más.

—Pero os hemos preparado una gran actuación. Será dentro de pocos minutos —dijo Maynard con las sienes brillantes de sudor.

Un segundo rugido del público lo envió de vuelta entre bastidores.

Curtis avanzó hacia la tarima. Algo debía de haber pasado, se había cruzado con el A&R de Reid detrás del escenario cuando salía de entrevistar a Flower Moon. Quizá Reid estaba demasiado borracho para actuar. Quizá se había desmoronado entre bastidores. El festival de aquella noche era la actuación número treinta y seis en una gira mundial en sesenta lugares distintos. En ocasiones, los artistas simplemente se venían abajo; Curtis lo había visto antes.

Vio a Mark Edison saliendo de detrás del escenario y logró llamar su atención. Edison era periodista de *The Island Gazette*, un diario local independiente. A la mayor parte de los reporteros que cubrían el festival los sarcasmos malintencionados de Edison les resultaban insoportables, pero Curtis siempre lo había considerado un contacto útil.

La consternación inicial del público había dado paso a la acción. Proseguían los gritos de los seguidores más incondicionales de Reid, pero también habían empezado a formarse colas en dirección a las salidas.

Edison llegó hasta donde estaba Curtis. Le ofreció su petaca, que contenía ginebra caliente. Ambos dieron un buen trago.

—¿Qué está pasando ahí detrás? —dijo Curtis—. ¿Dónde está Reid?

Edison negó con la cabeza. Se hicieron a un lado para dejar pasar a dos chicas corriendo y haciendo jirones un letrero de PAZ AMOR JESSE que llevaban a modo de pancarta. Curtis se apiadó de la banda que tuviera que actuar delante de aquel motín.

—¿Quién va a tocar? —preguntó—. ¿Alguien del programa de mañana?

Mark negó con la cabeza.

—Es un grupo de aquí… Los Breakers —dijo.

—No los conozco —dijo Curtis—. ¿De qué sello son?

—¿Sello? —repitió Mark—. No tienen. No son más que unos chiquillos. Se suponía que iban a tocar en el escenario para aficionados colina abajo, y el comité acaba de subirlos de categoría. Nunca han actuado para más de cuarenta y cincuenta personas juntas.

—Joder —dijo Curtis.

Aquello iba a ser una auténtica catástrofe.

En aquel momento ocuparon el escenario tres hombres jóvenes. No podían tener más de veinte años. El batería era el que tenía mayor presencia, con mandíbula marcada, pelo negro hasta los hombros y piel color almendra. Saltaba a la vista que el bajista y él eran familia; el bajista parecía más joven, llevaba perilla y un pañuelo rojo ciñéndole la cabeza. El guitarrista era más pálido, con facciones aniñadas y gesto serio. El pelo rubio le caía sobre los ojos mientras afinaba su instrumento.

—¡Queremos a Jesse! —chilló una chica por encima del hombro de Curtis.

Este empezó a preguntarse si no sería mejor volver al pueblo. Los productores de Elektra habían alquilado un yate y daban una fiesta para gente del mundillo. La isla de Bayleen estaba a solo ocho kilómetros de aguas internacionales, lo que quería decir que habría drogas de calidad; en menos de una hora podría estar «volando».

—¡Jesse Reid! ¡Jesse Reid!

Del público de fieles se elevó un cántico. Mientras los músicos comprobaban sus equipos, Curtis reparó en una figura femenina junto a un amplificador detrás de la batería. Cuando se enderezó, la luz de los focos atrapó su pelo rubio, que le caía sobre la espalda igual que un torrente sedoso y dorado. Vestía con sencillez, vaqueros cortos y blusón, y llevaba una guitarra acústica sujeta con una correa a la espalda. Caminó hasta el centro del escenario. Sus piernas bronceadas tenían aspecto infantil, pero poseía facciones de mujer: labios carnosos, pómulos marcados.

Resplandecía.

—¿Quién es? —preguntó Curtis.

—Jane Quinn —dijo Mark—. Vocalista y guitarra.

Cuando Jane Quinn ocupó su lugar en el escenario, los miembros de la banda se acercaron de manera instintiva a ella y golpearon el suelo con los pies igual que caballos nerviosos en la línea de salida.

—¡Queremos a Jesse! —gritó una muchacha histérica.

Jane Quinn se acercó al micrófono. Fue entonces cuando Curtis vio que iba descalza.

—Guau —dijo, sonrojada de emoción—. La vista desde aquí es impresionante.

La multitud hizo caso omiso de ella. Los que se dirigían hacia la salida siguieron andando como si no estuviera allí. Un pequeño contingente de admiradores de Reid repetía su nombre, proporcionando el contrapunto al estruendo de fondo.

—¡Jesse Reid! ¡Jesse Reid!

Jane Quinn lo intentó de nuevo.

—Hola a todos —dijo—. Somos los Breakers.

Sus palabras no surtieron efecto alguno; el público siguió hablando como si estuviera en un aparcamiento en lugar de en un concierto. Sobre el escenario, los músicos se impacientaban. Jane intercambió una mirada con el guitarrista.

—¡Fuera del escenario! —gritó una voz aguda por encima del caos.

Jane miró al batería como si se dispusiera a dar la entrada a una canción. Entonces vaciló. Curtis sintió lástima por ella. ¿Cómo iba aquella muchacha insignificante a competir con una gran estrella mundial?

—¡Jesse Reid! ¡Jesse Reid!

Entonces Jane Quinn se volvió hacia el público y enderezó los hombros. Sus movimientos eran lentos y deliberados. Respiró hondo, apoyó una mano en el pie del micrófono y cerró los ojos. Se quedó muy quieta, escuchando. Las voces del público bajaron un decibelio.

Cuando Jane Quinn abrió los ojos, su mirada era dura como el pedernal. Se inclinó hacia el micrófono.

My girl's got beads of red and yellow.

A Curtis le dio un vuelco el corazón cuando el estribillo de «Sweet and Mellow» trazó una parábola sobre la explanada igual que un cometa de plata. Los compañeros de banda de Jane intercambiaron miradas perplejas. El público contuvo la respiración.

Her eyes are starry bright.

Jane Quinn estudió al público con aire confiado, como diciendo: «Sé que creéis que queréis a Jesse Reid, pero yo os voy a dar algo mucho mejor». Era como ver a alguien encender un mechero en un vendaval. Aquella chica era una valiente, joder.

She makes me feel sweet and mellow.

Qué registro. De soprano, de la escuela de Joan Baez y Judy Collins, aunque no sonaba tan aristocrática como Collins ni tan contestataria como Baez. Su voz tenía un matiz sin refinar, una rudeza casi apalache que erizaba los pelos de la nuca. Simplemente maravillosa.

She makes me feel all right.

Jane miró a su guitarrista. Este asintió con la cabeza; se había arriesgado y la banda la apoyaba. Los acordes básicos de la canción eran una sencilla progresión desde *la* mayor que cualquier banda con algo de práctica habría sabido interpretar. El batería dio la entrada y los Breakers empezaron a tocar.
El tiempo pareció detenerse.

My girl makes every day a hello.[3]

Cuando Jesse Reid cantaba «Sweet and mellow», su voz entonaba la melodía: sin adornos, solo su barítono y su guitarra. Al interpretarla Jane, borraba cualquier recuerdo de Jesse, añadiendo melismas y florituras sobre la marcha, como si estuviera componiendo la canción en ese momento. Curtis estaba

---

[3] Con mi chica cada día es un hola.

atónito. Jane Quinn se atrevía a hacer cosas que ningún otro músico habría querido… o podido hacer.

Her eyes light up the night.[4]

El público no pudo evitarlo; empezó a corear. Habían ido allí para asistir al nacimiento de una leyenda y eso estaban haciendo. Con la particularidad de que la leyenda no se llamaba Jesse Reid.

She makes me feel so sweet and mellow,

Curtis había estado en Newport cuando Bob Dylan se subió al escenario con su Fender Stratocaster. También en Monterrey dos años después, cuando Jimi Hendrix prendió fuego a su guitarra durante una interpretación de «Wild Thing». Ninguno de los dos episodios tenía punto de comparación con el de aquella noche: una desconocida (una chica) como artista principal de un festival. Se seguiría hablando del Folk Fest 69 por los siglos de los siglos.

She makes me feel all right.

Los que habían empezado a irse se dieron la vuelta. Los que habían estado llorando sonrieron. Aullaron, vitorearon y se besaron y abrazaron. Cuando terminó la canción estaban fuera de sí.

—¡Janie Q! —gritó Edison, aplaudiendo al lado de Curtis. *Janie Q.*

—Sí que es una noche preciosa —dijo Jane como quien reanuda una conversación interrumpida.

---

[4] Sus ojos iluminan la noche.

Y de esta manera dio la entrada a la siguiente canción de los Breakers, un tema original de ritmo rápido titulado «Indigo» que recordaba a «White Rabbit». Curtis no logró oír la letra, pero la música era buena. Los Breakers tenían un gran sonido, una mezcla de art rock y psicodelia, lleno de notas distorsionadas y acordes potentes.

Y a pesar de ello, la voz de Jane era la reina del espectáculo. Su encanto resultaba tan personal… Era imposible mirarla y no levitar un poco. Mientras la oía cantar, Curtis experimentó algo que solo se siente en presencia de verdaderas estrellas de rock; deseó que Jane lo mirara. En aquel momento, ella sacudió un poco los hombros y la luz rebotó en los reflejos sedosos de su pelo. Y entonces ocurrió. Jane Quinn sonrió a Curtis. Solo a él.

Horas después, mientras Curtis flotaba en el yate de la fiesta de Elektra e inhalaba rayas del abdomen de la *groupie* de Flower Moon, a Mark Edison le llegó un soplo desde el hospital de la isla. Treinta minutos después, *The Island Gazette* fue a imprenta con el titular: EL ARTISTA REVELACIÓN DEL FOLK FEST JESSE REID SE SALVA DE MORIR EN UN ACCIDENTE AUTOMOVILÍSTICO Y CANCELA EL RESTO DE SU GIRA.

2

Jane estaba tendida en la cama escuchando el viento agitar las campanillas del porche delantero. La luz del día le calentaba los párpados, pero los mantuvo cerrados. No estaba preparada aún para dejar atrás la noche anterior.

En su cabeza desfiló de nuevo una secuencia de imágenes: ella quitándose las sandalias mientras Kyle afinaba su bajo detrás del escenario amateur; Greg boquiabierto mientras cargaba la caja de su batería en la trasera de un destartalado jeep militar; el rugido del público cuando un empleado del Fest los dejó detrás del escenario principal; el calor de los focos en sus mejillas cuando cayó en la cuenta de que estaba descalza; los nudillos blancos de Rich en los trastes cuando el público se negaba a callar.

En los tres años que llevaba actuando en el Fest, Jane nunca había soñado con pisar el escenario principal. Este formaba parte de su mundo tanto como un yate de tres pisos amarrado en Regent's Cove; sí, por supuesto podía verlo, pero pertenecía a la esfera de la riqueza y del poder. Jane no había tenido miedo de subirse a ese escenario la noche anterior porque no lo había vivido como algo real.

Hasta que vio a Rich a punto de perder los nervios y su instinto se impuso. Si el público quería «Sweet and Mellow», entonces cantarían «Sweet and Mellow». Aún le parecía oír el sonido de su propia voz crepitar por los altavoces.

Lo irónico era que Jane ni siquiera había oído el álbum de Jesse Reid, conocía «Sweet and Mellow» porque había sonado sin parar en la peluquería de su abuela durante el verano. Pero todos hablaban tales maravillas del álbum (en especial Kyle) que Jane se había resistido a escucharlo. Había tenido que improvisar muchísimo con la letra, pero a fin de cuentas había dado igual; todavía le parecía oír el estruendo de los aplausos cuando terminó de cantar.

Unos nudillos llamaron a la puerta. Jane siguió con los ojos cerrados.

—Janie. —Entró Grace—. He esperado todo lo que he podido, pero tenemos que estar en el norte de la isla a las once.

La tía de Jane descorrió las cortinas e iluminó el suelo de su cuarto, lleno de cosas desperdigadas.

—No entro hasta las doce —dijo Jane, y se tumbó de lado.

—Ya lo sé, lo siento, pero tengo una entrevista a las once y media para atención ambulatoria.

Grace abrió el armario de Jane y le tiró un uniforme azul almidonado a la cabeza. Jane gimió.

—Venga. Hoy va a ser un gran día —dijo.

Jane se sentó en la cama. Cuando el uniforme se le deslizó hasta el regazo experimentó una punzada de aprensión.

Una vez en el piso de abajo, encontró a su prima Maggie sentada a la mesa de la cocina con la silla algo separada para hacer sitio a su abultado vientre. La abuela de ambas, Elsie, levantó la vista de los fogones.

—Buenos días —saludó.

La cocina olía a limones y a mantequilla quemada.

—Buenos días —respondió Jane mientras se recogía el pelo detrás de la cabeza con ayuda de un peine.

Maggie la miró furiosa y a continuación regresó a la portada de *The Island Gazette*.

—¡Hola! —dijo Jane.

Maggie no contestó. Tenía veinte años, uno más que Jane y podrían haber pasado por hermanas con su pelo color dorado, sus largas extremidades y su piel bronceada. Pero el parecido terminaba ahí.

Elsie le guiñó un ojo a Jane y volvió a las tortitas de patata que estaba dorando en la sartén. Tenía cincuenta y pocos años y Jane había heredado sus facciones angulosas y sus ojos grises, aunque su abuela tenía una mirada más etérea, magnificada por su pelo plateado. Hacía diez años que lo tenía de ese color, desde la noche en la que la madre de Jane no volvió a casa.

Jane fue hasta los fogones y hurgó con los dedos en la sartén.

—Tú sírvete, claro que sí —dijo Maggie sin levantar la vista.

Jane se metió una tortita de patata en la boca y notó el aceite hirviendo en la lengua. Fue hasta la mesa y leyó el titular del periódico por encima del hombro de su prima.

—Guau… ¿Jesse Reid ha tenido un accidente?

—¡Te apesta el aliento, Jane! —protestó Maggie, y le dio un codazo para que se sentara en su silla.

Elsie dejó un plato con tortitas de patata, beicon y huevos delante de cada una de sus nietas. Después cogió el periódico, justo cuando entraba Grace del jardín.

—Qué bien que te hayas levantado, Janie —apreció su tía mientras dejaba una regadera debajo del fregadero. Fue hasta la sartén y cogió una tortita exactamente igual que había hecho Jane.

—Así es como aprende Jane buenos modales —dijo Maggie.

—Tranquila, sargento, es la última —respondió Grace.

Maggie y ella guardaban un gran parecido físico como madre e hija que eran, aunque los ojos castaños de Grace tenían arrugas alrededor de los ojos y su pelo había perdido brillo por todo el tiempo que pasaba entre cuatro paredes.

Elsie soltó un silbido. Dobló *The Island Gazette* y empezó a leer en voz alta.

Mientras Jesse Reid vivía posiblemente la peor noche de su vida, la popular banda de la isla de Bayleen, The Breakers, tuvo una de las mejores; de hecho, la ausencia de Reid hizo posible que The Breakers fueran las estrellas del concierto y la vocalista Jane Quinn resultó estar más que preparada para ser la protagonista.

—¿Mark Edison ha escrito eso? —dijo Jane.

En seis años, Edison jamás había escrito una crítica favorable de los Breakers.

—También dice que los Breakers son un cuarteto de garaje de evolución lenta, pero resultón —añadió su prima.

—Ya me parecía a mí —respondió Jane.

Elsie dejó el periódico en la mesa.

—¿Cómo era desde el escenario? —preguntó.

Jane aún podía sentir la música vibrando desde sus talones hasta el esternón, la energía del público corriéndole por las venas.

—Como un océano —dijo.

A Elsie le brillaron los ojos como si compartiera el recuerdo. Grace le dedicó a Jane una sonrisa cansada.

—Tenemos que salir en un minuto —le recordó.

Un estruendo hizo temblar las escaleras cuando el batería de los Breakers, Greg, bajó del dormitorio de Maggie. En la imaginación de Jane, Tejas Grises era una vieja mansión, pero cada vez que veía a un hombre en uno de sus umbrales victorianos caía en la cuenta de que no era más que una casita.

—Buenos días a todas —saludó Greg.

Iba vestido con la ropa de la noche anterior cubierta de sudor seco y tenía los pelos de punta. Después del concierto todos se habían ido a beber hasta que cerraron los bares.

—¡Janie Q! —saludó Greg chocando los cinco con Jane—. Lo de anoche fue épico. ¡Breakers *forever*!

—Los Breakers son poco originales y manidos —dijo Maggie.

—Mags, pichoncita mía —dijo Greg—. Sé que estás incómoda, pero no hay necesidad...

—Te dije que no podías vivir aquí hasta que nazca el niño y anoche te presentaste sin más y te quedaste dormido. Estuviste roncando cinco horas seguidas, Greg.

—Deberías haberme hecho cambiar de postura.

—Lo intenté. No pude. Eres como una marsopa gigante y borracha —replicó ella. Se volvió hacia Jane—. Y fuiste tú quien lo trajo.

—No es culpa de Jane —dijo Greg con determinación—. Lo siento, fue desconsiderado por mi parte.

Cogió una tortita de patata del plato de Maggie. La expresión de esta era asesina.

—Nos tenemos que ir —dijo Jane.

—¿Vais al centro? —preguntó Greg—. ¿Me podéis dejar en la reserva?

—¿No te quedas? —dijo Maggie.

—No puedo —dijo Greg—. Necesito ducharme. Necesito ropa. Tengo los pies hinchados, necesito descansar.

—Supongo que es una puta bro...

Maggie dio un pequeño respingo y todos fijaron su atención en ella. Solo le faltaban dos semanas para salir de cuentas.

—Tranquilos —dijo, cambiando ligeramente de postura—. No ha sido más que una patada.

Greg suspiró.

—¿No sería más fácil que nos casáramos y yo me viniera a vivir aquí?

—Para mí no —contestó Maggie.

Las otras tres Quinn sonrieron. La última mujer de la familia en casarse había sido Charlotte Quinn, vendida a los quince años como esposa al capitán de un barco ballenero portugués en 1846. Cuando el ballenero arribó a la isla de Bayleen para dejar su carga, Charlotte se escapó dentro de un contenedor de queroseno. A las siete generaciones de mujeres Quinn que habían vivido en la isla las habían llamado muchas cosas (rameras, brujas, abuelas), pero nunca esposas.

Salieron en la vieja ranchera con carrocería de madera a las once menos cuarto. Jane movió el dial de FM hasta dar con «Yellow Submarine». Bajó la ventanilla y dejó que el aire salado la acariciara mientras dejaban atrás las casitas blancas de Regent's Cove en dirección a las carreteras boscosas de Mauncheake. Tarareó acompañando la radio con las cuerdas vocales doloridas.

A tiro de piedra de la costa de Massachusetts, la geografía de la isla de Bayleen incluía playas de arena, praderas de flores silvestres, tierras de cultivo, bosques y cinco núcleos de población. De ellos, tres estaban habitados todo el año: Perry's Landing, Lightship Bay y Regent's Cove, y los otros dos, Caverswall y Mauncheake, en el norte de la isla, eran lugares de veraneo lindantes con la reserva Wampanoag.

La población era de ascendencia mixta, con las estirpes portuguesa, británica y barbadense tan inextricablemente entretejidas como las redes de un pescador. La diversidad de sus habitantes era tan intrínseca a la personalidad de la isla como sus acantilados de piedra caliza o los ciruelos silvestres, y contribuía a su atractivo como destino vacacional.

El turismo era el motor económico de la isla y cada verano su población se multiplicaba por diez. Las familias que iban de vacaciones solían quedarse en Regent's Cove y Lightship Bay, con sus grandes playas públicas, mientras que los más acaudalados acudían en tropel al club náutico de Perry's Landing. Los estratosféricamente ricos, entre los que estaban varias familias presidenciales, magnates del petróleo y la aristocracia de la Costa Este, ocupaban propiedades de cuarenta hectáreas en Mauncheake y Caverswall. La interacción entre los veraneantes y la población autóctona era básicamente la que se da entre clientes y proveedores.

Cuando la ranchera se acercaba a la entrada sur de la reserva, Grace aminoró la marcha para que Greg bajara.

—Gracias por traerme —dijo este.

Grace sonrió y metió la marcha atrás.

—Janie Q —dijo Greg—, ¿tienes turno luego en el Carousel?

—Desde luego —contestó Jane.

Greg se despidió con la mano mientras la ranchera volvía a la carretera.

—Después del turno puedes llevarte el coche —ofreció Grace—. A mí hoy me toca doble. Cogeré el autobús.

—¿Estás segura?

Grace asintió con la cabeza.

Cinco minutos más tarde enfilaron un camino largo y asfaltado que Jane conocía casi tan bien como el de entrada a su casa. Miró al cuidador con uniforme azul ayudar a un paciente en la explanada de césped y saludó con la mano al guarda de la garita.

—Las poderosas Quinn —saludó Lewis mientras les franqueaba el paso.

Con sede en la residencia palaciega de un magnate ballenero del siglo XIX, el Hospital y Centro de Rehabilitación Cedar Crescent era un centro privado y exclusivo famoso entre las clases adineradas por la calidad de sus cuidados y su discreción.

Grace llevaba más de una década trabajando allí y Jane se había sacado el título de auxiliar de enfermería nada más terminar el instituto. Su intención había sido trabajar en el Cedar a tiempo completo, pero descubrió que no soportaba pasar los días en un entorno tan aséptico. Ser camarera había resultado igual de lucrativo, pero ahora, con el inminente nacimiento del hijo de Maggie, necesitaban hasta el último centavo que pudieran ganar, de manera que Jane había cogido unos cuantos turnos extra en aquel centro.

Grace entró en el aparcamiento. Apagó el motor, pero no se bajó del coche. Jane se volvió a mirar a su tía. De perfil, Grace era casi idéntica a la madre de Jane.

—¿Qué pasa? —preguntó Jane.

Grace se encogió de hombros.

—Supongo que nunca imaginé que sería abuela a los treinta y nueve años —respondió.

—Elsie debía de tener tu misma edad cuando se convirtió en abuela.

Grace meneó la cabeza.

—Maggie siempre hace lo que le da la gana.

—Personalmente, estoy deseando verla cambiar pañales —dijo Jane.

Grace rio.

—No lo entiende. No va a tener días libres. Y nos vamos a pasar los próximos meses con el agua al cuello. Se nos van a amontonar las facturas de hospital.

—Quiere dar a luz en casa —repuso ella, pero Grace ya no la escuchaba.

No se trataba solo de las facturas y Jane lo sabía. El comercio de la isla se paralizaba durante los meses de invierno, de modo que sus habitantes tenían que ahorrar hasta el último centavo durante la temporada turística. Con Maggie fuera de juego durante precisamente esos meses, el presupuesto de las Quinn para el resto del año sería de lo más ajustado.

—Estaré más tranquila si me sale este trabajo a largo plazo —dijo Grace en un esfuerzo por serenarse.

En ocasiones, el Cedar asignaba una de las enfermeras en plantilla a un paciente concreto que necesitaba cuidados continuados o rehabilitación. Si Grace conseguía el trabajo, ganaría el doble de lo que cobraba ahora.

—Seguro que lo consigues —dijo Jane—. E incluso si no es así, la abuela y yo podemos atender a las clientes de Mag en la peluquería. Y yo haré unos cuantos turnos semanales aquí y tendré las propinas del Carousel. Nos las arreglaremos. Más que eso, estaremos bien.

Grace asintió con la cabeza, pero siguió sin hacer ademán de bajar del coche.

—¿Hay algo más que te preocupe? —preguntó Jane.

Grace miró su propio reflejo en el espejo retrovisor.

—Tengo un mal presentimiento —dijo.

—¿Con el parto?

Grace negó con la cabeza.

—No… Creo que tiene más que ver con el festival —dijo.

El azúcar circuló por las venas de Jane al evocar el recuerdo que ahora, en el paisaje de la rutina cotidiana, empezaba a desdibujarse.

—No fue para tanto —comentó—. Solo fue una noche especial.

—Así es como empiezan estas cosas —dijo Grace bajando del coche—. Una noche especial; luego aparecen los tiburones haciendo promesas.

Jane rio y bajó a la acera.

—No va a pasar nada de eso —dijo—. Ya has oído a Maggie. Somos poco originales y manidos.

—Las dos sabemos que eso no es verdad —dijo su tía.

Cruzaron el aparcamiento y la explanada de césped y saludaron con la mano a un auxiliar alto con uniforme azul que jugaba al cróquet con un paciente.

—Hola, Charlie —dijo Jane—. Enseguida te veo.

El auxiliar las saludó con una inclinación de cabeza.

—Pase lo que pase, tú ten cuidado —dijo Grace enfilando el camino de baldosas que llevaba a la entrada del personal.

—No va a pasar nada —respondió Jane.

La posibilidad de que sí pasara la aterraba e ilusionaba a la vez. La música no era la vida real, era algo que hacía solo por diversión, para liberar tensiones. Si se convertía en algo más que eso, corría el riesgo de terminar con el corazón roto o algo peor. Grace tenía razón en ser cautelosa; su familia sabía demasiado bien que los sueños frustrados podían terminar en tragedia.

Y, sin embargo, parte de Jane tenía la sensación de que la noche anterior, subida al escenario, se había encontrado a sí misma. Cantar delante de todas esas personas le había resultado de lo más natural, como si hubiera nacido para ello. Una vez descubrías que podías sentirte de esa manera respecto a algo, era imposible que tu vida volviera a ser la de antes.

—No va a pasar nada —repitió, más para sí misma que para Grace.

Su tía le dirigió una pequeña sonrisa, pero a Jane no se le escapó su gesto de preocupación cuando entraban en el hospital.

3

Escondido en los bajos del hotel Regent's Cove, el Carousel debía su fama principalmente a ser el pub en el que acampaba la prensa nacional durante el Folk Fest. El resto del año hacía las veces de bar de mala muerte al que los habitantes del pueblo iban a contar batallitas y emborracharse con el acompañamiento de música en directo.

Jane inspeccionó el local desde detrás de la barra. Pasaban unos minutos de las diez de la noche y la avalancha estaba a punto de empezar. En menos de una hora tendría codos cercándola igual que aletas dorsales. Pero, de momento, las mesas y bancos de madera estaban ocupados por clientes habituales que bebían tranquilamente debajo de guirnaldas de luces de colores entrecruzadas.

Se abrió la puerta que daba al callejón trasero y entró el encargado, Al, llevando un cubo de hielo. Jane abrió el congelador con la rodilla y se agachó para ayudarlo a volcar el hielo en el compartimento frío.

—Gracias, Janie —dijo Al.

Subió una nube de frío que rozó las hileras de botellas a la espalda de Jane igual que un beso.

—¿Cómo vamos por aquí? —preguntó Al señalando con la cabeza los grifos de cerveza.

—Queda poca Narragansett —contestó Jane.

Al asintió con la cabeza y se dirigía al sótano cuando Mark Edison ocupó su sitio de siempre en el rincón.

—Esta noche estás preciosa —dijo.

Jane puso los ojos en blanco y cogió la botella de Tanqueray del estante a su espalda. Vestía de negro de pies a cabeza y llevaba un trapo sobre el hombro y el pelo con el mismo recogido en la coronilla de por la mañana.

—Quería comentarte que la actuación de ayer fue estupenda —dijo Mark.

Jane le puso un posavasos delante y dejó encima un gin -tonic.

—No estuvo mal para un «cuarteto de garaje resultón» —respondió Jane y se sirvió un chupito.

—Me parece conmovedor que te importe lo que diga *The Island Gazette* —dijo Mark.

—Deberíamos haber salido en titulares —observó Jane.

—«Janie Q conquista el mundo» —dijo Mark.

—«Héroes locales se convierten en leyenda» —contraatacó Jane.

Mark enarcó una ceja.

—No es por llevarte la contraria, pero Jesse Reid también es de la isla —comentó—. De hecho, me acaban de soplar que está convaleciendo aquí. Su familia tiene una propiedad en Caverswall, veranea allí desde niño.

—No es lo mismo —sostuvo Jane.

Los de la península tenían casas de veraneo, los isleños las limpiaban.

Mark levantó su vaso.

—Por ti —dijo.

—Por los Breakers —brindó Jane y bebió.

Reapareció Al, jadeando.

—Prueba ahora —propuso.

Jane dejó que el grifo de cerveza la fuese expulsando en una jarra hasta que esta se llenó de espuma.

Se abrió la puerta del local y entró una pandilla de universitarias. Por sus ropas con iniciales bordadas y su joyería minimalista, Jane supo que eran de Perry's Landing.

—¿Qué bourbon tenéis? —preguntó una joven alta y bronceada con un pelo que parecía un penacho color cobrizo.

En ocasiones, Jane se sentía como la encargada de una farmacéutica que tiene a su cargo un amplio surtido de tinturas. Recitó los nombres de las etiquetas con las esquinas despegadas a su espalda y le sirvió a la chica un vaso de bourbon de ocho dólares con hielo. A continuación, hizo lo mismo con cada uno de sus amigos.

—Deja la botella abierta —pidió la chica y le dio a Jane una tarjeta de crédito con el nombre de Victor Vidal, presumiblemente su padre. Jane guardó la tarjeta en la caja junto a la caja registradora mientras el grupo se dirigía a una mesa del fondo.

—Qué poderío.

Jane levantó la vista. El comentario lo había hecho un hombre al que no reconoció y que estaba sentado a unos cuantos taburetes de distancia de Mark Edison. Llevaba un polo de cuadros en colores chillones, gafas de sol de aviador y aparentaba treinta y pocos años. Jane supo que era de ciudad; su casco de pelo castaño desordenado delataba un corte caro.

Jane miró dos reflejos verdes de sí misma decir:

—¿Qué te pongo?

—¿Qué me recomiendas? —preguntó el hombre.

Los interrumpió un grupo de niños bien veinteañeros, los acompañantes de las chicas a las que acababa de atender Jane. Apoyaron antebrazos bronceados en la barra con puños que no conocían el trabajo manual cerrados alrededor de billetes nuevecitos.

—Dos jarras de Miller —pidió el de menor estatura—. Invito yo.

—¡DIGGSY! —gritó su amigo.

Resonó un coro de «Diggs» mientras Jane llenaba una jarra de cerveza hasta el borde.

—Son nueve dólares —dijo.

—Quédate el cambio —ofreció el chico llamado Diggs y dejó un fajo de billetes en la barra. Jane los cogió, veloz como una crupier de *blackjack*, y se guardó la propina en el escote.

—Muy bien —dijo volviéndose al desconocido de la barra—. ¿Qué te apetece?

—Me gustaría hablar con Jane Quinn —solicitó el hombre.

Jane levantó las cejas.

—¿Quién pregunta por ella? —dijo.

—Willy Lambert —respondió—. Soy el responsable de Artistas y Repertorio de Pegasus Records. Anoche te oí actuar; llevo todo el día buscándote.

Jane miró hacia Mark Edison; por su postura supo que estaba atento a la conversación.

—Déjame adivinar —dijo Jane. Cogió un vaso de tubo y abrió el congelador con el pie—. Viste la actuación y quieres saber si estoy libre cuando termine mi turno para «hablar de mi futuro».

—Más o menos —admitió Willy y pareció incómodo.

Jane cogió el tequila Casa Noble y una botella de zumo de naranja y empezó a servir las dos cosas en el vaso.

—Igual te sorprende, pero no eres el primer hombre que intenta algo así —dijo Jane.

Quitó el tapón a una botella de granadina y vertió el sirope sobre el dorso de una cuchara para que cayera poco a poco en el vaso.

—¿Qué? —dijo Willy—. No, no quería decir eso. Estoy casado. —Levantó la mano izquierda y le enseñó a Jane un anillo de oro—. Mira —dijo y se metió la mano en el bolsillo para sacar una tarjeta de visita con su nombre y su cargo, así como un recorte de periódico arrugado en el que Jane reconoció el artículo de Mark Edison sobre Jesse Reid.

—Mira, Mark. Alguien ha leído lo que has escrito y no lo ha tirado a la basura inmediatamente —comentó Jane mientras untaba el borde de la copa con una rodaja de naranja y una guinda al marrasquino.

—Salud —brindó Mark levantando su copa.

Jane puso la bebida delante de Willy Lambert.

—¿Qué es? —preguntó este.

—Tequila Sunrise —dijo Jane—. A juego con tus gafas de sol.

Willy sonrió, pero no rio. Jane fue a llenarle el vaso a Mark, esperando que Willy se marchara mientras tanto. Pero cuando volvió, seguía allí.

—Te lo dije —insistió—. Llevo todo el día preguntando por ti, no voy a darme por vencido en dos minutos.

—¿Cómo me has encontrado? —preguntó Jane.

—La mujer de Beach Tracks se compadeció de mí cuando le dije que represento a Jesse Reid y me mandó a Pico de Viuda. Y la mujer de Pico de Viuda me dijo que te encontraría aquí.

—Era mi abuela —contestó Jane mientras asimilaba la información.

—¿En serio? —dijo Willy—. Bueno, sí, veo el parecido. El caso es que si me mandó aquí, tan malo no seré. ¿O sí?

—Supongo que ya se verá —dijo Jane asintiendo para sus adentros—. Oye, si Jesse Reid se ha molestado por lo de «Sweet and Mellow»…

Willy negó con la cabeza.

—Jesse vive centrado en el ahora. De hecho, dentro de un rato tengo que pasar a verlo —explicó—. Así que… voy a ir al grano: ¿tienes contrato con alguna discográfica?

El ruido del local se atenuó y Jane solo oyó su propio pulso latirle en los oídos.

—No —contestó—. ¿Me vas a ofrecer uno?

Willy sonrió.

—Me gustaría —admitió—. Nunca he oído nada como lo de anoche. Tienes un estilo totalmente original. Tu imagen, tu voz… Todavía no sé muy bien cómo llegaste a esas notas. ¿Tu música es así? —Jane asintió con la cabeza. A Willy le brillaron los ojos—. Con los arreglos adecuados, podrías llegar muy lejos.

—¿Cómo que «los arreglos adecuados»? —preguntó Jane.

—Pues deberías tener teclados, por ejemplo. Quizá más sección rítmica.

—¿Además de mi banda? —dijo Jane.

—O en lugar de ella —respondió Willy, encogiéndose de hombros—. ¿Has pensado alguna vez en cantar como solista?

Jane abrió más los ojos. Los miembros de la banda llevaban juntos desde el penúltimo año de instituto. Nunca había actuado sin ellos.

—No tengo nada contra la banda —se apresuró a añadir Willy—. Solo creo que tú estás a otro nivel. A nivel de artista profesional. Los cantautores van a vivir un momento de auge y creo que tú podrías ser una parte importante de eso. ¿Qué me dices?

Jane se imaginó iluminada por los focos de un escenario grande y vacío. Llevaba un vestido negro, cadenas alrededor del cuello y una guitarra también plateada. Podía sentir la atención del público, esa sensación amplia y oceánica. Tocaba y cantaba mientras una luna plateada regía las mareas.

Entonces se abrió la puerta del Carousel y entró Greg riéndose de algo que acababa de decir Rich. Cuando la vieron con Willy en la barra, los ojos de Greg se entrecerraron en un gesto protector. Rich le cogió el brazo y lo guio hacia la máquina de discos. Los oídos de Jane volvieron a llenarse de ruido.

—No soy cantautora —dijo—. No escribo letras.

Aquello no era del todo cierto; Jane había escrito la letra de una de las canciones de los Breakers, «Spark», y a continuación anunciado que no volvería a hacerlo. Cuando el resto de la banda le preguntó por qué, se negó a dar motivos e insistió en que los Breakers ya tenían un letrista: Rich.

Al oír aquello, la expresión de Willy pareció animarse.

—Te pondríamos a alguien que las escribiera por ti —ofreció—. Con un material más personal arrasarías. Cosas del tipo «Sweet and Mellow».

—Las letras de Rich son buenas —dijo Jane.

A pesar de las dudas del propio Rich en este sentido, sus versos siempre le habían proporcionado a Jane la estructura que necesitaba para centrarse en la música. No se imaginaba componiendo canciones de otra manera.

—Estoy de acuerdo —admitió Willy—, pero insisto en que puedes aspirar a algo más que bueno.

Jane levantó la vista para asegurarse de que Rich y Greg no habían oído aquello. Se inclinó hacia Willy.

—Pareces una persona agradable —susurró—, pero no me fío de los que trabajan en la industria discográfica. He visto cómo tratan a las personas. Cuando quieren algo, lo cogen y ya está. Ni siquiera trabajamos juntos y ya estás intentando moldearme para que encaje en tu sello. ¿Por qué iba a querer algo así?

Willy la miró fijamente.

—Para empezar, por más noches como la de ayer —dijo—. Un disco, admiradores, fama, dinero… Por lo general no tengo que enumerar los beneficios de ser una estrella de rock.

«Estrella de rock». Las palabras brillaron en el aire como gotas de rocío.

Willy miró a Jane con curiosidad.

—¿Cómo os conocisteis? —preguntó.

—Greg y Kyle son hermanos —dijo Jane—. Rich estaba en la clase de Greg en la escuela elemental. Yo estaba en la de Kyle.

—Recuérdame quién es quién.

—Rich es el guitarrista —explicó Jane.

Willy asintió.

—Con aspecto muy americano. Es guapo, a las chicas les gusta eso. ¿Qué más?

Jane sonrió un poco. Rich era enfermizamente tímido, sobre todo con las chicas.

—Kyle es el bajista.

Willy se echó un poco para atrás en la silla.

—Toca el bajo sin trastes, ¿verdad? Es bueno —dijo.

Jane asintió con la cabeza.

—Y Greg es el batería —dijo.

Willy Lambert se frotó el mentón.

—Ahora mismo no estoy buscando una banda —dijo.

—¿Por qué? —preguntó Jane.

—Las bandas siempre dan problemas —dijo Willy.

Jane vio que había una cola de clientes tratando de llamar su atención.

—Un segundo —suplicó.

Atendió las peticiones, obligándose a hacerlo despacio. Cuando volvió, Willy seguía sin haber probado su cóctel.

—Tengo que conducir —explicó. Dio golpecitos en la barra con su tarjeta de visita—. Perdona que te diga esto, pero, para ser tan joven, tienes una visión muy desencantada de la industria musical.

Jane no supo muy bien qué la empujó a responderle. Quizá fue el hecho de que lo hubiera enviado Elsie, o quizá que dudaba de volver a verlo.

—Mi madre escribía canciones —dijo.

Willy levantó las cejas.

—¿Cómo se llama? —preguntó.

Jane carraspeó.

—Charlotte Quinn —respondió—. No la conoces.

—La verdad es que no —dijo Willy.

—Escribió unas cuantas canciones para Lacey Dormon —dijo Jane—. «I Will Rise» y «You Don't Know».

Los ojos de Willy brillaron de comprensión.

—Conozco a Lacey de Los Ángeles —dijo—. Esas canciones la lanzaron.

Jane tomó aire.

—¿Has oído «Lilac Waltz»?

Las cejas de Willy se dispararon.

—¿La canción de Tommy Patton? Ese tema arrasó.

Jane asintió con la cabeza.

—También era de mi madre. La escribió y él se la robó.

Willy meneó la cabeza con expresión sombría.

—Esa canción han debido de cantarla muchísimos artistas, ha salido en películas, en programas de televisión, en anuncios… —Su voz se apagó.

—Mi madre no vio un centavo —explicó Jane.

—Eso es terrible —dijo Willy—. Ojalá fuera la primera vez que oigo una historia así.

Jane negó con la cabeza, asqueada. Willy se pasó una mano por la cara.

—Es una canción increíble —dijo—. Me encantaría conocer a la mujer que la escribió.

—Ojalá pudieras —dijo Jane—. Nadie la ha visto en diez años.

—Vaya —suspiró Willy—. Siento mucho oírlo. Esto… Entiendo que estés tan reacia. Y entiendo la parte familiar. Mi padre trabaja en este negocio también, igual que mis dos hermanos mayores. Todos se hicieron un nombre como productores de música de big band, luego de rock. Cuando les dije que lo siguiente iba a ser el soft rock, pensaron que estaba como una puta cabra. Pero yo había oído a Jesse y sabía que no me equivocaba, y ahora… está a punto de convertirse en la mayor estrella mundial. Así que me fío de mi instinto cuando me dice algo.

Carraspeó y siguió hablando.

—Lo que has dicho antes sobre que la gente de esta industria coge solo lo que le interesa es verdad…, pero yo no trabajo así —explicó—. Yo estoy en esto por los artistas. Las sugerencias que he hecho antes… Solo quiero ayudarte a despegar. Pero entiendo que puedo parecer presuntuoso.

Jane lo escrutó sin saber bien qué decir. Willy siguió hablando.

—Las lesiones de Jesse van a retrasar la salida de su álbum a principios del año que viene y necesito rellenar el hueco del otoño.

—¿Este otoño? —preguntó Jane.

Willy asintió con la cabeza.

—Tendríamos que estar preparados para grabar en octubre. ¿Los Breakers podrían?

Jane no pudo evitar sonreír al oír el nombre de la banda en sus labios.

—Tenemos canciones —dijo.

Willy se levantó del taburete.

—Me gustaría oírlas —dijo—. Creo que eres muy buena, así que le daré una oportunidad a la banda.

Dejó su tarjeta en la barra. Jane la miró centellear blanca sobre el barniz pegajoso de la madera.

—Si hacemos esto, necesitaríamos tener control artístico total —exigió—. No quiero oír hablar de una sección rítmica o de alguien que nos escribe las canciones.

—Si decido representaros, lo tendréis —aceptó Willy.

Apuntó los datos de Jane y prometió llamarla por la mañana.

—Hasta mañana —dijo, y volvió a ponerse las gafas de aviador.

En cuanto salió, Rich y Greg fueron derechos a la barra.

—¿Quién era? —preguntó este último abriéndose paso a codazos entre un grupo de hippies que habían ido al festival.

Jane miró la tarjeta blanca en la barra y, a continuación, a sus compañeros de banda y una sonrisa le iluminó toda la cara.

Su turno terminaba a las dos de la mañana y tardaron hasta las dos y media en cerrar. Mientras subía la colina hasta Tejas Grises apenas podía ordenar sus ideas. Tenía el sujetador lleno de dinero, pero era incapaz de pensar en otra cosa que no fuera la tarjeta blanca guardada en el bolsillo. Cuando llegó a casa, la sorprendió encontrar a su tía Grace sentada en el porche con una copa del vino de lilas casero de Elsie en la mano.

—Estás levantada —dijo Jane dejándose caer a su lado.

Grace le pasó la copa y Jane dio un sorbo del líquido dulce y potente.

—No podía dormir —explicó su tía—. No te imaginas lo que me ha pasado hoy.

—Y tú no te imaginas lo que me ha pasado esta noche —respondió Jane.

—Tú primero —dijo Grace, recuperando el vino.

—Como quieras… Han venido a verme de una discográfica. El A&R de Jesse Reid.

—¡Qué me dices! —exclamó su tía arqueando las cejas.

—Lo que oyes —dijo Jane—. Y ya sé lo que estás pensando, pero hemos tenido una larga conversación y, de momento, parece un tipo bastante decente.

—Eso no es lo que estoy pensando. Al menos todavía no.

—Entonces ¿qué? —preguntó Jane.

Grace la miró con una sonrisa irónica y hoyuelos en las mejillas.

—¿Te acuerdas de ese trabajo a largo plazo? Me lo han dado —dijo—. Y el paciente es Jesse Reid.

4

Sentado en un palé de tintes L'Oréal en la trastienda de Pico de Viuda, la peluquería de Elsie, Willy se cruzó de brazos. Las paredes de hormigón absorbieron el acorde final de «Dirty Bastard». Jane notó a Kyle dando saltitos de impaciencia a su lado. Willy la había llamado aquella misma mañana y le había pedido oír todas las canciones que tuvieran. Los Breakers acababan de terminar de cantarle todo su repertorio.

—Estupendo —dijo Willy—. Entonces…, diría que tenéis seis canciones.

Jane y Rich se miraron.

—Te hemos tocado diez —respondió Rich.

—Bueno, sí —dijo Willy. Consultó su reloj—. Está el himno que acabáis de interpretar…

—¿«Dirty Bastard»? —preguntó Greg.

Willy asintió con la cabeza.

—Se parece demasiado a la otra canción… «Rebel Road» —dijo—. Deberíais cambiarla por una balada. Y necesitáis un sencillo que sea de verdad pop.

Rich se sonrojó.

—¿«Indigo» no sirve? —preguntó Jane.

Willy negó con la cabeza.

—Demasiado psicodélica para ser comercial.

—¿Y qué hay de «Spark»? —dijo Rich.

A Jane se le quedó la boca seca mientras esperaba el veredicto sobre su canción.

—«Spark» es muy buena —respondió Willy—. Tiene mucho gancho, pero dura cuatro minutos. Para llegar a la radio hace falta una canción rápida, un tema pegadizo. «Spark» podría ser vuestro segundo single.

—Entonces… ¿solo nos faltan dos canciones? —dijo Kyle antes de que a nadie le diera tiempo a objetar—. ¿Y tenemos un trato?

—Desde luego —afirmó Willy.

—¿Qué os parece? —preguntó Rich.

Jane vaciló. Kyle cogió un rulo de gomaespuma del suelo y lo enrolló alrededor del cuello de su bajo; las cuerdas imprimieron rayas rosa oscuro en la espuma.

—No quiero encasillarme haciendo canciones tipo Petula Clark —dijo Jane.

Willy rio.

—No te va a pasar —dijo—. Así es como se empieza siempre. Una vez comienzas a sonar en la radio y a tener un club de admiradores, te seguirán adonde vayas.

Jane frunció el ceño.

—Le daremos swing —dijo Rich.

—Venga, Janie —la animó Kyle tirándole el rulo, que rebotó sin hacer ruido en el cuerpo de la guitarra de Jane y cayó al suelo—. ¿No quieres sonar en la radio?

Ella sonrió.

—Sí —reconoció—. Sí quiero.

—Entonces… ¿trato hecho? —dijo Willy.

—Sí —respondió ella.

Willy juntó las palmas de las manos.

—Excelente. En cuanto llegué a Los Ángeles, pondré el contrato en marcha.

Se despidieron y Jane acompañó a Willy a la salida. Mientras miraba su cuerpo enjuto alejarse por Main Street, Elsie salió a la puerta a fumar un Pall Mall. Le ofreció uno a Jane.

—¿Qué te parece? —preguntó Jane aceptando el cigarrillo.

Se fiaba de su abuela y su talento para leer a las personas más que de nadie.

—Se ve que es un hombre de acción —dijo ella—. Me gusta.

Jane y Elsie habían empezado a atender a las clientas de Maggie de la peluquería, de manera que, a medida que se acercaba la fecha en que esta salía de cuentas, los ensayos con el grupo tenían que hacerse en sesiones de quince minutos entre permanentes y tintes. El día que Maggie se puso de parto, el aire estaba tan cargado de tioglicolato de amonio que los Breakers se habían visto obligados a ensayar solo «Don't Fret», cuyo sencillo estribillo podía cantarse de un tirón, sin coger aire.

Don't fret,
You can't fight life,
Don't sweat,
No blues, No strife.[1]

Mientras Kyle improvisaba un largo solo de bajo, Elsie entornó un poco la puerta y se asomó. Los Breakers dejaron de tocar.

—Ya está aquí —anunció.

---

[1] Relájate. / No te resistas a la vida. / No sufras. / Fuera penas, fuera luchas.

Jane consultó su reloj; estaban a punto de dar las tres de la tarde, faltaban cuatro horas para que terminara el turno de Grace.

Greg se puso en pie enseguida.

—¿Qué puedo…?

Se le quebró la voz. Rich se puso tenso.

—Me puedes llevar a casa —dijo Elsie—. Jane, a la señora Clemens le quedan diez minutos de secador, luego anula las citas de esta tarde y vete a relevar a Grace.

—Espera —intervino Kyle—. ¿Vas a hacer el turno de Grace con Jesse Reid?

—Eso parece —dijo Jane.

Su abuela la miró con una sonrisa comprensiva.

—¿No va a ser un poco… raro? —preguntó Kyle.

—¿Por qué? —dijo Rich sarcástico—. Ni que su accidente haya beneficiado a Jane.

Ella recordó lo que había dicho Willy: «Jesse vive centrado en el ahora».

—Dudo que sepa de mi existencia —dijo—. Deberíais ir a ver a Maggie.

Acompañarlos era lo que más quería en ese momento, pero no podía ser. El Cedar tenía una política muy estricta sobre la continuidad de cuidados; una enfermera no podía marcharse en mitad de un turno a no ser que otra cuidadora cualificada la sustituyera. Con tan poco tiempo para organizarlo, tendría que ser Jane. Maggie necesitaba a su madre y todas necesitaban el sueldo de Grace. De manera que Jane le secó el pelo a la señora Clemens, echó el cierre y condujo hasta Caverswall.

Conocía el camino a la casa de Reid de llevar a Grace cuando tenía turno, pero nunca había entrado. Cuando se acercó a la puerta vio que el guarda de seguridad era Ross Seager, un habitual del Carousel con el que Jane se había acostado en una ocasión, unos pocos veranos atrás.

—Ah, hola, Ross —dijo, sorprendida—. Te veo… muy bien.

Llevaba sin verlo desde que Ross ingresó en rehabilitación el año anterior. La última vez que había estado en el bar, casi parecía un cadáver.

—Gracias, Janie —contestó Ross—. No necesito decirte que el Cedar es un sitio serio. Llevo limpio ya casi ocho meses. No está mal para un yonqui.

—Pero nada mal —dijo Jane.

A Jane le gustaban la mayoría de las drogas y había consumido unas cuantas con Ross, pero el caballo eran palabras mayores. Esa porquería podía matarte.

—Por cierto, tocasteis genial en el Fest —añadió Ross.

—Gracias —dijo Jane—. Maggie está de parto. ¿Me dejas pasar?

—Qué bien —se alegró Ross—. Apuesto a que sigue igual de cañón.

La verja de hierro se abrió y Jane enfiló el camino de grava que desembocaba en una amplia propiedad. Grace salió corriendo a recibirla. Se subió al asiento delantero y las dos se desvistieron. Jane se puso el uniforme de su tía y esta se enfundó el vestido acampanado de chambray de Jane.

—Está en el piso de arriba con su amiga Morgan —explicó Grace cuando Jane salió del coche—. Puedes esperar en el cuarto de estar, leyendo una revista; te llamará si necesita algo. Le dije que venía otra enfermera. El teléfono y las notas están en la cocina. Gracias, Jane.

—Conduce con cuidado —dijo ella.

Grace asintió y aceleró en dirección a la salida.

Al aproximarse a la mansión, Jane se sintió ingrávida. La fachada angular de madera estaba casi plateada por el aire salino; el mar centelleaba en el límite de la propiedad. Por Grace, Jane sabía que los Reid se referían a su casa como «la

Choza» cuando estaban en familia, algo que le pareció aún más ofensivo ahora que veía su tamaño. Entró por la puerta delantera.

La casa olía igual que un museo: limpiada profesionalmente y después intacta. El recibidor resultaba tan imponente y solemne como una tumba. Jane se adentró sintiéndose una intrusa. Se recogió el pelo en un moño alto a imitación de como se peinaba siempre Grace para trabajar.

Encontró el teléfono que había mencionado su tía en la cocina y llamó al Cedar para dejar constancia de su llegada. A continuación, hojeó las notas que había tomado Grace durante su turno. Jesse Reid se había caído sobre el lado derecho y se había fisurado tres costillas, además de fracturarse el cúbito, el radio y varios metatarsos. Tenía unas cuantas heridas superficiales, una de las cuales se le había infectado; Jane tendría que ponerle una inyección de gentamicina. Aparte de eso, sería una noche tranquila.

Dejó atrás una escalera geométrica que llevaba a la segunda planta y entró en una sala de estar grande y circular. Claraboyas iluminaban altas estanterías y muebles modernos color blanco. El protagonista de la habitación era un piano de cola, negro y reluciente igual que unos zapatos de charol nuevos. Cuando lo vio, Jane dio un respingo de admiración.

El teclado estaba protegido por un panel reluciente, pero la tapa principal estaba abierta y dejaba ver una gama horizontal de cuerdas metálicas. Jane había coqueteado con el piano negro de pared del aula de música de su instituto, pero nunca había visto uno por dentro. Tenía una facilidad con los instrumentos de cuerda similar a la que tienen algunas personas con los animales: no había conocido todavía ninguno que no fuera capaz de domar. No era algo que supiera explicar del todo, solo sabía que con determinados instrumentos oía dónde estaba cada nota solo con mirarlos. Allí de pie, la asaltó la idea de que un piano no era más que una guitarra de ochenta y ocho cuerdas.

En presencia del instrumento, Jane sintió vibrar dentro de ella una energía, como si atisbara un cielo nocturno. Sintió el poderoso impulso de sentarse y hundir los dedos en el esmalte de las teclas.

No debía. Ya era bastante raro estar allí. Paseó la vista por la habitación y se preguntó hasta dónde llegaría el sonido. En las estanterías no había fotografías, solo un cuadro al óleo de una mujer, un hombre y un niño encima de la repisa de piedra blanca de la chimenea.

Los ojos de Jane regresaron al piano y de nuevo la asaltó una compulsión magnética por tocarlo. Acababa de alargar la mano cuando entró Jesse Reid.

Hasta de pie con los hombros encorvados para proteger sus huesos rotos, su presencia imponía. Era alto, Jane supuso que mediría un metro noventa. Sus miradas se encontraron y ella sintió una descarga eléctrica; los ojos de Jesse eran del color de una llama azul.

Antes de que a ninguno le diera tiempo a hablar, entró una mujer; Jane reconoció a la estudiante de pelo cobrizo del Carousel. Tenía piel morena y pestañas largas y oscuras que daban a sus ojos un brillo dorado. Debía de ser Morgan. Morgan Vidal. Jane recordó su apellido de la tarjeta de crédito de su padre. Verla allí le confirmó su impresión inicial de que era una mujer acostumbrada al dinero; parecía totalmente a sus anchas en una habitación en la que Jane se sentía como una extraterrestre.

—Ah, hola —saludó Morgan.

A Jane se le aceleró el corazón.

Las dos parecían un par de hermosos gatos salvajes inspeccionando un hábitat exótico. De pronto, Jane fue consciente de que su uniforme la hacía parecer invisible.

—He venido a sustituir a Grace —explicó—. Soy Jane.

—Jane Quinn —dijo Jesse con una chispa de reconocimiento en los ojos.

Jane se puso recta. De manera que algo enterado de su existencia sí estaba.

—Encantada de conocerte —saludó Morgan, que ya había superado la incomodidad del primer momento—. Estaba pensando en preparar algo de cena. Algo sencillo… El año pasado en Francia aprendí una receta de ragú.

—Suena bien —dijo Jesse—, pero me parece que solo hay platos precocinados.

—Pues vamos a hacer algo de compra… De camino aquí desde casa de mis padres he pasado por dos mercados.

Jesse asintió con la cabeza y Jane se puso tensa. Una cosa era perderse el parto de Maggie para sustituir a Grace y otra muy distinta quedarse sola en una casa que no conocía mientras el paciente se iba a comprar ingredientes para hacer ragú.

—No sé —dudó Jesse, mirando a Jane—. Me parece que me toca una inyección, ¿verdad?

Jane rara vez oía a pacientes pedir una inyección; se le ocurrió que la visita de Morgan a Jesse podía haber sido inesperada.

—¿Se la puedes poner tú? —preguntó Morgan.

—Sí —contestó Jane.

—Genial, pues te espero aquí.

Morgan se sentó al piano y se puso a tocar sin vacilar un instante. Jane sintió una punzada de envidia cuando las notas de una pieza clásica llenaron la habitación.

—Creo que Grace guarda aquí las cosas —le indicó Jesse.

Se dirigió hacia la cocina y Jane lo siguió.

—Soy Jesse, por cierto —se presentó mirándola de reojo.

—Encantada de conocerte —dijo Jane y lo ayudó a quitarse el cabestrillo.

¿Debería decir algo más? ¿Disculparse? ¿Darle las gracias?

Empezó a desabotonarle la camisa. Tenía casi todo el torso vendado y cardenales que asomaban como una puesta de sol entre persianas verticales.

—Las heridas tienen buen aspecto—dijo por fin.

—Me alegra oírlo —respondió Jesse.

No sonaba convencido.

—Fue culpa mía —le explicó él sentándose en una banqueta—. Derrapé en Middle Road; he destrozado la moto. Me he roto doce huesos. Me he perdido el Fest. Pero todo eso ya lo sabías.

Jane notó que se ruborizaba mientras buscaba la gentamicina en el botiquín de Grace.

—Según el *Gazette*, me vas a dejar sin fuente de ingresos.

Jane lo miró.

—Yo diría que tienes ingresos de sobra.

Jesse abrió más los ojos.

—Solo quería decir que debió de ser una gran actuación —rectificó con amabilidad.

Jane sacó unos guantes de goma, agradecida de tener otra cosa que mirar.

—Grace me habla mucho de Maggie y de ti —dijo Jesse—. ¿Qué tal está Maggie?

—Se ha puesto de parto sobre las tres —le contó Jane mientras empezaba a buscarle una vena en el brazo—. Grace debe de estar a punto de llegar.

—A Tejas Grises —dijo Jesse.

Jane sacó una jeringa de su envoltura estéril, la clavó en una ampolla de gentamicina y llenó el tubo.

—Exacto.

Tener que hablar del parto le hizo recordar lo nerviosa que estaba. Jesse pareció darse cuenta.

—Deberías irte, en serio —dijo—. Seguro que lo último que te apetece ahora mismo es estar haciendo esto.

Jane no tenía ganas de explicarle que «irse» sin más no era algo que pudiera hacer, que el Cedar controlaba la centralita para asegurarse de que las llamadas para fichar se hacían realmente desde las casas de los pacientes y que su familia necesitaba demasiado los sueldos como para arriesgarse.

—¿Prefieres no mirar? —preguntó.

Jesse negó con la cabeza.

—No, no me importa.

Cuando volvieron a la sala de estar, Morgan se levantó enseguida del piano dejando notas suspendidas en el aire, afiladas como carámbanos.

—¿Ya estás? —dijo mientras cerraba la tapa.

Jane retrocedió mientras Jesse se dejaba conducir hacia la puerta.

—Te va a sentar bien —le dijo Morgan a Jesse cogiéndolo del brazo. Miró a Jane por encima del hombro—. Has dicho que te llamabas Jane, ¿verdad?

—Verdad.

—Pues volveremos antes de las siete, pero, si no es así, ¿te importa quedarte un ratito más para echarle un vistazo antes de irte?

—Morgan… —suplicó Jesse.

—A Jane no le importa —dijo ella dirigiéndole una sonrisa arrebatadora—. ¿A que no, Jane?

Era una jugada que Jane había visto hacer a Maggie cientos de veces con sus admiradores del instituto.

—Estoy segura de que volveréis antes —le dijo directamente a Jesse.

La expresión de Morgan se endureció.

—Claro que sí —respondió Jesse.

Jane asintió con la cabeza y se fueron. Esperó a que los faros del coche doblaran el camino de entrada, luego volvió al piano y levantó la tapa del teclado, dejando al descubierto una hilera de teclas blancas como huesos. Las rozó con cautela, como si fueran una criatura salvaje. Empezó a tocar.

Por segunda vez aquel día, a Jane le pareció atisbar el cielo nocturno; solo que ahora la rodeaba.

5

Barbara «Bea» Quinn nació en el cuarto de baño de la segunda planta de Tejas Grises poco después de la medianoche el 1 de agosto de 1969. Desde la puerta, Jane y Elsie vieron a Grace sacar a la niña de la bañera llena de agua y ponérsela a Maggie en el pecho.

—No sabe que ha nacido —dijo Elsie.

Maggie dejó escapar una risa incrédula mientras Bea olfateaba el aire y, a continuación, emitía un llanto penetrante.

—Tiene tu voz, Jane —apreció Maggie.

Jane estaba demasiado emocionada para hablar; le hizo a Maggie un signo de cuando eran niñas, una versión de la señal del coyote que hacen con los dedos los profesores de escuela elemental para pedir silencio en el aula. Maggie sonrió y se la devolvió. «Las chicas indómitas no hacen preguntas».

Cortaron el cordón umbilical y Elsie limpió y arropó a Bea. Dejó el bultito envuelto en el pliegue del codo de Jane y se la llevó para que Grace pudiera atender a Maggie.

Jane bajó las escaleras, que rechinaron bajo su peso, como si transportara agua dentro de un pañuelo; sudaba de concentración, preocupada de no asustar a la niña. Era extraño cómo algo tan diminuto pudiera hacer sentirse rara a una persona en su propia casa. En cuanto la divisaron, Greg, Rich y Kyle se levantaron de un salto y se dieron codazos para verla.

—Está dormida. Mirad. —Los chicos abrieron los ojos como platos cuando Jane les acercó a la criatura—. La pequeña Bea.

—Hala, es perfecta —dijo Greg con lágrimas en los ojos—. ¿Cómo está Maggie? Sonaba... fatal.

—Nunca he visto nada parecido —afirmó Jane.

Kyle ronroneaba de felicidad.

—¡Soy tío! —exclamó.

—¿Puedo...? —preguntó Greg y extendió los brazos.

Con sumo cuidado, Jane le puso a la niña en ellos y le enseñó a protegerle la cabeza. Jane se fijó en que Rich se había quedado mirando a Greg con expresión de ternura y le dio un pellizco en el bíceps.

—Tío Rich —dijo ella y él apartó la vista.

—Madre mía —musitó Greg—. Madre mía.

Cuando pudieron subir, encontraron a Maggie con el pelo recién lavado y recostada en su cama con dosel, tapada con una colcha de punto blanca y sábanas limpias. Los chicos se pegaron a la pared para dejar pasar a Jane. Una vez en brazos de su madre, Bea siguió durmiendo.

Greg se acercó.

—¿Cómo estás, Mags? —preguntó.

Maggie sonrió.

Cuando Greg empezó a cantar una nana wampanoag, Jane abandonó la encantadora escena familiar y se refugió en la penumbra azul del pasillo. Miró a Maggie con su niñita en brazos y cayó en la cuenta de que también su madre debió de cogerla a ella así, protegiéndola mientras dormía.

Los recuerdos que tenía Jane de Charlotte eran como fotografías que el agua ha estropeado; muchas de sus reminiscencias felices estaban ensombrecidas por otras desagradables.

A Jane le resultaba más sencillo bloquearlas todas que aislar las partes alegres. Pero Charlotte siempre terminaba colándose en sus sueños.

Todas las pesadillas de Jane empezaban igual: con Charlotte arreglándose para una cita. Aquella noche, cuando Jane se durmió, vio a su madre con un vestido lila mirando su imagen reflejada en el espejo del recibidor. El papel floral de la pared era nuevo e impecable. Un lápiz de labios rojo iba a ser el toque final. En cuanto la barra entró en contacto con sus labios, Charlotte arqueó la espalda y dejó escapar un gritito, como si la hubieran pinchado. «¡Tíralo!», le gritó Jane, pero su madre no la escuchaba. Seguía aplicándose el pintalabios, que le provocaba muecas de dolor igual que si fuera un atizador.

Jane se despertó empapada en sudor. Trató de serenarse, pero la imagen de su madre en el recibidor llameaba detrás de sus párpados en cuanto los cerraba. Así que se obligó a imaginar a Charlotte paseando por una playa a la luz de la luna y su respiración se fue calmando a medida que crecía la línea de pisadas cóncavas en la arena.

A la mañana siguiente, le sorprendió comprobar que, a pesar del nacimiento de Bea, no podía pensar en otra cosa que no fuera el piano de la casa de Jesse Reid. Trató de no hacer caso; tenía que escribir una canción pop, pero no estaba de humor para música ligera. Tenía tres trabajos y el cerebro demasiado ocupado sumando dólares como para contar compases.

Con una recién nacida en casa era difícil sacar tiempo para pensar; siempre había alguien que necesitaba ayuda. Cuando la secretaria en Los Ángeles de Willy, Trudy, llamó por teléfono aquella misma semana para informar a Jane de que sus contratos estaban en camino, esta seguía sin haber compuesto una sola nota.

Aquella tarde, Rich y ella se pusieron a trabajar en la trastienda de Pico de Viuda. Jane tenía el brazo apoyado en su guitarra mientras miraba a Rich garabatear en una libreta. Así era como escribían la mayoría de sus canciones: debatían una idea, Rich escribía la letra y Jane hacía el resto.

Rich garabateó las palabras «Spring Fling», rollo de verano, en la parte superior de la hoja.

—Prueba con esto —sugirió dándole golpecitos al papel.

Strong
Yeah,
You bring me along,
When everything's wrong,
This is your song.[1]

Jane sujetó el mástil de su guitarra y dejó que las almohadillas de sus dedos recorrieran el relieve de la sexta cuerda. Era la canción pop perfecta: pegadiza, desinhibida, la versión para adultos de una canción infantil. Debido a su naturaleza, Jane buscaba siempre más complejidad: por sí sola nunca habría elegido esa letra.

—Sé que no es lo que te va —dijo Rich.

Ella le sonrió. Llevaban mucho tiempo componiendo juntos.

—Es un buen tema pop —respondió.

Mientras decía esto, recordó las palabras de Willy: «Insisto en que puedes aspirar a algo más que bueno».

Jane empezó a probar notas, pero la apatía que le producía la letra reducía las palabras a goma; ninguno de los acordes funcionaría. Su música era siempre una prolongación de su estado de ánimo: si no la sentía, no acudía a ella. Intentó buscar

---

[1] Fuerte, sí./Me haces seguir/cuando todo va mal./Esta canción es para ti.

en sus recuerdos una versión de sí misma con menos preocupaciones, pero su cabeza no hacía más que recordarle su horario de la jornada: recoger a Grace, hacer la cena, Carousel. Al cabo de una hora, Rich había escrito las estrofas que faltaban y Jane seguía sin tener nada.

—Quizá es la letra —dijo Rich—. ¿Quieres probar tú a escribirla?

—La letra es perfecta. Soy yo. Tengo la cabeza en otra parte. Joder, ¿ese reloj va bien?

Cogió las llaves del coche y fue a toda velocidad a la Choza a recoger a Grace. Llegó diez minutos tarde y supuso que encontraría a su tía esperándola en la garita. Pero no fue así. Jane saludó al guarda de noche con la mano y siguió hasta la casa.

—¿Hola? —llamó mientras empujaba la puerta principal.

El sol estaba en su punto más bajo y proyectaba rectángulos morados en las superficies angulosas del vestíbulo. Jane miró en la cocina y a continuación en el cuarto de estar. El piano centelleó.

—¿Hola? —volvió a llamar.

No hubo respuesta. Jane aguzó el oído; solo se oyó a sí misma tragar saliva con la boca seca. Sabía que debía ir a buscar a Grace, pero la tentación de probar otra vez el piano era abrumadora. Sacó la banqueta y se sentó.

Las teclas eran pesadas, tocarlas producía satisfacción, pero el sonido... Qué liberación. La música para «Spring Fling» brotó como agua represada y un torrente de notas fluyó de dentro de Jane: nervioso, intricado, turbulento. Mientras tocaba, mechones de pelo dorados por el sol poniente le cayeron sobre los ojos. No sabía lo que era aquella música, pero desde luego no tenía nada de pop.

Unas puertas acristaladas se abrieron con un gemido y Grace entró en el cuarto de estar desde el porche trasero. Jane se sobresaltó y retiró las manos del teclado. Entonces entró Jesse y fijó en ella sus ojos azules.

—No os encontraba —dijo Jane.

—Hemos salido al jardín a hacer un poco de rehabilitación —le explicó su tía.

Jane percibió la ya conocida combinación de orgullo y dolor que su música producía en Grace: un eterno recordatorio de Charlotte. Jesse seguía mirándola.

—Voy a telefonear al Cedar —dijo su tía y se dirigió a la cocina.

Jane se miró los pies. Jesse carraspeó.

—Estabas concentradísima —comentó.

Ella se sentía sin respiración, como si la hubieran interrumpido en pleno beso. Sacudió un poco el cuerpo para espabilarse.

—¿Qué tal te encuentras? —preguntó.

—Débil —dijo Jesse y flexionó la mano del brazo bueno—, pero Grace me ayuda mucho.

Jane vio los reflejos de ambos flotar en las ventanas oscurecidas. Pensó que no le gustaría pasar las noches sola en aquella casa.

—Ya está —dijo Grace al volver—. Buen trabajo hoy —le dijo a Jesse.

—Hasta mañana —respondió este.

Se dijeron adiós con la mano; Grace le pasó un brazo por los hombros a Jane y las dos salieron del cuarto de estar.

—¿Qué hay de cena? Estoy muerta de hambre —preguntó su tía mientras se dirigían hacia la puerta.

—Lasaña a la Kyle —contestó Jane.

—Ración de ajo suficiente para un año —dijo Grace.

La risa de Jane reverberó. La casa estaba tan silenciosa que supo que Jesse las estaría oyendo. Se detuvo. Grace la miró, interrogante. Antes de que le hubiera dado tiempo a decir nada, Jane volvió al salón. Jesse estaba de pie delante del piano.

—¿Quieres venir a cenar a casa? —preguntó Jane—. Va a estar mi banda. Aunque te lo aviso, después tendrás mucha sed.

Por un momento pensó que Jesse no la había oído. Pero cuando levantó la cabeza, los ojos le brillaban de gratitud.

6

El sol ya se había puesto cuando la ranchera llegó a Tejas Grises y la casita estilo victoriano resplandecía igual que un farolillo. Jane vio a Kyle y a Rich trasteando en la cocina; Greg y Maggie estaban sentados en el porche con Bea. Grace ayudó a Jesse a bajar del coche.

—¿Habéis venido dando un rodeo para ver el paisaje? —dijo Maggie cuando subieron los escalones del porche. Sus ojos se detuvieron en Jesse.

—Es Jesse —lo presentó Grace—. Va a cenar con nosotros.

Maggie sostuvo la mirada a su madre un segundo de más mientras, a su lado, Greg abría la boca de par en par.

—Encantado de conoceros. Tengo entendido que debo darte la enhorabuena —dijo Jesse señalando a Bea con un gesto de la cabeza.

—Jesse Reid. ¡Te cagas, tío! —exclamó Greg y, con una sonrisa de oreja a oreja, se adelantó a Maggie y estrechó vigorosamente la mano izquierda de Jesse. Este sonrió tímidamente—. Tío, es un placer conocerte. Soy Greg... Toco la batería con Janie. Esta es Maggie, mi amor. —Cogió a Bea de los brazos de Maggie y se la acercó—. Y ella es Bea, nuestra hija.

—Es preciosa —dijo Jesse.

Kyle salió por la puerta de mosquitera con un delantal de flores.

—Ya está la cena —anunció.

Entonces vio a Jesse y dejó escapar un gemido.

—Pero bueno, tíos, ¿está aquí Jesse Reid? Deberíais habérmelo dicho… Habría dejado cocinar a Rich. —Kyle negó con la cabeza y le pasó a Jesse un brazo por los hombros para hacerlo entrar en la casa—. Te pido disculpas por adelantado, tío. Déjame que te ponga una cerveza. Por cierto, soy Kyle.

Greg los siguió con Bea en brazos. Maggie se puso en pie despacio.

—¿Qué coño es esto? —dijo.

—Lo ha invitado Jane —respondió Grace.

—Aaah —dijo Maggie—. Entiendo.

—Voy a entrar —dijo Jane.

—No te cortes —la pinchó Maggie—. Te comprendemos perfectamente. Es alto y famoso.

—No te oigo —le contestó Jane mientras abría la puerta de la mosquitera con un crujido.

Kyle había instalado a Jesse en la cabecera de la mesa y estaba poniendo un cubierto más mientras Greg dejaba a Bea en su moisés y Rich llenaba vasos con agua de una jarra verde. Apareció Elsie al lado de Jane. Cuando vio a Jesse, le guiñó el ojo a su nieta y se sentó a la mesa.

Una vez hechas todas las presentaciones, llegó el momento de comer la lasaña a la Kyle. El saladísimo guiso borró de un plumazo cualquier atisbo de timidez y pronto estuvieron todos riendo y bromeando, a excepción de Maggie, que parecía decidida a hacerle saber a Jesse que no era especial. Mientras el resto se esforzaba por incluirlo en la conversación, Maggie hablaba como si no estuviera allí.

—¿Qué tal hoy con la señora Robson? —le preguntó a Elsie—. ¿Al final se ha hecho capas o vuelve a peinarse con las puntas hacia fuera?

—Con las puntas hacia fuera —dijo su abuela.

Maggie puso los ojos en blanco.

—Lo sabía. ¿Cuándo aprenderá la gente que llevar el mismo peinado de cuando eras joven te pone años?

—Mags, no creo que a Jesse le interese el pelo de la señora Robinson —dijo Greg.

—Pues entonces que no hubiera venido… Lo digo sin ánimo de ofender —replicó ella.

—Creía que las puntas hacia fuera ya no se llevaban, ¿o sí? —preguntó Jesse.

Todos rieron. Cuando se reanudó la conversación, Jane miró a Jesse por el rabillo del ojo y se encontró con sus ojos azul brillante fijos en ella.

Después de cenar, Elsie y Grace insistieron en fregar los platos. Maggie subió a dar el pecho a Bea y dejó a Jesse solo con los Breakers en el cuarto de estar. Cuando sustituyeron la cerveza por el vino de lilas de Elsie, la conversación se centró en la música.

—¿Tienes algún consejo que darnos? —se aventuró a preguntar vacilante Rich, mirando a Jesse entre su flequillo largo y rubio—. Quiero decir para nuestro primer disco.

Jesse frunció el ceño.

—Es mejor que no os dé ninguno, créeme.

En lugar de ello les contó de su experiencia grabando en Londres, cómo había vivido de primera mano la eclosión de la banda británica Fair Play y cómo había conseguido asistir a alguna de las sesiones de grabación de su último álbum, *High Strung*.

—No me puedo creer que grabaras en el mismo estudio que Hannibal Fang —dijo Kyle con chiribitas en los ojos—. Ese tío es una leyenda viva.

—La verdad es que no recuerdo gran cosa —confesó Jesse—. Estaba bastante colocado. Pero sí, tío, es un batería de la hostia.

—Tú lo has dicho —dijo Kyle y cogió un bajo imaginario e imitó los famosos giros de pelvis de Hannibal Fang con sus caderas huesudas.

Todos rieron.

—Entonces… ¿vas a ayudar a Jane? —preguntó Kyle.

Jane lo miró furiosa. Kyle era el miembro más extrovertido del grupo y nunca se le pasaba por la cabeza que no todo el mundo era igual de lanzado que él.

—¿Ayudarla con qué? —preguntó Jesse.

—Tiene que escribir la música de una canción pop —dijo Kyle—. Para nuestro álbum. El single.

—¿Y qué me dices del tema que estabas tocando antes en el piano? —le preguntó Jesse a ella.

—Jane no toca el piano —dijo Rich.

—Pues claro que lo toca —contradijo Jesse, riéndose.

Kyle, Rich y Greg gimieron.

—¿Hay algún instrumento que no sepas tocar? —le preguntó Greg a Jane.

—No os sigo —dijo Jesse.

—Jane es superdotada —le explicó Kyle—. Es capaz de aprender sola a tocar cualquier instrumento. Primero fue la guitarra, luego el violín…

—La mandolina —dijo Rich.

—El dulcémele —añadió Greg.

—El ukelele —dijo Kyle—. Y ahora, con todos ustedes, la domadora de pianos.

—«La domadora de pianos» —corearon al mismo tiempo Greg y Kyle.

—Es increíble —dijo Jesse.

Jane bajó la vista.

—Kyle tiene razón —admitió—. Necesitamos un apaño rápido para la radio. Rich ha clavado la letra... Yo necesito centrarme y ya está.

—¿Tú cómo trabajas, tío? —preguntó Greg volviéndose hacia Jesse—. Escribes las canciones más pegadizas que he oído en mi vida.

—No lo sé —respondió Jesse mirándose las manos—. La verdad es que siempre tengo la sensación de que, más que escribir canciones, me las encuentro.

—Jesse Reid —dijo Kyle—, eres demasiado modesto.

Mientras continuaba la conversación, Jesse se volvió hacia Jane y, en voz baja, dijo:

—Cuando nada más te funcione, recurre al acorde de séptima mayor.

Jane levantó la vista, sorprendida.

—Gracias —aceptó y se propuso averiguar lo que era eso.

Jesse asintió con la cabeza y volvió a la conversación.

Alrededor de las once de la noche, Greg empezó a roncar sonoramente en su silla y decidieron dar por terminada la velada.

—Te puedo llevar —dijo Kyle dándole una palmada a Jesse en el hombro bueno—. Cuánto me alegro de que hayas venido, tío.

—Ha sido de lo más agradable —reconoció Jesse. Miró a Jane—. Lo digo de verdad.

—Deberías venir a oírnos tocar —lo invitó Greg con un bostezo—. Actuamos en el Carousel casi todos los fines de semana.

Jesse asintió. Se volvió hacia Jane.

—Y tú deberías venir a tocar el piano a mi casa siempre que quieras.

—Me encantaría —confesó Jane y cuando los ojos de Jesse se demoraron un instante en su cara, notó un cosquilleo en el estómago.

Jesse salió de la casa detrás de Kyle. Rich pasó junto a Jane y le hizo burla con un aleteo de pestañas y moviendo los labios en silencio: «Me encantaría». Jane le dio un puñetazo en el brazo y Rich echó a correr detrás de Kyle mientras Greg subía las escaleras.

Jane estaba completamente espabilada. Una vez en su habitación, cogió el papel que contenía los versos de «Spring Fling». De pronto la letra cobró un sentido que antes no le había visto. Hablaba de noches como aquella: de ser joven, sin preocupaciones, de sentir que todo es posible.

Strong,
Yeah,
You bring me along,
When everything's wrong,
This is your song.

Cogió la guitarra y el gastado cuaderno de tablatura que le había regalado Kyle por Navidad el último año de instituto y empezó a escribir acordes, tocando bajito para no despertar a Bea. Jesse tenía razón: añadir una séptima mayor al do sostenido funcionaba. Para cuando Jane terminó, en la página había más marcas suyas que de Rich. Dejó de escribir y admiró su obra.

Entonces oyó que llamaban a la puerta y supo que era su tía antes de que entrara.

—¡Hola!

—¡Hola! —dijo Grace—. Siento interrumpir… No te voy a entretener mucho…

Jane cerró el cuaderno y su tía se sentó a los pies de la cama.

—Esta noche ha estado muy bien —dijo. Entrelazó las manos. Jane sintió un temor que aguijoneaba su sensación de satisfacción. Esperó a que Grace siguiera hablando—. No sabía que estabas interesada en socializar con Jesse.

Jane tragó saliva.

—Y no lo estoy. Es que me sabía mal dejarlo allí solo.

Grace asintió con la cabeza.

—Es una persona encantadora, pero también un paciente.

Jane se revolvió, incómoda.

—¿Y?

—Y… sabemos que las personas con su historial no son de fiar.

Grace se interrumpió. Se suponía que no debía compartir información médica confidencial, ni siquiera con un miembro de la plantilla de menor rango.

Jane sintió que un abismo de temor crecía dentro de ella.

—Entonces… ¿qué me estás diciendo?

Las miradas de las dos se encontraron.

—Lo que estoy diciendo es que no te encariñes demasiado —le recomendó su tía—. Y que tengas cuidado con lo que le cuentas.

Aquellas palabras devolvían a Jane a sus diez años, a la niña a la que Grace había rescatado de un casi fatal intento por escapar de casa durante el huracán Donna. Maggie se había pasado toda su adolescencia poniendo a Grace a prueba, sin valorar el privilegio que era tener una madre. Jane no. Se habría muerto antes que desilusionar a la mujer que la encontró perdida y aterrorizada en aquella tormenta.

—Claro. —Jane esbozó una sonrisa fugaz—. Sé cómo son estas cosas. Y, además, ni siquiera me gusta Jesse en ese sentido. Simplemente me parece que conocerlo es algo positivo… para la banda.

Su tía asintió.

—Vale —dijo.

Se abrazaron y Grace se fue a dormir. Cuando su tía salió de la habitación, Jane miró la letra de «Spring Fling»; volvía a ser la colección de aburridos jeroglíficos de aquella tarde.

Guardó la guitarra en su funda y se puso una camiseta extragrande que decía CAROUSEL, VERANO DE 1967. Bajó por algo para beber y se encontró a su abuela leyendo *La posada Jamaica* en la mesa de la cocina. La jarra verde de la cena aún estaba medio llena de agua; Elsie miró a Jane servirse un poco en un vaso limpio. Cuando vio que no se iba, dejó el libro.

—Quiero mucho a mi hija —comentó—, pero a veces puede ser un poco aguafiestas.

Jane escrutó la cara de su abuela.

—¿Qué te parece Jesse? —preguntó.

Elsie se encogió de hombros.

—Es una estrella de rock —dijo—. Su fama estará siempre acompañada de problemas. No es el primero ni el último al que le pasa algo así. La pregunta importante es qué te parece a ti.

—Me gusta —reconoció Jane—, pero ahora mismo mi prioridad es este disco. Me conformo con aprender de él todo lo que sabe.

—De momento —dijo Elsie, esbozando una sonrisa traviesa.

Jane puso los ojos en blanco y le dio a su abuela un beso de buenas noches.

7

A mediados de agosto Maggie anunció que estaba preparada para atender a unas cuantas de sus mejores clientas
en la peluquería. Para facilitarle las cosas, Greg montó una
guardería en miniatura en la trastienda de Pico de Viuda. Res-
tregó a conciencia una cuna que encontró en una tienda de segunda mano de Perry's Landing y la instaló debajo de un móvil
de lunas diminutas. Cuando Maggie la vio, se echó a reír. La
sonrisa de Greg se quebró; a Jane se le cayó el alma a los pies.

—No pensarás que voy a dejar a la niña ahí —dijo Maggie.

Cogió a Bea y volvió a la peluquería. Greg tenía cara de
alguien a quien ha mordido una víbora. Cuando hundió los
hombros, Rich se acercó a él y Jane siguió a su prima.

—¿Quién te crees que eres? —le susurró furiosa desde el
otro lado del mostrador de recepción.

—Soy la madre —respondió Maggie en el preciso instante en que se abría la puerta de la calle—. Muévete, Jane. Ha
entrado una clienta.

Jane seguía furiosa cuando aquella tarde a primera hora
fue en coche a la Choza. Encontró a Grace y a Jesse jugando a la
petanca en el camino de entrada. Los ojos de Jesse siguieron a
Jane mientras bajaba del coche.

—Jane, no son más que las seis —dijo Grace con tono sorprendido.

Era probable que pensara que Jane no debía estar allí. A ella le dio igual.

—Ya lo sé. Jesse, ¿puedo usar el piano?

Jesse dijo que sí con la cabeza. Mientras Jane entraba en la casa, se le ocurrió que tal vez él no había esperado realmente que aceptara su oferta de ir a tocar. Sintió un amago de arrepentimiento que desapareció en cuando vio el piano.

Al levantar la tapa notó un cosquilleo en los dedos. Los dejó rozar las teclas con la cabeza agachada, como inclinándose ante el instrumento. «Ayúdame», pensó. Qué harta estaba de Maggie. No valoraba nada: ni que todos trabajaran de más para sustituirla ni a Greg y su amabilidad. Jamás daba las gracias. Jamás era mínimamente agradable. A Jane no se le iba de la cabeza la expresión de Greg cuando Maggie despreció su cuna.

Cuando hundió los dedos en las teclas, la habitación se llenó de fraseos y rápidas sucesiones de notas. Jane los identificó: eran elementos que, una vez ordenados, formarían una estrofa, un estribillo, un puente. Mientras trabajaba, cantó para sí.

Viper twisted in your nest.
Wearing wallets for your skin.
Apple green as original sin.
How much like a girl you are,
Lounging breezy in your denim,
Killing love with words of venom.[1]

---

[1] Enroscada cual víbora en tu nido. / Piel de hacer bolsos caros. / Verde manzana de pecado original. / Eres como una niña pequeña, / despreocupada de todo, enfundada en vaqueros, / matando el amor con palabras venenosas.

Las líneas eran como un metrónomo que hacía tictac en algún rincón de su cabeza. Para Jane no eran más que balizas mientras se adentraba en la marisma de la melodía y la armonía. Para cuando terminó el turno de Grace, tenía el estribillo y la estrofa del segundo tema que necesitaban para completar el álbum de los Breakers: la balada.

—Vuelve otro día a terminarla, si quieres —dijo Jesse cuando Jane le dio las gracias antes de irse. Jane le sonrió—. Por ejemplo, mañana —añadió él.

Ella oyó que Grace arrancaba el coche.

—Mañana —dijo.

Al día siguiente le tocó a Rich lo que llevaba escrito. Cuando a Rich le gustaba una canción, ladeaba la cabeza muy ligeramente hacia la derecha. Cuando Jane le cantó el estribillo con la letra que había improvisado, se estremeció de orgullo al ver inclinarse el cráneo de su amigo.

—Me encanta, Janie —admitió él—. Despreocupada en vaqueros, palabras venenosas… Es Maggie, tal cual.

Jane frunció el ceño.

—Esas palabras no son más que el equivalente al «huevos revueltos» de Paul McCartney —dijo, en alusión al comodín que usaba McCartney mientras escribía *Yesterday*.

—¿Por qué? A mí me gustan.

Jane se cerró en banda. Le dio su cuaderno.

—Pues a mí no. Así que ponte a escribir —insistió y, para animarlo, le tocó el primer acorde.

No era la primera vez que tenían aquella conversación y Jane no disponía en aquel momento de paciencia suficiente para repetirla.

Con un suspiro, Rich abrió la libreta por una hoja en blanco y escribió una sola palabra en la parte de arriba: «Run». Corre.

Jane había tenido la esperanza de volver a la Choza pronto para trabajar en el puente de la canción, pero cuando consultó el reloj, a Grace solo le quedaba una hora de turno. Mientras corría hacia la puerta oyó a Elsie gritándole que había llamado Grace.

—Salgo ahora para allí, la voy a ver en un momento —gritó Jane sin querer perder ni un solo minuto más al piano.

En cuanto puso un pie en la Choza supo que algo no iba bien. En la planta baja atronaba música de big band que transformaba las superficies planas y modernas en una cámara marmórea de resonancia. Una vocecilla dentro de Jane le aconsejó darse la vuelta, pero las ganas de terminar su canción le impidieron hacerle caso.

Lo encontró en el cuarto de estar, encorvado como si quisiera volverse invisible. De pie en el centro de la habitación había un hombre que Jane reconoció inmediatamente como el padre de Jesse. Tenía la misma altura que su hijo, pero ni un ápice de su amabilidad; era una figura imponente con ojos fríos como el hielo.

—Si ella pudiera verte ahora, se quedaría horrorizada —le decía, con el brazo apoyado sobre el piano como si se tratara de un mueble más.

A Grace no se la veía por ningún lado. Jane intentó retroceder.

—¿A quién tenemos aquí? —preguntó el padre de Jesse con un fuerte acento de Carolina del Sur.

Al momento Jane sintió que su gastado vestido recto no era la indumentaria apropiada para la ocasión.

—Esta es Jane —dijo Jesse poniéndose en pie. Pareció animado por su presencia—. También es artista de Pegasus. Jane, este es mi padre, el doctor Aldon Reid.

—Encantada de conocerlo, doctor Reid —saludó Jane y añadió, dirigiéndose a Jesse—: ¿Dónde está Grace?

—La he mandado a comprar un refrigerio al muelle —dijo el doctor Reid.

—Ya le he dicho que ese no es su trabajo —explicó Jesse, humillado.

—No ha parecido importarle —respondió el doctor Reid—. Es una mujer inteligente. Entiende que soy yo quien paga su sueldo. Eso significa algo para algunas personas, hijo.

—Debería ir a ver si necesita ayuda —dijo Jane dando un paso atrás.

—Espera un momento, jovencita —la detuvo el doctor Reid, poco acostumbrado a que las personas abandonaran su presencia sin su permiso.

El tocadiscos cambió de canción y empezó a sonar «Lilac Waltz» en estéreo. A Jane se le secó por completo la boca.

—Siéntate. Ya que tú también eres una «artista consagrada», no puedes irte antes de oír esta canción. Tommy Patton, ese sí que es un cantante. Sube el volumen, Jesse, haz el favor.

Él se levantó para obedecer, aunque su padre estaba más cerca del botón del volumen. Empezó a sonar la melodía bella y triste de «Lilac Waltz» acompañada de cuarenta trompetas que anulaban sus matices y la voz melódica y empachosa de Tommy Patton cantando la letra.

Sometimes I think about,
The nights we used to dance,
Among the lilac trees.
Summer breeze,
Filled the air
With Sweet perfume
And Promises.[2]

Jane estaba muy quieta, atenta a un verso concreto de la segunda estrofa:

---

[2] A veces recuerdo / las noches en que bailábamos / entre los lilos. / La brisa de verano / llenaba el aire / de un dulce perfume / y de promesas.

The moon hangs low
White as a pearl,
I'm the guy in your arms.[3]

Jane aún podía oír a su madre despotricar sobre aquella canción. «¡Ni siquiera rima!», solía decir. Aquella no era la elegante mujer de sus sueños, sino un fantasma desesperado al que habían arrebatado su creación. «Está clarísimo que la letra debía ser "the girl in your arms", la chica en tus brazos. *Girl* rima con *pearl*. ¡Con *pearl*!».

En su momento, Jane no entendió del todo a su madre. «¡Escribe otra canción y punto!», había querido decirle. Hasta ahora, cuando estaba a punto de tener su oportunidad en el mundo la música, no había comprendido cómo debía de haberse sentido Charlotte, atrapada sin remedio en aquella isla, oyendo aquella canción en la radio una y otra vez.

—La música de guitarra está muy bien, por supuesto —estaba diciendo el doctor Reid—. Es curiosa, como la de un sámpler. Pero si de verdad quieres ser grande, toma nota de este hombre.

—O de la persona a la que le robó las notas.

Jane tardó una fracción de segundo en caer en la cuenta de que el comentario lo había hecho Jesse.

—¿Qué dices, hijo? —dijo el doctor Reid antes de dar un trago a su bebida.

—Pues que no creo que Tommy Patton sea la persona a la que me interese emular —respondió Jesse.

Su tono era tan cortés como siempre, pero Jane detectó enfado en sus palabras. El doctor Reid también.

—Ese es el problema de vuestra generación. Ninguno pensáis que os quede algo por aprender —dijo. A continua-

---

[3] La luna está inmensa / color blanco perla. / Soy el hombre en tus brazos.

ción, se dirigió a Jane—: Pareces una buena chica. ¿Haces caso a tu padre?

—No conozco a mi padre —contestó Jane.

El doctor Reid la miró, evaluándola con frialdad; Jane se dejó evaluar.

—Tienes razón, Jesse —dijo él al cabo de un momento—. Gracias a tu música conoces a personas de lo más interesantes.

Jesse cruzó la habitación y tocó el brazo de Jane mientras el doctor Reid apuraba su bebida.

—Venga —apremió—, seguro que aún alcanzamos a Grace.

—Ve con cuidado, hijo —le recomendó su padre sirviéndose más whisky—. No me gustaría tener que costear otro mes de atención médica personalizada.

Jesse hizo salir a Jane al porche trasero por las puertas acristaladas. Cruzaron juntos un jardín bordeado de árboles; ella vio centellear el mar a lo lejos.

—Te pido disculpas —dijo él—. Intentamos llamarte antes de que vinieras. Se presentó anoche sin avisar y... bueno. Es su casa.

—Es culpa mía —reconoció Jane—. No debería haber venido. —Se detuvo y lo miró—. ¿Por qué has dicho eso antes? ¿Lo de Tommy Patton?

Jesse se pasó una mano por el pelo.

—Willy me contó lo que pasó con tu madre —confesó.

—¿Cómo surgió el tema? —preguntó Jane, sorprendida.

Jesse se puso colorado.

—Entonces... la canción la escribió ella —prosiguió evitando contestar a la pregunta.

Jane asintió.

—No entiendo cómo salió impune —dijo Jesse—. La gente habría oído a tu madre cantarla, ¿no? ¿No tenía..., no sé..., testigos?

—No era muy de actuar en público —le contó ella—. El único sitió en el que cantó fue el escenario amateur del Fest. Ahí es donde Tommy Patton oyó la canción. Cuando la pusieron en la radio, mi madre intentó que la noticia saliera en los medios de comunicación locales, pero ninguno quiso darla: la isla necesita el Fest demasiado como para arriesgarse a enemistarse con las grandes discográficas. Cuando perdimos a mi madre, mi abuela decidió olvidar todo el asunto.

Jesse movió la cabeza.

—¿Puedo preguntarte… qué le pasó?

«Cuidado con lo que le cuentas».

Jane escrutó los ojos a Jesse; para su sorpresa, comprobó que tenía ganas de contárselo todo. Pero no podía hacer caso omiso de las palabras de su tía. Deliberó.

—Cuando yo era pequeña mi madre era… distinta —dijo al cabo de un momento—. Era una persona alegre. Tenía un trabajo genial en la biblioteca. Pasábamos horas leyendo unas antologías viejísimas sobre mitos griegos hasta que los otros bibliotecarios nos hacían callar. Me decía que cuando fuera lo bastante mayor iríamos juntas a Creta, la tierra del Minotauro. —Jane miró al mar que resplandecía color blanco más allá de los árboles—. Dios, estaba obsesionada con esa historia. Le encantaba Teseo, que escapaba de la guarida del monstruo ayudado solo de un hilo. Eso era la música para mi madre, un hilo que la unía a la luz.

«*Girl* rima con *pearl*».

Jane hizo una pausa para serenarse.

—Cuando Tommy Patton lanzó «Lilac Waltz», mi madre cambió —confesó al fin—. Fue como si el hilo se hubiera roto. Dejó el trabajo y se quedaba toda la semana metida en casa viendo reposiciones de series en la televisión. Pasaba días sin dirigir la palabra a nadie; luego Grace y ella discutían durante horas.

Los ojos de Jesse brillaban de curiosidad, urgiéndola a continuar.

Jane suspiró.

—Entonces un día se descontroló por completo. Hizo unas cuantas cosas que no eran… estrictamente legales. Y luego una noche salió y no volvió.

Jesse se quedó muy quieto.

—¿Dónde se fue? —preguntó.

—No lo sé —reconoció Jane. Tuvo un escalofrío—. No volvimos a saber de ella.

Jesse parecía atónito.

—Imagino que la buscaríais.

—Por supuesto —respondió Jane.

Ya le había contado más de lo que había sido su intención.

—¿Y? —la animó Jesse.

Sus ojos no tenían anillos alrededor del iris, eran como canicas azules contra un fondo blanco.

—Y… nada —dijo ella—. Podría estar en cualquier parte. Podría estar muerta.

Jesse abrió más los ojos. Jane se dio cuenta de que había subido el volumen de la voz.

—Lo siento, Jane.

—Yo apuesto por Creta —susurró ella mientras imaginaba un rastro de pisadas de una playa iluminada por la luna.

—¿Cuántos años tenías cuando pasó? —preguntó él.

—Nueve.

—No es justo —dijo Jesse suspirando.

Parecía sentirlo de verdad.

—Es triste —admitió Jane—, pero he tenido suerte. Grace es como mi segunda madre y tengo a Elsie y a Maggie, ¿sabes?

—Sí lo sé —dijo Jesse mirando hacia lo lejos—. Mi madre murió de manera inesperada hace tres años de cáncer de páncreas. Ni siquiera sabíamos que estaba enferma. Un día se encontraba perfectamente y tres semanas más tarde había muerto.

—Lo siento mucho, Jesse —lamentó ella.

Este asintió con la cabeza.

—Para mi padre fue muy duro —continuó—. Creo que se culpa por aquello de que es médico. Sé que parece brusco, pero yo tampoco he sido... fácil. Soy todo lo que tiene, y después de lo que pasó este verano, y antes, creo que tiene miedo de perderme a mí también.

—¿A qué te refieres con «antes»?

Jesse la miró pensativo.

—Estuve un tiempo ingresado.

Jane se quedó muy quieta. ¿Era esto de lo que había intentado avisarla Grace?

—¿En el Cedar? —preguntó.

Sintió frío al imaginar a Jesse con uno de esos pijamas blancos y conducido a una habitación de aislamiento por un cuidador.

Jesse negó con la cabeza.

—Ojalá. Estuve en McLean, a las afueras de Boston. Lo mejor de lo mejor para el chico de Aldon Reid.

—¿Qué tal era?

—¿El Zoo? —Jesse echó la cabeza hacia atrás y Jane vio cómo le subía y bajaba la nuez al reír—. Limpio, organizado, como vivir dentro de un armario archivador. Todo son rutinas y el tiempo pasa volando. Entras en junio y, cuando te quieres dar cuenta, es diciembre. La comida era inmejorable, eso sí.

Jane rio.

—¿Por qué «el Zoo»?

—Todas las ventanas tienen barrotes.

—Yo no habría podido trabajar en un sitio así —dijo ella mirándolo a los ojos—. Habría odiado ver lo que era para los pacientes: un día igual al anterior, sin enterarse de lo que pasa en el mundo.

—Eso no es siempre malo —la contradijo Jesse con voz queda—. Después de morir mi madre estuve muy deprimido, completamente perdido; la vida se me hacía cuesta arriba, me costaba mucho llegar al final del día. Necesitaba ayuda para aceptar que...

—La realidad es la que es —completó Jane.

Jesse asintió.

—Me da vergüenza reconocerlo, teniendo en cuenta que a mí me pasó con el doble de edad que a ti —dijo.

—Cuando tienes nueve años nadie espera que sobrelleves algo así —justificó ella. Jesse se miró los zapatos—. ¿Y qué tal lo llevas ahora?

Jesse se balanceó sin mover los pies.

—Han pasado tres años. —Levantó la vista y la miró—. Ahora las cosas son... distintas.

Permanecieron quietos, juntos, un instante. Luego Jane echó a andar hacia el embarcadero. Cuando Jesse ajustó su paso al suyo, ella sintió un pequeño mordisco a la altura del esternón.

8

Los miércoles Jane ayudaba a Elsie a cargar aceites, tinturas, jabones y velas en la ranchera y las dos se iban al mercadillo de Mauncheake. Por lo general, Elsie conseguía vender unas cuantas velas, pero su verdadero objetivo era ponerse al día con su amigo Sid, quien siempre aparecía con un maletero lleno de antigüedades y un puñado de chismes oídos en la tienda que tenía en Perry's Landing.

—Las chicas Quinn, tan radiantes como siempre —dijo Sid levantando la vista de un transistor verde lima «edición coleccionista» que estaba intentando sintonizar.

La radio solo tenía siete años de antigüedad, pero eso no le había impedido ponerle una etiqueta con precio, por si acaso.

—¡Lila Charlotte, no te imaginas quién acaba de poner su tercera demanda de divorcio! —le soltó alegremente a Elsie mientras cogía un termo que llevaba dentro de un cochecito de bebé de mimbre de estilo victoriano.

—¡No! —reaccionó Elsie—. ¿Significa eso que C. C. ha vuelto?

—No me hagas hablar —dijo Sid y les ofreció a abuela y nieta una copa llena de un líquido rosa.

Jane olfateó la suya y levantó las cejas.

—Es casi todo zumo de pomelo, Jane —le explicó Sid—. Por cierto, ¿qué tal te va con ese joven cantante tan taciturno?

—Está colado por Jane —intervino Elsie sorbiendo su bebida.

—De eso nada —repuso esta.

Jane apenas había visto a Jesse desde el encuentro con el doctor Reid y aquella semana solo habían hablado de pasada. La distancia la aliviaba; no había sido su intención hacerle tantas confidencias y no entendía por qué lo había hecho.

—Pues claro que no —se compadeció Sid—. Y hablando de melancólicos irresponsables, ¿a que no sabéis quién se presentó en mi tienda el otro día para darme un sermón sobre lo mal que aparco el coche?

Elsie entrecerró los ojos.

—Mayhew —adivinó.

Mientras Sid y Elsie se enfrascaban en una cháchara despiadada sobre el archienemigo de su abuela, Drexel Mayhew, Jane identificó una canción que sonaba por la radio. Subió el volumen para oír el estribillo.

Nothing wrong when Sylvie smiles,
Yeah, nothing can go wrong when Sylvie smiles.[1]

Era Jesse. Su voz atravesaba la música igual que una bala de plata, un sonido tan puro y dulce que hizo que Jane se sintiera... feliz. El corazón le latió con fuerza cuando cayó en la cuenta de que en realidad nunca había oído la canción: había interpretado como reconocimiento lo que en realidad era agrado. Se recostó en la silla, cautivada.

Durante el ensayo de la banda seguía pensando en ello.

---

[1] Todo va bien cuando Sylvie sonríe. / Sí, nada puede ir mal cuando Sylvie sonríe.

—¿Has oído la canción «Sylvie Smiles»? —preguntó a Kyle.

—*She's got a funny way of showing it…* —cantó Kyle—. Janie, vives en el pasado. Esa canción salió hace meses.

—Es buenísima —dijo Jane.

Kyle asintió con fervor.

—Si te gusta esa, tienes que escuchar «My Lady».

Después del ensayo cruzaron la calle hasta Beach Tracks, el emporio musical de Bayleen, cuya copropietaria, Dana, los dejó encerrarse en una sala de ensayo con el álbum *Jesse Reid*. A Jane la grabación no le encantó. La influencia del rock londinense tenía demasiada presencia. Había entradas de clavicémbalo metidas con calzador en temas que resultaban ser solo de guitarra; en otros, cuartetos de viento que desentonaban tanto como las lentejuelas en el cuero.

A Jane todos aquellos elementos le resultaban innecesarios porque Jesse era un guitarrista de primera categoría. Incluso con tanto barullo, su voz sonaba asombrosa, con un timbre nítido y rico y tan bien afinado que atravesaba los recargados arreglos igual que un láser. Mientras escuchaba un tema detrás de otro tuvo que reconocerlo: era admiradora de Jesse Reid.

Aquella noche, Willy llamó para hacer saber a Jane que había llegado a Bayleen.

—Me gustaría pasarme mañana a oír las canciones nuevas, quizá para decidir el orden en que irán en el álbum —dijo.

—Pues claro.

—Genial. Se lo voy a decir a Jesse. He pensado que podría venir para daros algo de *feedback* técnico.

Jane nunca se había sentido musicalmente insegura en presencia de Jesse, pero eso había sido antes de admitir el gran talento que tenía él. Tardó un segundo de más en responder.

—O puedo no decirle nada, si prefieres… —dijo Willy.

—No hay problema —respondió Jane—, que venga si quiere.

Al día siguiente Willy entró en la peluquería seguido de Jesse. Las clientas los vieron cruzar el salón desde sus sillas y sus ojos reflejados en los espejos los siguieron igual que los ojos de los retratos de un museo. Willy devolvió las miradas a través de sus cristales reflectantes mientras Jesse se escondía detrás de él igual que una agachadiza.

—¡Willy! —lo saludó Kyle dándole un abrazo de oso—. Qué alegría verte. ¡Y Jesse! ¡Esto es genial!

Cogió un par de cajas vacías y les dio la vuelta para que los invitados tuvieran un sitio en el que poder sentarse. La luz entraba por una franja de ventanas altas e iluminaba las estanterías industriales detrás de Willy y Jesse. De pronto, Jane sintió vergüenza de la moqueta color moco y pensó en lo raro que debía de quedar el cambiador de Bea en el rincón. Quizá Maggie estaba en lo cierto; quizá aquel no era lugar para una recién nacida.

—¿Qué tal Rebecca? —le preguntó Kyle a Willy.

Este levantó la vista, sorprendido.

—Está bien —respondió tocándose el anillo de casado—. Haciendo una dieta depurativa a base de zumos.

Era muy propio de Kyle interesarse por la mujer de Willy; Jane ni siquiera recordaba que les hubiera dicho cómo se llamaba.

Jesse saludó con la cabeza a Jane, quien estaba afinando con Rich. La cara de Jesse tenía un ligero rubor y le brillaban los ojos. Si no fuera imposible, Jane habría dicho que estaba ilusionado. Sintió un cosquilleo en el estómago; tenerlo allí, en aquel entorno, le resultaba irreal.

Willy ayudó a Jesse a acomodarse encima de una caja y a continuación se sentó él.

—Muy bien, Jane Q —dijo—, ¿cuál es el plan?

Jane carraspeó. No recordaba haber estado así de nerviosa desde sus primeras actuaciones en secundaria.

—Había pensado tocar todos los temas —dijo—. Necesitamos propuestas sobre su posible orden en el álbum, pero si tenéis otra clase de sugerencias, estupendo también.

—Interesante —dijo Kyle. Miró a Jesse y susurró en voz alta—: Jane odia las sugerencias.

—Conociendo a Jane, no habrá ninguna —dijo Willy.

La lista de canciones arrancaba con «Dirty Bastard», dedicada al padre de Kyle y Greg, quien solo hacía acto de presencia una vez al año y esperaba que lo trataran como al hombre de la casa. Por suerte para Jane, era imposible cantar «Dirty Bastard» de otro modo que no fuera de frente y con determinación.

A partir de ahí Jesse y Willy parecieron fundirse con la habitación. Solo estaban Jane, Rich, Kyle, Greg y la música, y la entrega era total. «No More Demands», «Don't Fret» y «Sweet Maiden Mine» fluyeron como el agua.

Entonces llegó el momento de «Spring Fling»; Jane puso los ojos en blanco cuando vio el evidente entusiasmo de Willy con la entrada, pero una vez atacó la estrofa, se dejó seducir por la canción también y recurrió al registro más roto de su voz. Jesse asintió con la cabeza cuando cambió el tono al llegar el estribillo.

Hey! We should be a movie,
We should be a show,
Yeah, hey!
You make me feel groovy,
Light it up and go, yeah,
Light me up and go.[2]

Cuando terminaron, Willy se puso en pie y aplaudió.
—Vale, vale —dijo Jane.

---

[2] Oye, deberíamos ser una película, / un espectáculo, / oh, sí. / Me haces sentir de miedo. / Enciéndelo y vamos. / Enciéndeme y vamos.

Miró de reojo a Jesse y este le guiñó un ojo. Entonces a ella le resultó imposible no verlo. Estaba en un estado de concentración musical intensa, con todos los sentidos alerta y sin inhibiciones.

La cara B del álbum empezaba con «Indigo», seguida de «Caught», «Be Gone» y «Run». Cuando terminaron de tocar «Spark», Jane volvió a mirar a Jesse a los ojos.

She goes down easy after it's done,
Gale force winds and blistering sun,
She starts at a hundred, ends back at one,
A lightning storm at the touch of a thumb.
Shock comes quick, a wave in the dark,
This will make it better, this little spark.[3]

Cuando terminaron de tocar estaban todos sin aliento.

—¡Así se hace! —exclamó Willy.

Kyle y Greg chocaron los cinco; Rich y Jane se sonrieron.

—«Spring Fling» es *perfecta* —dijo Willy—. La voy a tener en la cabeza toda la semana, joder. ¿Y «Run»? Madre mía, si es que habla de mi novia de la universidad. Habéis dado en el clavo, chicos. Jesse, ¿qué opinas?

A él le brillaban los ojos.

—Va a ser un álbum de la leche —dijo con voz grave y ronca. Miró a Kyle—. En mi vida he visto a nadie tocar el bajo así, sin los trastes; es increíble. Eres un virtuoso, amigo.

—Gracias, colega —le respondió Kyle ruborizándose entero.

—Y tú Greg, manteniéndolo ahí. En serio, tío, eres genial. —Se volvió hacia Jane y Rich—. Vosotros dos a veces

---

[3] Entra bien en cuanto llega, / viento huracanado y sol abrasador. / Empieza en cien, termina en uno. / Desata una tormenta a golpe de pulgar. / La descarga es una ola en la oscuridad. / Esta pequeña chispa te aliviará.

sonáis como si fuerais una sola guitarra; con una expresividad que es pura dinamita. Y, Janie Q… —dijo llamándola por su diminutivo por primera vez.

Jane sonrió. Jesse meneó la cabeza, pero no dijo nada más. Ella notó que Willy la miraba y apartó la vista.

A continuación, Jesse fue repasando la lista de temas uno por uno.

—Me preocupaba cómo quedaría este tema al pasarlo del piano a la guitarra —dijo de «Run»—. Kyle, hermano, qué bueno eres.

La sugerencia más importante que tenía Jesse era cambiar el orden de «Sweet Maiden» y «Spring Fling».

—Podéis usar el final de la cara A como una herramienta compositiva más —dijo—. Es mejor terminar la cara con algo de peso, porque luego vuestros oyentes tendrán que hacer un descanso para dar la vuelta al disco.

Los chicos miraron a Jane esperando que mostrara su desacuerdo, pero ella se limitó a asentir con la cabeza.

—No lo había pensado.

Jesse se frotó el brazo en cabestrillo.

—Ese álbum va a hacer mucho ruido —afirmó—. ¿Cuándo grabáis?

—A principios de octubre —dijo Willy—. Tenemos reservadas tres semanas en el estudio de Pegasus en Nueva York.

—¿Quién produce? —preguntó Jesse.

—Vincent Ray.

Jesse dejó escapar un pequeño silbido.

—¿Quién es Vincent Ray? —preguntó Rich.

—Un productor visionario —dijo Jesse—. Shane's Rebellion, The Deals, Bulletin, Sunrise Eclipse…

Willy parecía complacido.

—Entonces ¿lo llamamos Vincent Ray o Ray es el apellido? —dudó Kyle.

Antes de que a Willy le diera tiempo a contestar, entró Maggie.

—Mamá está fuera, aparcada en doble fila con la comida —dijo—. ¿La ayudáis a traer las cosas?

Greg estuvo a punto de saltar por encima de la batería y Rich, Kyle y Willy lo siguieron, dejando solos a Jesse y Jane. Jesse hizo ademán de ponerse en pie y Jane se acercó para ayudarlo. Cuando los dedos de él le tocaron el brazo, una descarga eléctrica le recorrió el cuerpo. Jesse carraspeó.

—Creo que se me ha dormido la pierna —admitió. Se soltó de Jane y se recostó contra la pared junto a la cuna de Bea—. Jane, esa música… Tienes un verdadero don.

Jane bajó la vista sin saber muy bien qué decir. Jesse tocó la luna diminuta del móvil de cuna de Bea.

—«Spark» me ha sonado… distinta.

—La letra es mía —dijo Jane levantando la vista.

Jesse la miró con admiración.

—¿De dónde sacaste la inspiración?

Jane vaciló. Lo cierto era que «Spark» le había venido de pronto después de un día duro en el Cedar. Estaba sentada en su cuarto y, cuando quiso darse cuenta, había escrito una canción. No tenía ni idea de dónde había salido, pero ahí estaba, con letra y todo. Nunca había experimentado algo así y la pérdida de control la había dejado inquieta. Era algo más propio de su madre. Jane le había dado la canción a la banda en un intento por desembarazarse del efecto que ejercía sobre ella, y había funcionado en gran medida; pero después se había negado a escribir más letras.

Jesse estaba a su lado, pensativo, calmado, como la superficie de un lago. Jane reaccionó de manera instintiva.

—Del sexo —contestó sin pensar.

Los ojos azul intenso de Jesse volaron a encontrarse con los suyos, sorprendidos. Rio.

—Y yo que pensaba que me ibas a hablar del electrochoque.

Jane levantó las cejas.

—¿Hablas por experiencia propia?

Jesse se ruborizó.

—¿Y tú? —contraatacó.

La manera en que Jesse la miraba volvía anecdótico el espacio que los separaba. Estaba tan cerca y olía tan bien… Tocarlo no costaría nada.

La puerta que daba a la trastienda se abrió de par en par. Era Willy.

—¿No venís? —preguntó, con las gafas de aviador otra vez puestas.

Cuando los vio tan juntos se le alegró la cara.

9

Después de la sesión en Pico de Viuda, Jane hizo un turno diurno extra en el Cedar y uno doble en el Carousel. Se dijo a sí misma que iba a estar fuera tres semanas y necesitaría el dinero, pero lo cierto era que quería sacarse a Jesse de la cabeza. Cuando estaba con él decía cosas que no era su intención decir, sentía cosas que no era su intención sentir. Al tercer día, Jesse telefoneó a Tejas Grises. Elsie le pasó el teléfono a Jane con una mirada cómplice.

—¿Puedes pasarte por aquí? —le pidió Jesse—. Necesitaría tu ayuda con una cosa.

—No sé, ahora mismo estoy muy ocupada —dijo Jane con el corazón desbocado.

—Por favor, Jane.

Jane miró al techo.

—Vale.

Llegó a la Choza alrededor de las cinco de la tarde y se encontró a Jesse y Grace en el cuarto de estar. Su tía se fue a la cocina, pero Jane estaba más tranquila sabiendo que seguía allí; no haría nada impulsivo con ella en la habitación contigua.

Jesse tenía buen aspecto; se había afeitado y, cuando le ofreció una silla a Jane, le brillaban los ojos.

—Tengo que empezar a grabar en diciembre —dijo— y no he sido físicamente capaz de escribir una sola línea. Todavía me queda un mes de escayola y necesito ponerme a trabajar.

—¿No tienes ninguna canción? —preguntó Jane.

Jesse se señaló la cabeza.

—Están todas aquí —dijo—. Había pensado que me ayudaras a transcribir, a probar cómo suenan las cosas… Que seas mis manos.

Jane se ruborizó.

—Jesse, tengo que confesarte algo… No sé leer música.

Para su sorpresa, el rostro de Jesse se iluminó.

—Yo te enseño —le ofreció él—. A cambio, tú me ayudas a transcribir mi nuevo álbum.

Aquel primer día Jesse se limitó a unas nociones básicas de notación. Le enseñó a Jane algunas de las notaciones de su primer LP marcadas en pentagrama y unas pocas sugerencias musicales dedicadas a sí mismo, explicándole la terminología técnica sobre la marcha. Cuando Jane se fue a la entrada correspondiente a «Sylvie Smiles», hizo una pausa para memorizar la página.

—Quién habría dicho que una canción sobre Sylvia Plath se haría tan popular —dijo Jesse.

Jane releyó la letra en el papel en el que había sido escrita originalmente.

She'll be Venus if you'll be Mars,
Catch her in a glass bell jar,
But nothing can go wrong when Sylvie smiles.[1]

—Joder —dijo.

Jesse rio.

—Otra paciente de McLean.

---

[1] Ella será la Venus de tu Marte. / Atrápala en una campana de cristal. / Mientras Sylvie sonría nada puede ir mal.

A Jane le encantaba ver la escritura de Jesse y descubrir cómo aquellos símbolos se traducían en canciones. Lo de transcribir ya era otra cosa. Cuando componía, trabajaba sobre todo de memoria, anotando tablaturas y llevando el ritmo y la melodía en la cabeza. Anotar en pentagrama le resultaba tan restrictivo como los compases mismos.

Jesse era paciente.

—Es como aprender a leer y escribir una lengua —le dijo—. Dale tiempo y terminarás cogiéndole el truco.

Tenía razón. Al principio sus sesiones avanzaban muy despacio, compás a compás. Pero en cuanto se instalaron en una rutina, Jane fue mejorando; para mediados de septiembre era capaz de seguir a Jesse mientras este le explicaba melodías, progresiones armónicas y compases. Al verlo trabajar, se daba cuenta de que componer un álbum era también una forma de arte. Escuchar a Jesse hablar de temáticas hizo consciente a Jane de su ignorancia y falta de refinamiento musical.

—Nuestro álbum solo son las canciones que teníamos hechas y en el orden en que sonaban mejor —dijo, compungida.

—Estáis en un punto de partida estupendo —repuso Jesse—. Los primeros álbumes son para darse a conocer. Si sois capaces de meter una canción en la radio, lo habréis conseguido.

En su debut discográfico, Jesse había logrado colocar dos singles en la lista de los diez más escuchados, de manera que las expectativas para su segundo álbum eran enormes.

La piedra angular del LP iba a ser una canción conmovedora que había escrito sobre perder a su madre titulada «Strangest Thing». Jane no tenía el dominio de la guitarra de Jesse, pero solo con oírlo cantar por encima de los acordes supo que la canción era especial.

Oh, I know shadow follows light,
I know clouds are only water in the sky,

I know everybody has to say goodbye,
I just didn't know this was your time.[2]

La primera vez que Jane vio a Jesse cantarla fue como verlo recibir algo venido de fuera. En ese sentido eran muy distintos. Para Jane escribir canciones era una cuestión de control, un proceso metódico en el que moldeaba retazos de sentimientos y de melodías hasta darles la forma elegida. Para Jesse era un proceso de abandono; parecía canalizar algo llegado de otro ámbito, era como si las composiciones fluyeran a través de él intactas. Algo parecido le había ocurrido a Jane cuando escribió la música y la letra de «Spark», solo que Jesse tenía la capacidad de abrir y cerrar ese proceso a voluntad.

Por desgracia, las canciones que fluían a través de él no siempre encajaban con las expectativas de los directivos de Pegasus.

—Si por ellos fuera, habría diez temas idénticos a «Sweet and Mellow» —le dijo a Jane.

Mientras que «Strangest Thing» conservaba un aire pop, su gemela, «Chapel on a Hill» tenía más de cántico. La canción era sincera, inquietante y bella, en absoluto acorde con la imagen rebelde de Jesse. Este se había resignado a descartarla del álbum, pero Jane se negó a permitirlo.

—¿Y qué más da lo que diga la discográfica? Es tu álbum. Si es bueno, la gente lo comprará.

—Espera y verás, Jane —dijo Jesse—. A ti te pasará lo mismo cuando «Spring Fling» sea un éxito.

—¿Qué quieres decir?

Jesse sonrió con amargura.

—En cuanto hagas algo que funcione no querrán otra cosa hasta que deje de funcionar.

---

[2] Sé que no hay sombra sin luz. / Sé que las nubes no son más que agua en el cielo. / Sé que todos hemos de decir adiós, / pero no sabía que te había llegado el momento.

—Es una canción ridícula —soltó Jane. Jesse rio—. Lo digo en serio. Yo quería «Indigo». Voy a cantar «Spring Fling» solo porque Willy insistió en que escribiéramos algo pegadizo —insistió ella.

—Sabes que la mayoría de los artistas mataría por saber escribir una canción pegadiza, ¿verdad? —dijo Jesse, divertido.

—Esa canción no me representa en absoluto.

—No, pero sí representa la imagen que das. Y eso es lo que vende discos. Willy sabe lo que hace.

Jane hizo una mueca de desagrado.

—¿Me estás diciendo que te conformarías con pasarte toda tu carrera musical haciendo versiones de la misma canción? ¿Solo para alimentar una imagen de ti totalmente arbitraria?

La expresión de Jesse se endureció.

—Es que todo es arbitrario —explicó—. El fracaso, el éxito. Quién vive, quién muere. Nada tiene ni ritmo ni lógica, Jane. De manera que sí, interpretaré mi papel en este absurdo espectáculo y, con un poco de suerte, ganaré el dinero suficiente antes de que me echen a la calle de una patada.

—A la gente tus canciones le importan —dijo Jane mirándolo boquiabierta—. Le importan de verdad. Cuando no apareciste en el Fest, los espectadores se sintieron perdidos. Eso es lo que yo quiero: hacer música que signifique algo. No me importa hacer basura como «Spring Fling» para darme a conocer, pero cuando llegue mi momento, seré yo quien decida lo que canto y cuándo lo canto.

—Veremos lo que opina Pegasus de eso —respondió Jesse.

—Ellos solo se van a ocupar de grabar el disco —dijo Jane—. ¿Por qué van a opinar del contenido?

Jesse le dirigió una mirada de «Si yo te contara» que encendió a Jane.

—Grabar un álbum no garantiza que sea un éxito —le contó él—. Por cada uno que se hace famoso, hay docenas que no. La discográfica decide quién recibe qué: marketing, publicidad, giras. Créeme cuando te digo que te conviene tenerlos de tu parte.

—Yo no voy a necesitar nada de eso —replicó Jane—. La gente me seguirá por mi disco.

—No te seguirán si no oyen hablar de él.

—Es que oirán hablar de él.

—¿Cómo? —preguntó él.

—Tú es que no me has visto nunca actuar en público —dijo Jane.

La mirada de Jesse se suavizó.

—«Spring Fling» es una canción de lo más digna —dijo al cabo de un momento—. En cuanto a «Indigo», opino que mejoraría con una parte de violín en el puente. Igual el estudio os puede buscar a alguien.

Jane lo miró.

—Yo toco el violín —afirmó—. ¿En qué habías pensado?

A medida que terminaba septiembre la impaciencia de Jane por grabar el disco empezó a quitarle el sueño. Pasaba las noches protagonizando escenas neoyorquinas sacadas del cine y la televisión en su cabeza: comiendo un cruasán a la puerta de unos grandes almacenes o parando un taxi amarillo. La última semana del mes recibió una llamada de la asistente de Willy en Nueva York, Linda.

—Os alojaréis en el Plaza, ¿serán suficientes cuatro habitaciones? —había dicho Linda mascando chicle con la boca pegada al auricular.

Jane se preguntó si habría bandas que pedían un número de habitaciones superior al número de músicos; era probable. El plan era pasar tres semanas grabando, después de las cuales el productor mezclaría las pistas hasta tener un álbum.

Habían empezado a trabajar en el sexto tema para el disco de Jesse, una canción titulada «Morning Star». Comenzaron por la música, con Jesse de pie detrás de Jane mientras esta tocaba acordes en la guitarra de él. Jane tenía la sensación de mantener un pulso contra sí misma. Intentaba convencerse de que le bastaba con ser amiga de Jesse, pero, según se acercaba su fecha de partida, empezó a resultarle más fácil admitir que tenerlo tan cerca durante horas era una tortura.

Jesse estaba siendo más exigente en la anotación de Jane de «Morning Star» de lo que lo había sido con el resto de las composiciones. Seguía mostrándose tan educado como siempre, pero insistía en que Jane corrigiera errores que antes habría pasado por alto. Hasta que Jane no tuvo que reescribir por tercera vez el estribillo, no cayó en la cuenta de que, en realidad, no había oído la canción.

—Igual ayudaría que me la cantaras —sugirió.

Jesse se ruborizó y sus ojos estudiaron la cara de Jane. A esta empezó a costarle trabajo respirar. Entonces Jesse accedió a la petición encogiéndose de hombros y Jane tocó los acordes introductorios.

> *Morning Star, and your guitar,*
> *Wherever you are, near or far,*
> *I think of you.*[3]

Mientras Jesse cantaba, Jane tuvo la sensación de que el suelo bajo sus pies se disolvía. La canción hablaba de ella.

> *Morning Star, when clouds roll by,*
> *Through my blue sky, I close my eyes,*
> *I think of you.*[4]

---

[3] Lucero de la mañana, con tu guitarra / estés donde estés / pienso en ti.
[4] Lucero de la mañana, cuando llegan nubes / a mi cielo azul / cierro los ojos / y pienso en ti.

Jane perdió la cuenta de lo que hacían sus manos que, sin embargo, siguieron tocando. La canción llenó la habitación como si fuera agua y los hizo flotar, ingrávidos, mientras se miraban. Jane sabía que en cuanto terminara la música la gravedad regresaría. Pero las notas continuaron suspendidas en el aire y Jesse siguió con los ojos clavados en ella después de dejar de cantar.

—Jesse —susurró Jane—, ha sido precioso.

Él dio un paso hacia ella.

Sonó el teléfono. Contestó Grace desde la cocina.

—Jesse, es tu padre —dijo un momento después.

La última noche antes de que Jane se fuera a Nueva York, Jesse fue a cenar a Tejas Grises. Maggie y Greg habían salido y dejado al resto a cargo de Bea. Jesse y Jane comieron con Grace y Elsie, aunque ninguno de los dos demostró tener demasiado apetito. Después de recoger la mesa, Elsie se preparó para bajar al sótano.

—Jane, ¿te importa quedarte con la niña? —preguntó.

—Ya me la quedo yo —dijo Grace.

—No, Grace —dijo su abuela—. Necesito que me ayudes con la colada.

Grace sostuvo la mirada de Elsie mientras Jesse y Jane sacaban a Bea al porche. Se sentaron juntos y miraron salir las estrellas.

—¿Estás preparada? —preguntó Jesse.

—Creo que sí —respondió ella. Estaba deseando conocer Nueva York, grabar el disco. Pero no podía creer que no fuera a verlo al día siguiente—. ¿Algún consejo de última hora?

Jesse rio.

—Tú no necesitas mis consejos, mujer. Tienes tus propias ideas. —Jane sonrió—. Esto va a ser muy aburrido sin vosotros —continuó él. Estiró el brazo bueno—. Cuando vuelvas, ya no tendré la escayola —añadió como quien no quiere la cosa.

Bea empezó a quejarse.

—Se acabó la paz —dijo Jane.

Se puso en pie y meció con suavidad a Bea. Jesse se levantó también y se colocó a su lado, apoyando el brazo bueno en una de las columnas del porche.

—¿Sabes qué? —susurró—. Hay muchas cosas que estoy deseando hacer cuando me quiten esta escayola.

Jane lo miró con atención.

—¿Como qué? —preguntó.

Jesse tragó saliva.

—Pues tocar la guitarra, por ejemplo.

—¡No me digas que tocas la guitarra! —bromeó Jane sintiendo un impulso incontenible de acercarse a él.

Jesse sonrió.

—Pues sí. Y también me gustaría ir a nadar.

Jane asintió con la cabeza. Notaba cómo Bea se quedaba dormida recostada contra su hombro.

—Me gustaría… —Jesse se acercó un poco más a Jane y esta vio cómo le brillaban los ojos a la luz de la luna. Había tanta belleza en su cara que solo mirarlo era un placer.

Las pupilas de Jesse se hicieron pequeñas como alfileres cuando los faros de un coche iluminaron el camino de entrada. Él retrocedió, parpadeando. Jane se obligó a sonreír.

—Hola, chicos —saludó Greg bajando del asiento del conductor—. ¿Es esa mi pequeña leona? ¡Grrr!

Subió al porche de un salto y cogió a Bea. Jane dejó caer los brazos a ambos lados del cuerpo; sin el calor de la niña, le pareció que el aire era frío.

—Jesse —dijo Maggie—, me alegra que estuvieras aquí para cuidar de Jane.

—Ha sido un placer —reconoció Jesse.

Jane sintió que se ruborizaba y Bea se despertó llorando.

—Eres una buena persona —dijo Maggie y se llevó a Bea dentro de casa.

Jesse carraspeó.

—¿Qué me dices? ¿Nos vamos?

Jane solía llevarlo a casa, pero aquella noche esta supo con total certeza que si lo acompañaba terminaría haciendo algo que no podría deshacer. No podía arriesgarse; tenía que centrarse en Nueva York.

—Me... Me parece que he bebido demasiado —dijo.

Jesse se miró los pies.

—Yo te puedo llevar —dijo Greg. Su tono era despreocupado, pero había algo paternal en su gesto de ponerse en jarras—. De todas maneras, tengo que hacer un recado en la reserva.

Le dio a Jesse una palmadita en el hombro y se dirigió a su coche. Jane no sabía qué hacer o decir. Jesse cambió el peso de una pierna a otra.

—Nos despedimos entonces —dijo. Miró a Jane y esta se quedó sin respiración. Cuando Jesse le pasó la mano buena por el pelo sintió dolor físico—. Lo vas a hacer estupendamente.

—Gracias —contestó Jane empapándose de su mirada azul.

Jesse sonrió con timidez, se dio media vuelta y echó a andar hacia el coche de Greg.

10

Simon Spector salió del ascensor al vestíbulo de cristal y mármol de Pegasus Records. Saludó con una inclinación de cabeza a las dos recepcionistas con auriculares y rodeó zonas de cubículos hasta llegar a un pasillo estilo industrial enmoquetado hasta el techo. Entró en el Estudio A con su llave maestra y dio las luces de la sala de control. Mientras se preparaba para la sesión, la ventana que daba al estudio le devolvió el reflejo de su figura delgada y pelo negro.

Simon tenía curiosidad por conocer a los Breakers. Había escuchado sus maquetas y le había sorprendido que la voz solista fuera una mujer. Había trabajado en más de cien álbumes para Vincent Ray (de los cuales siete habían estado nominados a los Grammy y tres habían sido premiados) y en ninguno de ellos había una mujer solista. Simon intuía que la única razón por la que Vincent Ray iba a producir aquel era que el A&R era el hijo pequeño del titán de la música Jack Lambert, dueño del exitosísimo conglomerado empresarial Golden Fleece Media.

La banda llegó a las 9.30. Willy Lambert saludó a Simon con la mano cuando entró en el estudio seguido de los músicos. Simon se ajustó las gafas redondas mientras los Breakers admiraban los amplificadores y las sillas y las superficies tapizadas. Salió de la cabina de control.

—Soy Simon Spector, ingeniero de sonido —se presentó, y les estrechó la mano a todos.

Jane Quinn llevaba un vestido con estampado de cachemira y el pelo rubio suelto le llegaba hasta la cintura. Aunque era objetivamente guapa, pensó Simon, no era su tipo (le gustaban más los guitarristas tímidos). Quizá por eso lo que más captó su atención de Jane fue su gesto serio. Mientras sus compañeros preparaban sus instrumentos, ella parecía estar oyendo algún sonido.

—¿Qué pasa? —dijo Willy.

—¿Oís eso? —preguntó Jane. Tarareó el tono, si bemol mayor.

—Son las luces del techo —dijo Simon reconociendo la nota porque también él la oía. Era famoso por su oído sensible, pero no recordaba que ningún otro artista se hubiera fijado en aquel zumbido.

—¿Va a salir en la grabación? —preguntó Jane.

Simon meneó la cabeza.

—Tengo unas lámparas en el almacén —dijo—. Podemos traerlas antes de empezar.

Jane le sonrió, agradecida.

El objetivo de la banda para aquel día era ajustar los niveles de sonido en preparación para grabar la pista de guía. Pero para Simon, Willy y Vincent Ray, era la última oportunidad de evaluar cómo sonaban. Vincent Ray nunca acudía a trabajar antes de las 11.00, de modo que los Breakers tenían algo de tiempo para calentar.

Simon les dio la entrada desde la cabina y empezaron a tocar «Dirty Bastard». Siguieron con «No More Demands» y, a continuación, «Don't Fret» y «Spring Fling».

Los dos hermanos estaban descompensados: Kyle, el bajista, disimulaba un gran talento detrás de una actitud bromista, probablemente por miedo a hacer sombra al batería, Greg, que solo parecía tener dos ajustes: encendido y apagado. Simon se dijo que deberían tener aquello en cuenta para las mezclas. Rich, el guitarrista guapo, también era bueno. Algo que asimismo se podía decir de Jane Quinn, aunque lo verdaderamente notable de esta era la voz. Tenía la versatilidad de Linda Ronstadt, pero un timbre absolutamente personal. Oírla cantar era una delicia; Simon había trabajado pocas veces con una vocalista de tantos matices. Supo que con ella cada toma sería todo un experimento.

Cuando la banda se disponía a tocar «Sweet Maiden Mine» se abrió la puerta del estudio y la silueta de Vincent Ray oscureció el umbral. Dio las luces del techo. Los Breakers se encogieron y parpadearon. Vincent Ray entró enseñando los dientes, un lobo gris vestido con ropa a medida y pelo al rape.

—Aquí está —dijo Willy.

Saludó a Vincent Ray con un exceso de familiaridad. Simon tuvo la impresión de que Willy creía que había demostrado su valía con Jesse Reid, cuando lo cierto era que todos en la compañía seguían viéndolo como un apéndice de su padre.

—Breakers, es un auténtico placer para mí presentaros a vuestro productor, Vincent Ray.

Vincent los examinó a todos con ojos llorosos. Jane dio un paso hacia él.

—Encantada de conocerte, soy Jane Quinn —dijo tendiéndole la mano.

Él pareció confuso, pero le estrechó la mano sin fuerza mientras miraba a Kyle, quien también le tendió la suya, vacilante.

—Hola, soy Kyle.

Vincent Ray estrechó varias veces la mano de Kyle mientras les sonreía a él, a Rich y luego a Greg.

—Por fin... Los Breakers —dijo con voz baja y arenosa—. Tenéis mucho talento. Estoy deseando veros en acción.

Simon supo entonces que Vincent Ray no había oído las maquetas que Willy había hecho circular. No sabía que Jane era la cantante solista. Probablemente pensara que era una *groupie*.

—Hemos conseguido que deje a Bulletin para estar con nosotros un par de semanas —anunció Willy.

Kyle y Greg emitieron murmullos de admiración. Jane miró a Willy sin entender.

—¿No viven en Londres? —preguntó Rich.

—Voy a estar yendo y viniendo… como los transatlánticos —dijo Vincent Ray. Kyle rio educadamente. Vincent miró a Willy por primera vez—. Muy bien, haced como si yo no estuviera.

Willy y él se reunieron con Simon en la cabina.

—Simon, ¿cómo está la oreja de oro del mundo discográfico? —dijo Vincent Ray.

Simon lo saludó con una inclinación de cabeza. Se llevaba bien con Vincent Ray porque este no sabía nada de él.

—Simon lo está haciendo de miedo —dijo Willy.

—¿Qué tal son? —preguntó Vincent Ray haciendo caso omiso de Willy.

—Buenos. Tocan muy bien —respondió Simon.

Willy y él tenían treinta y pocos años y ambos eran judíos. Pero Willy era de Bel Air y Simon de Lituania; uno estaba allí por su familia y el otro por su talento. Simon nunca se iría de crucero por el Caribe con Vincent Ray, algo que Willy ya había hecho en dos ocasiones como parte del séquito de su padre. Sin embargo, Simon tenía algo que Willy ansiaba: el respeto de Vincent Ray.

—¿Qué viene ahora? ¿«Spring Fling»? —preguntó Willy, jovial.

Se entendía que aquella iba a ser la presentación oficial de los Breakers a Vincent Ray y este quería oír el sencillo.

Simon habló por el micrófono de la cabina.

—Preparados para «Spring Fling» —dijo.

Jane arqueó las cejas, pero Rich y ella empezaron a afinar sin hacer comentarios. Simon cerró el intercomunicador y Jane apagó las luces del techo.

—¿Qué hace? —preguntó Vincent Ray.

—Es una técnica nueva —dijo Simon preparando la cinta—. En Los Ángeles arrasa.

Vincent Ray miró a Willy.

—No sabía que hubiera una chica en la banda.

—Es… híbrida —le explicó Willy—. Jane y Rich escriben juntos las canciones.

—Hay algo que no me encaja —dijo Vincent Ray frunciendo el ceño—. ¿Es la única cantante?

—Jane es buena —contestó Willy—. Confía en mí, esto va a ser como lo de Jesse. De hecho, son amigos. Jesse opina que es fantástica.

—En ese caso… —suspiró Vincent Ray.

Con los años, Simon terminó enterándose de que Vincent Ray se había criado en una sucesión de bases militares de la mano de un padre que solo entendía de autoridad y de disciplina. Sus primeros pasos en el mundo de la música seguían siendo bastante misteriosos; según el rumor más creíble que había oído Simon, después de servir en el ejército, Vincent Ray se había reinventado como boxeador profesional y había invertido sus ganancias en el mercado discográfico. A los músicos les gustaba porque parecía astuto, y había ascendido rápido en el mundillo porque realmente lo era. En sus veintidós años de carrera profesional se había forjado una reputación de despiadado.

Simon pulsó el botón del intercomunicador y dio la entrada a los Breakers. La banda había calentado toda la mañana y la toma les salió bien. Simon se sorprendió a sí mismo sintiendo una gran simpatía por ellos mientras Jane cantaba la estrofa final.

Vincent Ray no dijo nada cuando terminó «Spring Fling», pero no debió de parecerle mal porque se quedó. Asistió al resto de la sesión con rostro impenetrable. Los Breakers tocaron las canciones restantes y Simon fue ajustando los niveles de audio. Willy simuló mirar a Simon cuando en realidad estaba pendiente de Vincent Ray.

Cuando los Breakers terminaron de tocar la última canción, Vincent Ray carraspeó.

—¿Eso es todo?

—Es la lista —dijo Willy—. ¿Qué te parece?

—Mona —dijo Vincent Ray—. Quizá necesita ropa más sexy.

—Me refería a la música.

Vincent Ray se encogió de hombros.

—La música está bien, pero las letras parecen escritas por una chica —dijo y salió de la cabina.

Simon y Willy intercambiaron una mirada rápida antes de que este último siguiera a Vincent Ray.

—A ver… Creo que empezaremos con «Indigo» —dijo Vincent Ray a la banda—. Mañana.

—Pero si va la tercera —dijo Jane.

Vincent Ray hizo como si no la hubiera oído.

—Hasta mañana entonces —se despidió sin mirar a Jane y se fue.

—¡Estupendo primer día! —exclamó Willy aplaudiendo con entusiasmo—. En serio.

Jane miró a Rich y este sacudió la cabeza.

Al día siguiente, los Breakers llegaron al estudio hacia las 9.30 para grabar la pista guía de «Indigo». Simon los grabó juntos, pero su atención se concentró en Greg. La percusión era la base de todas las pistas; la parte de la batería tenía que estar perfecta, porque después sería prácticamente imposible ajustarla. Simon hizo a los Breakers tocarla doce veces, con escasa mejoría por parte de Greg; aun así, la banda tenía una química increíble y lo impresionaron su concentración y seriedad.

Cuando hicieron un alto para comer, Vincent Ray no había dado aún señales de vida. Simon estaba solo en el estudio cuando apareció Luke Gaffney con su saxo tenor.

—Hola, Simon —dijo Luke asomándose a la cabina.

Simon lo miró sorprendido.

—Hola, Luke. Creo que te has equivocado de sala. Los Adelaides están en la F.

—He venido a tocar con los Breakers —repuso Luke.

—Luke G —saludó Vincent Ray entrando en el estudio. Lo seguía Willy con la cara cenicienta—. Qué bien que hayas podido venir.

Luke sacó su instrumento de su funda y estaba calentando cuando volvieron los Breakers de comer. Jane Quinn lo miró y fue hasta la cabina de control.

—¿Qué pasa aquí? —preguntó—. ¿Quién es este tipo?

—«Este tipo», como tú lo llamas —dijo Vincent Ray—, es Luke Gaffney. Lo he traído para ver si así conseguimos arreglar el puente.

—Gracias —dijo Jane—, pero en el puente de este tema yo toco el violín.

Vincent Ray la miró con ojos aburridos y llorosos.

—Ya no.

Jane no cedió.

—¿Por qué?

A Vincent Ray se le empezó a hinchar una vena de la sien.

—Porque lo digo yo.

Jane estaba a punto de contestar cuando Willy se lo impidió.

—No tenemos que decidirlo ahora mismo —medió—. ¿Por qué Jane y Luke no graban cada uno una versión y luego las oímos y decidimos?

—Muy bien —dijo Jane—. Yo primero.

Salió de la cabina.

—Ni te molestes en grabarlo —dijo Vincent Ray.

—Será mejor que lo grabe —replicó Simon—. Por si acaso.

Si Jane Quinn no hubiera despertado ya la admiración de Simon a aquellas alturas, lo habría hecho en ese momento, tanto por su talento musical como por su energía. A pesar de tener todos los ojos puestos en ella, se tomó su tiempo para preparar el violín. Se acercó a la guitarra de Rich y tocó la quinta cuerda para afinar. Luego se ajustó el violín bajo la barbilla y tensó el arco. Cuando estuvo lista, se colocó los auriculares e hizo una inclinación de cabeza a Simon. Tocó de forma exquisita, igual que un ruiseñor cantando en la brisa. Cuando terminó, del puente del instrumento subía una bruma de polvo de resina. Simon habló por el intercomunicador.

—Lo tenemos —dijo.

A continuación, Luke Gaffney tocó su versión. Lo hizo con la limpieza y la profesionalidad de siempre, pero su instrumento no era el adecuado para la canción; sonaba demasiado a jazz, demasiado *legato*. Luke hizo tres tomas y saludó a la cabina antes de irse. Vincent Ray se levantó.

—Vamos a zanjar esto.

Willy y él salieron al estudio y encendieron las luces.

—Ha sido interesante —dijo Vincent Ray—. Cuando esté en Londres veré cómo usamos estas tomas.

—¿Te vas a Londres? —preguntó Greg.

—Bulletin me necesita.

—¿Y nosotros qué? —dijo Jane.

—¿Vosotros qué? —repuso Vincent. Jane no contestó—. Volveré dentro de dos semanas.

—Dos semanas —dijo Rich—. Es casi el tiempo que nos queda de estar aquí.

—Es lo que hay —respondió Vincent encogiéndose de hombros. Se volvió a Willy y le estrechó la mano—. Saluda a Jack de mi parte.

—Y tú a Freddy de la mía —dijo Willy en una voz apenas audible mientras Vincent Ray salía por la puerta.

Todos guardaron silencio un momento y, a continuación, Jane se volvió hacia Willy.

—Esto no está bien —dijo.

—Lo sé —convino Willy.

—Nos garantizaste control artístico del disco y ahora dejas que nos pisotee. Es nuestra oportunidad de abrirnos camino y la está echando a perder.

Willy negó con la cabeza.

—No entiendo lo que está pasando. Nunca lo he visto comportarse así.

—Yo te voy a decir lo que está pasando —explicó Rich con voz temblorosa de furia—. Jane es una chica y por eso no nos toma en serio.

Willy palideció, pero Jane asintió con la cabeza.

—Sí —dijo ella—. Eso es exactamente.

Simon supo que el asombro de Willy era genuino. Cada vez que entraba en una habitación, a él no lo trataban con nada que no fuera deferencia. Su cerebro parecía rechazar la idea de que uno de los grandes productores musicales acabara de humillarlo. Simon miró cómo Willy reinterpretaba mentalmente la situación que acaba de vivir.

—Vamos a tomar una copa —dijo—. Voy a solucionar esto, os lo prometo.

Dejaron a Simon ordenando las grabaciones y salieron del estudio.

Un par de horas después, Simon bajó en el ascensor al vestíbulo y salió a la calle Cuarenta y dos. Franjas de azul y rosa coloreaban el cielo entre los edificios mientras se encaminaba a coger la línea de metro amarilla, en dirección a Astoria. A Simon le encantaban los atardeceres. Estaba considerando la posibilidad de mudarse a Los Ángeles.

A la mañana siguiente cuando Simon llegó al estudio encontró a Jane y a Willy esperándolo en la cabina de grabación.

—Simon —dijo Jane—, ¿qué te parece si intentamos terminar de grabar el álbum… antes de que vuelva Vincent?

Simon levantó las cejas.

—¿Grabarlo y mezclarlo?

Jane asintió. Simon pensó unos instantes. Irían muy justos de tiempo, pero los Breakers llevaban todo el verano ensayando y las tomas salían bastante limpias. Técnicamente era posible.

—Muy bien —dijo.

Jane sonrió.

—Gracias.

Volvió al estudio y empezó a sacar la guitarra de su estuche. Willy siguió con la vista puesta en el estudio, seguro de sí mismo, ecuánime.

—¿Estás seguro de esto? —preguntó Simon—. A Vincent Ray no le va a gustar.

Willy se encogió de hombros. La posibilidad de pasarse de la raya no parecía existir dentro de su cabeza. Había presionado para que ficharan a Jesse Reid en un momento en que la música folk estaba muerta y ahora toda audacia le parecía poca.

—*Rock and roll* —dijo ajustándose sus gafas de aviador.

Simon se preguntó si Willy tenía alguna idea de lo que podía ocurrirle cuando Vincent Ray volviera y le recordara que Prometeo había sido antes titán.

11

Alex Reading solo aceptaba encargos alimentarios para financiar su arte. Pegasus lo llamaba cuando necesitaban lanzar un catálogo nuevo y entonces montaba telones de fondo e iluminación en una de las salas de reuniones después de apartar la mesa y las sillas. Los artistas iban pasando y les hacía fotografías igual que a niños al principio de un nuevo curso.

Se trataba de discos de bajo presupuesto; en los grandes lanzamientos sí había dinero para sesiones fotográficas al aire libre, con decorados complejos especialmente diseñados para la ocasión. Estos álbumes, en cambio, saldrían al mercado con sencillos retratos en primer plano de los artistas; la mayoría no venderían más allá de quinientas copias. Las fotografías podían no ser artísticas, pero en un solo día de trabajo Alex llegaba a cobrar hasta diez mil dólares. Con eso se costeaba su siguiente exposición de fotografías espontáneas en blanco y negro.

Alex ya había retratado a un dúo de cantautores y a una banda de rhythm & blues cuando les tocó el turno a los Breakers. Sentía curiosidad por conocerlos; corría el rumor de que cuando Vincent Ray los dejó plantados por Bulletin, terminaron de producir el álbum entero sin él. Aquello solo era la mitad del rumor. La otra mitad decía que eran buenos de verdad.

Alex vio a la banda entrar en la sala de reuniones; parecían marionetas, mitad niños mitad adultos. La chica, Jane, destacaba enseguida; atraía la luz y hacía palidecer todo cuanto la rodeaba.

Alex estaba acostumbrado a tratar con modelos y no se dejaba impresionar fácilmente por mujeres bellas. Él no era especialmente guapo, pero contaba con dos atractivos: medía uno noventa y cinco y tenía los ojos muy azules. Había comprobado que no necesitaba más. Sin embargo, Jane tenía algo que lo hacía sentirse pequeño.

—Ah, hola —saludó, sorprendido.

Jane lo miró y sonrió, casi como si lo conociera. Willy Lambert entró en último lugar y cerró la puerta tras de sí. Los ventanales que ocupaban toda la pared de la sala de reuniones proyectaban cuadrículas en los cristales verdes de sus gafas modelo aviador.

—Alex, un placer verte, tío —dijo estrechando la mano del fotógrafo.

Por lo que este había observado, Willy era un gran defensor de los artistas con los que trabajaba; se habían conocido el año anterior con motivo de la portada del primer álbum de Jesse y Alex pocas veces había visto un representante de discográfica más atento.

—Te presento a los Breakers —dijo Willy—. Jane, Greg, Kyle, Rich.

—Hola otra vez —saludó Alex.

Los Breakers vestían distintas combinaciones de franela y pana, a excepción de Jane, quien llevaba un maxivestido azul de volantes y el pelo recogido en dos largas trenzas. Formaban una fila y estaban inquietos, igual que pájaros a punto de romper el cascarón; Alex se dio cuenta de que nunca habían posado para una sesión de fotos profesional. Sonrió.

—Esto va a ser pan comido —dijo.

Puso *Beggars Banquet* de los Stones en el tocadiscos y subió el volumen hasta que «Simpathy for the Devil» rebotó en las altas cristaleras. Cuando estaba ajustando las luces oyó a Jane Quinn armonizar con Mick Jagger en voz baja. Alex sintió un escalofrío; sin duda aquella chica tenía ese talento natural de las estrellas de rock.

Alex empezó a colocar a los miembros de la banda para las fotografías. Los dos hermanos, Kyle y Greg, tenían la piel más oscura y el pelo negro como el carbón, así que había que ponerlos más cerca de la luz, de modo que sus facciones salieran bien iluminadas. Probó a situar a Jane en el centro; a continuación, la cambió por Rich y su pelo rubio.

Ninguno de los fondos quedaba bien. La banda tenía un aire tan de andar por casa que los decorados (atardecer tropical, tundra invernal, paisaje urbano) quedaban más artificiales que de costumbre. Alex probó entonces a retratarla contra un fondo blanco y negro, lo que mejoró algo, pero no demasiado.

—¿Cómo lo ves? —dijo Willy de pie junto a Alex mientras este se encorvaba sobre su trípode para ajustar la distancia focal de la lente.

Jane dio un paso adelante.

—¿Podemos sacar alguna fotografía aquí? —preguntó señalando con la cabeza la mesa de reuniones y las sillas que estaban contra la pared.

La luz en aquel encuadre era casi perfecta; Alex solo tendría que poner un reflector para evitar las sombras.

—Igual ya se ha probado —explicó Jane—, pero, si no es así, la fotografía de un grupo de hippies con todo este mobiliario tan de oficina puede quedar divertida.

Dejó escapar una risilla como un campanilleo y Alex cayó rendido. Miró a Willy, quien encogió los hombros en señal de aprobación.

—Por qué no —aceptó Alex—. Nunca he hecho esa foto.

Kyle y Rich lo ayudaron a trasladar el trípode y la pantalla reflectora y luego la banda dispuso los muebles formando una pirámide. Cuando terminaron, Jane tenía el pelo erizado de electricidad estática.

—Chica, tienes pelos de loca —dijo Rich.

Kyle rio.

—Espera —se ofreció y alargó la mano para arreglárselo.

—No, no, no —replicó Rich.

Entre los dos empezaron a arreglar los mechones que se habían escapado de las trenzas de Jane. Greg los miraba con atención. Jane se cruzó de brazos.

—Jane —dijo Alex. Esta levantó la vista mientras la cámara disparaba—. Suéltatelo —la animó.

Ella se soltó el pelo y todos empezaron a trepar por la montaña de muebles como si fuera el laberinto de un parque infantil. Justo cuando acababan de adoptar una pose que recordaba al cuadro *Washington cruzando el Delaware*, se abrió la puerta de la sala de reuniones y entró Vincent Ray.

Los rostros que enfocaba Alex palidecieron. Tanto Kyle como Greg dieron impresión de querer meterse debajo de una mesa. Rich miró a Jane y esta entornó los ojos. La reacción de los Breakers no fue nada comparada con la de Vincent Ray; cuando los vio subidos a los muebles, empezaron a temblarle los hombros. Willy se interpuso igual que un zorro que intenta ser más listo que su depredador.

—Vincent Ray —saludó.

Su tono era despreocupado, como si estuviera saludando a un viejo amigo y los dos compartieran una broma privada. La expresión de Vincent Ray era asesina. Hizo caso omiso de Willy y habló directamente a Jane.

—Así que te crees especial. ¿Se puede saber de qué coño vas? —dijo—. ¿Qué pasa? ¿Una sesión de fotos normal y corriente es poco para ti?

Señaló con la cabeza los fondos olvidados que colgaban inertes del techo.

—Tranquilo, tío —medió Willy—. Hemos hecho retratos normales. Ahora es que nos sobraba algo de tiempo.

—Esta sesión de fotos se ha terminado —dijo Vincent Ray—. Este álbum se ha terminado, *tío*.

—¿Qué quieres decir? —preguntó Jane.

—Alex, recoge tus cosas —dijo Vincent Ray.

Alex asintió con la cabeza. Acto seguido simuló desmontar sus lentes, pero dejó todo como estaba. Algo interesante estaba sucediendo dentro del encuadre. Los chicos habían empezado a acercarse a Jane, que se mantenía firme en el centro, sin dejarse achantar. Alex sacó una fotografía.

—He dicho que recojas tus cosas —dijo Vincent Ray.

—No tienes autoridad para cancelar nuestro álbum —replicó Jane—. Nosotros tenemos un contrato con Pegasus, lo mismo que tú.

—¿Te crees que al consejo de administración le va a hacer gracia que hayáis usado los recursos del estudio? ¿Que hayáis grabado el álbum sin vuestro productor?

Vincent Ray dio un paso adelante. Un metro más y su hombro saldría en el encuadre.

—Te largaste a Londres y nos dejaste solos. ¿Crees que eso sí les hará gracia? —contestó Jane.

—Alguien tiene que darte una lección —dijo Vincent Ray. Se acercó un paso más a Jane. Alex cerró el plano—. No sabes con quién estás tratando. Tu carrera se va a terminar antes de haber empezado.

—A ver, esperad un momento —los tranquilizó Willy con falso tono de camaradería—. Pelillos a la mar. Vamos a hacer un álbum estupendo. ¿No es ese el objetivo? ¿Romper límites, subvertir expectativas...?

Vincent Ray le enseñó los dientes.

—Tener tetas no es subvertir expectativas, aunque sean las tetas que le gustan a Jesse Reid.

Jane se puso rígida.

—Eso ha estado totalmente fuera de lugar —dijo Willy—. Tienes que…

—Por tu bien espero que Jesse Reid resulte ser tan bueno como parece considerarlo la gente. Este mundillo es pequeño y si resulta no ser bueno… No creo que ni tu padre te salve de una cagada así. Y no te pienses que no está al tanto de esto.

Willy se quitó las gafas con manos tan temblorosas que se le cayeron en la moqueta sin hacer ruido. Cuando se agachó a cogerlas, Vincent Ray adelantó un pie; Alex oyó el crujido de los cristales.

Jane puso los brazos en jarras y dio un paso adelante.

—Jane —le advirtió Willy.

—Largo —le ordenó Jane a Vincent Ray.

Él se encaró con ella; ahora sí que tenía un hombro en el encuadre de Alex, bloqueando a Willy. Jane estaba en el centro, irradiando calor, con los chicos a su espalda con expresión entre protectora y aterrorizada. Ella, en cambio, no parecía tener miedo. Su mirada era de determinación.

—¿Qué has dicho? —preguntó Vincent Ray.

Estaba tan furioso que ya ni siquiera oía los clics del obturador de la cámara.

—He dicho que largo de aquí —contestó Jane.

Vincent Ray parecía un boxeador en el ring y, por un momento, Alex pensó que tendría que interponerse entre Jane y él. Se enderezó y se dispuso a intervenir. Entonces fue cuando Vincent Ray dejó escapar una fría carcajada.

—Estáis jodidos —dijo—. Todos.

Salió hecho una hidra.

Willy se puso rígido.

—Lo siento mucho —dijo—. Jane, me…

Tenía los ojos fijos en los trozos de cristal verde incrustados en la moqueta. Su expresión era la de alguien que se ha quedado sin aire en los pulmones. Hizo ademán de salir detrás de Vincent Ray igual que un neumático gastado que rueda por la carretera.

—Tengo que llamar para que vengan a recoger eso —dijo con la mirada perdida—. Tengo que... Perdonadme un momento.

Salió deprisa de la habitación. Jane se lo quedó mirando con la cara en sombras. Kyle, Rich y Greg suspiraron y sacudieron brazos y piernas para liberar tensión.

—Pensaba que te iba a asesinar —dijo Greg dándole una palmadita en la cabeza a Jane.

—Yo que Jane lo iba a asesinar a él —contradijo Kyle.

—Espero que esta fuera tu última sesión de hoy —dijo Rich mirando hacia Alex.

Este ya estaba pensando en cómo iba a revelar los negativos, qué tipo de filtros probaría, se preguntaba si habría una manera de que los ojos grises de Jane salieran como los había tenido un momento atrás, abrasadores e inteligentes. Aquello no era una simple portada de disco; aquello era un instante real atrapado por la cámara; era arte.

12

Jane estaba sentada en la cama entre trozos de papel esparcidos igual que pétalos secos. Todos contaban una versión de lo mismo: «Ha llamado Jesse».

El trabajo de Grace como cuidadora a tiempo completo de Jesse había terminado mientras los Breakers grababan en Nueva York; para cuando volvieron, sus turnos en la Choza habían quedado reducidos a dos sesiones semanales de fisioterapia. A la vuelta de una de ellas, Grace se encontró a su sobrina tendiendo ropa bajo el sicomoro amarillo del jardín delantero. La ayudó a estirar una sábana mojada y aprovechó para mirarla a los ojos.

—Dice Jesse que no le devuelves las llamadas —dijo mientras aseguraban la sábana con pinzas.

Jane se ruborizó.

—¿Va todo bien?

—Perfectamente —respondió Jane—. Es solo que... tenías razón. Es mejor no encariñarse.

Grace la estudió durante un momento y a continuación asintió con la cabeza y se puso a hablar de Millie, su nueva paciente en Perry's Landing.

La semana de octubre anterior, Jane había vuelto a casa escarmentada; se había creído preparada para tomar por asalto la industria discográfica y había descubierto que le quedaba muy grande. No lamentaba su comportamiento con Vincent Ray, solo deseaba haber previsto las consecuencias que tendría.

Había disfrutado de cada minuto del proceso de creación de un álbum. Las sesiones de grabación habían sido de las mejores horas de su vida y los días y las noches dedicados a mezclar los temas con Simon le habían resultado instructivos y estimulantes. Sin embargo, dudaba que tuviera más ocasiones de poner en práctica sus nuevos conocimientos; sabía que era improbable que consiguiera grabar otro álbum.

Unos días después de su vuelta, Willy la había llamado por teléfono para hacerle saber que Vincent Ray había echado pestes de *Spring Fling* ante el consejo de dirección de la discográfica, después de lo cual Pegasus había limitado la tirada inicial del álbum a trescientas copias.

—Esa cifra podría subir si, por ejemplo, un pinchadiscos popular se enamora de ella y decide ponerla a todas horas —dijo Willy.

—Las probabilidades de que eso ocurra son escasas.

—Sabíamos que podía haber represalias —comentó Willy—. Pero nunca he visto nada igual. Vincent Ray ha vetado el álbum en casi todas las publicaciones importantes y en la mayoría de los programas de radio de éxitos musicales. Todavía podremos conseguir algo de difusión, pero será más de andar por casa. Lo siento.

Kyle, Greg y Rich se tomaron la noticia con filosofía.

—Que les den —soltó Kyle—. Hemos hecho un álbum cojonudo, incluso si nadie lo escucha.

Después de aquel mensaje, los silencios entre llamada y llamada de Willy se alargaron días y a continuación semanas. Jane se temía que los Breakers hubieran sido denostados de tal modo que ni su más entusiasta defensor pudiera permitirse verse asociado a ellos. Vincent Ray era demasiado poderoso.

Y en una cosa había estado en lo cierto: Jane no tenía ni idea de lo que estaba haciendo.

No se atrevía a encontrarse cara a cara con Jesse. Se ponía enferma solo de pensar en lo arrogante que había sido; sus comentarios sobre no necesitar a la discográfica ahora le parecían la sentencia de muerte para su disco. Jesse la había avisado y ella había sido una soberbia y mandado a la mierda su carrera musical.

En una ocasión, Jesse se había referido a Vincent Ray como «un productor visionario»; Jane sabía que no podía esperar que Jesse se pusiera de su lado frente a él. E incluso si lo hacía... Jesse estaba destinado a ser una estrella de fama mundial, mientras que ella seguiría atada a aquella isla para siempre. Se le presentaba la oportunidad de cortar toda relación con Jesse y estaba decidida a usarla.

No había resultado fácil. Durante varias semanas después de volver, Jesse la había llamado todos los días. Luego, en la tercera semana de noviembre, las llamadas cesaron. La primera noche que no sonó el teléfono, Jane se había quedado levantada hasta tarde mirando sus mensajes apuntados. Le gustaba leer el nombre de Jesse. Alrededor de medianoche, Elsie llamó a la puerta de su cuarto. Vio los papelitos sobre la cama y se sentó al lado de Jane, cogió uno y pasó el dedo por la escritura.

Al cabo de un instante, Jane habló.

—Creo que así es más fácil —dijo.

Elsie la miró, inquisitiva.

—¿En qué momento de tu corta vida llegaste a la conclusión de que el amor es algo fácil?

Jane cogió el papel de la mano de Elsie y lo alisó encima de la rodilla.

—Todo se está complicando —explicó—. Entre la discográfica, mamá y Jesse..., empiezo a sentirme como en un laberinto.

—¿Y tú eres Teseo?

Jane dobló la nota.

—Soy Dédalo.

Elsie la miró con tristeza, pero no añadió nada.

Jane se aisló refugiándose en sus turnos en el Carousel, los fines de semana en el Cedar y atendiendo a alguna clienta en la peluquería. Las caras que veía cada día eran las mismas que llevaba viendo toda su vida y, a juzgar por las apariencias, era como si el verano nunca hubiera ocurrido.

Pero sí había sucedido y, por mucho que tratara Jane de convencerse de que se encontraba bien, una parte de ella sabía que no era así. El álbum podía haber sido algo grande. Su relación con Jesse podía haber sido algo importante. ¿Tanto miedo le daba perder el control que había saboteado ambas cosas? En las noches insomnes se imaginaba ya anciana, matando el tiempo en el Cedar. ¿Qué diría su madre de estar allí?

El álbum de los Breakers salió a la venta el viernes después de Acción de Gracias. Esa misma mañana la banda fue a Beach Tracks. Cuando entraron en la tienda, los dueños de esta, Pat y Dana, salieron corriendo de detrás del mostrador y gritaron:

—¡Feliz día de los Breakers!

—Tenéis que firmarnos las copias —dijo Pat—. ¡Esta mañana ya hemos vendido tres!

—¿Cuántas de esas las ha comprado Elsie? —preguntó Jane.

—¡Dos! —exclamó Pat antes de volver detrás del mostrador y poner «Run» en el estéreo.

Jane sonrió. Era emocionante oír su canción sonar en la tienda de discos de su pueblo natal.

Pat y Dana habían expuesto la carátula junto a la caja registradora. Jane la cogió. Era una fotografía increíble: el hombro desenfocado de Vincent Ray en primer plano, Jane imponente en el centro, los chicos detrás de ella en distintas actitudes. El título del álbum, *Spring Fling*, sugería que Jane era una alumna rebelde enfrentándose al director del instituto, aunque la yuxtaposición del vestido folk azul y lo orgulloso de su actitud casi hacían pensar en una revuelta campesina. Jane dio la vuelta al disco; la contraportada mostraba a Rich y Kyle concentrados en arreglarle el pelo bajo la supervisión de Greg. La fotografía aligeraba el tono general del álbum, burlándose con humor de la intensidad de la portada.

—Icónico —valoró Dana.

—Quiero verlo en los estantes —dijo Greg buscando a los Breakers en la sección de Rock.

—¡Está gustando mucho! —exclamó Dana cuando Greg encontró la copia del álbum bajo el nombre del grupo—. No te preocupes, tengo más en el almacén.

Jane sonrió. Se preguntó cuántas de las trescientas copias del disco acabarían en aquella tienda. Probablemente todas.

Esa noche el Carousel se llenó hasta los topes de caras conocidas que querían apoyar a los Breakers. Jane se sintió feliz y serena. El disco había salido, lo celebrarían y todo volvería a ser como había sido siempre. Intentó que este hecho no la amargara en su fuero interno.

—¡Dad la bienvenida a nuestra Janie Q y los Breakers! —gritó Al.

Cuando subieron al escenario, el local entero estalló en aplausos. Jane llevaba vaqueros y una camiseta sin mangas, el pelo suelto sobre los hombros y las muñecas cubiertas de pulseras. Miró al público y vio a Maggie y a Elsie en primera fila. Grace se había quedado cuidando a Bea. Se quitó los zapatos.

—Me parece lo más natural —dijo—. Después de todo, esta es nuestra casa.

La mayoría de los asistentes estaban ya de pie, pero después de «Dirty Bastard» no quedó nadie sentado. Jane ni siquiera distinguió a Mark Edison moviendo la cabeza al ritmo de la música en la barra.

Tocaron «No More Demands» y, a continuación, «Don't Fret» e «Indigo». A medida que transcurría la velada, Jane fue recordando por qué hacía música. No era para vender discos, sino para conectar con la gente. Llevaban las canciones tan bien ensayadas después de la grabación del disco que Jane tuvo la sensación de flotar mientras actuaba. Mientras interpretaba «Caught» bajó la vista y se preguntó cómo había llegado hasta allí. Se sentía ingrávida y libre; era como si hubiera estado guardándose todas sus emociones y aquella actuación le permitiera liberarlas.

«Run» sonó distinta aquella noche; mientras Jane miraba a Maggie bailar entre el público, sonreír radiante a Greg, se le ocurrió que, a aquellas alturas, la letra de Rich la retrataba más a ella que a Maggie.

> *Oh, living in your bubble,*
> *You think that I am fine,*
> *But darling I am trouble,*
> *My code's hard to define,*
> *And I am never going*
> *To put it all on the line,*
> *For you or anyone… so,*
> *Run. Run.*[1]

Jane pensó en Jesse y su voz sonó por encima de la guitarra, tan vulnerable e insegura como se había permitido sentir desde que volvió de Nueva York. Era la penúltima canción del concierto, una balada llena de emoción, y cuando terminaron Jane se dio cuenta de que tenía lágrimas en los ojos. Rio

---

[1] Metido en tu burbuja/me crees buena para ti./Pero, cariño, no te convengo./Soy difícil de descifrar/y nunca me entrego del todo/ni a ti ni a nadie./Así que corre.

mientras el público aplaudía. Rich carraspeó y se dio media vuelta para afinar.

—Está Jesse —susurró.

—¿Qué? —dijo Jane.

Rich señaló con la cabeza hacia al fondo del bar. Por entre el movimiento de la gente, Jane atisbó una mancha color azul. Se le encogió el estómago y su cuerpo entero registró la presencia de Jesse, medio escondido detrás de una columna. Se sintió como si acabara de estar hablando de alguien sin saber que lo tenía a su espalda. Rich ajustó su cejilla para tocar «Spring Fling» y Jane se acercó al micrófono.

—Habéis sido un público maravilloso. Esta es nuestra última canción. —Algunas cabezas se movieron y entonces los ojos de Jane se encontraron con los de Jesse—. Habla de enamorarse.

Contó hasta tres y la intro de voz solista y coro del tema reverberó en las paredes del local. Jane miró a Maggie bailar mientras cantaba la primera estrofa; su bonita prima, rara vez contenta con nada, parecía ahora muy feliz. Se mecía al mismo ritmo que Elsie y el público disfrutaba a su alrededor. Mientras la habitación daba vueltas, Jane miró a Jesse a los ojos y cantó.

You make me feel groovy,
Light it up and go,
Light me up and go.

Acto seguido miró a los chicos y los cuatro terminaron con el mismo acorde.

El estruendo del público fue el sonido más bonito que había oído nunca Jane y de nuevo se le llenaron los ojos de lágrimas.

—¡Todo el mundo a beber! —gritó Al desde el bar.

Kyle, Rich y Greg bajaron del escenario de un salto; Greg abrazó a Maggie y Kyle y Rich se fueron directos al grifo de cerveza.

Jane dejó su guitarra en el escenario y buscó con la mirada a Elsie, quien le guiñó el ojo y a continuación se unió a la fiesta. Bajó del escenario; por todas partes había manos tendidas hacia ella; no era consciente de lo que decía ni a quién se lo decía; necesitaba llegar hasta Jesse.

Para cuando llegó al fondo del local, este se había ido. Jane se dio media vuelta con el corazón encogido. ¿Se había marchado? Miró hacia las escaleras que daban a la calle y, sin pensar, salió a la noche.

Fuera, la luna estaba en el punto más alto del cielo. La piel sudada del pecho y los brazos le escoció por el frío. Salió a Main Street y miró a su alrededor; el pueblo parecía desierto. Entonces vio el ojo rojo de un cigarrillo brillar junto a la verja del hotel. Jesse estaba delante de ella con una chaqueta de franela abierta encima de la camisa. Sin la escayola y el cabestrillo, Jane lo encontró fuerte, restablecido.

—Bonita actuación —alabó Jesse.

Jane dio un paso hacia él. La presencia física de Jesse concordaba con la que tenía grabada en la memoria. Su manera de estar de pie, de mirarla.

—Has venido —dijo.

Los ojos azules de Jesse la estudiaban, inescrutables.

—Sí —contestó—. Me invitó Grace.

Jane levantó la vista.

—¿Grace? —Jesse asintió con la cabeza—. Parece que tienes mejor el brazo.

Jesse abrió y cerró la mano varias veces para demostrárselo.

—Como nuevo —confirmó sonriendo.

Cuando sus miradas se encontraron, la expresión de él se volvió de nuevo insondable. Jane no sabía qué decir, de manera que señaló con la cabeza el cigarrillo encendido. Jesse pareció pensárselo un momento y, a continuación, se puso el cigarrillo entre los labios y le dio la chaqueta en su lugar. Jane trató de no pensar en lo bien que olía. Todavía le pitaban los oídos por la actuación.

—¿Qué tal va tu disco? —preguntó.

—Va —respondió Jesse—. Dentro de una semana o así me marcho a Los Ángeles a grabar. —Dio una calada—. Ya me están organizando una gira de veinticinco ciudades… Para empezar en marzo.

Jane bajó la vista para ocultar su envidia. Se había dejado los zapatos en el escenario y sus pies en la acera parecían azules comparados con las gruesas botas de Jesse.

—Willy me contó lo que pasó con Vincent Ray —dijo este. Jane mantuvo la vista en el suelo. Al cabo de unos instantes, Jesse siguió hablando—. Da la impresión de que tomaste tú las decisiones, tal y como dijiste que harías.

¿Eran imaginaciones de Jane o parecía divertido?

—Y ahora mi carrera musical se ha terminado —afirmó Jane.

—Eso no lo sabes —replicó Jesse. Jane rio—. No lo sabes. Me encanta lo que habéis hecho. Compré el disco esta mañana y llevo todo el día escuchándolo. Qué diablos, hasta te pagaría para que produjeras el mío.

Jane sonrió un poco.

—Es… agradable oír eso.

Jesse pareció animado por el comentario.

—Creo que deberíais venir a la gira de mi banda como teloneros —continuó—. Somos lo bastante distintos y funcionáis muy bien delante del público. Seguro que Willy dirá que sí si se lo pido.

Jane abrió mucho la boca con una mezcla de asombro ante la oferta y envidia de su seguridad.

—Jesse —dijo—, no sería justo. No nos lo hemos ganado...

—Joder que no. Lo que no os habéis ganado es ese trato por parte de Vincent Ray... Todavía no me puedo creer lo que dijo. —Estaba enfadado—. Déjame que arregle esto.

—Estaríamos en deuda contigo —sugirió Jane—. ¿Cómo iba a poder compensártelo?

Jesse tragó saliva.

—Sinceramente, no soporto estar más tiempo sin ti. —Dio una última calada y tiró el cigarrillo a la acera. La brasa anaranjada ardió en el suelo antes de extinguirse. La expresión de Jesse se ensombreció—. Desapareciste sin más —dijo.

Jane tenía la boca seca.

—Lo siento —lamentó armándose de valor—. Debería haberte llamado, pero, al final, da lo mismo. No puedo pasar de aquí. Después de lo ocurrido con mi madre, estoy... condicionada. Por mucho que quiera estar contigo, hay ciertas cosas a las que no me puedo arriesgar.

La mano de Jesse encontró la de Jane en la oscuridad. Su tacto le produjo a esta una descarga de electricidad en todo el brazo. Él se acercó un poco más.

—Sé que tienes miedo —comenzó—. Yo también lo tengo. Pero estoy intentando decirte que físicamente no aguanto estar separado de ti. —Jane se mordió el labio y Jesse dio un paso más hacia ella. Cuando habló, lo hizo en un susurro apremiante—. ¿Acabo de oírte decir que tú también quieres estar conmigo?

—Dios, sí —aseguró Jane.

Las palabras habían salido de su boca antes de que fuera consciente de pronunciarlas.

Dentro, en el bar, alguien descorchó una botella de champán y encendió la máquina de discos. Las manos de Jesse encontraron las caderas de Jane y a continuación su cara. Pegó la frente a la suya. Jane sintió una oleada de expectación cuando vio sus ojos, tan azules, estudiar sus facciones. Dejó escapar un suspiro cuando la nariz de Jesse le rozó la mejilla; entonces él susurró su nombre y sus labios tocaron los de Jane, primero con ternura y después con avidez.

13

Estudios Pegasus
Los Ángeles
Marzo de 1970

Estás seguro de que no parezco un papá con esta camisa? —dijo Greg.

Inspirado por la moda californiana, se había comprado una camisa como las de los Beach Boys, de rayas azules y blancas, para el primer día de la gira. Entonces no sabía que habría una sesión de fotos.

—Ya es demasiado tarde —dijo Kyle.

—Estás muy guapo —opinó Jane—. Pareces todo un papá.

Greg hizo una mueca de dolor.

—¿Rich? —dijo.

Rich lo miró.

—Te queda bien —murmuró.

—¿Podemos callarnos un poco? Por favor, gracias —indicó Archie Lennox, director de publicidad de Pegasus Studios.

Los Breakers se hicieron a un lado como si estuvieran en el descanso de un partido. Jane levantó la vista, se encontró con los ojos de Jesse fijos en ella y sintió que se ruborizaba.

—Jesse —le llamó Archie—, mira aquí.

Jesse y su banda posaban delante del autobús de la gira de *Painted Lady*, un vehículo azul marino decorado con el arte psicodélico naranja, amarillo, blanco y verde de la contraportada del álbum que daba título a la gira. Archie les había vendido la idea diciendo que serían «unas pocas fotografías rápidas en el aparcamiento de los estudios». Pero ya llevaban allí casi dos horas y nadie estaba contento.

Huck Levi, el batería de Jesse, había llegado tarde, así que, en lugar de posar en primer lugar, la banda había tenido que esperar mientras los Breakers posaban torpemente delante del autobús. Los Breakers habían tratado de disimular lo nerviosos que estaban haciendo el tonto, algo que no había contribuido demasiado a granjearles las simpatías de la banda de Jesse, sus compañeros de autobús. Cuanto más se prolongaba la sesión de fotos, más vulnerable se sentía Jane delante de quienes probablemente eran los mejores músicos de estudio del mundo.

Cuando por fin apareció Huck, Archie se llevó a los Breakers lejos del autobús y empezó a repartir a los compañeros de banda de Jesse alrededor de este. Huck estrechó la mano de Jesse y a continuación se apoyó en un costado del autobús para no perder el equilibrio; eran las tres de la tarde y todavía tenía resaca. Jesse había vivido con Huck en Laurel Canyon durante las sesiones de grabación de *Painted Lady* y le había contado a Jane que nunca volvía a casa sin compañía. Cuando Jane lo vio, el comentario cobró sentido; por Jesse sabía que el padre de Huck había tenido una tienda de alimentación en Forest Hills y su madre había sido una reina de belleza tailandesa. Esta combinación daba a Huck uno de los rostros más hermosos que había visto Jane.

—¿Estás bien? —Jane oyó a Loretta Mays decir a Jesse, quien parecía absorto en sus pensamientos.

Jesse asintió con la cabeza y Loretta se ajustó la manga de su vestido de algodón de rayas y se colocó los rizos castaños encima de un hombro. Jane estaba un poco deslumbrada por Loretta, quien tocaba el piano en la banda de Jesse y además era una cantautora de talento. Solo le sacaba unos años a Jesse, pero su voz ronca y el hecho de que acabara de casarse por segunda vez la hacían parecer muy sofisticada a ojos de Jane. Esta y Loretta eran las dos únicas mujeres de la gira y Jane estaba loca por que fueran amigas.

—Está perfectamente —dijo Benny Vogelsang sacudiendo el brazo a Jesse—. Mira qué sonrisa.

Jesse seguía pensativo.

Benny era para Jesse lo que Rich para Jane: fiel aliado y segunda guitarra. Se habían conocido en la escuela secundaria y, al terminar el bachillerato en McLean, Benny fue quien insistió en que Jesse se dedicara a la música. A menudo doblaba a Jesse con la melodía, preparado para sustituirlo en el lugar exacto si este necesitaba cantar.

—Duke, pon cara de que estás vivo —recomendó Archie con una mueca de enfado por encima del hombro del fotógrafo.

Duke Maguire volvió a situarse en el encuadre y saludó a Benny con una inclinación cortés de cabeza. Duke era algo mayor que el resto, bajista de estudio y profesional de la industria con trescientos álbumes y varias giras nacionales a sus espaldas. Era reservado y no parecía interesado en intimar con ningún miembro de la banda. Para él aquella gira era solo trabajo.

Estos cinco músicos (Loretta al teclado, Jesse, vocalista, Duke al bajo, Benny en la guitarra y Huck en la batería) habían sido los principales colaboradores de Jesse en *Painted Lady*, su segundo álbum de estudio, publicado dos semanas antes.

El primer sencillo del álbum, «Strangest Thing», con «Morning Star» en la cara B, ya había empezado a escalar puestos en las listas de éxitos. En previsión de grandes ventas, Pegasus había tirado ciento cincuenta mil copias. Gracias a Willy, Pegasus también había sacado cinco mil copias más de «Spring Fling» en un sencillo que tenía «Spark» en la cara B. Las ventas de Jesse subían y todos los que participaban en la gira tenían el presentimiento de que estaba a punto de convertirse en un bombazo.

—Muy bien —dijo Archie—, ¿nos atrevemos a sacar una foto de grupo?

Mientras los Breakers se incorporaban tímidamente al posado, la puerta del autobús se abrió y bajó Willy. Tenía unas gafas de aviador nuevas con los cristales amarillos y había recuperado casi todo su aplomo. Nada como tener un single encaminándose a toda velocidad a la lista de los diez más vendidos para devolver la alegría de vivir al A&R de una discográfica.

—Una foto que hará historia —afirmó reuniéndose con Archie.

Para salir en la foto, las dos bandas se juntaron y sonrieron como si fueran amigas, pero una vez hecha, el grupo de Jesse se subió al autobús sin decir palabra. Kyle, siempre el miembro más sociable de los Breakers, fue el único que los siguió.

Jane y Rich esperaron fuera mientras Greg iba a buscar un teléfono. Su entusiasmo inicial por la gira pronto había dado paso a la aprensión por abandonar a Maggie y a Bea. Después de grabar el álbum, todos habían cobrado una pequeña suma de dinero; tanto Greg como Jane habían dado su parte a las Quinn, pero no era lo mismo que estar allí con ellas. Greg odiaba la idea de alejarse de sus chicas; dejarlas atrás lo hacía sentirse incómodamente parecido a su padre.

En un gesto de generosidad poco habitual en ella, Maggie había prometido reunirse con los Breakers para la última etapa de la gira, en la Costa Este. Pero eso no sería hasta junio. Hasta entonces, Greg tendría que recurrir al teléfono.

Archie Lennox se reunió con Rich y Jane sin dejar de tachar cosas en su portapapeles.

—No ha sido la sesión más productiva del mundo, pero está hecha —dijo.

—¿Para qué son las fotos? —preguntó Jane.

La sonrisa de Archie se circunscribió a sus labios.

—Pues ya sabes, cosas varias —comentó agitando el bolígrafo como para quitarle importancia—. No te preocupes, te vamos a convertir en una estrella.

Jane miró a Rich.

—Pues es una buena pregunta —dijo Rich—. Yo me estaba planteando lo mismo.

Archie levantó la vista de su carpeta.

—Promoción y *merchandising*. Vamos a hacer carteles y folletos con estas fotos para tener en todos los sitios donde toquéis —explicó—. En algunos de los estadios habrá también banderolas. Y también las usaremos en camisetas, chapas y fotos para enmarcar.

Aunque Archie estaba contestando una pregunta de Jane, su respuesta iba dirigida a Rich.

Ella empezó a caminar en dirección al autobús. Siempre había tenido la sensación de ser la que cuidaba de sus compañeros de banda, pero ahora debía dejar que fueran ellos los que marcaran las pautas en sus interacciones con otros hombres. Había abrigado la esperanza de que la grabación del álbum hubiera sido un hecho aislado, como un experimento extraño en un laboratorio subterráneo. Pero resultó que ese laboratorio era, más o menos, representativo de todo aquel mundillo. En la industria de la música todo eran hombres, desde los agentes, los directores de sonido y los técnicos de iluminación hasta los directivos de las discográficas, los periodistas y los fotógrafos. Lejos de la protección de la isla de Bayleen y su tribu de las Quinn, a Jane le inquietaba comprobar que muchos hombres, al conocerla, la trataban con condescendencia, escepticismo o directamente desprecio. Subió al autobús sin que Archie reparara siquiera en que había abandonado la conversación.

—¡Jane! —la llamó Jesse. Ella lo miró, estaba con Willy—. Guárdame un sitio —le pidió.

Jane le contestó con una pequeña sonrisa.

Mientras subía las escaleras del autobús, saludó a Pete, el barbudo conductor. La banda de Jesse se había instalado en las primeras filas; la saludaron con la cabeza al pasar, pero ninguno hizo ademán de hablar con ella. Se dirigió al fondo a reunirse con Kyle, pero antes se detuvo un momento junto a Loretta.

—Hola —saludó—, me gusta tu camiseta.

Fue el primer comentario que le vino a la cabeza. Loretta la miró con los ojos entornados, como tratando de decidir si Jane era sosa o directamente tonta.

—Pues vale —dijo y se puso a mirar por la ventana hacia donde estaba Jesse.

Jane se puso colorada y siguió andando. Kyle le dio una palmadita en el hombro.

—Seguro que, si lo hace Greg, funciona —dijo.

Jane se acomodó en el asiento delante de Kyle y observó a Willy y a Jesse estrechar la mano de Archie. No cabía duda de que Jesse era el centro de todo aquello. Jesse, con su amabilidad y sus modales corteses, que jamás levantaba la voz ni transmitía vanidad, era la persona a la que todos buscaban. Y él a quien parecía necesitar era a Jane.

Dado su enfrentamiento con Vincent Ray, Jane sabía que la única razón por la que su banda y ella participaban en aquella gira eran los sentimientos de Jesse hacia ella, y el resto también lo sabía. Por eso, en parte, había insistido Jane en que los dos se comportaran con discreción en público. Temía que, si el mundo se enteraba de que eran pareja antes de que ella tuviera ocasión de abrir la boca sobre un escenario de proyección nacional, no llegaría a nada en el mundo de la música.

El itinerario de la gira empezaba suave: dos semanas de calentamiento en recintos más pequeños del Noroeste del Pacífico. La primera actuación «oficial» sería en San Francisco.

Jane miró a Rich, quien tenía los ojos fijos en la carretera, y lo encontró más desvalido que nunca. Cuando Greg volvió de llamar por teléfono, Rich apagó su cigarrillo y los dos se subieron al autobús seguidos de Jesse. Este chocó los cinco con su banda y se detuvo un momento a hablar con Loretta antes de sentarse al lado de Jane. Mantenía la mirada al frente, pero ella sintió una descarga eléctrica cuando las rodillas de ambos se rozaron.

Willy, el último en subir, hizo un recuento rápido antes de dar permiso a Pete para arrancar. El freno neumático chirrió, los faros se encendieron y el autocar salió a Sunset Strip. Jane miró por la ventanilla. Nunca había estado en la Costa Oeste y no se había acostumbrado aún a aquel paisaje desconocido: la arquitectura, la vegetación, las dimensiones.

Notó la mano de Jesse deslizarse con disimulo entre su muslo izquierdo y el asiento y también el calor que irradiaba su pecho mientras miraba por la ventana encima de su hombro. Cuando enfilaron la 101, todo el autobús estaba en silencio; no lo sabían, pero se debía a que Jesse estaba callado. De haber dicho alguna cosa, el resto también habría empezado a hablar.

14

Estaba previsto que en sus actuaciones de la gira los Breakers tocaran cuatro canciones, sus temas más movidos y cercanos al gusto popular. La banda se encontraba en su mejor momento: se sabían los temas al dedillo y estaban inusualmente bien avenidos. Pero, sobre todo, estaban deseando demostrar de lo que eran capaces.

En la primera noche de gira, mientras se preparaban para actuar en el Carlson Theater, en el campus de Bellevue College, estaban tan impacientes como corredores que esperan que suene el pistoletazo de salida.

—Seamos excelentes —dijo Jane cuando formaron un apretado corro antes de salir.

Y lo fueron. El estadio cobró vida con la voz de Jane y la guitarra de Rich.

Jane y Jesse no habían calentado juntos nunca antes, así que cuando esta abandonó el escenario, eufórica y radiante, se sobresaltó al encontrarlo ojeroso y sombrío, como un hombre camino del pelotón de fusilamiento. A Jesse solía iluminársele la cara cada vez que veía a Jane, pero esta vez se limitó a levantar las cejas y a darse media vuelta para mirar a Loretta y Benny.

—Muy buena actuación —dijo Willy a Jane dándole un vaso de agua—. Habéis arrasado.

—¿Está bien Jesse? —preguntó ella mirando la nuca del cantante.

—Pues claro —contestó Willy. Pareció que iba a añadir algo, así que Jane esperó. Entonces él se aclaró la garganta y susurró—: Lo habéis hecho de maravilla, ¿vale?

Jane asintió con la cabeza.

—Lo que está fenomenal para ser teloneros. De vosotros se espera que estéis bien y ya está. Si no lo estáis no pasa nada, la gente irá a tomarse una cerveza. Si sois buenos, estará encantada. Pero si estáis increíbles, como ha sido el caso, entonces tenéis la posibilidad de salir de aquí con miles de admiradores nuevos. Habréis despegado. —Hizo un gesto de avión despegando con la mano—. En cambio, para Jesse —dijo bajando aún más la voz— las expectativas son altísimas. Esta noche, él no viene a ganar fans. Nadie se compra una entrada a un concierto con el nombre de Jesse escrito si no es seguidor suyo. —Miró de reojo a Jesse, formando un corro con su banda—. Si su actuación no es espectacular, la gente pedirá que le devuelvan el dinero. Eso supone mucha presión cuando estás a punto de subirte a un escenario. No te está permitido tener una mala noche.

Jane y Willy vieron que Benny le daba una palmadita en la espalda a Jesse. Él se volvió a mirar a Jane y le dirigió una sonrisa fugaz antes de salir al escenario, donde los focos le bañaron la cara de luz. El público entró en erupción y Jane se sintió llena de asombro. Se prometió a sí misma que algún día sería su nombre el que figuraría en las entradas a un concierto.

Aquella noche, cuando el autobús entraba en Seattle, Jesse se quedó dormido con la cabeza apoyada en el hombro de Jane. Willy se detuvo junto a sus asientos.

—El que vende *merchandising* en el teatro me dice que se han quedado sin copias de *Spring Fling* —dijo con un guiño—.

Voy a pedir al departamento de ventas que revise las proyecciones. Me parece que nos hemos quedado cortos con el número de copias.

Jane no pudo evitar sonreír al pensar en que esa información llegaría a oídos de Vincent Ray.

Los Breakers hicieron grandes actuaciones también en los campus de la universidad de Washington y la de Seattle. Las de Jesse no dejaban de mejorar y sus admiradores, en especial las chicas universitarias que acudían en tropel a gritar su nombre, no tenían ni idea de que estaba todavía puliendo las canciones. No se fijaban en si el bajo entraba con un compás de retraso en «Chapel on a Hill» o en si Jesse se había confundido con la letra de la segunda estrofa de «Painted Lady». Pero Jesse y su banda sí se daban cuenta. Esta clase de ajustes eran una parte natural del proceso y ninguno habría esperado que no fueran necesarios; por eso había programadas dos semanas de actuaciones en campus universitarios al principio de la gira.

Lo que la banda de Jesse claramente no se había esperado era que los Breakers fueran semejante bombazo. Por mucho talento que tuviera, una banda profesional no podía competir con la química de un grupo de jóvenes que llevaban toda la vida tocando juntos. Algunos veían esto con agrado: Jesse estaba tan ilusionado con las actuaciones de los Breakers como con las suyas y Huck chocaba los cinco con cada uno de los Breakers cada vez que abandonaban el escenario. Otros no.

—Es como si no hubieran visto a una rubia en su vida —comentó Loretta con frialdad después de que los Breakers triunfaran por tercera vez sobre el escenario.

Aquella noche, Pete aparcó el autobús delante de un motel de carretera situado nada más cruzar la frontera de Washington y Oregón. Jane y Jesse siempre dormían en habitaciones separadas, pero Willy siempre se cuidaba de que fueran contiguas. Jesse dio las buenas noches a su banda, Jane hizo lo mismo con la suya y se fueron cada uno a su cuarto.

Momentos después Jane oyó que llamaban a la puerta que separaba su habitación de la de Jesse. Cuando la abrió, entró este con un cepillo de dientes, una camiseta y unos calzoncillos, como si fuera a pasar la noche. Tiró las cosas a la cama antes de que Jane lo abrazara. Jesse le pasó los dedos por el pelo y acercó sus labios a los de ella. Después de un día entero de miradas robadas, a Jane le temblaban las piernas; tan grande era su deseo de tocarlo.

Jesse se quitó la camisa y la guio hasta el austero cuarto de baño. Jane se desnudó y abrió la ducha mientras Jesse le quitaba el envoltorio de papel blando brillante a una pastilla de jabón.

—Pegasus no escatima en gastos —bromeó Jane, e hizo entrar a Jesse en la ducha con ella.

Él frotó con brío la pastilla de jabón y cubrió a Jane de espuma. Esta sintió pequeñas revoluciones en la piel allí donde Jesse la tocaba. Le quitó la pastilla y le frotó con ella los hombros, las caderas, los glúteos. La barra de la ducha entera repiqueteó cuando Jane tiró de Jesse hacia sí y le metió la lengua en la boca, haciéndole soltar un gemido ronco. Jane notó la erección de Jesse contra el estómago mientras este deslizaba un dedo en su interior.

Se besaron hasta que tuvieron la piel más que enjabonada y, mientras la espuma desaparecía por el sumidero, Jesse hizo que Jane se diera la vuelta y se pusiera de puntillas antes de penetrarla. Con un brazo en su cintura y otro en la pelvis, movió las caderas de ambos al mismo ritmo mientras el agua les caía en cascada por la espalda.

—Joder —dijo Jane.

Arqueó la espalda como reacción a la intensidad de la sensación. Los brazos de Jesse eran fuertes y Jane se abandonó a ellos. Cuando se corrió, se pegó contra él.

—Así, cariño —le susurró Jesse al oído.

Jane disfrutó del momento, fundiéndose en el calor del agua mientras Jesse continuaba moviéndose dentro de ella con medido control. Cuando supo que estaba muy cerca, salió.

Llevó a Jane hasta la cama y le sujetó las muñecas, mirándola a los ojos mientras la penetraba de nuevo. Jane se abandonó a la sensación del peso de Jesse encima de ella, a sus jadeos en el oído. Las manos de él encontraron las suyas y las sujetaron por encima de la cabeza mientras sus cuerpos se mecían al compás de un placer silencioso.

—Joder, Jane —le susurró Jesse al oído y le apretó la cadera con la mano al correrse.

Jane le acarició la mejilla con la nariz. Estuvieron así un instante, oyéndose respirar el uno al otro.

Después, Jesse se separó y besó a Jane. Se levantó para cerrar la ducha y al volver se tumbó de espaldas completamente desnudo. Su mano subió por la columna de Jane y se detuvo en el arranque del cuello para, a continuación, recorrer el tatuaje, el escudo de la familia Quinn.

—Todas lo tenéis —dijo.

Jane asintió.

—Sol, luna, agua.

—No hace falta más —concluyó Jesse—. Ojalá pudiéramos seguir siempre así. Una vez empieza la gira en las ciudades grandes es… otra cosa.

—¿Qué quieres decir?

Jesse se encogió de hombros.

—Está todo planeado minuto a minuto. Es como estar otra vez en el Zoo.

Se le tensó el cuerpo al decirlo y Jane le acarició la mejilla. Jesse sonrió, le cogió la mano y se la besó. Luego apagó la luz, la abrazó y los dos se quedaron dormidos.

Los haces de los faros de los coches se colaban por entre las lamas de las persianas y bailaban igual que fantasmas en el techo, con susurros y zumbidos. Jane se despertó y se tumbó de espaldas con el corazón acelerado mientras la imagen fija de su pesadilla se disipaba en la habitación: vestido lila, recibidor, espejo, lápiz de labios. Inspiró; sentía que se ahogaba. Evocó la playa iluminada a la luz de la luna, pero las huellas de pisadas aparecieron demasiado pronto, al compás de los latidos de su corazón.

De las personas que Jane conocía, su madre era la única que había recorrido el camino que hacía ahora ella. Deseó poder hablarle. Buscó en su interior cualquier hilo que las conectara. Podía imaginarse a Charlotte en una habitación no muy distinta de aquella, con un colibrí atrapado en el pecho, como ella. ¿Así era como se había sentido? ¿Por eso hizo lo que hizo?

Jane se levantó de la cama, se puso la camiseta de Jesse y cogió su mechero y una cajetilla de Pall Mall que había robado del bolso de Elsie. Sujetó la puerta con un zapato para que no se cerrara, salió al pasillo exterior y encendió un cigarrillo. Miró a la oscuridad al otro lado de la carretera; aquello era Oregón, una tierra misteriosa que nunca había imaginado visitar. Sabía que era un estado del país, pero no conocía a nadie de allí.

Aunque había luna llena, le costó encontrar la Osa Mayor, que brillaba en un punto distinto del de Massachusetts. Los estadounidenses vivían bajo estrellas diferentes.

Se abrió la puerta y apareció Jesse vestido con pantalones vaqueros y desnudo de cintura para arriba. Solo con verlo, ella lo deseó de nuevo. Jesse volvió a colocar el zapato en la puerta y le cogió el cigarrillo a Jane para dar una calada.

—¿Otra vez el mismo sueño? —dijo. Jane asintió con la cabeza. Jesse le devolvió el cigarrillo, pero cuando ella lo cogió, él retuvo su mano. Jane le sonrió y se acercó a él—. ¿Has probado a escribirlo? —preguntó Jesse.

—No funcionará —respondió ella, meneando la cabeza.

Todo a su alrededor se había teñido del amarillo intenso de las luces de la autopista, pero los ojos de Jesse seguían siendo serenos y azules.

—¿Por qué no lo intentas?

Jane se encogió de hombros.

—No me gusta escribir.

Jesse cambió el peso de una pierna a otra.

—Pues me parece raro —dijo—, porque escribir se te da bien. A ver, «Spark» es una buena canción, quizá la más lograda de vuestro álbum desde el punto de vista lírico.

—«Spark» fue un caso aislado —repuso ella.

Jesse la miró con las cejas levantadas.

—¿Y eso por qué? Tu madre escribía. Lo llevas en la sangre.

—Pero no soy ella —corrigió Jane con un escalofrío al recordar lo vulnerable que se había sentido después de escribir «Spark».

—Es posible —dijo Jesse—, pero a mí por lo menos me gustaría ver de lo que eres capaz.

Jane dio una última calada y apagó el cigarrillo en la barandilla. Guardaron silencio mientras pasaban coches a gran velocidad.

—Qué lejos estamos de la isla —comentó Jesse. Jane levantó la vista para mirarlo. Él le cogió la mano y la abrazó—. Vamos dentro —sugirió.

Ella se dejó llevar. Jesse le retiró las mantas de su lado de la cama y Jane se acostó. Él apagó la lámpara y empezó a masajearle la espalda. Con voz suave y queda, cantó:

Let the light go,
Let it fade into the sea.
The sun belongs to the horizon,
And you belong to me.[1]

---

[1] Deja que la luz se vaya. / Deja que se funda con el mar. / El lugar del sol está en el horizonte. / El tuyo está junto a mí.

Jane se quedó muy quieta.

—Es bonito —susurró.

—Es tuyo —dijo Jesse.

—¿Mío?

—Quiero decir que lo he escrito para ti. —Jesse carraspeó—. Escucha, Jane. Pueden salir mal... muchas cosas, pero pase lo que pase entre... nosotros... Pase lo que pase, esta canción siempre será para ti.

Jane guardó silencio un instante. A continuación, preguntó:

—¿Cómo sigue?

Y sonrió en la oscuridad.

15

Willy había hecho giras cada año desde que cumplió los veintidós y si había aprendido alguna cosa era que el éxito separa a las personas y el fracaso las une. Los Breakers estaban tan deseosos de causarle buena impresión a la banda de Jesse que estaban ganándose su antipatía. A Willy no le preocupaba. Tarde o temprano, algo iría tan mal que no les quedaría más remedio que estrechar lazos.

Y ocurrió en Portland. En mitad de la actuación de los Breakers en el Lincoln Hall de la Portland State University, el equipo de sonido se escacharró. Durante la primera estrofa de «Indigo», el micrófono de Jane empezó a acoplarse: cientos de personas se taparon las orejas, doloridas, mientras un chirrido metálico atronaba en el auditorio igual que una alarma de incendios. Willy advirtió que Jane se volvía hacia Rich.

—¿Qué hacemos? —preguntó ella.

El sonido de Rich y el de Kyle seguían funcionando bien y los dos se pusieron a rasguear para llenar el silencio. De los altavoces que habían estado proyectando los amplificadores de Jane y Greg salía un zumbido.

—«Don't Fret» —respondió Rich—. Empieza, Kyle.

Llevaban semanas sin ensayar «Don't Fret», pero a Kyle le sobraban tablas. Ocupó el centro del escenario y empezó a improvisar con Rich. Los dos eran capaces de intercambiarse fraseos durante más tiempo de lo que puede un lanzador de la Liga Menor practicar su bola rápida, pero aquella canción necesitaba la parte de percusión. Greg y Jane se dieron cuenta de esto antes que Willy y, mientras Greg seguía tocando, sin sonido, eso sí, Jane fue hasta el piano de Loretta en la parte frontal del escenario y abrió la tapa. Willy la vio inclinarse sobre las teclas como si fuera a rezar.

—¿Podéis dar sonido al teclado? —le pidió Willy al técnico.

Jane empezó a tocar una progresión de acordes mientras Kyle le pasaba la melodía a Rich. Uno a uno, los integrantes de la banda de Jesse fueron colocándose entre bastidores para ver a los Breakers. Primero Jesse, luego Benny, Loretta y, por último, Duke. Los Breakers tocaron durante casi diez minutos, el tiempo que les quedaba de actuación y terminaron con un deslumbrante solo de Kyle. Cuando acabaron, el público estaba entusiasmado.

—¿Qué ha sido eso? —exclamó Greg mientras salían corriendo.

—¡Joder! —exclamó Rich con una mano en el corazón.

—Esos tresillos… echaban humo —dijo Jane chocando los cinco con Kyle.

—¿Y qué me dices de ti, domadora de pianos? —replicó Kyle cogiéndole las manos a Jane y sacudiéndole los brazos.

Pararon en seco cuando se dieron cuenta de que la banda de Jesse los miraba. Duke fue el primero en hablar, de bajista a bajista.

—Amigo —dijo abrazando a Kyle—, eso es lo que yo llamo música de verdad.

Kyle sonrió, radiante. Era como si ambas bandas se hubieran dado cuenta de pronto de que hablaban el mismo idioma;

empezaron a charlar igual que familiares que se reencuentran después de mucho tiempo. Willy vio cómo Jane se ponía nerviosa cuando Loretta se dirigió a ella.

—La próxima vez que te apropies mi piano acuérdate de quitarle la sordina —le soltó—. He oído órganos de iglesia con más marcha. —Cuando Jane abrió la boca para responder, la mirada de Loretta se suavizó—. Aun así, no ha estado nada mal. Para ser una chica.

Le guiñó un ojo a Jane y se volvió hacia Benny.

Loretta había seguido las reglas de la industria a rajatabla, primero como compositora y después como intérprete. Willy sabía que su mayor ambición era sacar su propio disco y que llevaba años trabajando a conciencia para construirse una reputación y ganarse la confianza de la discográfica. Para ella debió de ser una decepción ver a la bella Jane Quinn, de veintidós años, aparecer de la noche a la mañana, saltarse todas las normas y terminar con un álbum y un puesto de telonera en una gira nacional.

Willy miró a Jesse y a Jane. Este estaba hablando con Kyle, pero su brazo no dejaba de rozar el de Jane, como si necesitara asegurarse de su presencia. Willy nunca había visto a nadie tan embelesado. A Jane también le gustaba Jesse, pero le importaba más la música. Probablemente por eso le atraía tanto a él. Casi cualquier otra chica estaría deseando contarle al mundo que Jesse la había elegido; Jane, en cambio, no quería que nadie lo supiera.

—Escuchad —propuso Jesse llamando la atención de todos—, ¿y si terminamos el concierto con una gran actuación… todos juntos?

—Es una gran idea… —reconoció Willy en tono pensativo.

—¿Qué canción? —preguntó Benny—. Ya hemos tocado todo el álbum.

—¿Qué tal «My Lady»? —planteó Kyle.

—O quizá un tema de los Breakers —sugirió Jesse.

—¿Qué os parece «Let the Light Go»? —preguntó Jane.

Jesse la miró como si acabara de darle su número de la seguridad social.

—No conozco esa canción —dijo Huck.

—Es nueva —explicó Jane—. La ha escrito Jesse. Es muy buena.

—Si es lo que quieres… —dijo Jesse. Esbozó una pequeña sonrisa, pero cuando se dio la vuelta para coger su guitarra, Willy vio cómo la decepción le ensombrecía la cara.

A continuación, los dos grupos se pusieron a hablar entre sí con palabras técnicas y a hacer un despliegue de frases tipo «para los cambios, fíjate en mí» o «yo haré la segunda menor», que dejaba a Willy fuera de la conversación.

El abuelo de Willy, Seb, había emigrado a Estados Unidos desde Egipto en 1875 con un semental de raza árabe con el que ganó la carrera de caballos Preakness, en Maryland, antes de seguir camino hacia el oeste. Una vez en Los Ángeles, se cambió el nombre de Laghmani a Lambert y usó el dinero que sacaba cruzando el caballo para invertir en la tecnología de gramófono de Volta Laboratory. A su hijo le legó un nombre americano, Jack, y dos pasiones que este hizo suyas una vez adulto: las carreras de caballos y la industria de la música. Willy había sido educado para cultivar la segunda en forma de metáfora de la primera.

Jesse era un purasangre, talento en estado puro, una apuesta segura, la clase de participante que llegaría siempre el primero a la meta. Jane era un potro salvaje. Willy había creído que llegaría un momento en que conseguiría domarla, pero se había equivocado. Con Jane había las mismas probabilidades de que terminara abalanzándose sobre las gradas o cruzando la línea de meta. En ocasiones, sin embargo, ocurría que un caballo ganador por lo común dócil necesitaba un compañero de entrenamiento para conservar intacto su espíritu. Así era como había vendido Willy la inclusión de los Breakers como teloneros de Jesse a su padre y al resto del consejo de dirección de Pegasus. «Le harán correr más y más deprisa», había dicho. A pesar de las objeciones de Vincent Ray, el consejo accedió.

Willy siempre había sido de la opinión de que las discográficas venden discos, no artistas; el público no sabe lo que le gusta y las compañías se lo dicen. La lealtad de Willy hacia Jane se contradecía con esto y ni siquiera él sabía hasta dónde llegaba. Se diferenciaba de su padre en algo fundamental: Jack Lambert disfrutaba de las carreras de caballos porque le encantaba ganar. A Willy le encantaba ganar, pero también le gustaba ver correr a los caballos. Y Jane corría muy bien.

No era atracción, exactamente. No es que no se le hubiera pasado por la cabeza, pero Willy prefería a las mujeres maduras (su mujer, Rebecca, le sacaba siete años). La fascinación de Willy por Jane era más profunda que eso: era existencial. Tanto Willy como Jane eran herederos desde el punto de vista musical: Jane había heredado una *vendetta*; Willy, un reino. Hubo un tiempo en el que Willy había pensado que le gustaría cambiar ese reino, pero después de oponerse a Vincent Ray el verano anterior descubrió que prefería la muerte antes que poner en peligro su herencia.

Jane Quinn estaba libre de estas cadenas y se había convertido en el avatar de Willy para aquello que este nunca se habría atrevido a hacer o decir. Si alguien como Jane podía labrarse una carrera en la música sin el apoyo de su discográfica, amenazaría el control y la soberanía de los poderes establecidos y el legado mismo de Willy. Y, sin embargo, este en ocasiones se daba cuenta que estaba deseando que Jane hiciera que todo se tambaleara hasta los cimientos.

Los técnicos de sonido tardaron cinco minutos en preparar los altavoces; una vez Jesse empezó a tocar, le bastaron menos de veinte segundos para ganarse al público. Su banda interpretó el repertorio de manera más vibrante que de costumbre, como si después de ver a los Breakers se sintieran libres de darlo todo. Cuando terminaron, saludaron al público y los Breakers llegaron corriendo al escenario entre gritos de alegría que parecían aumentar de volumen a medida que Jane se acercaba más a Jesse.

—Gracias —dijo Jesse—. Gracias. Vamos a tocaros una canción más.

Willy miró entre bastidores cómo Jane empezaba a cantar la primera estrofa de «Let the Light Go», con Jesse a la guitarra a su lado. La canción era extraña y hermosa, a medio camino entre una balada pop y un blues.

I'll watch over you,
As long as I am here,
As long as I am near,
You can dream, dream away.[1]

Mientras los músicos avanzaban a tientas con el acompañamiento, Willy detectó un grupo de universitarias de mirada soñadora que tenían los ojos fijos en Jesse y Jane. Sus expresiones transportaron a Willy de vuelta al invierno de 1964, cuando una gira cancelada lo obligó a pasarse el verano haciendo de chico de los recados para el Ed Sullivan Show. Así era como miraba el público a los Beatles: eufórico, obsesionado. Los engranajes dentro de la cabeza de Willy empezaron a girar mientras miraba esos rostros jóvenes preguntarse: «¿Están juntos? ¿Sí o no?».

Ignorar la respuesta podía desencadenar una auténtica fiebre persecutoria. Daba la impresión de que el deseo de intimidad de Jane tenía el potencial no buscado de rociar gasolina

---

[1] Cuidaré de ti / mientras viva. / Mientras aquí siga, / puedes soñar.

en los muchos corazones que albergaban una vela encendida por Jesse; y eso era combustible suficiente para propulsar al cantante de la Costa Este hasta la estratosfera. Cuando Jane y Jesse saludaron juntos, los gritos del público se volvieron ensordecedores.

Después del concierto, una chica pecosa con pelo color caoba y gafas los esperaba en el aparcamiento, como si hubiera sabido a qué hora saldrían. Llevaba una cámara colgada del cuello y una libreta en la mano. Saltaba a la vista que escribía para el periódico de la universidad.

—Lo siento —dijo Willy—. Jesse no va a dar entrevistas.

—No pasa nada —le tranquilizó Jesse todavía con la euforia del concierto.

—Es que no sé… —dijo Willy.

—No pasa nada —insistió él—. Hola, soy Jesse.

—Soy Marybeth Kent —se presentó la chica estrechándole la mano como si estuviera en una entrevista de trabajo. Willy puso los ojos en blanco, levantó una mano y dijo moviendo los labios sin emitir sonido: «Cinco minutos»—. Tus admiradoras quieren saber —dijo la chica ruborizándose— si estás con Jane Quinn.

Jesse rio y levantó la vista en el preciso instante en que Jane pasaba a su lado camino del autobús.

—¿Tú qué dices, Janie Q? ¿Estamos juntos?

—¿Así es como invitas a una chica a salir? —le contestó Jane sin detenerse.

Marybeth empezó a escribir frenéticamente.

—Entonces…, esa canción, «Morning Star», ¿es sobre Jane Quinn? —preguntó.

—Está inspirada en varias personas que he conocido —explicó Jesse.

—Pero una de ellas es Jane Quinn —precisó Marybeth—. «El lucero del alba y tu guitarra… Seguiría ese pelo rubio al fin del mundo». Es evidente que es ella. —Jesse se encogió de hombros—. ¿Qué es lo que te atrae de Jane? —insistió Marybeth.

—Vale, se acabó el tiempo —cortó Willy—. Gracias por venir.

Y, dicho esto, envió a Marybeth de vuelta al campus. Esta se giró varias veces para ver a Jesse antes de desaparecer.

Aquella noche, el ambiente dentro del autobús era alegre como en un bar. Por primera vez, las dos bandas se mezclaron, hablaron y rieron. Jesse parecía tranquilo. Jane estaba alerta.

El domingo, el autobús de *Painted Lady* puso rumbo por la costa hacia San Francisco con el nuevo programa de Casey Kasem, *American Top Ten*, en la radio. La primera sorpresa llegó con la canción del puesto treinta y ocho de la lista, que resultó ser «Spring Fling». Cuando vibraron las primeras notas de la intro de guitarra, Jane abrió mucho los ojos. El autobús entero empezó a gritar.

—¡Toma ya! —exclamó Jesse con una sonrisa radiante.

—*Strong, yeah, you bring me along...* —cantaron a coro.

Cuando terminó la canción de los Breakers, se instaló una tensión nueva en el autobús. Si «Spring Fling» (que no había estado cerca de entrar en ninguna lista de éxitos la semana anterior), ocupaba ahora el puesto treinta y ocho, ¿dónde estaría «Strangest Thing»? A medida que el programa avanzaba hacia los primeros puestos, el silencio en el autobús era mayor.

Jesse estaba sentado al lado de Jane mirándose los zapatos. Willy empezó a hacer una lista mental de las llamadas que tendría que hacer si la canción salía entre las diez primeras. Faltaban unos treinta kilómetros para llegar a la ciudad cuando comenzó la cuenta atrás. El puente Golden Gate apareció justo cuando «Huguenot» de Bulletin entraba en el puesto número cinco.

—Y ahora, en el puesto número cuatro esta semana tenemos... «Strangest Thing», de Jesse Reid.

Voces de asombro rodearon a Willy. Jane sonrió a Jesse y Pete, el conductor, subió el volumen cuando empezó a sonar la canción.

Mientras los músicos celebraban, Willy se perdió en sus pensamientos.

—¿Qué pasa? —le preguntó Kyle.

Él se frotó la barbilla.

—Llevo diez años en este negocio y sé que no importa lo bueno que es un tema —dijo—. No se escala nueve puestos en una semana solo por tocar en unos cuantos campus universitarios. Ha tenido que pasar algo más.

La respuesta llegó apenas una hora después, cuando el autobús aparcó delante de un dispensador de la publicación de cotilleos *Snitch Magazine*.

Allí estaba la foto: Jesse mirando a Jane subir al autobús mientras esta volvía la cabeza hacia él. El titular decía: LA CHICA DE LAS CANCIONES. ¿ES JANE QUINN EL LUCERO DEL ALBA DE JESSE REID?

Así que Marybeth Kent no era una simple reportera del periódico de la universidad.

16

En San Francisco tocaron en Stern Grove, delante de una explanada de césped tachonada de jerséis y chaquetas que un frío repentino había sacado de los armarios.

—No es así como me imaginaba California —murmuró Kyle exhalándose en los dedos para calentárselos.

Los asistentes al concierto habían estado apacibles, casi somnolientos, y cuando Jane los animó a hacer algo de ruido, aplaudieron como si estuvieran en un torneo de golf.

—Son duros de pelar —le dijo Jane a Rich entre «Indigo» y «Spark».

—Están todos colocados —respondió Rich inhalando el aroma picante que les llegaba, una mezcla de hierba, humo y esa legendaria niebla.

Jesse había estado en lo cierto: las ciudades eran otra cosa. Para cuando llegaron a Los Ángeles, *Tiger Beat* y *Flip* se habían hecho eco del rumor de que Jane y Jesse podían estar juntos y el público del L. A. Memorial Coliseum era un hervidero de conjeturas. ¿Repetirían el número final sorpresa del que había hablado *Snitch*? ¿Tendrían la oportunidad de ver a Jane y Jesse juntos?

Cuando Jane subió al escenario, sintió un furor que no había experimentado nunca antes. El público era nutrido, estiloso y moderno, pero hasta que fueron por la mitad del primer tema no cayó en la cuenta de la verdadera diferencia. Cuando atacó el estribillo de «Dirty Bastard», Jane oyó al público cantar con ella: se sabían las canciones de los Breakers. Al oír sus propias letras reverberar en el estadio, se le aceleró el corazón por mucho que supiera que la razón de que las hubieran aprendido era que creían que Jesse y ella eran pareja.

—Tengo la sensación de estar haciendo trampa —le dijo a Greg cuando estuvieron fuera del escenario mirando a Jesse sonreír tímidamente al público desde su silla.

Greg se encogió de hombros.

—¿Es más grave esa trampa que la de que tú seas guapa? —preguntó—. ¿O la de que Jesse sea rico?

A Jane le encantaba ver actuar a Jesse. La tensión que acumulaba en los hombros antes de salir al escenario se evaporaba en cuanto se situaba bajo los focos con la guitarra en las manos. Jane era como una supernova, todo brillo y energía; Jesse era un agujero negro, un pozo gravitatorio que atraía legiones a su alrededor. A menudo cantaba con la vista en el suelo o con los ojos cerrados, lo que tenía un efecto hipnótico; el público lo miraba como si tuviera miedo de despertar a un sonámbulo.

Después de una actuación de ensueño, Jesse invitó a los Breakers a que volvieran al escenario a cantar «Let the Light Go» y el público se volvió loco. Jesse se puso en pie y miró a Jane, y a ojos del público aquel gesto vino a decir que ella lo había despertado, algo que su cambio de postura no hizo más que subrayar. Willy les había recomendado encarecidamente que ofrecieran un bis a sus admiradores. Jane era consciente de estar siendo sometida a escrutinio, pero solo un poco; cuando cantaba con Jesse se olvidaba de todo lo demás.

Saludaron a la vez y salieron del escenario con cuidado de no tocarse. En cuanto Jesse estuvo fuera de los focos, se le borró toda expresión de la cara. Willy le dio un vaso de agua y lo felicitó por lo bien que había estado y Jane esperó unos minutos antes de hablarle; había aprendido que su primera reacción después de una actuación era la catatonia.

—Te envidio —le dijo Jesse aquella noche en la habitación de hotel— por cómo lo disfrutas.

A la mañana siguiente, Willy los buscó en el restaurante del hotel para darles una noticia:

—*Rolling Stone* va a mandar a Curtis Wilks para que escriba un reportaje sobre ti —le contó a Jesse—. Nos va a acompañar durante el resto de las actuaciones en Los Ángeles. Tenemos que procurar que se lleve un buen recuerdo.

Jesse acababa de cortar un trozo de tortilla francesa y dejó el tenedor en el plato.

—Va a dejar constancia de todos los aspectos de la gira —explicó Willy—. Así que, si no queréis que se entere de lo vuestro, sugiero que hasta que lleguemos a Las Vegas seáis aún más discretos.

—Para que conste —dijo Jesse—, no me importa que lo nuestro se sepa.

—Para que conste —dijo Jane cogiéndole el tenedor y metiéndose el trozo de tortilla en la boca—, a mí sí.

Cuando llegaron al lugar del concierto aquella noche, encontraron a Curtis Wilks esperándolos entre bastidores. Tenía unos treinta y cinco años, pelo castaño abundante y bigote curvado hacia arriba: era un adorable osito de peluche con pase de prensa. Pero si algo había aprendido Jane de Mark Edison era que la prensa no tenía nada de adorable.

—Jane —la llamó Willy—, ven a conocer a Curtis.

Ella sonrió y le tendió la mano.

—Soy la solista de los Breakers —dijo—, los teloneros.

—Sé quiénes sois —contestó Curtis, sonriente, mientras estrechaba vigorosamente la mano de Jane—. Os vi el verano pasado en el Folk Fest. *Spring Fling* es un primer disco fabuloso. Y tú eres una cantante tremenda.

Un momento más tarde, Willy los interrumpió para llevarse otra vez a Curtis con Jesse y dejar que Jane se reuniera con su banda.

Los Breakers afinaron y se fueron a su remolque a esperar a que los llamaran. Greg y Rich pusieron el partido de béisbol y Kyle acababa de pedir a Jane que jugara con él a las cartas cuando Jesse llamó a la puerta.

—Curtis sigue con Willy entre bastidores —dijo—. ¿Te puedo raptar un momento?

La llevó detrás de la caravana. Un horizonte magenta centelleaba detrás del estadio, que ya vibraba con voces.

—¿Qué pasa? —preguntó Jane.

Jesse tenía aspecto de ir a decir algo, pero entonces dio un paso al frente y le rodeó a Jane la cintura con los brazos. Ella lo cogió por los hombros, sorprendida, y lo abrazó unos instantes. *Rolling Stone* era una revista importante, la más importante de todas; los dos lo sabían. Cuando se publicara el artículo, las cosas cambiarían. Era pronto para saber exactamente cómo, pero ambos lo presentían; estaba a punto de desaparecer una manera de estar y de nacer otra nueva. Jesse tiró de Jane hacia sí y enterró la cara en su pelo.

Aquella noche Jesse tocó igual que Orfeo a bordo del *Argo* en una actuación potente e hipnótica. Después, las dos bandas subieron con Curtis Wilks en el autobús y Pete los llevó a todos a Beverly Hills a una fiesta organizada por el hermano de Willy, y fundador de Counting Sheep Records, Danny Lambert.

—Qué horror —musitó Willy cuando se detuvieron en un recargado patio de piedra que imitaba una *piazza* veneciana.

El interior parecía un cruce entre una casa de playa y la guarida de un vampiro: palmeras mezcladas con terciopelo rojo, apliques de cristal iluminando suelos color coral. Danny era una versión mayor y más lujosa de Willy. Los esperaba en el vestíbulo octogonal con el pelo peinado hacia atrás y dentadura centelleante.

—Por fin —dijo, haciendo un gesto de bienvenida a Jesse y a Curtis Wilks.

Willy puso los ojos en blanco y los siguió. Saltaba a la vista que el artículo de *Rolling Stone* se había convertido en un asunto de familia, aunque no quedaba claro por idea de quién.

—Vamos —apremió Loretta cogiendo a Jane del brazo.

La banda de Jesse condujo a los Breakers a lo que parecía el salón de baile de un palacio y, a continuación, se fueron a saludar a personas que conocían.

Jane se sentía como en el decorado de una película. Una camarera con medias de rejilla y pajarita les sirvió bebidas en una bandeja de plata. Los Breakers sorbieron sus cócteles, un poco incómodos, junto a un ventanal de dos pisos con vistas a una piscina recargada. Jane estudió a los centelleantes invitados en busca de Jesse; no tenía ni idea de dónde se había metido.

—Por favor, dime que los rumores son falsos —gruñó una voz áspera con acento de Kent a su espalda.

—Hostia pu… —Kyle se quedó sin voz cuando se dieron media vuelta y se encontraron con Hannibal Fang, el legendario bajista de la banda de la invasión musical británica Fair Play. Hannibal Fang esbozó su famosa sonrisa lobuna y cogió una mano de Jane entre las suyas, que llevaba cubiertas de anillos.

—Jane Quinn, luz de mi vida, fuego de mi entrepierna —dijo—, si es verdad que sales con Jesse Reid, me moriré más joven todavía. Vamos, cariño, dime que no es verdad y que podemos fugarnos tú y yo.

—Vale, Janie Q —dijo Kyle—. Ya le has oído.

—«Janie Q» —dijo Hannibal Fang—. Me encanta.

—Estos son Kyle, Greg y Rich —dijo Jane.

La excentricidad de Fang hacía que su compañía le resultara extrañamente reconfortante. Era como estar en el Carousel sirviéndole una copa a un cliente ligón, solo que aquí lo que separaba a los dos no era una barra de bar, sino una interrupción de la realidad.

—Encantado, chicos —dijo Hannibal Fang—. Me vuelve loco vuestro disco, es lo máximo. Entonces ¿qué me dices, Jane? ¿Nos marchamos de aquí para conocernos en el sentido bíblico?

—No podemos irnos todavía, la fiesta apenas ha empezado —repuso ella.

—Pero ¿qué dices? —exclamó Hannibal Fang—. ¡Si hay gente por todas partes!

—Pues no sé —dijo Jane—. Nadie se ha tirado a la piscina vestido todavía...

Hannibal Fang chasqueó la lengua con desaprobación.

—Uno no se tira vestido a la piscina sin más, querida; estas cosas hay que hacerlas con estilo y elegancia. Ven, te lo voy a enseñar.

Condujo a los cuatro Breakers al piso de arriba y les ofreció una raya de cocaína de su reserva personal, que llevaba colgada del cuello en un colmillo de tigre hueco.

Todos la habían probado en Bayleen, pero las drogas eran algo caro, un despilfarro reservado para la semana del Folk Fest. Los Ángeles era distinto. Allí las pastillas, el polvo y los porros eran tan normales como los caramelos de menta.

—Cuando os empiece a quemar la garganta, decídmelo. Siempre tengo más.

Se metieron otra raya y volvieron a la fiesta con Hannibal Fang como guía. Bailaron mientras atravesaban la terraza acristalada donde un grupo que estaba en el top cuarenta actuaba en vivo, cogidos del brazo de bailarinas de *strip-tease* vestidas para parecer flores del jardín. Rieron cuando Hannibal Fang les presentó a un regimiento de mandamases de la industria de la música que estaban tan colocados y desinhibidos como ellos.

Luego, salieron a la piscina, que era un capricho exuberante diseñado con forma de lago en Bora-Bora. Mientras Greg y Kyle discutían sobre cuál de los dos era capaz de beber más rato de la escultura de hielo con forma de delfín, Jane vio a Willy salir al patio con cara de exasperación.

—Menuda horterada —soltó apartando a una mujer con los pechos desnudos pintados como si fueran margaritas.

Un momento después aparecieron Jesse y Curtis Wilks, riéndose de algo que decía Danny Lambert. Los ojos de Jesse se encontraron con los de Jane y se demoraron en ellos algo más de lo debido.

—Venga —dijo Hannibal Fang—, ha llegado el momento.

Cogió a Jane de la mano y se tiró con ella a la piscina.

Jane se hundió en el agua tibia y oyó chapoteos a su alrededor cuando Kyle, Rich y Greg saltaron también.

No fueron los únicos. Al poco tiempo, la mitad de los invitados de la fiesta, incluidas varias bailarinas, estaba en la piscina.

—Ahora en serio —gruñó Hannibal Fang al oído de Jane—. ¿Estás con él por lo bien que canta?

—¿Quién ha dicho que esté con él?

—Ay, Jane, qué chica tan traviesa y celestial eres —dijo Hannibal Fang y los dos se pusieron a flotar de espaldas mirando los aviones que sobrevolaban la ciudad.

Eran las tres de la madrugada cuando Jane salió del agua. Miró a su alrededor en busca de Jesse y sorprendió a Curtis Wilks durmiendo la mona en una de las hamacas del jardín, entre dos antorchas encendidas. Hannibal Fang estaba despatarrado debajo de la escultura de hielo; a horcajadas sobre él una bailarina pintada como una rosa le daba de comer uvas de un cuerno dorado.

Jane notó una mano en la cintura y cuando levantó la vista encontró a Jesse. Sin mediar palabra, este la llevó hasta la caseta de la piscina de Danny Lambert y la puso sobre unas hamacas apiladas. Fue un acto de posesión, con los dedos clavándose en la carne de los muslos de Jane. Esta cerró los ojos, concentrada en el olor a cloro, a plástico y a alcohol, y en la polla de Jesse perforándola mientras los dos trataban de prolongar el momento. Después salieron por separado de la caseta y cuando Curtis Wilks volvió en sí estaban cada uno en una zona de la fiesta.

17

Al día siguiente estaban todos destrozados.

—Antes pensaba que las estrellas de rock consumían mucha cocaína porque les daba glamour —dijo Rich—, pero ahora lo veo más como una elección práctica. La verdad es que no sé cómo habría podido aguantar toda la noche sin algo que me ayudara.

Esa noche, tanto Jesse como los Breakers hicieron grandes actuaciones y a continuación fueron a casa de Willy para «relajarse» un poco, lo que equivalía a repetir la velada anterior, pero al estilo de Malibú. La casa de Willy, en primera línea de playa, era más pequeña que la mansión de su hermano, pero no menos lujosa.

Los recibió una mujer con un minivestido verde azulado a la que Willy presentó como su esposa, Rebecca. Sus ojos delineados, su piel bronceada y sus modales directos hicieron que a Jane le recordara a Cleopatra.

—¡Eres Jane! —exclamó Rebecca, y la abrazó. Olía a rayos de luna caramelizados—. Toma —dijo con voz queda mientras le daba a Jane una pastilla y un vaso de agua—. Es vitamina C. Necesitas reforzar tu sistema inmune. No sé cómo conseguís sobrevivir a estas semanas.

Jane decidió que, si las cosas no salían bien con Jesse, pasaría el resto de su vida con Rebecca.

Mientras los invitados seguían llegando, los Breakers se sirvieron bebidas y se dirigieron a la pista de baile, ya activa en el salón de la casa. Cada vez que se abría la puerta, Kyle giraba la cabeza.

—Hannibal Fang no va a venir —dijo Rich.

—Es que lo echo de menos —comentó Kyle.

—Yo echo de menos la escultura de hielo —apuntó Greg.

—¿Lo estáis pasando bien? —preguntó Willy al reunirse con ellos, como si temiera que compararan su fiesta con la de su hermano.

—Sí —respondió Jane dándole una palmadita en el hombro y quitándole el vaso que tenía en la mano—. ¿Qué tal va la cosa?

Señaló con la cabeza hacia la terraza, donde Jesse estaba enfrascado hablando con Curtis Wilks.

—Bueno —Willy bajó la voz—, Curtis cree que igual nos sacan en la portada del próximo número.

—¿El próximo número? —preguntó Jane—. ¿El que sale la semana que viene? ¿Cómo puede ser?

Willy se encogió de hombros.

—Al parecer, lleva proponiendo este artículo desde el verano pasado. Solo le falta completarlo con algo de información sobre la gira y algunas fotografías recientes. Parece que le están reservando el hueco a falta de verificar los datos.

Jane dejó escapar un pequeño silbido.

Cuando el reloj dio las doce, se abrió la puerta y entró una mujer negra resplandeciente, toda envuelta en rosa centelleante a excepción de la melena rubio limón cardada y unas sandalias plateadas. Era imposible no mirarla; tal era la calidez contagiosa que emanaba. El corazón de Jane dio un vuelco; la conocía, había visto su cara en portadas de discos, había oído historias sobre la amistad que mantuvo con su madre durante años...

—¿Esa es...? —empezó a preguntar Rich.

Jane dijo que sí con la cabeza.

—Lacey Dormon.

Todo lo demás se volvió borroso. Jane vio cómo la gente se hacía a un lado para que Lacey pudiera abrazar a Loretta. Esta última dijo algo gracioso y la risa profunda de Lacey resonó en toda la habitación; a modo de respuesta, subió también el volumen de las conversaciones. Estaba claro que una fiesta no empezaba de verdad hasta que llegaba ella.

—¡Lacey! —la llamó Willy.

Jane notó que se ruborizaba. Llevaba semanas fantaseando con tener una conversación con su madre sobre música y ahora estaban a punto de presentarle a una de las pocas personas que habían conocido la faceta de compositora de esta. ¿Se acordaría Lacey de Charlotte? Si así era, ¿cómo la recordaría exactamente? Jane evocó el último recuerdo que guardaba de su madre y tuvo un escalofrío.

Lacey apareció a su lado como una nube rosa. Cuando vio la cara de Jane, sus ojos se agrandaron de la sorpresa y, a continuación, se llenaron de suave nostalgia.

—Jane Quinn —dijo con una voz grave e inconfundible—. Eres idéntica a Charlotte. Tengo la sensación de estar viendo a su doble.

Jane se quedó sin palabras.

—Se lo dicen mucho —intervino Kyle—. Soy Kyle.

Willy presentó a los chicos y se los llevó a tomar otra copa para dejar a Jane a solas con Lacey.

—Felicidades por el disco, cariño —dijo Lacey tocándola en el hombro como si fuera una sobrina muy querida—. Es buenísimo. Claramente tienes el talento de Charlotte para las melodías.

Jane miró a Lacey asombrada. A veces pasaba meses sin oír a nadie pronunciar el nombre de su madre, años sin que nadie reconociera sus méritos. Y ahora Lacey Dormon había hecho ambas cosas en menos de dos minutos.

—Cómo me alegro de conocerte —fue todo lo que acertó a decir.

—Y yo a ti, tesoro —contestó Lacey—. ¡Ay, si tu madre estuviera aquí! ¿Qué tal le va? —Jane fue consciente de haber palidecido. Lacey la miró a los ojos—. Está bien, ¿verdad? —preguntó con voz queda.

—No lo sé —dijo Jane bajando la vista—. Se marchó hace más de diez años.

Lacey se llevó una mano al esternón.

—Que se marchó… —repitió esta, transfigurada por la luz de una estrella que se había apagado hace mucho tiempo. Le brillaron los ojos de tristeza. Jane estaba como anestesiada—. Pobrecita mía —murmuró Lacey—, no me lo puedo creer. De verdad que no. Charlie…, Charlotte. Sus canciones fueron lo que me hizo dedicarme a la música. Se lo debo todo.

Estuvieron unos instantes calladas. A Jane no se le ocurría nada que decir. Entonces Loretta se interpuso entre las dos con una copa para Lacey.

—Veo que ya conoces a nuestra Jane.

Jane vio a Lacey aceptar la bebida, pero cuando Loretta hizo ademán de acercarse a otro corro de gente, Lacey tardó en acompañarla.

—Tenemos más cosas que decirnos —le dijo a Jane—. Hablaremos en otro momento, las dos solas. —Metió la mano en el bolso rosa que llevaba colgado del hombro y sacó una tarjeta de visita—. Por favor —le pidió cerrando los dedos de Jane alrededor de la cartulina—, prométeme que me llamarás la próxima vez que estés en la ciudad. Tendremos una charla como Dios manda sobre Charlotte y todo lo demás.

—Lo prometo —dijo Jane.

Lacey sonrió de oreja a oreja.

—De verdad que eres igual a ella, es asombroso. Te habría reconocido en cualquier parte.

Volvió flotando a la fiesta en el momento preciso en que Jesse y Curtis regresaban de la terraza.

—Qué cosa tan… inesperada —dijo Greg junto al hombro de Jane.

Esta supo que había estado pendiente de ella en todo momento y, de pronto, se sintió pequeña y vulnerable, añorando su hogar. También empezaba a cansarse de estar separada de Jesse; claro que, al menos, eso tenía solución.

—Vamos —dijo a los chicos.

Fueron esquivando a la gente hasta reunirse con Curtis y Jesse, quien pareció sorprendido de verlos.

—¿Os divertís? —preguntó Curtis Wilks.

—Siempre —respondió Jane.

Benny y Huck se unieron al grupo.

—¡Aquí está la verdadera fiesta! —dijo Benny brindando con Jesse.

—Estaba pensando —comentó Huck— que puede ser una buena noche para mirar las estrellas.

Con una sonrisa traviesa, se sacó una lámina de colorido papel secante del bolsillo del chaleco.

Subieron a la azotea de Willy y todos recibieron un cuadradito, incluido Curtis Wilks. Se tumbaron boca arriba y, mientras hablaban de la guerra de Vietnam y del precio de los tomates, las estrellas empezaron a dibujar formas de animales en un cielo sin luna. La mano de Jesse encontró la de Jane en la oscuridad y los dos se quedaron dormidos así, con la cabeza de Kyle recostada en el estómago de Jane y Greg y Rich haciendo la cuchara.

Por la mañana, las dos bandas se despidieron de Curtis Wilks y se subieron al autobús de *Painted Lady* para ir a Las

Vegas. Cuando llegaron al Caesar's Palace, Jane y Jesse renunciaron a simular que iban a dormir en habitaciones separadas. Pasaron las quince horas siguientes desplomados en la cama de Jane.

Al día siguiente, llegó a los quioscos un número nuevo de la *Rolling Stone* con un retrato psicodélico de la cara de Jesse y el titular: «El nuevo rock: suave y melancólico».

18

La guerra de Vietnam se recrudece, pero el rock and roll se ha
desgañitado por última vez y ha dejado una estela de nuevos
cantautores que no tienen más remedio que sumergirse de cabeza en lo melódico. Estos días las canciones melancólicas que
salen de Laurel Canyon tienen más de blues que de rock, un
ave fénix de matices y sutileza nacida de las cenizas de guita-
rras quemadas y cuerdas vocales destrozadas. Si hay un hombre que encarna este renacer es el artista de 21 años y voz
suave Jesse Reid, cuyas maneras «heathcliffianas» esconden
un talento tan innegable que es posible que anime a toda una
generación de guitarristas a aprender a rasguear sin púa.

Así empezaba el reportaje de ocho páginas de la *Rolling Stone*,
«Un día en la vida de Jesse Reid». El artículo estaba bien escrito y era informativo, pero, al final, lo que sus lectores recordaban más era la icónica fotografía de Jesse incluida en la página
siete. Entre imágenes de objetos de recuerdo del Coliseum, un
atardecer magenta y admiradoras con cara de adoración, había
un retrato de Jesse sentado en una silla plegable mirando algo
que quedaba fuera del encuadre de la fotografía. La cámara
había captado el color azul brillante de sus ojos y parecía to-

talmente concentrado, como si se estuviera conteniendo para no hacer algo. El pie de foto decía: «Reid mirando a Jane Quinn afinar su guitarra entre los bastidores del Coliseum».

El texto en sí no aludía a la vida amorosa de Jesse, pero no hacía falta; las admiradoras del cantante detectaron el aroma que desprendía la fotografía igual que una manada de lobos hambrientos. De la noche a la mañana las preguntas «¿Quién es Jane Quinn?» y «¿Están juntos?» se volvieron de vital importancia para el país, lo que se dejó sentir en las listas de éxitos. En su séptima semana de vida, «Spring Fling» se situó en la lista de las diez canciones más vendidas.

Aquello no era nada comparado con *Painted Lady*. Una vez publicado el artículo, no hubo vuelta atrás. «Strangest Thing» se instaló durante semanas en el primer puesto, con «Morning Star» en el número cuatro y «Sylvie Smiles» en el doce. *Painted Lady* fue el álbum más vendido en Estados Unidos durante veinte semanas consecutivas y catapultó la gira a una vorágine de histeria colectiva y cobertura mediática.

Jane empezó a recibir peticiones de entrevistas. Para consternación de Willy, las rechazó todas.

—Jane, son publicaciones importantes —le dijo mientras Jane metía su guitarra en el maletero del autobús.

—¿*Tiger Beat*? ¿*Teen*? Me niego. —Willy la miró con expresión recriminatoria—. El disco se está vendiendo, ¿no? —afirmó Jane.

—Pero por lo tuyo con Jesse —dijo Willy, exasperado—. Deberías aprovechar cada oportunidad que se te presente de darte a conocer por ti misma.

—¿Has leído alguna de esas revistas? —preguntó Jane—. Solo me van a preguntar por Jesse.

—Solo tienes que hacer un par de portadas. Hablar de cómo te peinas o de que tu esmalte de uñas preferido es Natural Wonder.

—Estoy en una banda de rock —dijo Jane—. No quiero hablar de si me pinto las uñas con esmalte Natural Wonder.

Willy meneó la cabeza.

Los admiradores y los fotógrafos retrasaron dos horas la salida de Las Vegas cuando rodearon el autobús con flashes de cámaras y pancartas, mientras cantaban las letras de las canciones. La mayoría buscaban ver a Jesse, pero no todos; había más de un cartel que decía «LARGA VIDA A LOS BREAKERS» o «¿QUÉ HARÍA JANE?», jugando con la frase del estribillo de «Indigo»: «¿Qué harías si fueras violeta en vez de azul?».

Unas chicas se colocaron delante del autobús cogidas del brazo mientras Pete tocaba el claxon.

—¡Joder! —soltó Willy y una pancarta de «JANE Y JESSE JUNTOS PARA SIEMPRE» se reflejó en los cristales de sus gafas de aviador.

Después de aquello, cambiaron el colorido autocar por uno negro e impersonal que llamaba menos la atención. Con todo, Jane no se hizo una verdadera idea de la fama que tenían hasta que llegaron a Utah, donde un empleado de gasolinera sin modales se empeñó en que Jesse le firmara un autógrafo. Tardaron diez minutos en conseguir entrar en la tienda a comprar cigarrillos.

—Tú debes de ser Jane —supuso el cajero—. Que sepas que si lo tuyo con Jesse no sale bien, siempre puedes venirte aquí con el viejo Rex.

Jesse torció el gesto.

—La señorita le ha pedido una cajetilla de Pall Mall —dijo con una frialdad que llenó el local.

Jesse se había convertido en un oso polar que ve su intimidad evaporarse a su alrededor igual que un iceberg derritiéndose a gran velocidad. Parte de convertirse en una leyenda era comportarse como tal y ahora, al llegar a cada ciudad, los músicos tenían que atender a los medios de comunicación y personalidades locales, visitar los templos de la música, indefectiblemente decorados con fotografías del propietario con distintas bandas. Para sacar partido a un éxito como *Painted Lady*, la gira tenía que crear la sensación de que, si la banda estaba en una ciudad, existía la posibilidad de cruzarse en algún momento con sus integrantes. Eso significaba que tenían que estar disponibles las veinticuatro horas del día.

Al terminar un concierto, los músicos tenían tiempo para cambiarse de ropa, pero no siempre; luego subían al autobús y consumían lo que hubiera por allí: speed, cocaína, dextroanfetaminas... hasta que terminaban bailando en el pasillo con la radio a todo volumen. Se presentaban en locales donde no se los esperaba y bailaban encima de las mesas, ponían canciones en las gramolas y daban a sus admiradores anécdotas para el resto de sus vidas. A continuación, se iban al hotel y caían desplomados.

El tiempo a solas de Jane y Jesse se había reducido a ratos de dormir sin más. No les quedaban energías para el sexo, ni siquiera para soñar: los dos se quedaban dormidos vestidos, oliendo a sudor y alcohol, Jesse con la nariz encajada en el hueco de la base del cuello de Jane. A la mañana siguiente se despertaban con mal sabor de boca y la piel morada y amarilla en sitios en los que no recordaban haberse golpeado. El agotamiento los iba minando poco a poco. Cada día empezaba un poco más tarde y era un poco más doloroso.

En Aragonite, Utah, a Jane la despertó un picor en la piel. Se obligó a meterse en la ducha y canturreó mientras se restregaba la suciedad de las extremidades. Cuando salió envuelta en una toalla, se encontró a Jesse despierto y taciturno.

—Buenos días —lo saludó con una sonrisa.

Jesse la miró con ojos inexpresivos.

—¿Te importaría no hacer ruido cuando estoy intentando dormir? —dijo.

La frialdad en su voz hizo a Jane sentirse tan avergonzada que le escoció todo el cuerpo.

Después de aquello, empezó a notar que cada día ponía más nervioso a Jesse.

—Seguro que tenéis muy buenos pepinos —bromeó Jane con el camarero que los atendió en Salt Lake City.

Jesse la miró furioso y con los labios apretados.

Cuando se subieron al autobús en Denver, Jane se detuvo en el pasillo para elegir asiento.

—Es una decisión trascendental —le espetó Jesse a su espalda—. No la cagues.

Jane lo miró sorprendida. Los ojos de él no tenían expresión alguna, eran dos discos azules. Jane se sentó en el asiento que tenía más cerca. Jesse siguió hasta el fondo del autobús y se tumbó en la última fila.

—No es más que agotamiento —dijo Rich cuando Jane le preguntó si había notado un cambio entre los dos.

Su explicación no convenció a Jane; la irritación de Jesse parecía demasiado personal. Se estaba aburriendo de ella.

La noche de su primera actuación en Denver, nubes densas se concentraron alrededor del Fillmore Auditorium. Jane estaba entre bastidores con Jesse y Willy.

—Espero que la lluvia no disuada al público —comentó.

Jesse la miró, pestañeó y a continuación le dio la espalda y se puso a hablar con Benny. Mientras Willy la tranquilizaba respecto a la lluvia, a Jane se le ocurrió que probablemente Jesse y ella estaban a punto de romper.

Durante la actuación de Jesse, Jane miró el mar de caras bonitas pendientes de él; ¿por qué Jesse no iba a querer sumergirse en él?

La fiesta posterior fue en un cavernoso bar del centro. Jane se resignó a la bebida; a su alrededor, ojos brillantes seguían a Jesse igual que murciélagos en una cueva. Después de volver juntos al hotel, Jane se quedó despierta haciendo una lista mental de los muchos motivos por los que aquel desenlace era previsible y también el más conveniente. A la mañana siguiente, cuando Jesse salió de la ducha la encontró quitando las sábanas de la cama.

—No hace falta que hagas eso —dijo Jesse—. Esto es un hotel.

—Ya no sé ni lo que hago. — Jane se miró las manos como si saliera de un trance.

Se miraron. Jesse dio un paso hacia ella, cabizbajo. Se acabó. Iba a decirle que habían terminado. Jane se preparó.

Entonces Jesse la cogió entre sus brazos. Sus cuerpos chocaron. El miedo de Jane se transformó en instinto animal. La toalla de Jesse cayó al suelo y Jane tiró de él hasta tenerlo encima. Él no le quitó las bragas, se limitó a apartarlas lo suficiente para poder penetrarla. Jane nunca había estado tan excitada. Encajó las caderas de Jesse en las suyas y lo folló hasta correrse. Él la miró y, cuando Jane terminó, le dio la vuelta y la tomó desde detrás. Cuando el orgasmo se apoderó de él, maldijo y sus dedos dejaron marcas blancas en los hombros de Jane. Se tumbaron uno al lado del otro y miraron el techo. Jesse tragó saliva y carraspeó. Luego buscó la mano de Jane y esta se la dio.

En Denver, Huck se había puesto en contacto con un camello y había conseguido doscientos cincuenta gramos de hachís. A partir de entonces, Jesse empezaba cada mañana con un porro. Seguía fumando a lo largo del día y antes de cada concierto se encerraba durante una hora en su camerino para colocarse. Nunca le pidió explícitamente a Jane que no entrara en esos momentos, pero esta no lo hacía nunca. Después del concierto todos consumían estimulantes durante el resto de la velada. Esta nueva rutina volvió dócil a Jesse, era como un gato doméstico feliz de estar en compañía de otros siempre que no lo importunaran.

Jane se decía que aquello no tenía nada de preocupante, pero un mal presentimiento empezó a seguirla a todas partes igual que un cobrador de morosos. Cuando el autobús se detuvo en una gasolinera una noche a las afueras de Goodland, Kansas, Jane dejó a Jesse dormido y llamó a Grace desde un teléfono de pago. Después de intercambiar noticias, le explicó a su tía en unas cuantas frases entrecortadas que notaba un cambio en Jesse.

—Pero seguro que no es nada —terminó diciendo.

Miró la hierba de la pradera ondular bajo un cielo color lavanda y la luna creciente grabada entre las nubes igual que una coma.

—Suena a que se está automedicando —dijo Grace enseguida—. ¿Sabes lo que toma?

—Hierba, sustancias tipo coca, alcohol, ácido de vez en cuando… —contestó Jane.

—¿Algo más? —preguntó Grace.

Jane pensó que bromeaba.

—La verdad es que todos hacemos lo mismo —comentó, esperando que su tía la tranquilizara.

—Jane, escúchame. Tienes que andarte con mucho cuidado. Sé que las drogas son divertidas, pero no pueden consumirse de manera continuada. Tarde o temprano vuestros cuerpos dirán basta.

—Ya lo sé —aceptó Jane deseando que la línea telefónica se la tragara—. ¿Qué tal el trabajo? ¿Cómo está Millie?

—Muy bien —respondió Grace—. Me ha invitado a ir a Londres con ella este otoño de enfermera acompañante.

—¿Te dejarán irte en el Cedar?

Jane no se imaginaba a su tía marchándose a Londres.

—Ya veremos —dijo Grace—, pero me apetece. Verte a ti salir al mundo ha sido… motivo de inspiración.

La operadora pidió a Jane que metiera cinco centavos más.

—No me quedan monedas —dijo.

—Vigila a los chicos —se despidió Grace—. Y cuídate.

Cuando el *Painted Lady* llegó al Medio Oeste, el número de Jesse y Jane cantando a dúo «Let the Night Go» se convirtió en su nexo de unión. Cada noche, Jane cantaba la letra que había escrito Jesse para ella pidiéndole que volviera a su lado. En ocasiones, Jesse la oía; en otras, no. Al terminar el primer concierto en Kansas, saludaron al público y Jesse salió del escenario sin mirar a Jane. La noche siguiente, la cogió entre bastidores y la besó con tal furia que le dejó los dientes marcados por dentro del labio. Horas más tarde, mientras lo miraba bailar igual que un espantapájaros en un bar country, Jane se pasó la lengua por la herida para asegurarse de que aquello había ocurrido de verdad.

19

La noche antes de salir para Chicago, Jane soñó con su madre: vestido lila, recibidor, espejo, lápiz de labios. Lloró hasta que Jesse la despertó, retirándole con suavidad el pelo húmedo de los ojos. Arena, pisadas, mar, luna: se sumió en un sueño inquieto.

A la mañana siguiente seguía alterada. Quiso hablar con Jesse, pero en cuanto subieron al autobús, este se tumbó en los asientos del fondo y se quedó dormido. Daba igual; Jane sabía lo que le diría. «¿Has probado a escribirlo?».

Cuanto más persistía su ansiedad, más se desesperaba Jane. «A la mierda». Sacó una libreta del bolso. Al principio se limitó a escribir lo que había visto, luego, lo que había sentido; después alternó ambas cosas. Mientras escribía, de las ruedas del autocar empezó a salir un apunte de melodía. Jane la asió mentalmente como quien atrapa un pececillo en el agua con las manos. Entonces, de pronto, sus pensamientos ansiosos se alejaron y dejaron tras de sí tres versos claros en la página.

Flowers painted on the wall,
Tattered paper bouquets fall,
You laugh echoes down the hall.[1]

---

[1] Flores pintadas en la pared, / ramos de papel raído, / el eco de tu risa en el pasillo.

Notó que alguien se acercaba y cerró la libreta. Loretta se sentó a su lado.

—Tengo noticias —dijo Loretta, radiante—. Han dado luz verde a mi LP. Empezamos a grabar en cuando termine la gira.

A Jane le extrañó mucho que Loretta la buscara para hacerle una confidencia. Se le ocurrió que quizá estaba intentando llenar el hueco que había dejado Jesse.

—Enhorabuena —la felicitó—. Esta noche tienes que dejar que te invite a una copa.

—Me vendrían bien unos consejos —sugirió Loretta sonriendo.

Esto hizo reír a Jane.

—Mis consejos no te interesan —dijo—, a no ser que quieras terminar en una lista negra. En ese caso, sí soy tu chica.

Loretta soltó un carcajada. Un borrón de campos de cultivo discurría al otro lado de la ventanilla en franjas azules, amarillas y verdes.

—Me han hablado bien de Chicago —dijo Jane.

—En la última gira, Jesse despertó pasiones —comentó Loretta—. ¿Qué tal llevas tú eso?

—¿Lo de sus fans? —preguntó Jane.

Loretta se encogió de hombros.

—Y todo lo demás.

Cuando las miradas de ambas se encontraron, Jane tuvo la sensación de que Loretta la estaba tanteando.

—No me puedo quejar —admitió—. El disco se está vendiendo. Aunque solo me conozcan por Jesse.

La expresión severa de Loretta le recordó a Jane tanto a Elsie que no pudo evitar sonreír.

—Puede que así sea como te han conocido —dijo Loretta—, pero la gente no compra un disco si no les gusta de verdad. Por muy obsesionados que estén.

Este comentario sorprendió a Jane. Entendía que Loretta se sintiera generosa ahora que tenía buenas noticias, pero aun así sintió gratitud.

—Te agradezco que me digas eso —reconoció.

Loretta sonrió.

—Las chicas tenemos que apoyarnos las unas a las otras. —Se puso en pie y su mirada se demoró unos instantes en la forma inmóvil de Jesse—. Y, por cierto… Si en algún momento necesitas hablar, de lo que sea, mi puerta está abierta.

Su expresión al decir esto era amable, pero Jane se asustó. Loretta le dio un apretón cariñoso en el hombro y volvió a su sitio.

Kyle se giró desde el asiento delante de Jane y susurró:

—¡Parece que ya no te odia tanto!

Jane le sacó la lengua.

La primera actuación en Chicago era un concierto benéfico para un público reducido en el club de vinos London House. El objetivo era recaudar fondos para la investigación del cáncer de páncreas y la entrada más barata costaba mil dólares. Jesse había accedido a participar en homenaje a su madre, pero tener que pensar en ella le estaba pasando factura. Durmió durante todo el trayecto y al llegar a Chicago se fue derecho a su habitación. Una vez en el lugar del concierto, se atrincheró en su camerino; Jane se detuvo delante de la puerta, dudando si entrar. Cuando acababa de apoyar la mano en el picaporte, se le acercó Rich.

—Vamos a afinar —le sugirió.

Jane detectó un atisbo de preocupación en su voz.

—Sí, vamos —aceptó y se dejó absorber por el resto de la banda.

Jesse salió de su camerino justo cuando a los Breakers les tocaba subir al escenario. Sonrió al grupo sin mirar directamente a Jane; luego fue a reunirse con Huck y Benny para pedirles un cigarrillo.

Los Breakers salieron al escenario. Después de actuar en tantos estadios, despistaba un poco sentirse tan cerca del público. Jane podía ver cada una de las caras, incluso las de las personas sentadas al fondo. Notó su propia energía latir entre aquellas cuatro paredes, oprimida por todo aquel dinero.

—Hola, Chicago. Nos encanta estar aquí —saludó mientras comprobaba las cuerdas de su guitarra.

Hizo una inclinación de cabeza y Greg dio la entrada. En cuanto empezó a sonar la música, la vida fuera del escenario desapareció entre bastidores y solo quedaron Jane, los focos, su banda, y sus canciones. Cuando terminaron «Dirty Bastard» la habitación entera rompió en aplausos.

Jane rio.

—Lo necesitaba —dijo al micrófono y el público rio con ella.

Mientras cantaba «Spring Fling», Jane se fijó en una mujer que la miraba furiosa desde la tercera fila. Cuando se volvió hacia Rich para tocar el dúo que hacían durante el puente, notó un cosquilleo en la nuca. Al terminar la canción, la mujer seguía en la misma postura, con una mirada de odio cubriéndole la cara igual que una máscara. Jane se acercó un poco a Rich mientras daba la entrada para «Indigo».

What would I do if you were violet and not blue?
If I let my colors show, could we both be indigo?[2]

Jane no volvió a mirar a la mujer hasta que terminaron «Spark», pero cuando los Breakers se cogieron de las manos para saludar, vio que seguía con la misma actitud. Con el pulso acelerado, dio media vuelta para bajar del escenario.

---

[2] ¿Qué harías si fueras violeta en vez de azul?/Si te enseño mis colores, ¿seríamos índigo los dos?

—Estupenda actuación —los felicitó Willy mientras Jesse y su banda entraban en el escenario por la derecha. Jesse saludó tímidamente con la cabeza al público, que se puso en pie para aplaudirle—. Por aquí. —Willy llevó a los Breakers hasta una mesa reservada delante del escenario.

Llegó un camarero con una botella de vino de Burdeos y bridaron todos mientas Jesse terminaba de cantar «Painted Lady».

—El tema que voy a cantar ahora es para alguien muy importante para mí —explicó Jesse.

Mientras lo decía miró a Jane y esta sintió mariposas en el estómago al oír los primeros compases de «Morning Star». La música era como una señal, ondas de sonar diciéndole que Jesse estaba allí y que estaba bien.

Justo cuando Jane empezaba a tranquilizarse, Greg se inclinó hacia ella y susurró:

—Creo que tienes competencia. Mira delante de ti, hacia la izquierda.

Jane supo de quién hablaba Greg sin necesidad de mirar. La mujer de la tercera fila seguía en posición de firmes, pero su mirada de furia había dado paso a una sonrisa eufórica. Aparentaba unos cuarenta años, llevaba un pulcro vestido color lila y parecía estar sola. No se daba cuenta de que atraía las miradas de todos; miraba a Jesse sin pestañear.

El corazón de Jane continuó dándole saltos dentro del pecho; apuró la copa de vino y se sirvió el resto de la botella. Había algo inquietante en aquella mujer, más allá de lo obvio, algo que casi le resultaba familiar.

—No te cortes, bébetela toda —bromeó Kyle cuando Jane dejó la botella vacía en la mesa.

Esta sonrió, pero no estaba de humor. Intentó concentrarse en Jesse mientras tocaba los primeros acordes de «Strangest Thing». Pero a pesar de la admiración que le despertaba, Jane seguía inquieta.

—Para el último tema —dijo Jesse—, me gustaría pedir a los Breakers que volvieran al escenario. Habéis sido un púbico estupendo.

Los asistentes habían estado bebiendo durante todo el concierto y algunos empezaban a perder el sentido del decoro. Silbaron y aullaron cuando Jane y los chicos se subieron al escenario. Jane ocupó su sitio junto a Jesse, quien la miró con dulzura.

—¿Preparada?

Jane asintió con la cabeza. Sintió cómo si su cuerpo orbitara hacia el de Jesse cuando él dio la entrada de «Let the Light Go». Jane levantó la cara para mirarlo mientras cantaba y no pudo evitar sonreír, y cuando Jesse se inclinó hacia el micrófono que compartían también esbozó una sonrisa.

Un proyectil voló hacia Jane. Apartó la cabeza justo a tiempo. El golpe de algo estrellándose interrumpió la canción. Jane y Jesse retrocedieron, desorientados; uno detrás de otro, los demás músicos dejaron de tocar hasta que solo se oyó a la mujer de la tercera fila gritando a voz en cuello.

—¿Cómo has podido? —gritó—. Estás enamorado de mí. ¡Estás enamorado de mí! Jesse, ¿qué haces con esa zorra? Nos vamos a casar, Jesse. Jesse. ¡Jesse!

Jane miró el suelo. Charcos rojos se formaban dentro de delicadas esquirlas de cristal; la mujer les había tirado su copa de vino. La salpicadura había manchado los pantalones de Jesse y también su guitarra.

El público se alborotó. Alguien dio las luces y aparecieron los guardas de seguridad de la entrada. Levantaron a la mujer de su asiento cogiéndola por los brazos y esta pataleó sin dejar de gritar «¡Jesse, Jesse!».

Llegó Willy y se llevó a los músicos mientras el dueño del club subía al escenario.

—¡No olvidemos que estamos aquí por una buena causa! —gritó para hacerse oír por encima de la gente, que se dirigía en estampida hacia la salida trasera.

A Jane se le nubló la vista. Tenía el corazón tan acelerado que sentía que las costillas le iban a estallar. Las personas a su alrededor se convirtieron en meros cuerpos que se empujaban igual que una caravana de ganado. Se sentía como si estuviera debajo del agua y una masa inmóvil le impidiera subir a la superficie. Luchó por respirar, jadeando mientras el gentío salía entre empellones al callejón trasero.

Zarandeada por la gente, buscó la pared del edificio para recobrar la estabilidad, pero el ladrillo se deshizo igual que arena en contacto con la palma de su mano. Tuvo la impresión de estar drogada. La cabeza le daba vueltas y sintió una oleada de calor. Iba a vomitar. Si cerraba los ojos veía a aquella mujer grotesca sonriéndole con crueldad.

—Jane. —Oyó la voz de Jesse y notó su mano en la espalda—. Jane, ¿estás bien?

—Jesse —dijo ella.

Abrió los ojos y lo primero que vio fue la salpicadura de vino en los pantalones de él. Le dio la espalda y vomitó.

Un sudor frío le cubría la frente. Se limpió la boca y notó a Jesse acuclillarse junto a ella.

—Ay, Jane.

Le sujetó el pelo en la nuca y sus manos se demoraron unos instantes allí. Entonces ella le puso una mano en la rodilla y tomó impulso para ponerse en pie. Jesse se enderezó también y la miró con preocupación.

—No... —dijo Jane—. No sé por qué me encuentro tan mal.

Jesse le apartó el pelo de los ojos.

—Ver a alguien volverse loco impresiona mucho —la tranquilizó Jesse—. Créeme, lo entiendo perfectamente.

Vaciló.

—¿Qué? —dijo Jane.

Jesse carraspeó.

—En tus sueños…, ¿no lleva tu madre siempre un vestido lila?

Jane se lo quedó mirando.

—Jesse, hay algo que…

Le vino otra oleada de náuseas y se recostó contra la pared.

—Tranquila —dijo él.

Jane esperó a que la sensación se le pasara antes de intentar hablar de nuevo.

—Esta mañana he estado escribiendo sobre ella —dijo—. Hice lo que me dijiste. ¿Y si…?

—¿Si tu canción ha servido para invocarla? —preguntó Jesse con amabilidad.

Cuando lo decía en voz alta sonaba descabellado, pero a Jane no le parecía imposible. Jesse la sujetó por los hombros para darle estabilidad.

—Estás así por el susto. Te sentirás mejor cuando se te haya pasado.

—¿Y cuándo será eso? —preguntó Jane.

—Dentro de poco —contestó Jesse encogiéndose de hombros—. Voy a llevarte a un lugar tranquilo. —Jane no se movió. Jesse le cogió la mano—. Ven —dijo—. Estás conmigo, no te preocupes.

Despacio, los dos salieron del callejón.

20

En la autovía 60B, a la entrada de Louisville, el autobús empezó a dar problemas. Jane oyó a Pete maldecir en el asiento del conductor. Willy se levantó a hablar con él.

—Vamos a tener que parar para que revisen el motor —anunció mientras Pete detenía el vehículo en una gasolinera.

Los músicos se encaramaron en los surtidores igual que cuervos y Pete abrió la cubierta del motor para que el mecánico echara un vistazo.

—Menos mal que habéis parado —dijo este con fuerte acento sureño—. La dirección está a punto de fallar. Unos kilómetros más y os habríais quedado sin autocar.

—¿Cuánto tardará en arreglarlo? —preguntó Willy.

El mecánico se encogió de hombros.

—Me tiene que llegar la pieza de repuesto —respondió—. Voy a pedir que me la manden de la ciudad en el reparto de esta noche. Mañana a mediodía pueden estar de vuelta en la carretera.

—¿No hay manera de ir más deprisa? —dijo Willy—. Nos esperan en Memphis mañana por la noche.

El mecánico miró a Willy. Este tragó saliva.

—Hay un motel a dos kilómetros subiendo por la carretera. Pueden dejar el equipaje en el autobús; el taller se queda cerrado por la noche.

Eran alrededor de las cinco cuando echaron a andar en dirección al motel, formando una fila india junto a la carretera. Jesse llevaba su guitarra, pero los demás habían dejado sus instrumentos en el garaje del taller.

—Esto es el culo del mundo —comentó Huck.

El aire estaba cargado de humedad, pero la luz dorada que se colaba por entre la vegetación baja le recordó a Jane a su casa.

Tardaron veinte minutos en llegar al «centro del pueblo», que consistía en tres edificios: un motel, una cafetería y un almacén sin ventanas con un letrero que decía BAR MUSICAL DE PEGGY RIDGE.

Dentro de la cafetería, camareras con uniformes azules silbaban las canciones de una emisora country mientras repartían los platos de filete con gachas que iban saliendo de la ventanilla de la cocina. Para cuando le sirvieron a Jane su comida, el local se había llenado de paisanos. Las mujeres llevaban gruesas capas de sombra de ojos y el pelo impecablemente peinado con laca; todos los hombres vestían igual que Buddy Holly.

—Es como retroceder en el tiempo —le susurró Kyle a Jane.

Jane miró a Jesse al otro lado de la mesa. Allí nadie parecía reconocerlo. La gente los miraba, pero no con esa timidez propia de cuando se reconoce a un famoso; lo hacían sin disimulo, como diciendo: «Este es nuestro pueblo y los desconocidos sois vosotros».

Hacia las siete de la tarde, se abrió la puerta y entró un hombre. Tendría unos cincuenta años y llevaba camisa de cuadros, tirantes negros y un sombrero de vaquero negro con una pluma en el ala; Jane reparó en que la gente allí congregada había estado esperándolo. Estrechó la mano a todos los hombres y besó a la mayoría de las mujeres, las cuales lo recibieron efusivamente y lo llamaron «Raymond». Cuando terminó de saludar, el hombre miró a Jane, a Jesse y al resto de los músicos.

—Pero bueno, ¿a quién tenemos aquí? —dijo acercándose a ellos—. Hola, chicos, ¿sois miembros de una iglesia, de viaje?

—Somos miembros de una banda de música —contestó Jesse con exagerado acento de Carolina del Sur.

—Mira qué bien —dijo Raymond—. ¿Qué tocáis? ¿Bluegrass?

—Blues —respondió Jesse—. Folk.

—Rock —añadió Greg.

—Pues suena bien —dijo Raymond—. Deberíais pasaros por el Opry cuando terminéis. Para ver lo que hacemos.

Y con eso, se despidió de ellos y volvió con sus admiradores. A las ocho menos cuarto, todos excepto los recién llegados se levantaron y salieron a la calle. Cuando la camarera dejó la cuenta delante de Willy se oía un coro de grillos.

—Pues si no quieren nada más —comentó la camarera—, vamos a cerrar.

Era principios de junio y la humedad le pegaba el pelo en la nuca a Jane. Se detuvieron en el cruce de dos calles, fumando y escuchando las voces procedentes del Opry.

—Pues no sé vosotros —dijo Kyle—, pero yo voy a entrar.

Jane, Greg y Rich echaron a andar con él.

—Yo me retiro ya —se despidió Jesse—. A ver si duermo un poco. Que os divirtáis.

Jane sintió una punzada de desilusión.

—Yo sí voy —dijo Huck.

—Y yo —convino Benny.

Jesse, Loretta, Duke y Willy se dirigieron al motel y los demás cruzaron la calle en dirección al almacén.

El Opry era una especie de centro comunitario. En la planta principal había mesas de bingo arrumbadas contra las paredes para hacer sitio a bailes de cuadrilla. A Jane no le sorprendió encontrar a Raymond subido a una tarima rasgueando una canción bluegrass en el banjo. A su lado, otros dos hombres a los que reconoció de la cafetería tocaban la guitarra acústica y el contrabajo.

—Vamos, amiga —propuso Kyle tirando de Jane hacia la pista de baile.

En la entrada había un corro de chicas intercambiando risitas; una abordó a Rich y sus amigas hicieron lo mismo con Greg, Benny y Huck.

Cuando Jane estuvo cogida del brazo con Kyle para el *reel*, aquella habitación llena de desconocidos ya no le produjo tanta extrañeza. En cierto modo aquellas personas tenían más en común con las que había tratado en la isla que con las que había conocido en sus viajes: eran reservadas, insulares, un colectivo dispuesto a proteger lo que era suyo.

A Kyle le encantaba conocer gente nueva y, cuando la banda hizo un descanso, hacia las nueve y media, fue derecho a Raymond y se presentó. Cuando Jane quiso darse cuenta, el contrabajista estaba en la pista de baile y Kyle ocupaba su lugar en la tarima. Antes de hacerse bajista, Kyle había tocado el contrabajo; por eso le había quitado todos los trastes a su bajo eléctrico. Raymond parecía encantado de haber encontrado un nuevo músico capaz de seguirle el ritmo.

—¿Habíais oído a un yanqui tocar así alguna vez? —dijo y el público rio.

Hacia las diez y media de la noche se abrieron las puertas y entraron Willy y Jesse. Este último tenía mejor aspecto que en las últimas semanas, con mirada amable y una expresión apacible y soñadora. Jane se animó al verlo.

—¡Mira quién está aquí! —exclamó Benny y le dio a Jesse una palmada en el hombro.

Rich le quitó el tapón a una cerveza y se la dio a Jesse. Este bebió con aparente despreocupación, pero en cuanto terminó el baile, cruzó la habitación a grandes zancadas hasta reunirse con Jane.

—Has cambiado de opinión —dijo ella.

Aquellos ardientes ojos azules le sonrieron.

—¿Me concedes este baile? —preguntó Jesse.

Bailaron juntos la siguiente canción y también la que sonó después; en cuanto empezó a bailar con Jesse, nadie más intentó sacar a Jane. Había cierta libertad en aquel baile de cuadrilla, en que te dijeran lo que tenías que hacer, en no tener que pensar. Cuanto más miraba Jane a Jesse a la cara, más radiante se sentía.

Cuando terminó el baile, alrededor de las once y media, los asistentes aplaudieron y empezaron a marcharse en grupos de dos y tres. Raymond bajó del escenario dando palmadas a Kyle en el hombro, deseoso de conocer al resto de la banda. Jane, Rich y Greg le estrecharon la mano.

Entonces Raymond se volvió hacia Jesse.

—¿Eres el manager? —preguntó.

—Soy el novio —dijo Jesse.

Todos le siguieron la corriente, como si aquella noche estuvieran en un universo alternativo en el que Jane era la superestrella. Juntaron unas cuantas sillas plegables y el guitarrista de Raymond sacó dos cajas de cervezas de la cocina.

—Mi padre fue un guerrero chickasaw y mi madre la hija de un predicador baptista que quería convertirlo —explicó Raymond con una sonrisa. Había dado la vuelta al mundo con su banjo y terminado en Peggy Ridge, donde cada fin de semana tocaba en el Opry—. Es mi hogar —dijo.

Cuando se acabó la primera caja de cervezas y mientras abrían la segunda, Raymond les preguntó de dónde venían.

Los Breakers hablaron de la isla de Bayleen, de lo que había sido crecer allí, de cómo habían jugado juntos siendo niños y después formado una banda de música.

—Así que eres la solista —le dijo Raymond a Jane, en la silla contigua. Jesse estaba en el suelo, con la cabeza apoyada en su muslo. Jane asintió—. ¿Nos cantas algo?

Al oír esto, Jesse se enderezó.

—Sí, por favor —dijo.

Su entusiasmo conmovió a Jane; las nubes que habían oscurecido a Jesse cada vez que llegaban a una nueva ciudad se habían disipado y allí estaba la persona que había conocido el verano anterior.

—Claro —dijo Jane. Aceptó la guitarra que le ofrecían y tocó unos acordes—. Esto es algo en lo que he estado trabajado estos días. —Al oír esto, Jesse se sentó más recto y Jane se empezó a ruborizar—. Le falta una estrofa, pero os voy a tocar lo que tengo. Igual podéis ayudarme a terminarla.

Rio con su risa argentina y empezó a tocar.

Había imaginado aquella canción para el piano, pero puesto que en la carretera no tenía otra cosa, la había compuesto con guitarra. Rasgueó la introducción: una sucesión de acordes sombríos y penetrantes que rebosaban añoranza.

Flowers painted on the wall,
Tattered paper bouquets fall,
Your laugh echoes down the hall.

Mientras tocaba sintió que su ánimo se apaciguaba en aquel lugar apartado de las luces de neón y las complejidades del mundo en que se desarrollaba la gira. El estribillo era una conversación entre la guitarra y ella en la que ella cantaba y la guitarra contestaba.

I've never known a girl like you,
Dress so faded, eyes so blue,
Lord in heaven, see me through.[1]

Tocó lo que tenía y terminó la canción con un nuevo intercambio entre letra y guitarra. Los acordes finales quedaron flotando en la habitación igual que el rastro de un perfume.

By and by, how time flies.[2]

Jane miró a los hombres sentados alrededor de ella y por un momento se sintió sola, viendo cómo reaccionaba cada uno a su música. Raymond fue el primero en hablar.

—Mujer, tienes una catedral dentro de ti.

Jane inclinó la cabeza en agradecimiento.

Greg se levantó de su silla, carraspeó y se dio unos golpecitos en el pecho.

—Me vuelvo al hotel, voy a llamar a Maggie.

Antes de irse, reparó en la velada tristeza en los ojos de Rich. ¿Se habría disgustado porque Jane había escrito una canción sin él?

—Me gusta esta parte. —Kyle le cogió la guitarra a Jane y tocó el puente.

Jane supo que ya estaba pensando en cómo sería la parte del bajo. Buscó a Jesse, quien la miraba en silencio, sentado en el suelo con las piernas cruzadas. Cuando los ojos de ambos se encontraron, los de él resplandecían de orgullo. Jane se sintió honrada.

La reunión se dispersó al dar la una de la madrugada.

—Volved por aquí alguna vez —sugirió Raymond.

---

[1] Nunca he conocido a una chica como tú, / ropa desvaída, ojos color azul. / Dios de los cielos, ayúdame tú.
[2] Tarde o temprano, todo pasa.

Se tocó el sombrero a modo de despedida y echó a andar calle abajo con el estuche de su banjo. Los demás caminaron de vuelta al hotel a la luz de la luna llena y se dirigieron a sus cuartos.

—Espera un momento —dijo Jesse y entró en su habitación.

Jane oyó ruido de papel y la mano de Jesse rozando cuerdas al guardar la guitarra en su funda. Reapareció en la puerta y se detuvo en el umbral, interponiéndose entre la luz azul del aparcamiento y la amarilla de su habitación.

—¿Has estado escribiendo? —preguntó ella.

Jesse vaciló y a continuación asintió con la cabeza.

—Parece que tú también —dijo.

Jane cogió la mano de Jesse y lo besó a la luz de la luna; un gesto casto de afecto puro. Jesse la miró durante unos momentos y, acto seguido, apretó su mano y la hizo pasar. Se desnudaron y se tumbaron encima de la cama sin deshacer.

—En este pueblo me siento como si hubiera vuelto a la isla —explicó Jesse.

Jane asintió con la cabeza y le dibujó un ocho en el esternón.

—He comprado un terreno, ¿sabes? —le contó Jesse—. En Caverswall.

—Ah, ¿sí?

—Unas cuarenta hectáreas —dijo. Jane levantó la cabeza, sorprendida—. ¿Qué pasa? Algo tengo que hacer con todo este dinero. Invertir en propiedad inmobiliaria es lo más seguro.

—¿Para qué quieres cuarenta hectáreas? —preguntó Jane.

Jesse le acarició el pelo y se lo apartó de los ojos.

—Para construir una cabaña donde nadie me encuentre —contestó. Se encogió de hombros—. Nadie excepto tú. —Se volvió hacia ella y apoyó la cabeza en su mano—. ¿Sabes una cosa? No solo eres mi persona preferida, también eres mi música preferida. —Jane rio—. Lo digo en serio —dijo Jesse—. Esa canción era… No me malinterpretes, me encanta verte hacer rock. Me encanta ver cómo lo disfrutas. Pero no todo el mundo puede hacer lo que has hecho tú esta noche.

—¿Qué quieres decir?

Jesse volvió a retirarle el flequillo de la frente.

—Ha sido una catarsis —explicó.

Jane lo miró un largo instante. Luego lo besó. Cuando Jesse la atrajo hacia sí sintió quebrarse algo en su interior; algo delgado como una oblea, un hilo, un huesecillo, pero supo que se había roto para siempre.

21

Al día siguiente, a mediodía, estaban de vuelta en la carretera. Jesse iba sentado al lado de Jane mirando un mosaico de verdes discurrir por la ventanilla. Ella notaba cómo la armonía entre ambos se escapaba con cada kilómetro igual que lo hace el agua de un ánfora agrietada; para cuando llegaron a Memphis, Jesse estaba completamente encerrado en sí mismo. Jane pasó la noche viendo reposiciones en la televisión con Kyle y Rich y no vio a Jesse hasta la mañana siguiente, cuando todos estaban citados en las oficinas de Pegasus, en el distrito financiero.

El cuartel general de la compañía discográfica estaba en Los Ángeles, pero tres de sus sellos más rentables, Lovelorn (rythm and blues), Night Rider (pop) y True Twang (country) se gestionaban desde Memphis. Daba la casualidad de que Lenny Davis, presidente de Pegasus, estaba aquella semana en la ciudad para asistir a diversas reuniones y quería saludar personalmente a Jesse y felicitarlo por su éxito. Cuando entraron en su despacho, Jane miró su reflejo en la superficie brillante de una mesa baja de roble; a su alrededor, discos de oro jalonaban las paredes igual que ojos de buey en un buque de guerra.

Entró Lenny Davis flanqueado por dos hombres altos. Todos llevaban camisas de guinga, pantalones de campana y gafas de cristales tintados parecidas a las de Willy. Todo en Lenny revelaba que era un hombre de éxito: abultado reloj de oro, abultada y redonda barriga. Estaba casi calvo, pero por el cuello de la camisa de cuadros le asomaban mechones de pelo entre los que centelleaban cadenas. Parecía un abeto adornado con espumillón.

—Bienvenidos —los saludó.

Su sonrisa dejó ver un ancho espacio entre los dos dientes delanteros.

Jesse, vestido de pies a cabeza de tela vaquera, tenía aspecto de operario de fábrica al que han citado en la oficina del capataz para felicitarlo por su trabajo. Y se comportaba como si así fuera, con la cabeza gacha y los hombros encogidos. Willy tuvo que animarlo a que diera la mano a Lenny igual que si fuera un niño que debiera saludar a un familiar lejano.

Lenny Davis no pareció darse cuenta de esto y sonrió a Jesse de oreja a oreja.

—¡Jesse! —exclamó—. Jesse, bienvenido.

Se sentaron en los muebles de plástico blanco sobre el césped rojo de una alfombra desmechada.

—Menudo año —dijo Lenny—. Según nuestras proyecciones, para el final de este trimestre *Painted Lady* habrá vendido más de un millón de copias. ¿Qué me dices a eso?

Jesse sonrió apático. Daba la impresión de que le costaba mantener los ojos abiertos. Jane sabía que, a pesar de las muestras de afecto de Lenny Davis, aquello era un examen.

—Menudo año, sí —repitió Jesse.

Lenny Davis le sonrió y asintió despacio con la cabeza. A continuación y sin previo aviso, se volvió hacia Jane.

—Así que esta es Jane Quinn —concluyó mirándola, pero sin dirigirse a ella.

—Y los Breakers —respondió ella señalando a Greg, Kyle y Rich, de pie alrededor de ella—. Encantados de conocerte.

—También ha sido un buen año para vosotros —dijo Lenny.

Su mirada se demoró un instante en Jane, luego se posó en Jesse y volvió a ella. Esta se preguntó si estaría al tanto de lo ocurrido con Vincent Ray y si seguiría teniendo importancia.

—Bueno, bueno… —suspiró Lenny Davis—. Pues muy bien.

Se levantó de la silla y sus hombres lo siguieron. Cada uno apoyó una mano en la puerta para adelantarse a la salida de Lenny.

—Creo que iré esta noche —le anunció a Willy como continuación a una conversación anterior—. Encantado de conoceros a todos.

Y, con otra sonrisa de dientes separados, se fue.

—Creo que lo hemos conquistado —dijo Kyle y todos rieron excepto Jesse, quien no dio muestras de haberlo oído.

—¿Has dormido bien? —le preguntó Jane a Jesse mientras bajaban en un ascensor forrado de espejos al vestíbulo.

El reflejo de este hizo una mueca, el de Jane se la devolvió y salieron al vestíbulo sin haberse mirado a los ojos.

Tal y como había prometido, Maggie se unió a la gira en Memphis, adonde llegó en tren con Bea. Aquella tarde, los Breakers fueron a recogerlas a la estación.

—¡Qué alegría teneros aquí! —exclamó Greg mientras se abrazaban.

Jane se dio cuenta de que estaba emocionado.

—Te veo bien —le dijo Maggie poniéndole una mano en el hombro.

Jane cogió a Bea y la meció contra su cadera. Sonó un silbato en el andén y la niña buscó el origen del sonido entre su halo de tirabuzones rubios.

—Chucuchú —dijo Jane—. Chucuchú.

Acercó a Bea a Rich, que tenía la cara tan pálida como el vapor que salía del motor del tren.

Aquella tarde, Greg insistió en llevar a Bea al acuario.

—No se va a enterar de nada —le comentó Maggie a Jane mientras sorbían café en el restaurante del hotel—, pero me parece adorable que Greg quiera llevarla.

—La ha echado muchísimo de menos —dijo Jane—. Os ha echado de menos a las dos. Cada vez que salíamos no hacía más que mirar el reloj, esperando a que fuera la hora de llamarte.

—Nosotras también lo hemos echado de menos —reconoció Maggie—. Todo esto es una gran aventura.

En el contexto de su nuevo mundo, Maggie le pareció mucho más pequeña a Jane. Por primera vez en su vida, se sentía con más aplomo que su prima. Era una sensación poderosa y desconcertante a la vez. Ansiar la aprobación de Maggie había sido para Jane una forma de vida y ahora que se daba cuenta de que no le importaba tanto, se sentía un poco a la deriva.

—Claro que esto no es nada comparado con lo que está haciendo mamá —le contó Maggie.

—¿De verdad se va a ir a Londres? —preguntó Jane.

Maggie movió la cabeza con gesto de incredulidad.

—Al parecer, mamá es una enfermera buenísima —dijo—. Millie viaja en barco a Europa cada año para ver a sus nietos y la ha contratado para que sea su acompañante. Se marchan en septiembre.

Jane pensó a toda velocidad.

—Entonces ¿qué va a pasar con…?

—Creo que ha llegado a algún acuerdo con el Cedar —dijo Maggie—. Millie es paciente, así que lo van a considerar como una especie de programa de intercambio.

—No doy crédito —admitió Jane.

La idea de que Grace se marchara de la isla le resultaba inconcebible.

—Ya lo sé —dijo Maggie—. Estaba convencida de que no seguiría adelante con el plan. Pero hay muchas otras cosas que nunca pensé que pasarían.

Negó con la cabeza y las dos sorbieron sus cafés.

Aquella noche, los Breakers actuaban a las seis en Minglewood Hall. Jane terminó de calentar temprano y salió a fumar. Allí se encontró a Rich, mirando taciturno el cielo del atardecer.

—¿Tienes fuego? —le preguntó.

Rich le pasó un mechero y Jane le ofreció un cigarrillo. Él cogió la cajetilla y le dio golpecitos en la palma de la mano, pero no la abrió.

—¿Qué te preocupa? —preguntó ella.

Rich se encogió de hombros. Jane encendió el pitillo y dejó que el humo le llenara los pulmones.

—Janie —dijo Rich—, ¿alguna vez has…? —Se interrumpió. Estaba nervioso. Negó con la cabeza mientras daba vueltas a la cajetilla en las manos.

—¿Alguna vez he qué? —lo animó Jane.

Rich tragó saliva.

—¿Alguna vez has deseado a alguien que no deberías? —preguntó. Jane no dijo nada—. Tenía la esperanza de que en algún momento se desenamorara de ella —confesó Rich. Jane lo miró—, pero no lo ha hecho y ahora ella está aquí. Y aunque no estuviera, él seguiría sin interesarse por mí.

Rio y negó con la cabeza.

If I let my colors show... Si te enseño mis colores...
Jane lo cogió de la mano.

—Rich —dijo—, ¿desde cuándo?

Él pestañeó varias veces.

—Desde hace años. Desde el instituto. Pensé que se me pasaría. Luego intenté convencerme de que tenía posibilidades y me aferraba a los pequeños momentos. Como aquella noche en Los Ángeles cuando se durmió con un brazo encima de mí, ¿te acuerdas? Estuve semanas sin sacármelo de la cabeza, incluso cuando dormíamos en camas contiguas. Es penoso.

—No lo es —lo contradijo Jane.

—Claro que sí. Y ahora verlo aquí con Maggie me lo recuerda aún más. Creo que después de la gira se van a ir a vivir juntos. —Jane no se había parado a pensar en lo que ocurriría después de la gira; de hecho, pensar en que tenía que acabar en algún momento la desconcertó—. Si se van, yo me mudo a California —dijo Rich devolviéndole la cajetilla. Cuando Jane fue a cogerla, él tardó en soltarla—. No se lo cuentes a nadie —le pidió.

Jane asintió con la cabeza. Rich soltó el tabaco y entró.

Ella lo siguió, con la cabeza hecha un lío. Su sorpresa inicial al oír la confesión de Rich había dado paso a un inventario mental de largas miradas y señales que ahora se daba cuenta de que debería haber interpretado. «Me mudo a California». Sin duda Rich no hablaba en serio. ¿Qué sería entonces de los Breakers? Jane apenas era consciente de dónde iba cuando oyó la voz de Willy, susurrada y suplicante, al doblar la esquina. Aflojó el paso.

—No es lo deseable —decía—, pero es lo que hay. He intentado hablar con él del tema, pero no me da ocasión de decir mucho antes de encerrarse en sí mismo otra vez.

Hubo una larga pausa; a continuación, llegó la respuesta en la voz ronca e inconfundible de Lenny Davis.

—Pues espero que sepas lo que haces. No tengo que explicarte lo mucho que está en juego y que depende de este chico... De su imagen.

—Hoy ha estado muy mal —dijo Willy—, pero lo cierto es que es un tipo agradable; por lo general se implica más en las cosas. Le disgusta toda la parte comercial de su profesión, así que es posible que se le haya ido la mano un poco.

—No hace falta que le guste la parte comercial. Coño, si le gustara, es posible que no volviera a vender un disco. Pero no podemos dejar que la gente lo vea tan colocado, ni que lo vean sus admiradoras.

—No lo ven —le aseguró Willy—. Confía en mí, por eso quería que vinieras esta noche. Para que te quedaras tranquilo. Cuando se sube al escenario, Jesse es todo lo que se espera de él y más. Y cada vez que canta con Jane, te garantizo que nadie se pone a pensar en si está o no colocado.

—Es una monada de chica —dijo Lenny—. Ha sido muy inteligente ponerlos a cantar juntos. El hombre que se la esté follando tiene que parecer por fuerza la viva imagen de la salud.

—Jane es muy especial para todos —confesó Willy y Jane agradeció el temblor de furia en su voz—. Se quieren de verdad.

—Sí, sí, lo que tú digas —dijo Lenny—. Se me olvidaba que también la representas tú. Oye, ¿crees que se casarán? No hay nada que transmita más estabilidad que un anillo de casado. Nos daría la cortina de humo perfecta para tapar lo del caballo.

—Pues la verdad es que no lo sé —reconoció Willy.

—Bueno, pues ocúpate de ello y todo saldrá bien —dijo Lenny.

—Sí —respondió Willy.

Jane se escondió detrás de una cortina cuando pasó Lenny. ¿Había dicho «caballo»?

Willy apareció un momento después. No llevaba sus gafas de aviador y Jane cayó en la cuenta de que probablemente era más joven que Grace. Se pasó la mano por la cara; estaba a medio metro de ella. A continuación, se marchó en la dirección opuesta a Lenny. Jane esperó un segundo, salió de detrás de la cortina y dobló la esquina.

Willy y Lenny habían estado hablando delante de la puerta del camerino de Jesse. Jane sintió el impulso irrefrenable de pasar. El corazón se le aceleró al poner la mano en el pomo de la puerta. No quería llamar, no quería pensar. Notaba el metal redondeado contra la palma de la mano. Lo giró y entró.

La habitación estaba oscura y cargada; no había luz, a excepción de una vela, y las ventanas estaban cerradas a cal y canto. Cuando los ojos de Jane se acostumbraron a la negrura, su cerebro se negó a procesar lo que veían.

Recordó una ocasión en que se cruzó con una gran masa amorfa en plena Main Street, de camino a Pico de Viuda. Había necesitado un instante para identificar lo que veía porque solo lo conocía de oídas; luego los detalles de la escena fueron cobrando nitidez: la cinta amarilla, la ambulancia, los curiosos. Entonces algo ocurrió, y aquella masa informe que trataba de identificar se dio la vuelta y resultó ser la parte inferior de un coche.

Ahora su cerebro se aferró a hebras de pensamiento en un intento por asimilar lo que tenía delante. Jesse estaba tendido en el suelo, con una cinta negra atada rodeándole un brazo igual que una víbora y las venas hinchadas como si le hubieran mordido. Tenía la cabeza apoyada contra el radiador.

Jane corrió a comprobar sus constantes vitales. Jesse gimió como un animal liberado. La expresión de su cara le resultó familiar a Jane, era la misma que adoptaba en el autobús o sobre el escenario. Junto a su brazo había una cuchara sucia. Tenía la mano apoyada sobre una jeringuilla, como si acabara de usarla para escribir su nombre. Se esforzaba por abrir los ojos.

—Jane… —dijo con voz queda.

Su expresión era dolorida, como si estuviera escuchando una historia triste sobre alguien desconocido. Estaba demasiado ido como para intentar siquiera ponerse en pie; apenas conseguía mantener los ojos abiertos. Jane sintió una oleada de repugnancia, seguida del impulso de apartarlo de una patada.

—Jane.

Apareció Willy en el umbral con una toalla y un vaso de agua. Al verlo, la furia de Jane cambió de dirección igual que un rayo golpeando un avión.

—¿Se puede saber qué coño…? —preguntó. Se dio cuenta de que Willy estaba buscando la mejor manera de dirigirse a ella y siguió hablando antes de darle tiempo a decir nada—. Esto es una puta mierda —dijo temblando de ira—. Jesse aquí metido chutándose y tú haciendo de camarero.

—Jane —musitó Willy, aturdido—, pensaba que lo sabías…

—Nos animaste a estar juntos… Una publicidad de puta madre. Soy lo que la imagen de Jesse necesita, ¿verdad?

Tenía la sensación de que las paredes se cerraban a su alrededor.

—Jane, no te embales —suplicó Willy—. Eso no es justo. Os conocisteis por vuestra cuenta. Yo nunca…

—Me mentiste —dijo ella.

Fue hacia la puerta. Si no salía de aquella habitación oscura y tóxica, iba a volverse loca.

—Vamos a algún sitio a hablar tranquilamente —propuso Willy poniéndole una mano en el hombro.

Jane se la apartó de un manotazo.

—Yo contigo no voy a ninguna parte —replicó.

—Solo te pido cinco minutos.

—Y si no te los doy, ¿qué vas a hacer? ¿Chivarte a tu padre?

—Jane…

—No —dijo esta—. Tú sigue haciendo lo que te salga de los cojones mientras aquí todos se comportan como si no fuera contigo la cosa. Yo ya no quiero saber nada. —Se abalanzó contra la puerta y Willy le cerró el paso—. ¡Déjame salir! —gritó.

—Jane, no te puedo dejar ir así —dijo él.

Ella le dio otro manotazo, esta vez en el pecho. Willy era más o menos de su misma altura, pero mucho más fuerte, así que ni siquiera pestañeó. Jane le pegó una vez más. Y otra y otra, hasta que un sollozo inmenso y tembloroso se formó dentro de ella y se desplomó en brazos de Willy igual que una cometa rota.

22

D esde un lateral del escenario principal, Jane escuchó el murmullo del público en la explanada. Con un dolor sordo recordó la última vez que había estado allí. Aquella noche, mientras cantaba «Sweet and Mellow», no había sabido que todo estaba a punto de empezar. Y ahora casi se había terminado.

«Fue divertido mientras duró».

Durante tres semanas Jane se había negado a reflexionar sobre su ruptura con Jesse. Todas las cosas que había dicho y que había callado estaban atrapadas en un compartimento en las profundidades de su cabeza, luchando por salir; cada vez que un retazo asomaba, Jane lo empujaba de vuelta.

«No puedes pensar que fue solo diversión».

Fuera pensamiento.

Pronto sería capaz de encerrarse en sí misma y procesar todo lo ocurrido; solo necesitaba seguir enfadada unas cuantas horas más. Eso no supondría un problema. Tenía munición de sobra.

Entonces vio a Morgan Vidal sobre el escenario y se le cayó el alma a los pies. Morgan era moderna y radiante, con una melena caoba que ondeaba en delicados mechones. Entre las sombras de los bastidores, Jane recordó cómo se había sentido la última vez que la vio, la noche que conoció a Jesse. Invisible.

—¿Preparada? —preguntó Rich.

Jane se volvió hacia él y asintió con la cabeza. Greg y Kyle se separaron un poco de ella, nerviosos. A aquellas alturas, Rich era la única persona en la gira que no se alteraba en presencia de Jane. Y la única a la que ella dirigía la palabra.

Todo ocurrió en Baltimore, una semana después de que Jane rompiera con Jesse. Willy había citado a los Breakers en su habitación del hotel para hablar de una gira europea de *Painted Lady* que acababa de aprobarse. Jane había dado por hecho que estaba invitada.

Había dirigido a Willy una mirada intimidatoria mientras los Breakers tomaban asiento en los funcionales muebles de hotel. Willy y ella llevaban sin hablarse desde Memphis. Jane sabía que las cosas entre ellos serían incómodas, pero no estaba dispuesta a renunciar a una gira internacional. Para su sorpresa, Greg fue el primero en hablar.

—Yo no voy —dijo. Estaba colorado, pero su expresión era de determinación—. La gira ha sido una experiencia muy emocionante y me ha compensado cada minuto. Pero mi sitio está en la isla. Maggie ha aceptado venirse a vivir conmigo. Tengo la sensación de haberme perdido ya demasiadas cosas… y no quiero perderme más.

La cabeza de Jane se llenó de un zumbido.

—Vale —dijo con la boca seca—. Entonces… necesitamos un batería. Seguro que el estudio tiene alguno.

Willy carraspeó.

—No es tan sencillo —explicó mirando a Jane con filosofía—. Una cosa es sustituir a un miembro de la banda, pero ahora son dos, y los Breakers sin dos de sus miembros ya no son los Breakers.

—¿Cómo que dos? —preguntó Jane. Cayó en la cuenta de que los demás habían estado hablando a sus espaldas—. ¿Qué está diciendo? —quiso saber, volviéndose hacia Rich y a continuación hacia Kyle. La expresión de culpabilidad de este era incluso mayor que la de Greg—. ¿Kyle? —insistió.

Kyle tragó saliva y miró a Willy.

—El contrato de Duke se termina este mes —dijo Willy—. Se vuelve a Los Ángeles para otra gira que empieza dentro de dos semanas.

—¿Y? —dijo Jane mirando fijamente a Kyle. Sabía lo que estaba pasando; solo quería obligar a su amigo a decirlo.

—Jesse me ha ofrecido unirme a su banda —admitió Kyle y se le quebró la voz—. Y he dicho que sí. Janie, me...

Los ojos de Jane volaron hacia Rich; de pronto, era la única persona en la habitación que no le provocaba ganas de chillar. Aquella era una oportunidad única para Kyle. En diferentes circunstancias, Jane se habría alegrado por él; pero ahora mismo, si hubiera estado más cerca de una ventana abierta, lo habría empujado.

—Cuando acepté, no sabía que también Greg se marchaba —se justificó Kyle—. Solo son seis semanas...

—Exacto —dijo Jane mientras el miedo le llenaba el pecho. No podía quedarse sin su banda. No era posible. Se volvió hacia Greg—. ¿No puedes aguantar seis semanas más? —Greg hizo una mueca—. ¿Qué pasa? ¿Qué no me estás contando?

Él apretó los dientes.

—Lenny Davis me ha ofrecido una indemnización a cambio de rescindir mi contrato —dijo—. No me puedo permitir decir no. Soy... Todos somos conscientes de que he sido afortunado por formar parte de la banda. No soy tan... Me... Tengo que decir que sí. Quiero darle un hogar a Maggie.

A Jane empezaron a pesarle los párpados a medida que comprendía lo que ocurría. Willy no los había invitado a participar en la gira europea en ningún momento. Ella había dejado de cumplir su función como novia de Jesse y Pegasus estaba usando su banda para quitársela de en medio.

—No puedo respirar —dijo.

—Jane —dijo Willy—, sé que estás dolida, pero créeme si te digo que esto es lo que más te conviene. No te interesa estar en esa gira.

—Claro que me interesa —replicó ella, dirigiéndole la palabra por primera vez en una semana.

—Te digo que no —rebatió Willy—. Confía en mí. No te interesa estar ahí cuando la prensa se entere de que Jesse y tú habéis roto.

—Ni siquiera sabían que estábamos juntos. —Willy la miró como diciendo «No te lo crees ni tú»—. Tengo derecho a ir.

—No depende de ti —dijo Willy—. Te estarías enfrentando con la discográfica y ni te imaginas adónde está dispuesta a llegar para proteger a su estrella.

—Yo nunca haría nada que perjudicara a Jesse —afirmó Jane.

Empezaron a rodarle lágrimas por las mejillas.

—Pero podrías —matizó Willy con voz queda—. Si la gente empieza a husmear en vuestra ruptura, podrías. —Desde que Jane rompió con Jesse, Willy se había mostrado totalmente imperturbable, la viva estampa de un profesional. Pero ahora había desesperación en su voz. La persona detrás de la máscara de compostura se había asomado el tiempo suficiente para comunicar un mensaje—. Jane, te echarán a los perros antes que dejar que ensucies su reputación en lo más mínimo. No quiero que te pase eso. —Carraspeó—. ¿Por qué no os tomáis algún tiempo para que os dé el aire y os reunís para el próximo álbum?

Jane miró al suelo. Tardó un minuto entero en contestar.

—Sí —dijo—, creo que va a haber aire de sobra entre vosotros y mi próximo álbum.

Dicho aquello, había salido de la habitación y en las dos semanas transcurridas no le había dirigido la palabra ni a Willy ni a Kyle ni a Greg. Los Breakers estaban tan bien entrenados que sus actuaciones no se habían resentido por ello. Era asombroso lo que podían transmitir juntas, sobre un escenario, personas que no se hablaban.

Después de aquella conversación, la maquinaria de Pegasus se puso en funcionamiento. Jane seguía furiosa con Willy, pero una parte de ella empezaba a sospechar que solo había buscado protegerla. La velocidad a la que Morgan Vidal había sido etiquetada como su sustituta había sido pasmosa; cuando la discográfica necesitaba proteger su inversión, era capaz de mover montañas. Distraer la atención del público resultaba crucial; antes de que a nadie le diera tiempo a preguntarse dónde había ido Jane, la sustituirían por una flamante compañera. Aquella actuación de los Breakers en el Folk Fest era, en cierto modo, un premio de consolación.

«Fue divertido mientras duró».

Jane no tenía ni idea de cómo se sentía Jesse; no habían hablado desde la ruptura. Pero a raíz del Folk Fest ya habían empezado a circular rumores sobre él y Morgan.

Mientras la miraba actuar, la presencia de Morgan en la vida de Jesse empezó a cobrar un sentido para Jane que la suya no había tenido nunca. Morgan procedía de familias adineradas por parte de madre y de padre; sus abuelos eran Hector Vidal y Edward Riley. Vidal había fundado Banreservas, el banco más importante de República Dominicana, que ahora presidía el ilustre padre de Morgan, Victor. Riley había sido presidente y consejero delegado de CBS antes de jubilarse e irse a vivir a una mansión estilo colonial de diez dormitorios en Perry's Landing. Jane supuso que Lenny Davis habría estado encantado de fichar a Morgan, recién graduada por Barnard College, por más de un motivo. «Ha nacido para esto», pensó Jane mientras la miraba versionar un tema de Judy Collins.

Entonces oyó pisadas y al volverse se encontró con Willy. Este encendió un cigarrillo y se lo ofreció a Jane, quien lo rechazó. Él dio una calada; sus gafas modelo aviador eran dos espejos amarillos que reflejaban la actuación de Morgan.

—Jane —dijo—, antes de que salgáis a cantar, quería decirte…

—Vete a la mierda —lo interrumpió ella.

Willy suspiró. Negó con la cabeza y se alejó en medio de un rumor de aplausos. Jane levantó la vista y vio a Mark Edison mirándola por entre las aberturas de una viga de celosía.

—¿Qué opinas de los rumores, Janie Q? —preguntó. Jane lo miró furiosa—. Me refiero a que el Fest se va a pique.

El Fest estaba en una situación lamentable. La asistencia había bajado al mínimo y se rumoreaba que lo iban a cerrar. Aquel año ni siquiera Jesse había conseguido atraer a admiradores del continente. A falta de un público numeroso, era muy probable que los patrocinadores se retiraran.

Cuando Jane le dio la espalda a Mark Edison, vio a Rich. Su marcha a California era ya definitiva, Jane lo sabía. Querría estar en la otra punta del país cuando Greg se fuera a vivir con Maggie. Jane se detuvo en las facciones que tan bien conocía, su fuente de consuelo y estabilidad durante tantos ensayos, tantas actuaciones. El miedo se apoderó de ella al pensar en que iba a perder a su compañero. Las letras de Rich siempre le habían dado seguridad a la hora de expresarse; ¿cómo lo conseguiría ahora?

Jane ahuyentó este pensamiento cuando una ola de aplausos acompañó la salida de Morgan del escenario. Vista de cerca, estaba arrebolada y sin aliento. Jane recordó cómo se había sentido ella después de su primera actuación ante un público tan numeroso y sintió una punzada de envidia.

—Buen trabajo —dijo Kyle saludando con la mano a Morgan.

—Gracias —respondió esta.

A Jane no le sorprendió que los dos se conocieran ya, dada la naturaleza extrovertida de Kyle y su voluntad de mitigar tensiones. Estaba convencida de que haría lo imposible por ser amable con todos los que serían sus compañeros de viaje en las siguientes semanas.

—Eres Jane Quinn —dijo Morgan dejando atrás a Kyle. Para sorpresa de Jane, empezó a tartamudear—. Tengo que decirte que «Spark» me salvó la vida esta última primavera —Jane sonrió ante el inesperado halago. Resultaba satisfactorio oír que algo que había escrito específicamente para ella podía resultar de ayuda a otra persona…, incluso si esa persona estaba allí para sustituirla—. Qué alegría conocerte.

—Igualmente —dijo Jane sofocando un impulso de señalar que ya se habían visto antes—. Me ha encantado tu actuación.

—Gracias —dijo Morgan. Su timidez pareció dar paso a la incomodidad—. También quería decirte… que siento mucho lo de tu abuelo. Me encantaría que fuéramos de gira juntas. Es una gran oportunidad para mí.

—¿Mi abuelo? —preguntó Jane.

Morgan buscaba a alguien con la vista.

—Oye, ¿has visto a…? ¡Ah, ahí está! ¡Hola!

Morgan esbozó una sonrisa blanquísima cuando aparecieron Loretta y Henry seguidos de Jesse. Este parecía agotado, pero seguía tan guapo como siempre. Después de aquella actuación, cogería un avión y dejaría la isla de Bayleen; la participación de Jane en la gira se habría terminado y no tendrían que volver a dirigirse la palabra.

La vista de Jane se posó en Loretta, quien le regaló un guiño y una mirada escéptica a Morgan de soslayo. Sintió un pequeño hormigueo de alegría; su único consuelo en todo aquello sería imaginar a Morgan tratando de ganarse la simpatía de Loretta.

El gesto de Jesse era sombrío. Sus ojos iban de Morgan a Jane y de nuevo a Morgan, quien le hacía señales entusiastas para que se acercara a ella.

—Hola —dijo Jesse colocándose entre las dos.

Jane sintió rebullirse a Greg y Rich detrás de ella.

—Espero no haberte tenido levantado anoche hasta muy tarde —dijo Morgan.

Jesse parecía tan incómodo que Jane no supo si reír o gritar.

—Nada me saca más de quicio que una cena en el club —admitió Jesse y el desdén al pronunciar «el club» fue palpable.

Morgan parecía decidida a no perder el buen humor.

—Pues a mis padres les encantó verte.

Jesse asintió con la cabeza.

—Voy a ir a calentar —anunció. Jane supo que estaba buscando una excusa para huir de aquella conversación, pero la expresión de él cambió al darse cuenta de que su comentario podía interpretarse como una alusión a la droga—. Me refiero a afinar —añadió, mirando a Jane.

—Creo que Jane Quinn sabe lo que significa «calentar» —dijo Morgan.

Jane sonrió cortésmente.

Jesse se pasó una mano por el pelo y Jane se preguntó por qué no se iba. Entonces cayó en la cuenta de que albergaba la esperanza de que lo hiciera Morgan y así poder hablar con ella. Pero Morgan no parecía tener intención de moverse de allí.

—Dos minutos —dijo el regidor con un gesto de la mano a Jane y los chicos.

Mientras cogía su guitarra, Jane sintió crecer la desesperación de Jesse. Se permitió mirarlo a los ojos, algo que llevaba semanas sin hacer por miedo a lo que podía ver y sentir.

«Fue divertido mientras duró».

—Solo quería decir… —dijo Jesse.

«No puedes pensar que fue solo diversión».

Se le quebró la voz y, por un instante, Jane sintió el impulso de atraerlo hacia sí, un deseo visceral que la dejó sin respiración. Entonces sus miradas se separaron cuando Jesse desvió la suya a Morgan, que lo contemplaba con total adoración. Jesse tosió y murmuró «Buena suerte» con la vista fija en el suelo.

Jane se colgó la guitarra y la correa dibujó una línea en diagonal sobre su corazón. Miró a Jesse una vez más y salió al escenario sin decir una sola palabra.

23

Aquella noche Jane se desplomó en su cama y lloró con grandes hipidos trémulos. Al cabo de un rato, Grace entró en la habitación, se sentó a su lado y le puso una mano en la espalda.

—¿Y si no hubiera entrado en ese camerino? —preguntó Jane.

—No habría cambiado nada —dijo Grace—. En realidad, no.

—Seguiría de gira —sostuvo ella—. Seguiría teniendo mi banda. Seguiría teniendo...

De las campanillas del porche llegaron flotando notas huecas.

—Estoy orgullosa de ti —le dijo su tía—. Hay pocas personas con tu integridad.

En la seguridad del hogar, Jane empezó a desentrañar mentalmente su ruptura con Jesse. Apenas recordaba nada de su actuación aquella noche en Memphis. El público había rugido igual que un océano invisible detrás de una pantalla de luz; Jane había cantado con la sensación de estar siendo arrastrada por una ola detrás de otra y de desearlo, de desear ese olvido.

Jesse y ella habían cantado «Let the Light Go» por última vez a quince centímetros el uno del otro, sin mirarse. Después de saludar, Jane dejó la guitarra en un lateral del escenario y caminó lo más deprisa posible a la salida de artistas.

Jesse la siguió al callejón. Jane todavía vibraba con la energía de la actuación, era incapaz de estarse quieta; él la siguió, caminando despacio. Por fin la cogió por los hombros. Jane no le permitió abrazarla, no exactamente, pero dejó de moverse. Jesse dejó caer las manos a ambos lados del cuerpo.

—Me dijiste que no te gustaban las agujas —dijo ella.

Jesse dio un respingo.

—Esto no es algo de lo que... me enorgullezca —admitió—. No quería que lo supieras.

—¿Quién más lo sabe? —preguntó Jane.

—La banda... La mía por lo menos. Willy. Mis padres.

Jane recordó la forma tan estricta en que el doctor Reid había vigilado a Jesse; la preocupación de Loretta en el autobús. La asaltó la ira.

—¿Desde cuándo? ¿Desde Los Ángeles? —preguntó—. ¿Desde la portada de *Rolling Stone*?

Jesse dejó escapar un largo suspiro.

—La verdad es, Jane, que es un hábito que tengo de forma intermitente desde el sesenta y cinco. Por eso tuve el accidente de moto el verano pasado. Me chuté antes del Fest y pensé que estaba bien para conducir...

Jane se sintió palidecer. El accidente de Jesse había sido la génesis de su propia carrera profesional. Aquel «hábito», como lo llamaba Jesse, era la razón de que ella estuviera allí. Solo pensarlo le resultaba insoportable.

—Así que el verano pasado te drogabas —dijo.

—No. —Jesse meneó la cabeza con vehemencia—. El verano pasado... Después de conocerte fue la primera vez en mucho tiempo en la que me sentí pleno sin drogarme.

—¿Y qué pasó?

De pronto Jane se sentía extenuada.

—Lo que pasa siempre —dijo Jesse sin entonación—. La droga estaba ahí, así que me la chuté. Así de simple.

Jane se llevó una mano a la frente. Escudriñó el cielo en busca de una luna que no estaba allí.

—¿Y dónde la tenías? Nunca vi...

Los ojos de Jesse eran inexpresivos.

—En la funda de la guitarra —confesó.

El aire alrededor de Jane se calentó.

—La noche de Peggy Ridge dijiste que estabas escribiendo. Me mentiste.

Jane estaba sorprendida. Por algún motivo, nunca se le había pasado por la cabeza que Jesse pudiera hacer una cosa así.

—Lo sé —dijo Jesse—. Lo siento muchísimo. No..., no era mi intención.

Las palabras encendieron un circuito en las profundidades del cerebro de Jane; le pareció oír a su madre dándole la misma excusa a Grace. Sintió que algo se rompía en su interior.

—Necesito saber que la realidad es realidad —dijo.

Jesse palideció.

—Lo voy a dejar —le aseguró.

—Así que lo vas a dejar.

La furia de Jane resplandecía de color blanco, iluminando una repentina constatación. Jane había estado ya en una situación igual. Si no escapaba enseguida, quedaría atrapada durante mucho tiempo.

—Sí —dijo Jesse—. Voy a... Dejaré la gira ahora mismo y volveré al Zoo. Te lo digo de corazón, Jane. Haré lo que haga falta.

Jane imaginó a los dos recorriendo el pasillo aséptico del ala de seguridad del Cedar; Jesse vestido de blanco, ella, de azul. Se había jurado a sí misma que no sería prisionera de un lugar así. ¿Qué había ocurrido en la gira para que ella terminara en el papel de cuidadora?

Jane tenía la impresión de flotar encima de su cuerpo. Se oyó a sí misma decir:

—Probablemente deberías hacerlo, pero no por mí.

—¿Qué quieres decir? —preguntó Jesse, consternado.

Jane se encogió de hombros.

—Pues que fue divertido mientras duró, pero si no llega a ser por esto, habríamos roto por cualquier otra razón.

Jesse abrió mucho los ojos.

—No puedes pensar que fue solo diversión con todo lo que nos une. Jane, te quiero.

Ella miró una polilla aletear hacia la luz junto a la entrada de artistas.

—Lo lamento —dijo—, pero así es como me siento.

Jesse estalló.

—No te creo —rebatió y dio un paso hacia Jane.

Esta lo inmovilizó con una mirada.

—Te dejé muy claro que solo podía comprometerme hasta cierto punto —dijo. Al cabo de un instante, añadió—: Espero de verdad que puedas conseguir ayuda.

—Jane, por favor, no…

La hermosa cara de Jesse tembló y ella sintió una chispa de esperanza prender en su interior.

—Hemos terminado —concluyó antes de que le diera tiempo a vacilar.

Se negó a seguir hablando.

Cada día, al despertarse en Tejas Grises, Jane tardaba unos segundos en recordar dónde estaba. Entonces caía de nuevo en la cuenta de que la habían dejado atrás y sus pensamientos se convertían en un torrente de imágenes de los conciertos que debía estar dando, las personas a las que debía estar conociendo, los lugares que debía estar visitando. Por las noches soñaba con su madre, con tacones entrechocando, puertas cerrándose y ojos azules que nunca la volverían a mirar de la misma forma.

Al cabo de una semana de estar así, Jane fue hasta Beach Tracks en albornoz y sandalias.

—Dame algo que sea lo opuesto al pop —dijo sin quitarse las gafas de sol.

Dana la condujo hasta la sección de música clásica.

Jane empezó a escuchar conciertos de piano en su habitación día y noche, en un intento por ahuyentar, a base de música, la desolación que sentía. Su dolor la volvía intratable y las otras mujeres Quinn evitaban su compañía. Julio dio paso a agosto y ninguna hizo comentarios cuando Jane no se reincorporó al trabajo. Hicieron caso omiso de lo poco que se duchaba. No la presionaron para que hablara de lo sucedido.

Para entonces Jane había perfeccionado una nueva rutina. Dormía hasta mediodía, momento en el que salía a comprar dos cajetillas de Pall-Mall, que se llevaba a su habitación. El resto de la tarde la dedicaba a poner discos y fumar un cigarrillo detrás de otro tumbada en la cama antes de quedarse dormida.

—Baja el volumen, la niña tiene que echarse la siesta —gritaba Maggie aporreando la puerta de Jane.

—Perdona, se me olvida que seguís viviendo aquí —decía Jane mirando el tocadiscos al otro lado de su habitación.

Tal y como había prometido, Greg había usado el dinero de la discográfica para la entrada a una casa estilo Cape Cod para Maggie y la niña y estaban esperando la inspección de vivienda para instalarse. Cada vez que Maggie sacaba el tema, Jane abandonaba la habitación. Greg era la razón principal por la que estaba allí atrapada y no de gira. Jane lo odiaba y, por extensión, a Maggie. No tenía ningún interés en oírla hablar de la vida que iba a llevar y estaba deseando que se mudara de una vez.

—¡No nos culpes a nosotros de tus problemas! —le gritó Maggie en una ocasión desde el otro lado de la puerta cerrada del dormitorio—. ¡Greg no te obligó a romper con Jesse!

Jane se limitó a subir el volumen del tocadiscos.

En cuanto Greg y Maggie cerraron la compra de la casa, Rich se sacó un billete de ida de Boston a Los Ángeles. Tenía intención de alojarse con Duke hasta que encontrara donde vivir.

—¿De verdad tienes que irte? —le preguntó Jane cuando lo acompañó a coger el transbordador.

Tenía la sensación de que Rich era su último vínculo con la música y la idea de que se fuera a la otra punta del país la consternaba.

—Sabes que sí —dijo él—. Nada me retiene aquí.

—Estoy yo —replicó Jane—. Y nuestro próximo álbum. Rich, ¿cómo voy a componer sin ti?

Él pensó un momento mientras apoyaba su bolsa de viaje en el muro el espolón.

—Janie —dijo—, tú no me necesitas para escribir. Nunca me has necesitado.

—Claro que sí —lo contradijo ella conteniendo un sollozo que le subía por la garganta.

Rich negó con la cabeza.

—Los dos sabemos que eso no es verdad —rebatió—. ¿Cuántas canciones has compuesto con la letra en la cabeza desde el principio? ¿A cuántas letras tuyas has renunciado para hacer sitio a las mías? —Jane no contestó a esto, tenía los ojos llenos de lágrimas. Sí, claro, había escrito «Spark», pero eso era solo una canción. Rich le apretó las manos—. Te las vas a arreglar perfectamente sola.

—Pero es que no quiero estar sola —reconoció Jane y las lágrimas le rodaron por las mejillas.

—Entonces ven conmigo —le ofreció él.

Jane no quería hacer eso tampoco; Kyle tenía intención de mudarse con Rich al terminar la gira y la idea de vivir con él la ponía enferma.

—Te llamo cuando llegue —se despidió Rich.

La besó en la frente, se colgó la bolsa al hombro y subió por la pasarela. A cada paso que daba parecía más liberado. Jane siguió en el muelle hasta que el transbordador fue un puntito en el horizonte. No había pasado tanto tiempo al aire libre desde que volvió de la gira.

Esa misma semana, Maggie se fue a vivir con Greg.

A Jane se le había olvidado el viaje de Grace a Londres hasta que su tía las hizo sentarse a Elsie y a ella para hablar de cómo cubrirían sus turnos en el Cedar mientras ella estaba en Europa con su paciente, Millie.

—Ya está todo organizado. Me han dicho que me guardarán el puesto hasta que vuelva siempre que una de vosotras cubra mis turnos de los domingos. —Elsie asintió con la cabeza—. ¿Jane? —dijo Grace.

Los pensamientos de Jane estaban en Memphis.

—Perdón, sí —respondió—. Un día a la semana.

Grace y Millie embarcaron en un transatlántico a finales de agosto. El día de su partida, Elsie y Jane llevaron a Grace al muelle en Lightship Bay. Cuando Jane vio que Maggie había ido acompañada de Greg, se negó a bajarse de la ranchera, haciéndose una bola en el asiento del copiloto. El pelo sucio se le pegaba a la cara interna de las gafas de sol.

—Jane —le dijo Grace—. Sé que ahora te parece imposible, pero vas a superar esto. Para cuando yo vuelva, en Navidades, te sentirás de manera muy distinta.

—Seguro —dijo ella.

No se acordó de desear buena suerte a su tía. Mientras miraba a Grace caminar hacia el muelle, reparó en que, sin su uniforme de enfermera, parecía veinte años más joven. Millie llegó en un taxi. Grace abrazó a Elsie y a continuación, a Maggie. Jane calculó la hora que sería en Europa: todos en la gira estarían sentándose a cenar.

Mientras Grace ayudaba a Millie a subir por la pasarela, Greg pasó un brazo a Maggie y Bea por los hombros y juntos echaron a andar hacia su Volkswagen escarabajo. Su prima se detuvo y giró la cabeza para mirar a Jane, quien fijó la vista en el barco que se alejaba del muelle.

—¡Eh, tú! —dijo Elsie con un golpecito en la ventanilla del coche.

Jane quitó el pestillo de la portezuela del conductor para dejarla entrar.

Cuando llegaron a Tejas Grises el sol se había puesto. Jane se sentía vacía. Ya no encontraría a su tía, su prima y su abuela sentadas alrededor de la mesa de la cocina cuando bajara a desayunar por las mañanas. Los días de Kyle, Greg y Rich turnándose para ponerse el delantal de flores y servir «lasaña a la Kyle» se habían terminado. Desde el camino de entrada, la casa en penumbra parecía vieja y fría.

—Nos han dejado solas —dijo Elsie.

24

L legada la primera semana de septiembre, el consumo de nicotina de Jane había empezado a manifestarse en forma de una línea amarilla claro entre los dedos pulgar e índice de la mano derecha. Cuando salió el sábado a comprar suministros, se encontró con que el expositor de las revistas se había renovado y sus estantes ahora resplandecían con las fotografías a todo color de Morgan Vidal. Allí estaba, radiante y sonriente, en *Tiger Beat*, *Teen* y *Seventeen*. Según los titulares, Morgan y Jesse eran pareja oficial. Jane se sorprendió a sí misma contemplando la posibilidad de hacerse pirómana.

Aquella noche, se puso un vestido y fue al Carousel por primera vez desde su regreso a la isla. La emoción de Al por verla dio paso a una ligera preocupación cuando Jane se sentó en la barra y pidió una hilera de chupitos de tequila. Así no tendría que volver a hablar en un rato.

—¿Esperas a alguien? —preguntó Al.

—No —respondió Jane—. Lo que me recuerda lo siguiente: cada vez que me beba uno, ¿me sirves otro?

Al frunció el ceño y bajó al sótano.

Jane bebió y miró su sombra nadar en las hileras brillantes de botellas detrás de la barra. Iba por el quinto chupito cuando se fijó en Mark Edison, sentado a unos pocos taburetes de distancia. La miró y levantó un vaso.

—*Salut* —dijo. Jane levantó su vaso, pero no dijo nada. Bebieron y, a continuación, Mark se acercó—. ¿Algo que comentar sobre Morgan Vidal y Jesse Reid? —preguntó.

—Te encantaría que lo tuviera, ¿verdad? —dijo Jane.

—¿Sabes una cosa, Janie? —dijo Mark—. Tus fans se preguntan dónde estás. ¿Por qué no les dices unas palabras sobre tu bar preferido?

—Que te den, Mark —soltó Jane.

Mark se retiró a un rincón igual que un crustáceo que se esconde en su concha y Jane apuró los últimos dos chupitos. Cuando Mark se marchó, alrededor de medianoche, decidió ir al cuarto de baño; no fue consciente de lo borracha que estaba hasta que se puso en pie. De vuelta a la barra, en la máquina de discos empezó a sonar «Jive City» de Fair Play y Jane decidió de pronto que era el momento de bailar. En cuanto empezó a moverse, las luces parpadeantes del techo se convirtieron en borrosas franjas de neón. Se sentía bien, mejor de lo que se había sentido en semanas. Unas manos la sujetaron por las caderas y se abrió paso entre una selva de cuerpos sin rostro, cambiando de pareja como si bailara entre abedules.

Empezó a sonar «Sylvie Smiles». El aire alrededor de Jane pareció calentarse, solo que no era aire, era ella en llamas. Se abalanzó contra la gramola con todas sus fuerzas. Golpeó el cristal con los puños. Cogió una pinta de cerveza de una mesa y la estrelló contra la máquina. La jarra se hizo añicos, pero la gramola siguió sonando. Jane gritó y cogió un servilletero de metal.

Unas manos firmes la cogieron por la cintura y tiraron de ella.

—Ya está bien —dijo la voz de Greg.

Aquel sonido duplicó la furia de Jane. Pataleó y gritó mientras Greg la sacaba a rastras al aire fresco de la noche.

—¿Cómo te atreves? —balbuceó Jane.

Estaban a pocos centímetros del lugar donde Jesse la había invitado a unirse a su gira.

—¿Cómo me atrevo a qué? —dijo Greg—. ¿A evitar que destruyas la máquina de discos? ¿O a que hagas el ridículo?

—Traidor —le espetó Jane.

Hizo ademán de abalanzarse contra él, pero en ese preciso instante su estómago vació todo su contenido en la acera.

Jane solo recordó retazos del resto de la noche. Recordaba el Volkswagen escarabajo de Greg; bajar la ventanilla para seguir vomitando; Elsie y Greg hablando en el porche. Nunca supo cómo consiguió llegar al piso de arriba ni a su cama.

A la mañana siguiente, Elsie la despertó descorriendo las cortinas.

—Hoy va a ser un gran día —anunció.

—Ay… —Jane gimió cuando la luz del sol le quemó los ojos.

Le sabía la boca a muerto y tenía el pelo pringoso de algo que sospechó era bilis.

—Levántate —dijo Elsie.

Pasó por encima de un montón de ropa sucia y colillas para abrir el armario de Jane y sacar su uniforme azul.

—Vas a ir al Cedar —la informó—. He estado yendo yo todas las semanas, así que te toca a ti.

—Quizá la que viene —dijo Jane rebozándose en su porquería. La idea de enfrentarse a aquellos pasillos silenciosos y asépticos le producía arcadas.

—Ahora —apremió Elsie—. O si no, te echo de esta casa y que te acojan Maggie y Greg.

—Está bien —aceptó Jane.

Empezó a revolver la habitación en busca de una toalla.

Jane volvió del Cedar aquella misma noche con la sensación de haberse dado un baño de agua fría. Salió de la ranchera, notó la suave brisa en la piel y exhaló aliviada. Después de una tarde de lavar orinales y curar heridas, la casa destartalada tenía un aspecto maravilloso.

Saludó con la mano a su abuela a través de la puerta de mosquitera y fue a tumbarse en el césped delantero. Mientras sus ojos se acostumbraban a la oscuridad, las estrellas parpadearon alrededor de una luna creciente.

Al cabo de un rato la puerta de mosquitera crujió y salió Elsie. Se tumbó al lado de Jane, con la cabeza junto a la de esta y las piernas extendidas en la dirección contraria.

Jane continuó mirando el cielo.

—Háblame de lo que le gustaba a mamá —le pidió.

Elsie se acomodó en la hierba.

—Era un búho. A veces me levantaba por la noche y me la encontraba en el salón a la luz de la luna. Decía que era el único momento en el que no se sentía invadida por los pensamientos de los demás, en el que el espacio psíquico estaba despejado.

—No teníamos ni idea —dijo Jane.

Elsie suspiró.

—¿Qué tal has encontrado el Cedar? —preguntó.

Jane recordó el hueco de la escalera del personal, una hélice de uniformes azules subiendo pisos.

—Igual que siempre —resumió—. Siento haberte cargado con todo el trabajo.

Elsie le apretó la mano.

—Sé que has pasado un momento difícil. No te había visto tan afectada desde que eras pequeña. Claro que entonces era imposible conseguir que te quedaras en tu habitación.

Jane se había escapado de casa varias veces durante el primer año sin Charlotte. Suspiró.

—No sé lo que estoy haciendo y no sé quién soy. Antes era solista en un grupo de rock… y ahora solo estoy enfadada.

—¿Con quién estás enfadada?

—Con Kyle por irse, con Greg por echarse atrás, con Pegasus por echarme de la gira, con Willy por dejar que Pegasus se salga con la suya.

—¿Con Jesse no?

—Romper con Jesse fue decisión mía —dijo Jane.

—Eso no quiere decir que no puedas estar enfadada con él —matizó Elsie.

Jane se encogió de hombros.

—No fue más que un rollo —dijo haciendo caso omiso de la punzada de dolor al recordar el azul de los ojos de Jesse, su olor, su sabor—. Nada importante.

—Pero puedes estar enfadada por el hecho de que te mintiera —insistió Elsie.

—No, no puedo —respondió Jane—. Yo también le mentí a él y mucho.

Elsie frunció el ceño.

—Estas cosas nunca son blancas o negras.

—Para mí sí —rebatió Jane—. Para Grace también.

Elsie suspiró.

—Grace y yo tenemos opiniones distintas sobre este tema —dijo—, pero sé que no era su intención que nuestras decisiones te impidieran vivir tu vida.

Jane vio un avión dibujar una línea en el cielo.

—Y no lo hacen —dijo—, pero, en cualquier caso, eso ya lo solucionaré más tarde. Ahora mismo tengo problemas más graves.

—¿Como por ejemplo?

—Por ejemplo, Willy.

—¿Y eso?

Jane se rebulló.

—La última vez que hablamos es posible que lo mandara a tomar por culo —confesó.

Elsie rio.

—Nadie puede acusarte de ser una pelota —dijo, y una esquirla de luz de luna centelleó en sus pupilas.

—Él fue quien me dijo que tenía que dejar la gira —le contó Jane.

«Y al que grité cuando encontré a Jesse metiéndose un pico».

—Así que mataste al mensajero —concluyó Elsie como un eco de los pensamientos de Jane.

Esta tragó saliva.

—Cuanto más tiempo pasa, más pienso que quizá intentaba protegerme —explicó Jane conteniendo las lágrimas—. Son tantas las cosas que todavía quiero… Y aquí estoy, de vuelta en casa, con menos de lo que tenía cuando empecé. Tengo la sensación de que el mundo me pasa de largo y eso me quema por dentro.

—Hablas igual que tu madre —apuntó Elsie.

—Eso es lo que me da miedo —dijo Jane. Se estremeció—. Me miro a mí misma y es como si la historia se repitiera. Estar en una banda siempre me hizo sentir que éramos distintas. Pero ahora… —Jane se puso una mano en el estómago y habló despacio para contener el temblor de su voz—. ¿Y si tengo lo mismo que mi madre? A veces me enfado tanto que podría… —La voz se le quebró justo cuando una nube tapó la luna. Jane miró a su abuela. Esta tenía lágrimas en los ojos—. ¿Qué ves? —preguntó Jane.

Elsie carraspeó.

—Veo a una mujer joven que podría hacer lo que se propusiera con solo confiar en su instinto.

A Jane empezó a dolerle la cabeza.

—Eso es precisamente lo que no quiero —dijo—. Yo la vi hundirse. Sé lo mucho que nos parecemos. Mis instintos son los suyos… Son peligrosos.

—Jane, no podemos decidir ni elegir quiénes somos —dijo Elsie—. A lo máximo que podemos aspirar es aceptar la realidad tal y como es e intentar darle sentido. Si reniegas de los defectos de tu madre, estarás renegando también de sus virtudes. No hay luz sin oscuridad.

Mientras Elsie hablaba, Jane no pensó en su madre, sino en Jesse y su adicción.

—Quizá fuera mejor no tener ni los unos ni las otras —dijo.

—Eso sería una verdadera lástima —respondió su abuela—, porque en realidad todos forman parte de ti. Tú tienes tu propia personalidad, Jane. No necesitas a la banda para demostrarlo. Creo que, si lo piensas, comprobarás que a veces lo que creemos que nos protege, en realidad, nos está frenando.

—¿Qué quieres decir? —preguntó Jane.

Elsie la miró con los ojos grises en los que se reflejaban los de Jane.

—Sé lo que significaba la banda para ti, pero piensa en toda la energía que requería tirar de ella. —La imagen del reluciente piano de cola de la Choza se coló en los pensamientos de Jane—. No huyas de tu dolor. Ponlo a trabajar para ti —le recomendó Elsie—. Esa lucha, esa capacidad de pelear, es un don que tu madre nunca tuvo. La pregunta es: ¿qué harás tú con él?

Juntas levantaron la vista a las estrellas y respiraron el aire de la noche. Jane vio las nubes cruzar a toda velocidad la bóveda centelleante hasta que llegó un momento en que no pudo distinguir los dedos de su abuela de los suyos propios.

25

A la mañana siguiente, la portada de *The Island Gazette* confirmaba que, tras muchas deliberaciones, el comité del Festival había votado disolverse; por primera vez desde su año inaugural, el Fest no había dado beneficios y, en vista de los crecientes costes de producción, continuar no salía rentable. Jane devolvió el periódico a la mesa de la cocina con la sensación de que el último trozo de su antigua vida se desintegraba.

Aquel día fue a nadar. Pedaleó hasta más allá de la playa de arena arcillosa y del recinto del Fest, se metió en el agua hasta las rodillas y miró las algas formar dibujos de encaje en la superficie. Se zambulló notando la sal envolver su cuerpo, dejándose mecer por la fuerza del océano.

Debajo del agua solo oía el rugido sordo de las olas; ni las gaviotas del cielo, ni sus gritos amortiguados. La sangre le latió en los oídos cuando se impulsó hasta la superficie. El aire que entraba en sus pulmones era punzante y limpio; Jane lo vio levantar unas gaviotas del agua. Lo vio ahuecar una flota de velas a lo lejos.

De camino a casa, además de su dosis diaria de cigarrillos, compró una libreta. Después, en su habitación, despejó un trozo de suelo, se sentó entre la cama y el armario y empezó a escribir.

Al principio las palabras llegaron despacio; después, a borbotones. Aquella escritura era como una excavación: Jane cavaba para liberar impulsos salvajes de su interior que en otro tiempo había buscado sepultar. Cavaba para descubrir lo que tenían que decirle.

Durante varios días observó su caligrafía cambiar de trazos redondeados a dentados, a electrocardiogramas, a grandes letras mayúsculas, a garabatos diminutos, a letra de niña pequeña. Ya había llenado cinco cuadernos de composición cuando sintió que empezaba a bullir una canción. No era una compulsión como la que había experimentado al escribir «Spark»; se parecía más a ver cómo empieza a hervir un recipiente con agua.

> *There's a devil in Kentucky,*
> *Plays the banjo fast as sin,*
> *Says there's a church inside me,*
> *But he don't know how bad I've been.*
> *Well, if that cathedral's in me,*
> *He's gotta know the truth,*
> *My chorus sings a love song,*
> *And my altar's built to you.*[1]

Jane abrió una página en blanco y continuó escribiendo las palabras que nacían dentro de ella. Cogió la guitarra y la afinó como sumida en un trance. Encontró enseguida los acordes y tuvo la canción terminada, de principio a fin, en veinte minutos.

Cuando se sentó en la cama a mirar lo que había transcrito sintió, por primera vez en semanas, que su vida tenía rumbo. Era posible que hubiera dudado de su capacidad intelectual,

---

[1] Hay un demonio en Kentucky / toca el banjo como un poseso, / dice que tengo una iglesia dentro, / pero es que no sabe lo mala que he sido. / Si llevo dentro esa catedral, / tendré que decir la verdad. / Mi estribillo es una canción de amor / y mi altar está consagrado a ti.

pero nunca de su criterio: sabía que aquella era una buena canción. Más aún, era como una conexión con lo ocurrido el pasado año, un posible camino de vuelta, igual que las coordenadas que llegan por un cable de telégrafos.

Antes de que se le fuera la inspiración, cogió la guitarra y su libreta y fue a Beach Tracks. Al entrar en la tienda saludó a Diana con la mano; el cliente al que estaba atendiendo se quedó mirando a Jane, tenía el álbum *Painted Lady* debajo del brazo.

Jane se dirigió a Pat, en la caja registradora.

—¿Puedo usar vuestra cabina?

—Pues claro —aseguró Pat—, aunque no es una cabina de grabación profesional que digamos.

—Me da igual —respondió Jane—, solo quiero grabar una cinta rápida. Os puedo pagar por usarla.

Pat hizo un gesto negativo con la mano.

La habitación a la que se refería Jane era el armario escobero donde Dana daba clases de guitarra, insonorizado a base de trozos de moqueta grapados a las paredes. Dentro, una bombilla desnuda iluminaba una silla, un micrófono y una grabadora.

—Perfecto —dijo Jane.

Grabó el tema en una hora, dos veces y en cintas separadas, y después fue directa a la oficina de correos con la guitarra a la espalda. Mientras el empleado postal pesaba el paquete y calculaba lo que costaba el envío, Jane escribió una nota apresurada a Willy.

Willy:
Siento haberte gritado por cosas que no eran culpa tuya.
Supongo que aún me queda mucho por aprender.
Mientras tanto, dime qué te parece esto.
Besos,

Jane

Dirigió el paquete a la atención de Linda y miró al empleado de correos echarlo en un cubo.

—¿Alguna cosa más? —preguntó este.

Jane asió más fuerte la cinta con el duplicado y negó con la cabeza.

Al día siguiente, sacó el uniforme verdiazul y rosa de Pico de Viuda del armario donde lo había guardado el verano anterior. Dentro del bolsillo derecho encontró un cigarrillo suelto y la tarjeta de presentación de Willy. Mientras caminaba hasta el pueblo, decidió que era una buena señal.

Maggie estaba separando el pelo de una clienta en mechones cuando entró Jane.

—Habla por los codos, pero no forma palabras —le estaba explicando a la mujer de la silla, una psicóloga de Harvard recién jubilada.

—¿Y dices que ya gatea?

—No para quieta —dijo Maggie y levantó la vista cuando Jane cerraba la puerta.

—Pues suena de lo más normal —opinó la clienta—. Claro que cada niño se desarrolla a un ritmo distinto. Igual que las personas.

Sonrió ante su propio chiste y Jane enseguida la imaginó contándolo en un aula llena de jóvenes universitarios como los que había visto ella durante la gira.

—Eso dicen —convino Maggie con la vista fija en Jane.

De camino a la peluquería, Jane solo había pensado en lo que le diría a Maggie o, peor aún, en lo que su prima le diría a ella. Y, sin embargo, cuando la tuvo delante, sus pensamientos retrocedieron al año en que perdió a su madre, a todas las veces que Maggie la había ayudado a escaparse de casa y también a las que le había dejado dormir en su cama después de que la encontraran. Fue entonces cuando se inventaron su señal.

«Las chicas indómitas no hacen preguntas».

Detrás de la silla, los dedos de Maggie formaron la silueta de un coyote y Jane respondió con el mismo gesto.

—Coge una escoba —dijo su prima.

Empezó a cortar puntas y Jane las barrió.

Aquella noche, Jane acompañó a Maggie a su nuevo hogar en Lightship Bay. Aparcaron el escarabajo de Greg delante de una casita azul y verde que daba al mar.

—Muy bonita —dijo Jane.

—Pues sí —asintió Maggie.

En ese momento salió Greg a recibirla. Cuando vio a Jane, se detuvo.

—Creo que voy a ir a ver a la niña —dijo Maggie y dejó a Jane y a Greg en el porche.

Estos se miraron con timidez.

—Gracias por llevarme a casa la otra noche —dijo Jane—. Siento haber… Bueno, lo siento y punto.

Greg cambió el peso de una pierna a otra y se cogió un mechón de pelo de la nuca. Durante un segundo Jane pensó que iba a mandarla a tomar por culo. Pero entonces él sonrió y le dio un gran abrazo de oso.

—Janie Q —dijo—, siempre seremos familia.

Entraron a cenar.

Aún no habían comprado una mesa, así que Maggie extendió un pañuelo encima de una caja dada la vuelta y los tres se sentaron alrededor de ella con las piernas cruzadas y con Bea trepándoles encima.

—Jane, vas a comprobar que los espaguetis de Greg son mucho mejores que la lasaña a la Kyle —anunció Maggie mientras servía vino tinto en tazas desparejadas.

—¿Qué tal está Kyle? —preguntó Jane espolvoreando queso parmesano en su plato de pasta.

Greg rebuscó en un montón de cartas que tenía cerca y le pasó una postal a Jane. Esta la sujetó por el borde. En el dorso de la imagen de un gondolero enmascarado había una breve nota en la descuidada caligrafía de Kyle.

Hola, hermano:

Genial lo de la casa. Venecia es alucinante..., ¡las calles son de agua!

Besos a las chicas

Jane sintió una punzada de envidia cuando devolvió la postal al montón.

—Ahora están en Madrid —dijo Greg.

Ella se esforzó por sonreír.

A medida que Jane echaba de nuevo raíces en la isla, empezó a percibir que se materializaba a su alrededor el polvo estelar para un nuevo álbum. Arropada por el día a día, empezó a presentir que quizá su inconsciente no tenía por qué ser algo temible. Quizá se estaba reconciliando con él y podría hacer lo que había dicho Elsie: canalizar las cualidades positivas de su madre y congraciarse con las malas. Se lo tomaría con calma, no había razón para correr, no había razón para dejar que aquellos arranques de creatividad la desbarataran.

La noche en que se reconcilió con Maggie y Greg, Jane escribió una canción titulada «Little Lion», pequeña leona, para Bea. Cuando Greg oyó el estribillo, aulló.

No matter where you roam,
You'll still find your way home.
No matter where you'll be,
Little lion, you've got me.[2]

La semana siguiente escribió otra, titulada «New Country», sobre sus vivencias durante la gira.

---

[2] Da igual que te escapes, / encontrarás el camino a casa. / Da igual dónde estés. / Pequeña leona, me tienes a mí.

Golden city,
Hive above the bay,
Lips are buzzing,
But they've got nothing to say.
Where's a body
Supposed to go to get away,
To find a little peace in this new country?[3]

Cuanto más escribía Jane, más esperanzada se sentía. Estaba impaciente por recibir noticias de Willy. Sí, por supuesto, el verano anterior se había mostrado difícil y la grabación del álbum no había sido ideal. Pero ¿no le había dicho él cuando se conocieron que ella no se parecía a ningún otro músico? ¿No había excedido *Spring Fling* las expectativas más optimistas de la discográfica? Eso era lo que importaba, ¿verdad? Su nueva canción era buena; Willy estaría de acuerdo.

La gira de *Painted Lady* debía terminar la tercera semana de septiembre. Cada noche, Jane se quedaba despierta preguntándose si recibiría una llamada al día siguiente. Le parecía inconcebible no tener pronto noticias.

Uno a uno, los días empezaron a apilarse igual que billetes de lotería caducados. Jane razonó que la banda necesitaría unos días para recuperarse del desfase horario; Willy sobre todo, puesto que era el que viajaba más lejos, de vuelta a Los Ángeles. Incluso era posible que no hubiera llegado aún. De haber ido Jane a Europa, habría retrasado la vuelta unos días para hacer turismo.

Entonces, la última semana de septiembre, mientras instalaba a la señora Robson en una silla con secador, Jane vio un perfil que le resultaba familiar.

—¿Puedo? —dijo señalando el ejemplar de *The Island Gazette* que tenía la señora Robson.

---

[3] Ciudad dorada, / enjambre sobre la bahía. / Labios que murmuran / sin nada que decir. / ¿Dónde puede ir una para huir / y encontrar paz en este nuevo país?

—Ah, pues claro, cariño —respondió la señora Robson—. ¿Te puedes creer que los dos vienen a nuestro mercadillo? Es estupendo para la economía de la isla, ahora que el Fest ha desaparecido…

La sonrisa llena de dientes de Morgan relucía de color blanco en papel de periódico mientras sostenía una lámpara estilo Tiffany. Detrás de ella se veía el local de reunión Grange Hall; Jane distinguió el puesto de Sid, el amigo de Elsie, en un rincón de la fotografía. Elsie no había ido ayer al mercadillo porque tenía demasiado trabajo en la peluquería; de haberlo hecho, habría visto dónde se hacía aquella foto, habría visto a Jesse con Morgan, cogiéndole el bolso y mirándola con esos ojos inconfundibles.

—¿Estás bien, cariño? —preguntó la señora Robson.

—Perfectamente —dijo Jane y le devolvió el periódico.

Al enderezarse vio a su madre mirándola desde el espejo frente al que trabajaba Maggie. Jane abrió y cerró los ojos para confirmar que se trataba de su propia y consternada imagen.

Habían vuelto.

Nadie la había llamado.

Nadie había querido llamarla.

Sintió una oquedad que se abría dentro de ella, un desfiladero, una línea de falla. Entonces la furia hizo su aparición, igual que una cerilla encendida en contacto con sulfuro.

26

Cuando Jane salió de la peluquería le pitaban los oídos; era como si acabara de mudar de piel y una capa nueva hubiera quedado expuesta, sensible y dolorida. En solo un segundo, el equilibrio que había estado cultivando, apoyada en su creatividad, desapareció y una descarga de energía le recorrió el cuerpo. Había pasado el verano alimentándose de una fantasía. Ahora que se había hecho añicos, era capaz de ver los hechos con brutal claridad.

Willy había recibido la grabación y no había dicho nada. Jane se daba cuenta ahora de que él no tenía motivo alguno para querer trabajar otra vez con ella; había sido un engorro en cada fase del proceso y se había negado a promocionar su imagen a pesar de sus ruegos. Su éxito había estado por completo alimentado por la fama artística de Jesse. Ahora Morgan la había sustituido y ella sí estaba haciendo todo aquello que Willy había querido para Jane.

«Solo que yo sigo siendo mejor que ella», pensó.

Elsie llegó a casa media hora más tarde y se encontró a Jane dorando un trozo de carne de buey en una cazuela. Cuando vio entrar a su abuela, aplastó la carne hasta que chisporroteó.

—Buenas tardes a ti también —dijo Elsie—. Supongo que esto no tiene nada que ver con el artículo del *Gazette* sobre Jesse, ¿verdad?

Elsie cogió una botella de vino de diente de león de debajo de la encimera. Jane meneó la cabeza y subió el fuego.

Después de cenar fue al Carousel y se encontró a Mark Edison en su rincón de siempre.

—*American Teen* —dijo Jane.

—¿Cómo dices?

—*American Teen* —repitió ella—. Me han invitado varias veces a hacer una sección de «Cinco cosas». Si me haces una entrevista y se la ofreces, te la compran seguro.

—¿Y por qué iba a querer yo hacer algo así? —preguntó Mark Edison—. No estamos hablando precisamente de una publicación de prestigio.

American Teen era una revista semanal de cotilleo para adolescentes especializada en consejos de moda.

—Míralo como un favor que me haces —dijo Jane.

Mark Edison la miró fijamente.

—¿Es esto un triste intento por dar un golpe de Estado mediático?

—Es una ofrenda de paz —matizó Jane—. A mi discográfica.

No veía razón alguna para ocultar la verdad.

Mark Edison la miró pensativo.

—De acuerdo —accedió—, pero… cuando salga tu próximo álbum, quiero una exclusiva.

Jane rio.

—Me siento halagada —confesó.

Mark Edison pestañeó.

—No lo estés —dijo—. Solo pienso en lo que me conviene.

Jane lo invitó a una ronda y Mark sacó su libreta e hicieron la entrevista allí mismo. El reportero se marchó a medianoche, pero Jane siguió bebiendo hasta la hora de cerrar. Mientras volvía a casa a pie pensó en su álbum: ahora mismo representaba todas sus esperanzas. Estaba a la deriva en una balsa y aquellas canciones, que se formaban a su alrededor, eran las constelaciones que le mostrarían el camino a seguir.

Cuando se durmió aquella noche, tenía tres canciones en el bolsillo y otras flotando fuera de su alcance igual que polvo estelar en una nebulosa. Pero mientras dormía, su cerebro catalizó las novedades del día, acelerando el tiempo de reacción y sintetizando material. Cuando se despertó, había varias estrellas formándose donde antes solo había habido fósforo y vapor.

Entre las estrellas había siete canciones nuevas formando una masa apretada de sonido y luz. La sensación de abandono de Jane había abierto su álbum de par en par y los temas que había ido componiendo poco a poco ahora pugnaban por salir a la vez. No tenía tiempo para compadecerse de sí misma ni para dudar de su talento. Aquella cacofonía era peligrosa; si no se sacaba pronto aquella música del cuerpo, la devoraría. La urgencia la ayudó a concentrarse. Cuando trató de desenredar la maraña de melodías, supo que la guitarra no bastaba.

—Necesito un piano —le dijo a Elsie aquella noche durante la cena.

Su abuela la miró con ojos brillantes.

—Tengo uno perfecto para ti.

La tienda de Sid estaba al final de Main Street en Perry's Landing, encajada entre el hotel Victoria Inn y un famoso restaurante de marisco llamado El Anzuelo. Sid había decorado ambos espacios por un módico precio y, como resultado de ello, su negocio contaba con una clientela refinada durante seis meses al año. Aquella era la primera semana de octubre, y la temporada turística empezaba a flojear.

—Jane, qué alegría —la saludó Sid y dejó su libro en una butaca de terciopelo en cuyo reposabrazos estaba enroscado su gato, Tomas. Besó a las dos mujeres en las mejillas.

—¿Está C. C. por aquí? —preguntó Elsie.

—Pues mira por dónde, sí —dijo Sid.

Condujo a Elsie y Jane cruzando la tienda hasta un anexo trasero que hacía las veces de porche y almacén, con cuadros amontonados contra esculturas griegas y los brazos de un candelabro desmontado reptando por el suelo igual que medusas de cristal. En el centro de todo ello había un piano de cola Steinway delante de una puerta acristalada con vistas al puerto.

—Jane, te presento a C. C. —dijo Sid.

C. C. era el arma de venganza predilecta de la explosiva pareja propietaria del Victoria Inn. Cada dos años, uno de sus miembros amenazaba al otro con divorciarse y C. C. terminaba empeñado en la tienda de Sid.

—Es como la niña a la que envían a la finca de su tía en el campo —dijo Sid acariciando con cariño la tapa de C. C. y sujetándola con el bastón.

C. C. tenía más años que el piano de Jesse; las teclas de este tenían un blanco azulado, mientras que las de C. C. amarilleaban ligeramente y no todas estaban bien afinadas. Pero poseía una riqueza de sonido de la que había carecido el piano de Jesse. Jane se inclinó ante el teclado y, a continuación, hundió sus dedos en él, mirando cómo vibraban las notas para después rebotar en el cristal del candelabro y dibujar arcoíris diminutos y danzarines en la pared.

Cuando no estaba trabajando, Jane conducía hasta Perry's Landing y tocaba. Con las cortinas de terciopelo del anexo corridas, tenía sensación de privacidad absoluta, a pesar de que se la oía en toda la tienda.

—Le da un aire bohemio a los muebles —dijo Sid cuando Jane le preguntó si no molestaba a los clientes.

Estaba siendo generoso, Jane lo sabía. Cuando tenía que lidiar con las fuerzas creativas en su interior, su manera de tocar podía rozar la violencia.

En ocasiones tocaba durante horas solo para encontrar un momento de paz. En otras se sentaba en silencio y espiaba al chef de El Anzuelo cuando salía al muelle a fumar. Las antigüedades que la rodeaban se convirtieron en tótems protectores y se irritaba cada vez que Sid cambiaba una de sitio. Para Jane eran espíritus afines; no nuevos, quizá, pero todavía valiosos.

A Jane le costaba trabajo describir su proyecto artístico a sus seres queridos. Lo intentó una noche por teléfono con Rich, quien la llamó para hablarle de la casita que acababa de alquilarse en Laurel Canyon.

—No quiero que se parezca a ningún disco publicado hasta ahora —explicó Jane mientras miraba la luna salir a través de la puerta de mosquitera.

—¿Qué quieres decir? —preguntó Rich.

—Pues que, por ejemplo, si pintas un huevo usando solo blanco y negro, parecerá un dibujo infantil. Para que parezca de verdad tienes que pintarlo usando todos los colores que tiene un huevo.

—¿Amarillo? —preguntó Rich—. Janie, no estoy seguro de entender lo que me estás diciendo.

En momentos como aquel, Jane echaba terriblemente de menos a Jesse. La manera en la que aquel álbum se estaba formando era más grande que ella, pero se reconocía en lo que había visto del proceso creativo de Jesse. Sabía que, de estar él allí, comprendería cómo se sentía: poderosa, obsesiva y aterrorizada. Los imaginaba a los dos en la Choza, sentados juntos al piano. Entonces caía en la cuenta de que Jesse estaba probablemente allí con Morgan y ahuyentaba el pensamiento.

Elsie había acertado: al liberar las palabras que tenía dentro, Jane había accedido a una clase de música más profunda, a sonidos y temas musicales intrínsecos que brotaban del lecho rocoso de su ser igual que un manantial. Mientras tocaba y escribía y tocaba y escribía, tenía la sensación de estar desenterrando una embarcación naufragada del suelo marino.

La primera vez que vio el piano de Jesse, Jane había tenido la sensación de ser engullida por un cielo nocturno; fue también la primera ocasión que aquella música se le manifestó. Jane la había mantenido alejada, temerosa de su enormidad, de su forma imprecisa.

Ahora se adentró en ella, nota a nota, estrofa a estrofa. Extrajo una canción detrás de otra hasta que no quedó nada por exhumar, y lo que antes había sido inescrutable ahora tenía un principio y un fin. Tejió un velamen con melodías y lo izó con ayuda de versos.

Cuando llegó noviembre, Jane había compuesto un álbum de diez temas y la entrevista «Cinco cosas» de *American Teen* había llegado a los quioscos. Estaba enterrada en las páginas interiores y no se mencionaba en la cubierta; era un disparo solitario en la oscuridad. Dos días después de que se publicara, Jane recibió una llamada.

—Rebecca me acaba de enseñar un artículo interesantísimo —dijo Willy—. «Cinco cosas que no sabías de Jane Quinn». La primera es que su color de uñas preferido es Natural Wonder.

Jane sonrió.

—¿Te llegó mi canción? —preguntó.

Willy suspiró.

—Sí. Es un tema bestial. Al final ha resultado que sí sabes escribir canciones.

No parecía demasiado entusiasmado.

—Supongo que sí —dijo Jane con la boca seca—. ¿Y?

—Y… tenemos que verlo. Tal y como fueron las cosas la última vez… No puedo prometerte nada.

A Jane se le cayó el alma a los pies.

—¿Mi contrato no sigue vigente?

Willy suspiró.

—Tenías un contrato con nosotros como parte de los Breakers, pero al disolverse el grupo, el contrato expiró.

—Vale, ¿y no podemos firmar otro? —preguntó Jane—. Para un disco en solitario. ¿No es lo que querías tú desde el principio?

Willy vaciló.

—Sí, y fíjate que uso el condicional, si consigo que el consejo de dirección lo apruebe, este contrato será distinto. No podré ofrecerte mucho dinero, por no decir nada. Lo justo para cubrir tus gastos de desplazamiento.

—¿Gastos de desplazamiento?

—Sí. El departamento de producción se ha centralizado —la informó Willy—. Ahora está todo en Los Ángeles.

—Vale —dijo Jane—. Pues muy bien.

Así iba a ser la vida post-Jesse. Cuanto antes se acostumbrara, mejor.

Willy carraspeó.

—Por si sirve de consuelo —añadió—, sigo pensando que no hay nadie en la música como tú.

27

Sentado en su Mustang descapotable azul en Llegadas, Willy tenía aspecto bronceado y descansado. Esbozó una sonrisa cuando vio los vaqueros cortados de Jane y su blusa de seda transparente, en marcado contraste con la colección de azafatas uniformadas que desfilaba detrás de ella. El piloto al que acompañaban estuvo a punto de tropezar con la pierna izquierda en su intento por ver mejor los pechos de Jane.

—¿No te han dicho nunca que hay que ponerse elegante para viajar en avión? —preguntó Willy y se inclinó para abrir la puerta del pasajero.

—Y lo he hecho —dijo ella.

Willy rio mientras ella tiraba su equipaje, una de las bolsas de tela de kílim más radicales de Elsie, en el asiento trasero y se instalaba a su lado.

Jane había dejado atrás el otoño; en Los Ángeles, las palmeras mecían sus hojas a lo largo de la carretera sugiriendo que el verano no tenía por qué acabar nunca. Tardaron menos de una hora en llegar a Malibú. La casa de Willy estaba tal y como Jane la recordaba; cuando entró, tuvo la sensación de estar visitando un lugar donde había actuado una vez.

Después de una breve visita a Rebecca, Willy se llevó a Jane a su despacho para repasar los últimos detalles del contrato. Su escritorio daba al mar y sobresalía igual que la proa de un barco; a Jane la asombró que lograra concentrarse en un lugar así.

—No ha sido fácil —dijo Willy mientras le daba un paquete lleno de papeles—. Siento que el anticipo no sea gran cosa. Las mismas regalías que en el contrato anterior, cinco opciones.

Jane lo leyó por encima. Willy no le había mentido; aquel dinero apenas cubriría sus gastos en Los Ángeles. ¿Se había precipitado al rechazar la oferta de Rich de alojarse con Kyle y él? Jane no estaba segura de cómo estaban las cosas entre Kyle y ella. Como músico, Jane nunca había dudado de que sería el bajista de su álbum; como amigo, seguía dolida con él. No había nada que hacer. Necesitaba un alojamiento propio.

—Te lo agradezco —dijo Jane.

Fue hasta la última página del contrato y firmó.

—Lo voy a confirmar todo. Esta vez no habrá productor. Estaréis solo Simon y tú —anunció Willy.

—Genial —aceptó Jane.

Willy asintió con la cabeza, pero se le arrugó el ceño.

—Estoy arriesgando mucho para hacer un plan al que puedas ceñirte. Pero, Jane, es fundamental que lo sigas a rajatabla. Esta vez no hay red de seguridad, no… —No terminó la frase, pero Jane entendió que se refería a Jesse. Willy suspiró—. Les he dicho que no nos darías sorpresas; se lo he garantizado personalmente, ¿de acuerdo?

Jane asintió con la cabeza, pero en su interior se dijo: «De momento».

Al día siguiente, Willy concertó una cita con un agente inmobiliario para que les enseñara casas en Laurel Canyon.

Mientras seguían el Chevrolet color vino por Polk Street, Jane reparó en los cuerpos bronceados tumbados en los porches, las macetas con cactus que colgaban de ventanas y los pies descalzos que caminaban de una puerta a otra. Pensó que tal vez el Folk Fest se había reencarnado en forma de vecindario de las colinas de Hollywood.

Alquiló una casita de piedra amueblada a diez minutos del edificio de Pegasus. Pertenecía a una pareja de profesores de música que se habían tomado medio año sabático y estaba amorosamente decorada con plantas, muebles antiguos y libros. Los ventanales rectangulares que daban al valle le dieron a Jane la impresión de vivir en una casa en un árbol. En el cuarto de estar había un gran piano de madera de caoba veteada y un jarrón con flores silvestres secas posado en su lomo igual que un picabueyes. Antes de que terminara el día, Jane se había instalado.

Para celebrarlo, Willy la invitó a cenar en el Chateau Marmont, el legendario hotel con vistas a Sunset Boulevard. La recepcionista los condujo a un pequeño reservado con banquetas tapizadas de rojo y paredes decoradas con serpientes plateadas que parecían reptar a la luz de las velas. Después de pedir la comida, hablaron de las ideas que tenía Jane para la producción del álbum.

—Va a ser un disco íntimo —explicó mientras les servían las ensaladas—. Y quiero que la grabación sea también lo más íntima posible. No quiero que haya nadie en el estudio excepto nosotros.

—Te he reservado el Estudio C para el mes que viene —dijo Willy mientras rescataba con su tenedor un tomate que se había escapado del plato de Jane.

—Entonces... ¿será solo para nosotros?

—Bueno, no —aclaró Willy—. Tendrás el estudio todos los días de diez a dos. El resto del tiempo podrán alquilarlo otros músicos.

—Quiero poder grabar siempre que me apetezca —pidió Jane frunciendo el ceño.

—Bueno, podrás usarlo si está libre, pero si no, tendrás que irte a otro —dijo Willy—. Pensé que te parecería bien. El piano del Estudio C es legendario. Loretta está insistiendo mucho en que quiere usarlo para su álbum.

—¿Ya está... grabando? —preguntó Jane.

La grabación del álbum de los Breakers había transcurrido como en una nebulosa y Jane no se había fijado en si otros artistas estaban usando el espacio... y aunque así hubiera sido, no los habría reconocido. Con este disco sería muy distinto.

—Sí —dijo Willy—. Ya lleva cerca de la mitad de sus sesiones, calculo.

Jane asintió con la cabeza.

—¿Sabes si... va a estar grabando alguien más mientras estoy yo aquí?

Willy pareció incómodo.

—En este preciso momento no —dijo. Los ojos de Jane lo taladraron mientras el camarero se llevaba los platos de la ensalada. Willy suspiró—. Jesse llegará en algún momento del mes que viene para empezar a trabajar en su siguiente disco.

Jane se recostó en su asiento y vio las burbujas de su copa subir a la superficie y evaporarse.

—Pensaba que Kyle y Huck estarían conmigo —dijo—. ¿Cómo lo vamos a hacer?

—Escucha, los dos sois artistas míos y siempre voy a hacer lo que más os convenga. Para cuando empiece Jesse a grabar, tú estarás ya con las mezclas —dijo Willy—. Y me aseguraré de que sus horas de estudio no coincidan con las tuyas.

Willy seguía pareciendo incómodo. Había algo más.

—¿Qué pasa? —dijo Jane—. Si temes contarme que está con Morgan, no te preocupes. Ya lo sé.

Willy se relajó un poco, pero no dejó de mirar a Jane.

—¿Habéis hablado?

Jane negó con la cabeza.

—*The Island Gazette* nunca ha estado tan fascinado con una noticia —dijo. Willy rio—. Desde luego Jesse no ha perdido el tiempo —añadió Jane para ver cómo reaccionaba él.

Este la miró.

—Las rupturas nunca son fáciles.

—Gran verdad, gracias —convino Jane.

—No soy un correveidile, Jane —dijo Willy—. No me pongas en esa tesitura.

—Solo tengo curiosidad.

Willy puso los ojos en blanco.

—¿No rompiste tú con él?

Jane lo miró furiosa. No quería revivir la ruptura. No porque no la hubiera superado, lo había hecho. Lo que no había hecho aún era pasar página.

—¿Por qué no puede esperar unas semanas más para grabar? —preguntó, incapaz de cambiar de tema.

—Necesitamos sacar su álbum lo antes posible para aprovechar el impulso —explicó Willy.

—Entonces esperaré yo —dijo Jane—. Me iré a casa y volveré más adelante.

—Jane, ya vale. Tienes un contrato. Te han dado una segunda oportunidad. No merece la pena que la estropees por algo así. —Jane no dijo nada mientras el camarero les traía los segundos—. Alégrate —insistió él—. Estás aquí con los mejores músicos y en las mejores instalaciones del planeta. Siento no poder cerrarte el estudio durante seis semanas para tu uso particular, pero es lo que hay. Así que disfruta del sol y graba tu álbum. ¿Cómo lo vas a titular, por cierto?

Jane lo miró; todos sabían que los títulos de álbumes eran complicados, pero el suyo lo tenía decidido.

—*Songs in Ursa Major* —dijo—. Canciones desde la Osa Mayor.

A Willy se le iluminaron los ojos.

—Sí.

Aquella noche hubo una luna llena tan brillante que Jane no podía dormir, así que fue al cuarto de estar. Las hojas del árbol que había frente a la ventana proyectaban sombras serradas en el suelo de madera, igual que copos de nieve recortados en papel. Jane se sentó al piano, se inclinó sobre las teclas y tocó hasta la extenuación.

Al día siguiente llegó Willy acompañado de Huck, quien bajó del coche con una conga. A Jane le había incomodado pedir que uno de los músicos de Jesse participara en su álbum, pero no quería grabar con desconocidos y Huck era el único percusionista que conocía aparte de Greg. Cuando Huck sonrió al verla, ella respiró aliviada.

—Janie Q —dijo Huck dándole un abrazo—. ¡Estás en California!

—Aquí estoy —confirmó ella y le dio unas palmaditas en el brazo y lo condujo dentro de la casa—. ¿Qué tal todo?

—Bastante bien —respondió él y se dejó acompañar con Willy hasta el piano—. Recuperado de la gira. Tengo que decir que prefiero el autobús a esos avioncitos. Te hemos echado todos de menos.

Jane supo que se estaba ruborizando.

—Creo que lo mejor será que te enseñe lo que tengo —dijo.

Huck asintió.

El álbum estaba pensado para piano y guitarra y Jane fue alternando ambas cosas desde la banqueta del piano. Mientras tocaba, Huck marcaba el ritmo con la conga. Había amortiguado el instrumento de forma que sonara como si estuviera dándose golpecitos en el pecho. Jane notaba que Huck le daba la réplica como nunca había podido Greg. La culpabilidad que sintió al reconocer esto enseguida dio paso a la alegría por todo lo que aportaría Huck al álbum. Cuando terminó de tocar las diez canciones se sintió cansada, como si hubiera estado media hora llorando en un hombro amigo. Huck apoyó las manos en la superficie del tambor. Willy miró a Jane con ojos brillantes.

Huck carraspeó.

—Guau, Jane —dijo—. Eso es... Nunca he oído canciones así.

Jane lo miró.

—¿Qué opinas? —preguntó—. Como percusionista, ¿qué les falta?

Huck se sorbió la nariz dos veces y se enjugó los ojos.

—Si te digo la verdad —dijo—, tu manera de tocar tiene un ritmo tan marcado que nunca necesito buscarlo yo con la batería. Creo que mi trabajo aquí será apoyar eso, acentuar lo que ya está ahí.

Jane sonrió.

Cuando Huck y Willy se fueron, volvieron los nervios. Rich y Kyle irían esa noche a cenar y Jane no tenía ni idea de qué esperar. Fue a un Country Store a comprar un asado y estuvo una hora deambulando por los pasillos.

Acababa de meter la fuente en el horno cuando los vio llegar a la casa. Por los saltitos que daba Kyle, Jane supo que estaba aún más nervioso que ella. Abrió la puerta, se miraron y él ladeó la cabeza.

—¿Sigues molesta por lo de la gira? —preguntó.

—Sí, un poco.

—Normal. —Dio un paso para acercarse a ella—. Por si sirve de algo, siento cómo salieron las cosas. Nunca fue mi intención dejarte en la estacada.

—Ya lo sé. Y por si sirve de algo, probablemente yo habría hecho lo mismo.

—Genial —dijo Rich—. Sois los dos igual de capullos.

Kyle subió al porche de un salto y abrazó a Jane.

—Qué alucinante volver a colaborar —dijo. Jane y Rich sonrieron al oír la jerga musical que salía de boca de Kyle.

Este puso los ojos en blanco—. Tengo permiso para decir «colaborar».

Jane los sentó en las mismas sillas que habían ocupado Willy y Huck horas antes y les tocó los temas de *Ursa Major*. Estaba tan desinhibida en su compañía que era casi como tocar sola. Cuando terminó, levantó la vista y aguardó su reacción.

—Este álbum va a ser increíble, Jane —opinó Kyle.

Cogió la guitarra de Jane y empezó a tocar con el pulgar uno de los riffs de las canciones, siempre deseoso de participar. Rich no dijo nada.

Durante la cena, Kyle resumió la gira, que había pasado bebiendo los vientos por una belleza misteriosa llamada Elena, quien los había acompañado de París a Venecia y desaparecido en Lucerna. «Se llevó todo mi dinero y mi última cajetilla de Luckies», les contó con admiración.

Preguntó a Jane por las novedades de la isla y esta le habló de la nueva casa de Maggie y Greg.

—Espero poder ir en Acción de Gracias —dijo mientras Rich empezaba a recoger los platos—. La próxima vez tienes que venir tú a nuestra casa —la invitó, dándole un abrazo—. Te veo en el estudio.

Salió.

Rich saludó a Jane con una inclinación de cabeza y se disponía a seguir a Kyle cuando Jane le cogió el brazo.

—¿Qué pasa? —preguntó. Rich evitó mirarla a los ojos—. ¿No tienes nada que decir del álbum? —insistió ella. Rich apoyó el brazo en el marco la puerta y la miró con expresión seria—. ¿Qué pasa? ¿Ahora estás celoso? —dijo Jane sorprendida—. Tú eres quien me animó a componer.

Rich meneó la cabeza.

—No me malinterpretes, Jane —dijo—. El álbum tiene cosas buenísimas, pero... a veces suenas como si te estuvieran torturando. Es excesivo. Deberías guardarte algunas cosas para ti.

Jane abrió la boca de par en par. Rich dio la impresión de ir a añadir algo, pero entonces negó con la cabeza, dio un golpecito en el marco de la puerta y salió a la noche.

Ella siguió mirándolo atónita, sintiéndose igual que si le hubieran dado un puñetazo en el estómago.

28

Cuando Simon vio entrar a Jane Quinn en el Estudio C le recordó a una mariposa macaón recién salida de su crisálida. La seriedad que le había llamado la atención el año anterior había dado paso a una poderosa expresión de talento y concentración en la que solo quedaba una diminuta chispa infantil, como la luminiscencia en un ala.

Jane invitó a Simon a salir de la cabina de sonido y acompañarla en el estudio. Este observó cómo se sentaba en el preciado piano rojo y extendía las manos sobre las teclas. A diferencia de con el álbum de los Breakers, para este Jane no había enviado material por adelantado.

—Quiero que tu primera impresión sea delante de mí —dijo.

Simon había estado deseando volver a trabajar con Jane y no dudaba de que su primer álbum en solitario sería un buen trabajo. Pero después de oír los temas que formaban *Ursa Major*, estuvo seguro de que aquello iba a ser más grande de lo que ninguno había esperado.

Aquella noche paseó por Sunset Boulevard con un cigarrillo entre los labios. Pensó en la familia de su madre, fallecidos en los campos de exterminio. Nunca volvería a oír sus voces.

Pensó en el primer chico al que había besado, los dos con agua hasta los tobillos en el lecho pedregoso de un río. Pensó en la primera vez que había cogido un saxofón y sabido que podía entender su sonido. Un cilindro de ceniza del tamaño de una píldora le cayó en los zapatos; seguía con el cigarro en la boca.

Starless, heartless night above a sea of stone,
A distant dial tone.[1]

Cuando entró en su apartamento, sus pensamientos regresaron a Jane Quinn. Ahora sabía con certeza que cada sonido que había grabado el año anterior, cada nota, cada acorde habían sido el preludio a la llegada de Jane a Laurel Canyon. Simon no verbalizó este pensamiento delante de nadie, pero a partir de aquel momento sintió que tenía el deber sagrado de proteger el espacio alrededor de las sesiones de grabación de *Ursa Major*.

Al día siguiente, Willy Lambert se unió a él en la cabina.

—Simon —dijo con una inclinación de cabeza a modo de saludo—, me alegra que estés en esta grabación.

—Gracias por contar conmigo —reconoció Simon.

—Jane no quería a nadie más.

Lo sucedido el año anterior había suavizado las maneras de Willy. Simon se preguntó a qué contactos habría tenido que recurrir para conseguir un segundo contrato para Jane; no era ningún secreto lo mucho que Vincent Ray la odiaba y tampoco era de extrañar. Incluso después de que Vincent Ray pusiera a Jane en la lista negra, el álbum de los Breakers había vendido más de cincuenta mil copias con su foto en la portada.

Kyle Lightfoot fue el siguiente en llegar, acompañado de Rich Holt. Jane los saludó con la familiaridad de una hermana,

---

[1] Noche sin estrellas ni alma sobre un mar de piedra, / a lo lejos, un tono de llamada.

pero Simon percibió entre ellos una distancia que no había existido antes. Rich seguía tan guapo como siempre. Simon había coincidido con él en fiestas, pero nunca habían hablado fuera de una sesión de grabación. Dudaba de que se atreviera a hacerlo nunca. En cualquier caso, mirar era gratis.

Huck Levi fue el último en llegar. Simon encontró lógico que Jane hubiera dejado de trabajar con su antiguo batería, pero lo sorprendió que recurriera a uno de los músicos de Jesse Reid. Había oído rumores de que Jane y él habían tenido una relación y sabía que Jesse no tardaría en llegar a Los Ángeles.

—Me alegro de verte, amigo —dijo Huck dando un golpecito cariñoso a Kyle en el hombro.

Rich y Huck se dieron la mano.

—¿Habéis afinado, chicos? —preguntó Jane.

Por la manera en la que obedecían las órdenes de Jane, Simon supo que todos conocían ya el álbum y que acometían aquella sesión no como músicos que se preparan para grabar, sino como centinelas listos para un asedio.

Jane había dejado claro que necesitaba intimidad total y, desde la grabación de las primeras pistas, las sesiones habían sido privadas. Simon lo entendía. Jane era como una artista pintando un autorretrato al desnudo: cada día llegaba al estudio e iba quitándose capas hasta dejar sus emociones al descubierto. Entonces empezaban a grabar. Tema tras tema, Jane fue invirtiendo toda esa energía en estado puro, la misma que había hecho de *Spring Fling* un buen álbum pop, en crear algo asombroso.

Simon había trabajado con Rich, Kyle y Huck antes, pero nunca con todos juntos y en aquella combinación concreta. A medida que avanzaban las sesiones, *Ursa Major* empezó a poner a prueba los límites de la destreza profesional de todos. La música en sí requería grandes dosis de precisión y Jane no estaba dispuesta a aceptar nada que no fuera perfecto. Tenía una idea muy clara de lo que quería, pero no siempre era capaz de expresarlo; si alguien tenía alguna sugerencia, se apuntaba el mérito. No aceptaba nada por debajo del control absoluto.

Huck se había curtido en su oficio trabajando en grabaciones de discos notoriamente complicadas. Simon dudaba de que ninguna pudiera compararse al puente del tema «A Shanty» de Jane.

—Toma —le dijo a Huck dándole una partitura. Las cejas de Huck se levantaron mientras la leía—. ¿Algún problema? —preguntó.

—Ninguno —respondió él.

Más tarde, le enseñó a Simon las marcas ilegibles que había garabateado Jane encima de la letra de la canción.

—¿Qué es eso? —preguntó Simon.

—Son las mismas abreviaturas que usa Jesse —le explicó Huck meneando la cabeza—. Debió de enseñárselas a Jane.

Al parecer, los garabatos indicaban que en el tiempo fuerte debía haber un único sonido coincidiendo con la palabra «boards», referida al suelo de madera. Jane quería subrayar el ritmo:

—Como un guiño cruzando una habitación...

Pero no sabía expresarlo.

—No es *clic*, no es *poc*, es algo entre medias —no dejaba de repetir.

Huck reunió gran cantidad de instrumentos, desde maracas a cucharas, y pasó dos sesiones enteras sentado en una manta en el centro del estudio probándolos una y otra vez.

—¿Y el cencerro? —sugirió Jane.

Huck cogió el cencerro y empezó a tocarlo.

—Pero no con la parte de la campana —dijo Jane—, sino el asa.

Tardaron seis horas y cuarenta y dos tomas en decidirse por un güiro (golpeado, no raspado).

«Brand New Cassette» era el tema más de rock tradicional. A Kyle y a Rich les gustaba porque los arreglos se basaban en una progresión básica de acordes que tocaban los dos a la vez. Jane quería que la última parte de la tercera estrofa terminara con un pequeño estallido, a modo de *sample* de otra canción.

—Esta parte debería ser eléctrica —opinó Kyle.

—No quiero nada eléctrico en el álbum —saltó Jane.

Y al día siguiente:

—Ya lo tengo. La sección de radio debería ser eléctrica.

Kyle la miró con la boca abierta.

Simon los coló durante una hora en el Estudio D mientras el grupo Starlight Drive hacía un descanso y, en solo dos tomas y usando sus instrumentos, tuvieron el *sample*. Ver a Rich y a Kyle punteando a toda velocidad mientras Huck se volvía loco en la batería era como mirar a unos caballos que han estado encerrados galopar campo través.

A medida que avanzaban las sesiones, Rich estaba más irritable; sencillamente, no le gustaba el álbum. Hasta que no empezaron a trabajar en «Wallflower», Simon no se atrevió a preguntarse por qué.

I stand aside, I watch you go,
I start to cry, nobody's home,
I love you so, but you'll never know.[2]

La canción hablaba de una mujer sin nombre. Por las descripciones («pelo rubio, labios rojos», «ojos tan azules») Simon sospechaba que podía tratarse de Jane; no era la primera canción narcisista que escuchaba. Pero daba igual, oír a Jane desear tan visceralmente a otra mujer siempre devolvía a

---

[2] Me hago a un lado, te dejo ir. / Me echo a llorar, no hay nadie en casa. / Te quiero, pero nunca lo sabrás.

Simon a su enamoramiento de Hank Lipson en undécimo curso. Al ver tensarse la mandíbula de Rich presintió que la canción le resultaba igual de dolorosa que a él.

Ahora que no estaba el batería original de los Breakers, Rich era el músico menos versátil del conjunto, un carpintero que había llegado a dominar todas sus herramientas y no está interesado en ampliar horizontes. Después de semanas de tolerar esta situación, Jane se puso intransigente con el estribillo de «A Thousand Lines».

Oh, you run through me like fountain dye.
Parchment dried with pigment stains.[3]

—Tiene que ser delicado —insistió.

Rich se puso colorado. Llevaban cerca de una hora con el mismo riff; Kyle y Huck hacían como que no estaban allí.

—¿Qué tal así? —preguntó Rich.

Tocó las notas exactamente igual que antes. Kyle y Huck agacharon la cabeza.

—No —dijo Jane—. Quiero que suene como unas campanillas que se entremezclan con el bajo.

—No sé si soy capaz de hacer eso que dices.

—Igual es que no quieres.

—Tienes razón —confirmó Rich—. No quiero.

Dejó la guitarra y salió. Jane se quedó mirando el trozo de suelo que había ocupado. Había estado tan obsesionada con lo que quería conseguir que Simon dudó de que se hubiera fijado en que Rich estaba disgustado hasta que este se fue.

Willy salió de la cabina y entró en el estudio.

—¿Voy a hablar con él? —preguntó.

---

[3] Me recorres como la tinta de una pluma. / Pergamino seco emborronado de color.

Jane negó con la cabeza y fue en busca de Rich; desde el cristal de la cabina de sonido, Simon vio cómo lo alcanzaba en el pasillo.

—Supongo que una cosa es decirme que sea yo misma y otra muy distinta ver cómo lo hago —dijo Jane.

Rich se volvió a mirarla.

—Te lo dije. Ese no es el problema.

—Entonces ¿cuál es? Has odiado este disco desde el principio.

—No odio el disco —rebatió Rich—. Odio en lo que te ha convertido. Pareces Mussolini.

—Es que quiero que salga bien —dijo Jane—. Se supone que tenías que estar de mi parte. Necesito que creas en lo que estoy haciendo. Necesito que lo intentes, por lo menos. Necesito...

—Creo que los dos sabemos lo que necesitas y no soy yo —dijo Rich—. Lo siento... No puedo tocar como él. Eso lo sabes, Jane. —Ella se desplomó contra la pared. Rich se acercó y se detuvo a su lado—. No odio el disco —dijo—. Es solo que a veces me hace sentir vergüenza.

—¿De mí?

Rich negó con la cabeza.

—De mí mismo —explicó—. De las cosas que no he sido capaz de decir. —La expresión de Jane se suavizó—. Y, si quieres que te sea sincero, sí que me jode un poco ver lo bien que se te da esto —suspiró—. Pero siempre estaré de tu parte.

Jane le cogió la mano.

Después de aquello, Jane se esforzó por ser más considerada. Para sus adentros, no obstante, Simon dudaba de que ninguno se hubiera marchado por antipática que se hubiera mostrado. Incluso cuando no tenían que tocar, Huck, Rich y Kyle se sentaban con él en la cabina y hacían vigilia mientras Jane cruzaba a otro mundo, rescatando melodías y transportándolas de vuelta a la tierra.

En aquellos momentos era como si su espíritu creciera hasta llenar toda la habitación, hasta más allá de los límites de su conciencia. Y, sin embargo, si hablabas con Jane entre una toma y otra, estaba tan lúcida y concentrada como lo había estado probando el güiro con Huck. La parte de ella que estaba creando el álbum y la que estaba produciéndolo coexistían en su interior igual que las dos caras de una moneda, girando sin fin, pero sin encontrarse nunca.

29

Un día, cuando llevaban grabada la mitad de «A Thousand Lines», Jane salió al pasillo a fumar y vio a Loretta tomando por asalto el Estudio C y a su equipo siguiéndola igual que un batallón de caballería. Aflojaron el paso al ver a Jane, que parecía un espíritu plateado envuelto en humo.

—Enseguida voy —dijo Loretta cuando su ingeniero de sonido, productor y bajista pasaron junto a ellas—. Debería haber imaginado que eras la tipa que estaba monopolizando mi piano. —Su tono era sardónico, pero había amabilidad en sus ojos.

—Casi habrás terminado de grabar —dijo Jane.

—La verdad es que sí —respondió ella—. Solo nos quedan un par de tomas extras antes de mezclar. ¿Qué tal va tu álbum?

—No va mal la cosa —dijo Jane.

Le ofreció un cigarrillo a Loretta, quien lo aceptó.

—¿A quién tienes? —preguntó Loretta.

—A Simon Spector. Huck, Kyle y Rich.

Las cejas de Loretta subieron cuando Jane pronunció el nombre de Rich.

—¿Cuál de esos elementos no pertenece a la misma familia que los demás? —dijo.

Jane tiró ceniza a la alfombra.

—Está saliendo bien —dijo, aunque se preguntó si aquello era cierto.

Loretta la miró con cara de «a quién quieres engañar» y exhaló el humo despacio.

—No te hacía de esas personas que se conforman fácilmente —dijo. Ahora estaban hablando de Jesse—. Respeto mucha la forma en la que hiciste las cosas en Memphis, pero no tenerte el resto de la gira fue una verdadera pérdida.

Jane no pudo evitar sonreír.

—Morgan parece tener... talento —opinó.

Loretta puso los ojos en blanco.

—Pregúntaselo a ella. —dijo. Jane rio—. Veo que te lo estás tomando todo con filosofía —añadió Loretta escrutándola.

—¿A qué te refieres?

—A que están aquí.

—¿En Los Ángeles? —preguntó Jane.

Loretta asintió y señaló con la cabeza hacia el Estudio A.

—En el edificio. Jesse empezó a grabar ayer. —La adrenalina recorrió el cuerpo de Jane; de pronto percibió con toda nitidez el zumbido de las luces, el aire cargado, las paredes rugosas—. Si quieres, puedo buscarte un guitarrista —se ofreció Loretta—. Sin que nadie se entere.

—No hace falta —contestó Jane—, pero gracias. Y gracias también por lo que me has dicho.

Loretta asintió con la cabeza.

—Bueno, será mejor que entre mientras me dejen —dijo—. Siempre podéis usar el Estudio B...

Jane le contestó con una pequeña sonrisa y Loretta entró en el Estudio C.

Miró el pasillo en dirección al Estudio A, que de pronto parecía el ala prohibida de un castillo de cuento. Era imposible que Jesse estuviera tan cerca de ella en ese momento; Willy había prometido que no lo citaría en el estudio cuando estuviera ella. Jane encendió otro cigarrillo y dio una calada.

Sería fácil comprobarlo. Caminar veinte pasos hasta el Estudio A y abrir la puerta. Jane intentó engañarse a sí misma, pero, ante la posibilidad real de ver a Jesse, la tentación era grande. No obstante, sabía que entrar daría lugar una situación melodramática, así que se obligó a quedarse en el pasillo a terminar el cigarro; si Jesse salía antes de eso, que así fuera.

Un aburrido cigarrillo más tarde, se fue.

Aquella noche Jane no quería estar sola. Llamó a Kyle y a Rich y dejó que el timbre del teléfono sonara veinte veces antes de colgar. Lo intentó con Willy y le dejó un mensaje en el contestador: «Hola, Willy, soy Jane. Me preguntaba si Rebecca y tú estáis libres esta noche. Ya sé que os llamo muy tarde. Bueno, da igual, seguro que tenéis plan. Perdona, estoy… cansada. Mañana nos vemos».

Encontró una botella de whisky en el congelador y se sirvió un vaso. Deambuló por el cuarto de estar. Sus caseros tenían una librería que iba del suelo al techo e incluía una sección de discos de vinilos ordenados alfabéticamente. La vista de Jane se detuvo en el álbum de Doris Day, *I'll See You in My Dreams*. A su lado estaban los *Grandes Éxitos* de Lacey Dormon. Jane dio otro sorbo de whisky. Todavía tenía la tarjeta de Lacey.

—Jane, cariño, he estado pensando en ti —respondió la inconfundible voz de Lacey al otro lado de la línea telefónica—. ¿Por qué no vienes a mi casa? Estoy con un par de amigos.

Lacey y su marido, Darryl, vivían a diez minutos caminando colina arriba desde la casa de Jane, en un edificio amplio y de una sola planta cubierto de buganvilla. Había figuras de colores en el porche y la brisa traía acordes de guitarra; lo de «un par de amigos» era sinónimo de pequeña fiesta. Como si hubiera presentido la llegada de Jane, Lacey salió a recibirla en un vaporoso vestido rosa.

—Qué alegría que llamaras, Jane. ¿Quieres un té? ¿O algo más fuerte? En noches como esta, mi madre siempre preparaba ponche caliente.

—Suena muy bien —aceptó Jane.

Tenía la sensación de haber sido transportada a un extraño sueño en el que Tejas Grises era escenario de un espectáculo de variedades. La casa de Lacey tenía ese mismo encanto un poco destartalado, solo que estaba llena de artistas jóvenes y talentosos en lugar de la familia Quinn.

—Hablo en serio, tío —le estaba diciendo un chico guapo y bronceado a una joven etérea con un vestido violeta—. Hay que ir a Matala. Es un sitio donde solo estás tú, el mar, y las cuevas, y las estrellas.

Lacey condujo a Jane hasta la cocina. Nadie le había preparado una taza de té desde que dejó Bayleen. Añoró su hogar.

—Llevo quince años en California y todavía se me hace raro que llamen otoño a esto —dijo Lacey instalándose en una silla en cuanto el hervidor empezó a calentarse—. En Alabama esto sería mayo.

—En Bayleen sería junio —comentó Jane.

—¿Qué tal todo por allí? —preguntó Lacey. Jane vio la nostalgia asomar en sus facciones—. ¿Sigue Elsie en Tejas Grises? ¿Y Jeanie? ¿Zelly? ¿Louise?

Jane sonrió ante lo bien que conocía Lacey a su familia; las hermanas de Elsie solían pasar largas temporadas en Tejas Grises cuando Jane era pequeña y la madre de Elsie, Jeanie, aún vivía allí.

—Cuando Jeanie se fue a vivir a Nueva Orleans, Zelly se marchó a Perú y se emparejó con un agricultor de peyote. Lo último que supimos de Louise fue que estaba en Terranova.

Lacey rio.

—¡Por qué será que no me extraña! —exclamó—. ¿Sigue abierto aquel sitio? ¿El Carousel?

—Por supuesto —confirmó Jane—. El Carousel nos sobrevivirá a todos.

Lacey rio.

—Tu madre y yo nos lo pasábamos muy bien allí —dijo. Su expresión se entristeció—. Desde nuestra conversación he pensado mucho en ella... Me sigue pareciendo increíble no haberme enterado de lo que le pasó.

Callaron un momento, cada una absorta en sus recuerdos de Charlotte.

—¿Cómo era cuando la conociste? —preguntó Jane por fin.

—Listísima —dijo Lacey—. Enseguida calaba a las personas. Divertida, también, ¡menuda lengua afilada tenía! Me acuerdo de cuando la conocí en el Fest. Le dije que no me podía creer que tuviera una niña de pocos años y me miró y me dijo: «¿Tienes idea de lo que me ha costado conseguir estas estrías?». En ese momento supe que tenía que hacerme amiga suya. —El hervidor silbó y Lacey se levantó a preparar las bebidas—. Tu madre fue la primera persona que me tomó en serio, que lo sepas. —Jane la miró cortar un limón en dos sin apoyarlo en la encimera y exprimir los trozos en una taza de hojalata—. Una chica negra tocando la guitarra acústica... no era algo demasiado común en el circuito folk de los años cincuenta. En el Fest solía cantar temas de musicales y la gente se me quedaba mirando. Entonces, una noche, debió de ser el segundo o tercer año, tu madre hace un aparte conmigo y me dice: «Ya estoy harta de esto». Y yo le digo: «¿Te crees que yo no?». Y ella me dice: «Dices que estás harta y luego no paras de elegir canciones que te tapan la voz». —Lacey puso una taza delante de Jane y el aroma a whisky, miel y limón llenó la habitación. Jane tocó el borde, estaba demasiado caliente para cogerla—. Me puse furiosa —continuó—. ¿Quién era aquella rubita para darme lecciones sobre mi voz? No tenía ni idea de lo que me costaba subirme a un escenario. Pero en mi fuero interno sabía que no iba desencaminada. Al día siguiente fui a buscarla a casa de tu abuela y le dije: «Ya que sabes tanto, enséñame una canción que vaya con mi registro de voz». Y así fue como me escribió «You Don't Know».

—Me encanta esa canción —dijo Jane—. *Yeah, you don't know, and it's a crying shame / Because life's a riddle and love's a game.*[1]

—A mí también —convino Lacey—. Para mí fue un antes y un después. A partir de ese momento, me liberé. Me vine a vivir aquí y el resto es historia. Siempre tuve intención de volver al este para el Fest, tu madre y yo siempre lo decíamos, pero la cosa se fue posponiendo y luego... —Lacey habló como en un trance—. Al principio el Fest era algo mucho más modesto. En aquellos primeros años, el público era de unas doscientas personas, críos que se escapaban un rato de las vacaciones familiares con sus padres. Luego, cuando las discográficas se hicieron con el control, creció muchísimo, pero entonces no éramos más que un grupo de cantantes folk de los alrededores. Todavía me parece ver a tu madre subida a aquel escenario, con el pelo recogido en un moño italiano, tocando «Lilac Waltz» al ukelele. Tenía una voz preciosa..., un sonido muy bonito.

—La tocaba todo el tiempo —dijo Jane.

—Le encantaba esa canción —confirmó Lacey—. Hasta lo que pasó con Tommy Patton. —Negó con la cabeza en un gesto de desagrado—. No me lo perdono.

—¿Qué quieres decir? —preguntó Jane.

Los ojos de Lacey se arrugaron con expresión de tristeza.

—Cuando salió la canción en la radio, tu madre me llamó pidiéndome ayuda —le contó con voz queda—. Le... Le di la espalda. Acababan de aprobar mi programa y tu madre quería

---

[1] No te enteras y es una pena/porque la vida es una adivinanza y el amor, un juego.

cogerse un avión a Los Ángeles y denunciar lo ocurrido en televisión. —Meneó la cabeza—. Yo estaba empezando y el programa tenía que ir de gente guapa cantando y pasándoselo bien. Quería ayudarla, pero sabía que los productores nunca me lo permitirían. Me dijo que era una vendida y me colgó el teléfono. Aquella fue la última vez que hablamos. —Los ojos de Lacey se volvieron vidriosos—. El problema era que Charlotte no podía demostrar que la canción era suya. Habría sido su palabra contra la de Tommy. Y no hace falta que te diga lo importante que era él entonces. Pero me pregunto…, si yo la hubiera ayudado a hacer lo que quería, ¿habrían sido las cosas de otra manera?

—Las cosas habrían sido de otra manera si Tommy Patton no le hubiera robado la canción —afirmó Jane.

Lacey miró a lo lejos.

—Siempre tuvo fuego dentro —dijo—. Era energía pura. No era de esas personas que rehúyen un enfrentamiento…, pero tampoco de las que huyen de su familia.

Negó con la cabeza.

Jane se quedó callada, preguntándose si Charlotte querría que le contara más cosas a Lacey. Sintió que, de alguna manera, así era. Dio un sorbo de su taza y retuvo el líquido en la lengua hasta que el whisky perdió su sabor.

Se quedó en casa de Lacey hasta que la luna estuvo tan alta que Jane veía su propia sombra. Cuando volvió a su casa había frío en el aire, un viento del este que le recordó a su hogar.

Aquella noche, soñó con un pasillo largo y aséptico. Ella estaba en uno de los extremos, vestida con el uniforme azul del Cedar; veía a Jesse en el otro, engalanado de etiqueta. Jane echaba a correr hacia él con el corazón desbocado. Jesse no parecía reparar en su presencia y, al llegar al final del pasillo, doblaba la esquina. Cuando ella llegaba también al final, giraba para seguirlo y se chocaba con una pared de cristal. Cuando se ponía en pie, veía a Jesse al otro lado…; también a Lacey, Elsie,

Maggie y Grace, todas llevaban uniformes azules del Cedar. Jane bajaba la vista; ahora tenía puesto un vestido de fiesta lila. Se tocaba el pelo; lo llevaba recogido en un moño italiano. Los llamaba mientras ellos hablaban entre sí y la señalaban, como si fuera un espécimen dentro de una jaula.

Cuando se despertó, tenía un mensaje en el contestador de Willy: «Jane, siento no haber estado en casa y también que no te encuentres bien. Han sido unas semanas muy intensas y sé que lo estás dando todo en este disco. He estado pensando…, ¿no sería genial hacer un concierto aquí? Algo informal, tú tocando en una habitación con algo de público. Grabar puede ser muy solitario y esto podría ayudarte. Llámame».

30

El Troubadour era una fortaleza de estuco en el tramo final de West Hollywood. En su interior, lámparas góticas proyectaban un fulgor rubí sobre bancos de madera; el aire olía intensamente a azúcar y a pino. Mientras Jane bajaba las escaleras que conducían al escenario, pensó que no podía haber imaginado un espacio más mágico en el que actuar.

—Hola a todos —saludó antes de sentarse al piano.

Llevaba un vestido largo verde de volantes y el pelo suelto sobre los hombros.

El público estaba pegado al escenario; barbas y collares de cuentas se mecían ante sus ojos y siluetas flotaban en el anfiteatro como deidades oscurecidas por las candilejas. Aquella noche interpretaría como solista el antiguo repertorio de los Breakers; sería la primera vez que actuaba sin su banda. Atisbó a Rich y a Kyle junto al bar y tuvo una punzada de nostalgia.

—Me encanta estar aquí con vosotros. Los Ángeles es un lugar muy especial.

Dejó escapar una risa argentina que resonó en el local igual que unas campanillas. El piano del Troubadour era un

Steinway negro de cola; cuando se inclinó sobre las teclas para tocar los primeros acordes, Jane se sintió igual que una sirena que se aproxima nadando al cuerpo de una ballena.

Empezó con «Indigo», su mano izquierda tocó la parte de Kyle y la derecha la de Rich. Quería despertar las energías del público y este tema de ritmo rápido siempre había sido popular. El siguiente fue «Spark» y Jane sintió que la habitación vibraba mientras cantaba:

> *Shock comes quick, a wave in the dark,*
> *This will make it better, this little spark.*[1]

Willy había estado en lo cierto; aquello era lo que necesitaba. Jane se sentía como una flor de azafrán que brota atravesando la escarcha invernal. Cuanto más conectaba con el público, más fuerte se notaba; no había sido consciente del largo tiempo que había estado privada de la luz del sol.

Alternó entre canciones rápidas y baladas, entre guitarra y piano, hasta que tuvo al público completamente entregado. Cuando terminó «Sweet Maiden Mine» percibió el afecto del auditorio y quiso ofrecerles algo nuevo. La canción estaba allí; llevaba semanas tocándola y sabía que podía interpretarla a la perfección.

Jane dejó la guitarra en el suelo y regresó al piano.

—A ver qué os parece esta —dijo apoyando los dedos en las teclas.

Se habría oído un alfiler caer al suelo cuando Jane empezó a tocar las primeras notas de «Ursa Major».

> *Starless night, I am a stranger,*
> *I sail the black and white,*

---

[1] La descarga es inmediata, una ola en la oscuridad, / te hará sentir mejor, esta leve chispa.

By the key of Ursa Major,
Sending songs to points of light.[2]

La canción constaba de cuatro partes que se desplegaban en mosaicos de formas geométricas, empezando con rectángulos y terminando con estrellas. Los primeros acordes eran lentos y lineales, igual que las teclas del piano; el tono de voz de Jane rozaba los armónicos como rozan las alas de un pájaro la superficie del agua.

This one pours, and this one sighs.
This one needs a lullaby,
This one just got too damn high.[3]

Mientras cantaba, Jane descubrió que la letra narraba las vidas que la rodeaban: la chica de aspecto ingenuo del bar, el hippy a sus pies, el ejecutivo de discográfica en el anfiteatro. Ya no los veía como arquetipos, sino como compañeros de viaje, a la deriva en aquella tierra de ángeles caídos.

Con un cambio de tonalidad, Jane se sumergió en el corazón de la canción. Acordes en estado fundamental subieron formando una bóveda de sonido y centellearon con los arpegios que dibujaba su mano derecha.

Now's the time to be alive, they say,
Their tones as sharp as knives,
When, hidden in your crescent,
You're just trying to survive.[4]

---

[2] Noche sin estrellas, soy una forastera,/que navega en blanco y negro/siguiendo la Osa Mayor,/enviando canciones a puntos de luz.

[3] Una llora, otra suspira./Esta necesita una nana./Esta otra está demasiado alta.

[4] Es tiempo de estar vivo, dicen/con voces afiladas como cuchillos,/cuando, escondida en la luna creciente/solo intentas sobrevivir.

Entonces llegaba el sentimiento central, no de tristeza, sino de asombro ante la fragilidad de la vida. Cuando los acordes graves acometieron el estribillo, Jane dejó de percibir la separación entre el público y ella; el miedo flotaba igual que una llama azul sobre su cabeza y a su alrededor veía otras idénticas parpadeando como latidos de corazones, ansiando respirar, ansiando ser liberadas.

Starless, heartless night above a sea of stone,
A distant dial tone.

Recobró la compostura y dejó que sus dedos lamieran las teclas y que una última ola la arrastrara a la orilla.

Please don't leave me alone.[5]

Cuando terminó, las últimas notas flotaron en el aire. Jane nunca había oído un silencio tan largo después de una canción. Sonrió y se rompió el hechizo; el repentino estruendo de los aplausos fue ensordecedor.

Cuando la ovación bajó de intensidad, Jane vio a Willy bajar la escalera a su izquierda acompañado de varios hombres. Jane sabía que había invitado a su hermano Danny y se preguntó si quizá el tercer hermano, Freddy, había venido desde Londres.

Cerró la actuación con tres canciones más: devolvió la energía al público con «Caught», la mantuvo con «No More Demands» y terminó con una versión acústica de «Spring Fling». Mientras saludaba, vio a Rich y a Kyle aplaudiendo y silbando al fondo.

Jane subió las escaleras hasta su camerino, un pequeño altillo separado por una cortina. Cuando vio su reflejo en el

---

[5] Por favor, no me dejes sola.

espejo del tocador, comprobó con asombro que era mucho más ella que antes de actuar. Entonces llamaron al marco de la puerta y entró Willy sin esperar invitación.

—Hola —lo saludó mientras abría la funda de su guitarra—. Enseguida bajo.

—Me parece que deberíamos irnos ahora mismo —dijo Willy.

Su tono de voz hizo que Jane levantara la vista.

—Espera, ¿cómo que irnos? —preguntó—. Rich y Kyle están esperando… Creía que tu hermano…

—Tú confía en mí —dijo Willy y se inclinó para ayudarla a guardar la guitarra—. Tengo el coche en la parte de atrás.

Willy miró por encima de su hombro. En aquel momento entró Danny Lambert seguido de Vincent Ray y un hombre de pelo plateado que Jane supo enseguida que era Tommy Patton. Jane se sentía pegajosa después de la actuación y aquellas apariciones resbalaron por su cerebro igual que gelatina por un molde de plástico. Maggie había estado en lo cierto, pensó, no cambiar nunca de aspecto terminaba por ponerte años. La mano de Willy se cerró alrededor de su brazo y la ayudó a ponerse en pie.

—Janie, fantástica actuación —la felicitó Danny Lambert y la besó en ambas mejillas, ajeno a su color ceniciento. No así Vincent Ray, cuyos ojos vidriosos parecían ahítos del placer que le producía ver a Jane tan incómoda—. Vincent y yo habíamos quedado a cenar hoy —dijo Danny siguiendo la mirada de Jane—. Cuando le dije que tocabas, insistió en venir a verte en lugar de ir a cenar.

—Sí, sí. Somos viejos conocidos —intervino Vincent Ray, alargando la mano hacia Jane. Sus dedos se cerraron en su hombro igual que una delgada abrazadera—. Espero que no te importe que haya traído a mi amigo Tommy —añadió—. Siempre ha tenido buen ojo para el talento.

Lo sabía. ¿Cómo? Las marchas del cerebro de Jane parecían estar atascadas. Se volvió hacia Tommy Patton e intentó liberarse de la mano de Vincent Ray.

—Bonita actuación —dijo este y le tendió la mano a Jane; su apretón era blando y viscoso.

—Tommy Patton —dijo ella.

—El mismo —dijo Danny en tono alentador.

—No suelo asistir a conciertos, pero Vincent Ray me convenció de que hiciera una excepción —dijo Tommy—. Te manejas muy bien en el escenario, pequeña.

Le brillaban los ojos. Jane sintió repugnancia. Ninguna de las ocasiones que había imaginado para aquel encuentro la incluían a ella acorralada contra unos arbustos igual que un cervatillo. Se devanó los sesos en busca de los guiones que había preparado por si algún día se encontraba frente al hombre que le había destrozado la vida a su madre, y descubrió, cosa insólita, que no eran más que papeles en blanco. Cuando logró enfocar la mirada, se fijó en una cicatriz violácea que manchaba el mentón de Tommy igual que la huella de una mano saliendo del cuello de su camisa.

—Que no te asuste mi cicatriz —dijo él—. Es un recuerdo de mis días de trovador. ¿Cuánto tiempo vas a estar en Los Ángeles? —preguntó.

Desde pequeña Jane había oído comentar a la gente el asombroso parecido que había entre ella y su madre. Si Tommy Patton también lo veía, entonces era muy buen actor.

—Solo dos semanas más —dijo Willy cuando Jane no contestó—. De hecho, nos íbamos ahora mismo… Mañana Jane tiene sesión doble, así que hay que acostarse pronto.

—De eso nada —dijo Vincent Ray—. Vamos a ir todos a tomar una copa. Sé que Jane no querría perderse la oportunidad de oír cómo fueron los comienzos de Tommy en el mundo de la música, con lo mucho que lo admira.

—Ay, eres un encanto, muñeca —dijo Tommy Patton mirando a Jane como si hubiera dicho alguna cosa.

En aquel instante Jane sintió que una certeza se disipaba en su interior. Tenía muchas preguntas sin respuesta sobre su madre, pero nunca se había cuestionado su sufrimiento por lo ocurrido con «Lilac Waltz». Ahora, mientras Tommy Patton le regalaba una sonrisa ingenua, la duda empezó a rodar dentro de ella igual que una bola de pinball. El estado mental de Charlotte se había deteriorado hacia el final de su vida… ¿Era posible que se lo hubiera inventado todo?

Danny Lambert estaba en la puerta; se había cansado de la conversación y no hacía más que mirar hacia las escaleras, como si esperara la llegada de alguien más interesante. Jane se estaba preguntando hasta qué punto resultaría fácil echar a correr cuando el semblante de Danny se iluminó.

—Está aquí Jesse Reid —dijo—. Lo estoy viendo en el bar. ¡Eh! ¡Jesse!

Jane se sintió como si la hubieran sacado de golpe de su cuerpo y arrojado a otra dimensión. Aquello tenía que ser un mal sueño. No podía enfrentarse a Jesse ahora, no delante de Vincent Ray, no delante del puto Tommy Patton. Willy lo sabía. Cuando Vincent Ray y Tommy Patton se volvieron hacia las escaleras, Willy le puso las llaves de su coche a Jane en la mano y señaló con la cabeza la salida de incendios.

—Vete —sugirió—. Yo iré enseguida.

Cuando los hombres formaron una pared en el rellano, Jane se deslizó detrás de ellos hasta la salida de incendios, unas escaleras oxidadas que la dejaron en un pequeño aparcamiento detrás del teatro. No volvió la vista hasta que estuvo sentada en el asiento del pasajero del Mustang azul de Willy. Metió la llave en el contacto y se acurrucó contra el salpicadero mientras la capota se cerraba a su alrededor.

31

Jane no abrió la boca hasta que Willy aparcó delante de su casa.

—¿Cómo se ha enterado? —preguntó.

Willy apagó el motor. Por un momento solo se oyó el tintineo de su llavero.

—El año pasado, después de la sesión de fotos para el álbum —dijo él—, fui a ver a Vincent Ray para intentar limar asperezas. Hasta aquel momento siempre me había parecido un tipo bastante razonable y pensé que podría arreglar las cosas si le explicaba por qué su actitud hacia el álbum te resultaba particularmente dolorosa. Así que le conté lo ocurrido con tu madre. Si te digo la verdad, me asombra que siquiera lo recuerde; él estaba tan fuera de sí que pensé que no había oído una palabra de lo que le dije. —Willy se cruzó de brazos y estiró las piernas como si quisiera tomar impulso para salir por el techo del coche—. Menosprecié la situación —continuó—. Usar su fotografía en el álbum fue una equivocación.

—Me encanta esa portada —dijo Jane—, lo mismo que a nuestros admiradores.

Willy meneó la cabeza.

—Ese es el problema. Vincent Ray presume de que nadie mueve un dedo sin que él lo sepa; para él, cada copia de *Spring*

Fling vendida es una afrenta. Todo esto se ha sacado de quicio. Lo siento muchísimo, Jane. Ni se me pasó por la cabeza que pudiera hacer algo así.

—Desde luego me parecen demasiadas molestias para aplastar a alguien que no es nadie —opinó Jane.

—Es que tú eres alguien —dijo Willy—. Por eso se comporta así. Por mucho que diga o se esfuerce por joderte, tú tienes algo que no puede controlar y eso lo enfurece.

—¿Y qué es?

—Tu música —respondió Willy—. Mientras tengas un instrumento en las manos, le supones un problema.

Jane se dejó caer contra el respaldo del asiento. La farola resaltaba los contornos rígidos de su casita. Pronto California no sería más que un recuerdo para ella.

—Ha venido Jesse al concierto —dijo.

Willy se ajustó la alianza en el dedo.

—Le dije que no lo hiciera. Ha debido de poderle la curiosidad.

—«La curiosidad» —repitió Jane.

Willy asintió con la cabeza.

—Jane, sé que lo de esta noche ha sido perturbador, pero si tienes que quedarte con algo, es que *Ursa Major* va a ser un gran disco —dijo—. Has estado magnífica.

Jane se demoró en el camino de entrada sujetando la funda de su guitarra mientras los faros del coche de Willy se alejaban colina abajo. Entonces se sintió dolorida, como si le hubieran sacado una cuchilla del pecho después de herirla con ella.

Sabía que Willy nunca le haría daño intencionadamente, pero así había sido. Y él lo sabía; cuando terminaron las sesiones de grabación al jueves siguiente, no dio señales de vida durante la mezcla. Así era mejor. Jane había dejado la exigua barrera que quedaba entre su espíritu y el mundo exterior entre los bastidores del Troubadour y prefería estar a solas con

Simon. Este era experto, paciente y le daba seguridad. Personalmente no quería nada de ella; musicalmente, lo quería todo.

—La parte vocal está demasiado fuerte aquí..., no deja oír la guitarra —opinó.

—¿Deberíamos sobregrabar? —preguntó Jane.

Simon negó con la cabeza.

—Vamos a pasarlo primero por el ecualizador: si rebajamos las eses habrá menos sibilancias.

Cada día se juntaban en la cabina de sonido igual que dos cirujanos preparándose para operar. Jane era la especialista a la que se llama para hacer una consulta mientras Simon intervenía a uno de sus parientes sanguíneos. Así fue como, uno a uno, editaron los temas y los ordenaron.

El LP empezaba con «New Country», una canción nerviosa que recordaba los primeros días de gira de Jane. El tema tenía una base instrumental potente, un ritmo machacón que daba protagonismo a la sencilla conga de Huck, el creativo bajo continuo de Kyle y el rasgueo de Rich.

La seguía «Little Lion», una nana falsamente simple con un arreglo tan austero como la cuna de Bea. La primera estrofa estaba acompañada solo de la guitarra de Jane y en las siguientes se incorporaban las maracas de Huck y, en el puente, Kyle.

A continuación venía «Wallflower», el tema que Jane había tocado por primera vez en Peggy Ridge. Para el álbum la había transcrito al piano, y su voz vibraba sobre los emotivos acordes de la menor mientras cantaba: *Car pulls up, a screen door slams. / Clicking heels, a beige sedan. / Inside is another man.*[1]

Las pistas eran rítmicas e irregulares, como las mitades de un collar en forma de corazón.

«Last Call» era una canción rápida sobre el alcohol, con una parte instrumental estridente y un estribillo perfecto para

---

[1] Llega un coche, se cierra una puerta de mosquitera. / Tacones que entrechocan, un sedán beis. / Dentro va otro hombre.

la radio: *We'll have a ball until last call / and then we're split-ting town.*[2] Kyle y Rich rasgueaban una melodía entrelazada que recordaba a las danzas celtas. Era la canción del álbum que más percusión tenía, con Huck a los bongos.

«Ursa Major» era el último tema de la primera cara. Jane había insistido en que se grabara en una sola toma; Simon y ella se habían encerrado en el estudio y modulado los niveles de los amplificadores de una interpretación a otra hasta conseguir lo que querían al vigésimo séptimo intento. Después, compartieron un cigarrillo en el pasillo.

—Esta canción me recuerda al hilo que Ariadna le dio a Teseo —comentó Simon.

Jane levantó la vista, sorprendida al oírlo referirse al mito que una vez le había mencionado a Jesse. Tenía razón, Jane seguía un hilo de la oscuridad.

—¿Cómo era la letra? —preguntó Simon—. ¿No hay amor sin dolor?

—«No hay amor sin sacrificio» —dijo Jane.

El reverso del álbum comenzaba con «A Shanty», que jugaba a ser una canción marinera y decía: *I know the truth, you can't stop being you. / No matter whether blue, this storm's just passing through.*[3] El tema servía de limpiapaladar con elementos de la música marinera tradicional mezclados con acentos pop de Huck y Kyle.

A continuación, llegaban las notas de blues-rock de «Brand New Cassette», una balada de carretera que quemaba igual que un cigarrillo en una garganta reseca. Simon incluyó la parte *sampleada* en el *master* de grabación con muchísimo cuidado, como si estuviera trasplantando un órgano vital.

Seguía «No Two Alike» una canción declaradamente nostálgica con el bajo, el teclado y la guitarra pintando una

---

[2] Beberemos hasta que cierren / y nos largaremos de la ciudad.
[3] Lo sé muy bien, tú siempre serás tú. / Por triste que sea, esta tormenta pasará.

estampa de color rosa alrededor de una melodía que recordaba a las canciones infantiles. La verdadera fuerza de la canción llegaba con el puente: *Be a man, find a job, learn to pay your dues. / They say you have your father's stride, but can you fill his shoes?*[4]

Después era el turno de «A Thousand Lines», una canción con un acompañamiento tan finamente tejido como una corona de flores. Cada vez que Jane y Simon pensaban que estaba terminada, volvían a oírla y la guitarra de Rich asomaba igual que una ramita de pino.

El álbum terminaba con «Light's On», el tercer tema solo de piano y voz. Simon demostró su habilidad para equilibrar la coda, en la que la línea melódica de Jane caía en una armonía disonante entre dos tonalidades. La canción era destreza y fracaso a partes iguales.

Jane y Simon mezclaron y remezclaron «A Thousand Lines» de todas las maneras imaginables; añadieron un filtro de paso bajo a la pista de Rich, le hicieron coros, la pasaron por un distorsionador. bajaron la reverberación, le metieron *overdrive*. Por mucho que intentaran vestirla, la interpretación de Rich carecía de la agilidad necesaria para la canción. En su desesperación, Jane trató de volver a grabar ella la frase, pero también eso fue como intentar enhebrar una aguja con un trozo de cordel.

Derrotados, Jane y Simon se sentaron frente a la mesa de mezclas y examinaron las bobinas como dos mapaches que acaban de saquear el cubo de basura de un estudio de grabación.

—Podríamos eliminar la canción —dijo por fin Jane.

Simon tragó saliva.

—Hay una última cosa que podríamos intentar.

---

[4] Sé un hombre, búscate un trabajo, aprende a ganarte la vida. / Dicen que sales a tu padre, pero ¿estás a su altura?

Abrió el cajón de un archivador cercano y sacó una cinta sin marcar que Jane no había visto. Con cuidado, Simon eliminó la pista de Rich y la reemplazó con la de la cinta. Rebobinó los *masters* y pulsó el *play*.

El cuerpo entero de Jane empezó a vibrar cuando oyó el timbre inconfundible de la guitarra de Jesse integrarse en la canción con total naturalidad. Escuchó con el corazón desbocado como los dedos de Jesse intuían sus deseos más íntimos.

—¿Cómo ha…? —preguntó cuando terminó la canción.

—No lo sé —dijo Simon—. Lo encontré en el control hace unas semanas, no eran más que dos pistas grabadas. Le pregunté a Willy y me dijo que las guardara. Pero, Jane, si nos estamos planteando quitar la canción, igual merece la pena considerar esta posibilidad.

Jane carraspeó.

—¿Qué más canciones grabó?

Jesse también había dejado pistas de «New Country» y «A Shanty», dos temas rápidos, los menos melancólicos del álbum. Al oírlo tocar, Jane se sintió reconfortada. Jesse había oído sus letras, debían de haberle gustado si había querido contribuir así a la música.

—¿Qué hacemos? —preguntó Simon.

Parecía inquieto y Jane supo por qué. Si usaban aquellas pistas se arriesgaban a perjudicar a Rich; si no las usaban, se arriesgaban a perjudicar al álbum. Jane suspiró.

—Usarlas —respondió.

—¿Cuáles?

—Todas.

Simon pareció aliviado, como si se alegrara de que Jane tomara la decisión por él.

Juntos eliminaron las pistas de Rich de «A Thousand Lines», «A Shanty» y «New Country» e incluyeron las de Jesse. Cuando salieron del estudio, eran más de las once de la noche.

—Creo que hoy has tomado una buena decisión —dijo Simon mientras echaba la llave después de salir. Vaciló—. ¿Qué le vas a decir a Rich?

Jane buscó un cigarrillo en sus bolsillos.

—Le voy a decir que le estoy muy agradecida y que al final no funcionó. Creo que lo entenderá —dijo ella. Simon asintió con la cabeza sin añadir nada—. Igual podrías invitarlo a cenar para apaciguar los ánimos —le sugirió—. Tengo el presentimiento de que volveréis a trabajar juntos.

La sombra de una sonrisa asomó en el rostro de Simon.

—Igual lo hago —dijo.

Jane miró su cuerpo aniñado alejarse por el pasillo hacia la salida, junto al Estudio D. Poco después, dejó que sus piernas la llevaran por la rampa hasta la esquina del Estudio A. La luz sobre la puerta estaba apagada; nadie estaba usando la sala. Jane entró.

El Estudio A era casi idéntico al C. Jane se quedó en la cabina de sonido mirando la cinta puesta en el panel de control, fumando. Le dio al *play*.

Empezó a girar una pista base de «Let the Light Go». Hacía meses que Jane no oía la voz de Jesse y, sin embargo, recordaba todas y cada una de las veces que lo había oído cantar aquella canción, desde la noche en la habitación de un motel del estado de Washington al concierto de Minglewood Hall, en Memphis.

Jane rebobinó la pista y le dio al *play*. Mientras escuchaba, encendió otro cigarrillo. Rebobinó otra vez la cinta y volvió a darle al *play*.

32

La mañana de Navidad, Jane y Elsie fueron en coche hasta el muelle a recoger a Grace. Esperaron en la ranchera escuchando villancicos en la radio mientras el transbordador entraba en el puerto.

—Ahí está —dijo Elsie.

Grace las saludaba con el brazo desde la pasarela y la nieve le espolvoreaba el abrigo como azúcar glas.

Su tía no fue la única que volvió en Navidad; según la edición matutina de *The Island Gazette*, Jesse y Morgan habían llegado en avión a pasar las fiestas con sus familias. Elsie usó el artículo para proteger la mesa de la cocina mientras Grace, Jane y ella preparaban la comida; pronto la fotografía a doble página de Morgan y Jesse cogidos de la mano en el aeropuerto estuvo cubierta de una montaña de mondas de patata.

El primer sencillo de Morgan, «Broken Door», había salido la primera semana de septiembre, la misma en que Jane había vuelto a la isla. Desde entonces se había producido una avalancha de noticias sobre Morgan y Jesse. A diferencia de Jane, Morgan había concedido varias entrevistas para hablar específicamente del romance y había explicado cómo se habían conocido siendo niños y cómo, en muchos sentidos, su amor parecía haber estado predestinado. La cobertura local de la noticia era incluso más empalagosa que la de los medios de comunicación nacionales.

Jane se sentía igual que un fantasma que mira a alguien instalarse en su casa a medida que, semana tras semana, «Broken Door» era impulsada por la misma fiebre de admiración por Jesse que había llevado «Spring Fling» a los primeros puestos de los sencillos más vendidos. Nunca había querido que la conocieran como la novia de Jesse, pero cuando Morgan la eclipsó empezó a temerse, por primera vez, que sin él era posible que nadie la hubiera conocido.

El único consuelo de Jane eran los diez temas definitivos en su habitación que le habían traído Rich y Kyle en un disco maestro a principios de la semana, a su vuelta a la isla. Willy había querido esperar a que terminaran las vacaciones para programar la sesión de fotos para la portada, momento en el cual se anunciaría la fecha de lanzamiento de *Songs in Ursa Major*. Jane calculaba que el disco se pondría a la venta a finales de enero; hasta entonces, su vida estaba en compás de espera.

Aquella noche, todos se reunieron en Tejas Grises para celebrar. Rich y Kyle llegaron pronto para echar una mano y Jane tuvo la sensación de que su existencia se había rebobinado. Cuando apareció Greg con Maggie y Bea, Jane reparó en que Rich se replegaba sobre sí mismo, pero sin el abatimiento de antes. De hecho, hacía tiempo que Jane no veía tan bien a Rich. Se había sentido aliviado cuando Jane le contó lo de las pistas que había grabado Jesse, y tanto Kyle como él tenían grabaciones contratadas en el estudio para todo el año siguiente. Jane se contuvo para no preguntarle a Kyle qué tal habían ido las sesiones de grabación con Jesse.

Elsie sirvió ganso dorado al horno acompañado de fuentes rebosantes de calabaza, puré de patata, judías verdes y pan de calabacín. Brindaron y comieron hasta que solo quedaron platos con restos de salsa de ciruela y de carne. Después de la cena, Grace repartió bolsas de cotillón compradas en Londres; abrieron los cartuchos con sorpresa y se intercambiaron los gorros de colores.

—Así que esto es lo que le gusta a Nate —soltó Maggie cuando Grace se puso una tiara naranja.

Grace se ruborizó. Nate era el tutor particular de los nietos de Millie, y Grace había empezado a salir con él en Londres.

—Mags, dame la azul —dijo Greg quitándole la corona a Maggie.

Maggie se lo impidió con un manotazo y Grace se inclinó hacia Jane.

—Nunca habría hecho ese viaje de no ser por ti —admitió—. Ver que te ibas de gira, que cogías las riendas de tu vida… fue una inspiración.

Le dio un apretón cariñoso en el brazo a Jane y a continuación fue a ver cómo estaba Bea. Jane recordó las palabras de despedida de Grace: «Para cuando yo vuelva, en Navidades, te sentirás de manera muy distinta». Entonces Jane no la creyó, pero su tía había estado en lo cierto. Su vida no era perfecta, pero había compuesto un álbum del que estaba verdaderamente orgullosa y eso era algo.

—Vamos —dijo Greg haciendo levantarse a Jane—. Toquemos un poco.

Rich ya estaba tocando «Jingle Bells» a la guitarra cuando Jane entró en el salón a remolque de Greg.

Para cuando la fiesta empezó a decaer, Bea se había quedado dormida en el sofá y Jane había decidido que no quería volver a ver un ganso ni en pintura. No recordaba la última vez que se había reído tanto.

—Feliz Navidad —dijo Grace pasándole un brazo por los hombros y dándole un apretón cariñoso.

Greg se despidió de Jane en silencio, pues no quería despertar a Bea, en brazos de Maggie. Jane miró a los cuatro caminar hacia el desvencijado escarabajo de Greg desde el porche y decidió que no existía en el mundo una familia tan perfecta. Kyle y Rich se quedaron a ayudar a fregar los platos y luego se marcharon. Jane y Elsie apagaron las velas.

—Paz a los hombres de buena voluntad —dijo Elsie mientras subían a acostarse.

Algunas horas después, Jane se despertó al oír unos golpes insistentes en la puerta principal. Vio encenderse la luz de Elsie al otro lado del pasillo y oyó las escaleras crujir mientras las bajaba. Durante un instante no se oyó nada.

—¡Janie, será mejor que bajes! —la llamó Elsie.

Jane se incorporó; llevaba una camiseta extragrande de publicidad de Bongo, el operador turístico que organizaba avistamientos de ballenas, y mallas hasta la rodilla. Se echó una manta por los hombros y bajó a reunirse con su abuela.

—¿Qué pasa? —murmuró.

Elsie espiaba por la mirilla de la puerta.

—Es Jesse —dijo.

Jane pensó que había oído mal.

—¿Jesse?

—¿Abrimos a ver qué quiere? —preguntó su abuela. Jane tragó saliva—. O igual no; entenderá el mensaje.

—Veamos qué quiere —dijo Jane.

Elsie descorrió el cerrojo y apareció Jesse. Tenía el pelo más largo de lo que Jane recordaba y se había dejado bigote; no llevaba chaqueta y tenía los hombros encogidos hasta las orejas.

—Es un poco tarde —comentó Elsie.

Jane bajó al rellano de las escaleras. Cuando Jesse la vio, no pudo quitarle los ojos de encima.

—¿Puedo pasar? —preguntó—. Mil perdones por la hora.

Jane hizo un gesto de asentimiento con la cabeza y Elsie abrió la puerta de mosquitera para dejarlo pasar. Una vez Jesse estuvo dentro, volvió a cerrar.

—Me voy a la cama —les dijo.

Elsie vaciló un momento al pasar junto a Jane en el rellano, pero no dijo nada. A ella le latía tan fuerte el corazón que se sentía mareada. Allí estaba Jesse Reid, en el recibidor de su casa. Qué extraño era aquello, parecía un sueño. Dio un paso hacia él.

—¿Qué haces aquí? —preguntó con la boca seca.

Jesse se pasó una mano por el pelo.

—Estaba en casa —dijo y dio un paso hacia Jane— celebrando la Navidad. —Negó con la cabeza—. Pero cuanto más tiempo pasaba, más pensaba: «Este no es mi hogar». —Dio un paso más—. Mi hogar está aquí —añadió paseando la vista por el recibidor—. Mi hogar eres tú. —Jane se quedó sin respiración—. Sabía que estar aquí no era una posibilidad, pero cuantas más vueltas le daba, más evidente me parecía que solo tenía que coger el coche y venir. Así que eso he hecho. —Se acercaba a Jane con cuidado, como si esta fuera una criatura salvaje a la que no quisiera espantar. Ella no movió un músculo—. Por favor, no me pidas que me vaya.

Jane lo miró a los ojos. Él le apartó el pelo del hombro. Aquel gesto tan íntimo los pilló a los dos por sorpresa y no supieron cómo reaccionar.

Entonces, Jesse atrajo a Jane hacia así y la abrazó con fuerza. Jane escuchó su corazón latir y se echó a llorar. Lloró y lloró hasta que se le secaron las lágrimas y solo quedó la sensación de los dedos de Jesse en su pelo.

Lo llevó escaleras arriba hasta su habitación y cerró la puerta. Por la mañana habría preguntas, pero nada de eso importaba ahora. Jane, cuya existencia había ido difuminándose más y más en el éter, recobró de golpe la sensación de estar otra vez en su cuerpo. Sentía deseo, pero sobre todo alivio; alivio de que, finalmente y por un momento, pudiera reconocer lo mucho que quería todavía a Jesse.

No tenía palabras para definir lo que le estaba pasando, pero cuando Jesse empezó a besarla, oyó música dentro de su cabeza. Mientras se desnudaban, tuvo la sensación de que se le franqueaba el paso a un espacio sagrado que nunca pensó volver a encontrar. Era un lugar donde tenía acceso a Jesse, pero también a la Jane que él le hacía posible, una persona buena y radiante que sabía lo que era la esperanza.

Los pulgares de Jesse recorrieron los pómulos de Jane y la besó una vez más; olía tan bien y tenía ese sabor tan suyo que los meses de separación se evaporaron. Jane le quitó la camisa, lo llevó a la cama con ella y jadeó al notar la erección de Jesse a través de la fría tela de sus pantalones tejanos.

Jesse se los quitó y, una vez en calzoncillos, libró a Jane de su camiseta, dejándola solo con los calcetines. Las manos de Jesse recorrieron los contornos de Jane como si quisiera asegurarse de que era ella de verdad. Una vez convencido de que así era, desplegó sus dedos en la espalda de Jane y la atrajo hacia sí mientras dejaba escapar un pequeño gemido.

—No podemos hacer ruido —susurró ella.

Jesse asintió y fijó en ella su mirada azul indeleble.

A continuación, empezó a besarla de nuevo y Jane perdió la noción del tiempo, jadeó con la boca pegada a su cuello mientras olas crecían y rompían entre sus piernas. Jesse la penetró profundamente, agarrándola de las caderas y moviéndose sobre ella hasta estremecerse. Después, se quedó encima de ella unos instantes, con la frente pegada a la de Jane. Luego la hizo tumbarse de lado y la arropó con sus brazos en tanto los latidos de sus corazones se normalizaban y sus respiraciones se acompasaban. Se quedaron dormidos muy juntos.

Jane soñó que era por la mañana. ¿Ya se había ido Jesse? Salió de su habitación y bajó las escaleras. Cuando se acercó al espejo del recibidor era de noche. Vio su imagen reflejada, con el pelo recogido en un moño italiano y un vestido color lila que acentuaba los contornos de su cuerpo. Jane bajó la vista y vio que tenía un lápiz de labios en la mano. Le quitó la tapa y giró para que saliera la barra. Levantó los ojos y soltó el pintalabios. En la imagen del espejo seguía llevando el vestido lila, pero su cara había cambiado; ahora era la mujer de Chicago que la miraba con adoración ciega.

Jane abrió los ojos. Continuaba siendo de noche. Miró a su lado: Jesse seguía allí. Aún había tiempo.

33

Jane se despertó de nuevo en la luz grisácea del amanecer. Durante la noche habían cambiado de postura; Jesse tenía la nariz pegada al cuello de Jane y las extremidades extendidas encima de su cuerpo. Jane le olió el pelo y sintió el agradable peso de su cabeza junto a la suya.

Jesse se movió y ella supo que estaba a punto de despertar. Las manos fueron lo primero en reaccionar, buscando el pelo de Jane. Jesse abrió los ojos y miró la habitación; una vez satisfecho, cogió a Jane en sus brazos y le apoyó la cabeza en su pecho.

—¿Ese es tu disco maestro? —dijo señalando con la cabeza hacia el fonógrafo donde Jane había dejado el paquete de Pegasus. Ella asintió—. ¿Encontraste las pistas que te grabé?

Jane volvió a asentir.

—¿Qué te empujó a hacer algo así? —preguntó.

Jesse le cogió una mano con las dos suyas y recorrió las líneas de la palma con los pulgares.

—Cuando rompimos intenté convencerme de que era lo mejor. A Morgan le gustaba y la gente parecía pensar que hacíamos buena pareja, así que me dije «Por qué no, joder». Willy se negaba a darme noticias de ti. Eso me sacaba de quicio, no tenía ni idea de qué hacías, con quién estabas. Cuando llegué a Los Ángeles no sabía que estabas allí grabando. Entonces vi que ibas a actuar en el Troubadour. Interrogué a Willy y me confesó que estabas terminando tu álbum y a punto de coger un avión de vuelta a la Costa Este. Me dijo que si iba al concierto no haría más que complicar las cosas, pero yo necesitaba verte. Me prometí que no me dejaría ver, pero entonces oí «Ursa Major» y… me moría por hablar contigo sobre la canción. Para cuando llegué a los camerinos solo estaban Vincent Ray y el puto Tommy Patton. —Su tono de voz se ensombreció—. Supongo que uno llevó al otro.

—Sí.

—Increíble —dijo Jesse.

Jane le dio la razón en silencio. En su momento, que Jesse estuviera en el concierto había sido como una maldición; pero oírlo contarlo ahora sin tener que explicarle nada le pareció una bendición.

—Después de aquello, no sabía qué hacer —continuó Jesse—. No soportaba volver a casa con Morgan y no sabía dónde estabas tú, así que fui al estudio. Cuando llegué al Estudio C, en la mesa de mezclas estaba «A Thousand Lines»… Me pareció que faltaba la parte de guitarra, así que decidí intentar tocarla. Lo mismo con «A Shanty» y «New Country». El resto de las canciones eran… perfectas. Sabía que podías componer, Jane. —Sonrió y, al instante siguiente, su expresión se nubló—. Pensé que igual te pondrías en contacto conmigo cuando oyeras las pistas.

—Mi ingeniero de sonido no me las enseñó hasta que no estuvimos a punto de eliminar «A Thousand Lines» del álbum —dijo Jane—. Tu grabación salvó la canción.

—Entonces… ¿la vas a usar?

Jane asintió con la cabeza y le apretó la mano. Sabía que le tocaba hablar a ella. Deseó que no fuera así.

—Aquella noche en el Troubadour… —empezó. Tenía la sensación de estar acercándose al borde de un precipicio. Sabía que tendría que saltar para cruzar al otro lado, pero era oscuro y peligroso y no sabía dónde aterrizaría. De manera que se quedó en el borde, haciendo tiempo—. Desde aquella noche, desde que vi a Tommy Patton, no he sido la misma. Me parezco a mi madre, me parezco muchísimo. Y, sin embargo, él no pareció tener ni idea de quién era yo.

—Por lo que me contaste, se trataron muy poco —dijo Jesse—. Dudo que tu madre fuera la única persona de la que Tommy Patton se aprovechó y cuya cara olvidó.

Jane suspiró.

—¿Y si no se aprovechó de ella? —dijo—. ¿Y si mi madre mentía? Su reivindicación de «Lilac Waltz» es parte de quien yo soy, pero cuando Patton no me reconoció en absoluto, empecé a preguntarme… ¿Y si las cosas no ocurrieron así?

Jesse se quedó pensativo.

—Hubo gente que la oyó cantar la canción, ¿no? —dijo—. ¿Qué razón tienes para dudar de ella?

Ya estaba allí. A Jane le había llegado el momento de saltar. Abrió la boca para contestar a Jesse.

«Ten cuidado con lo que le cuentas».

Cuando Jesse le apretó la mano, Jane reparó en que tenía un cardenal azul y amarillo en la parte interior del codo. Cuando fue a tocarlo, Jesse escondió el brazo.

—¿Lo sabe Morgan? —preguntó Jane.

Jesse suspiró.

—Sí —contestó.

Jane sintió que se alejaba del borde del precipicio.

—¿Y?

—No le gusta, pero sabe que estoy intentando dejarlo —explicó Jesse. Cogió la mano de Jane—. Jane, tengo que contarte una cosa. —Su tono de voz hizo que Jane levantara la vista—. Se supone que tengo que proponerle matrimonio hoy —confesó Jesse mirándola a la cara.

Jane tuvo la sensación de haberse caído por un agujero en el hielo.

—¿Y me lo dices ahora? —dijo soltándole la mano.

—Sí, ya lo sé. Perdona.

Jane se puso a pensar a toda velocidad. De modo que Lenny Davis por fin iba a tener su boda respetable. Esa era la razón por la que Willy no había programado aún el lanzamiento de *Songs in Ursa Major*. Sabía que la propuesta de matrimonio era inminente y sabía, lo mismo que Jane, que la avalancha de publicidad que generaría borraría del mapa cualquier otro álbum durante meses. Al retrasar el lanzamiento había querido ponerla a salvo.

—¿Y lo vas a hacer? —preguntó.

—No lo sé —dijo Jesse. Suspiró—. No hago más que pensar que si fuéramos nosotros, tú y yo, sería mucho más fácil.

¿Y si así fuera? Toda la atención de los medios de comunicación sería para Jane. Estaría de vuelta en el candelero; ahora, en cambio, sería «la otra». Jane miró el disco maestro y le vinieron a la cabeza las letras de sus canciones, pero ahora le parecieron las baladas de una destrozahogares. «Mi puerta está abierta. / No tengo nada que perder». Tuvo un escalofrío.

Aquel disco tenía posibilidades de ser algo importante y las revistas de cotilleos lo reducirían a titulares salaces. Su credibilidad artística quedaría destruida.

Pero tendría a Jesse. Aquel pensamiento le paralizó el corazón.

Claro que ¿durante cuánto tiempo? ¿Y qué pasaría con su música si rompían? Jane había estado a punto de caer en el olvido una vez ya; si volvían a romper, la discográfica la enterraría de por vida. Se vio a sí misma ordenando las revistas de la sala de recreo del Cedar viendo a Jesse, Loretta y Morgan en las portadas de *Time*, *Rolling Stone* y *Life*. No podía dejar que eso ocurriera.

—Yo no me voy a casar nunca —dijo.

—No tendríamos que casarnos —se apresuró a decir Jesse—. Me conformo con tenerte a mi lado.

—No puedo —afirmó Jane—. Si hago eso, todo por lo que he trabajado perderá valor. Seré la última línea de un diagrama de *Rolling Stone* de las mujeres con las que has salido.

—Pero todo eso pasará —dijo Jesse—. Yo te estoy hablando de nuestras vidas. ¿Me estás diciendo que tu disco es más importante?

—Este disco lo es todo para mí —dijo Jane—. No espero que lo entiendas.

—¿Qué quieres decir con eso?

—Pues que tú tienes sentimientos encontrados sobre lo que haces en la vida. Yo no.

Jesse la miró.

—Sé mi compañera en esto. Sin ti no significa nada para mí.

—Lo siento, no puedo —dijo Jane—. Me juego demasiado.

Jesse no daba crédito.

—¿No entiendes que también sería lo mejor para tu álbum?

—Necesito que me juzguen por mis propios méritos. No quiero brillar solo por asociación contigo.

Jesse gimió.

—Toda la fama es por asociación —dijo—. No puedes pretender que el mundo sea de otra manera. Esa idea que tienes de unos méritos puros que trascienden el dinero, el sexo y el poder... no se corresponde con la realidad. Lo que sí es real es que quiero cuidar de ti.

Jane perdió los estribos.

—Eso de real no tiene nada —rebatió—. ¡Si ni siquiera eres capaz de cuidar de ti mismo!

Por la cara de Jesse, se diría que lo habían abofeteado. Estuvo un instante sin decir nada, aturdido. Luego cogió la cara de Jane y la besó. El gesto la cogió desprevenida y correspondió a su beso. Gimió y Jesse la atrajo hacia así. Cuando se separaron, ambos estaban sin aliento.

—Tú me quieres, Jane —dijo Jesse.

—No me conoces tan bien como crees —replicó ella, aún aturdida por el beso.

—Conozco tus canciones —insistió Jesse—. «A Thousand Lines», «Brand New Cassette», «Ursa Major»… hablan de nosotros.

Jane lo miró con expresión extraña.

—No creo que entiendas de qué habla «Ursa Major» —dijo.

Jesse no se dio por aludido.

—«Evenings turning to a spoon, / Wish that you would come down soon».[1] Habla de mí.

—No es lo que piensas —dijo Jane.

Los ojos de Jesse la estudiaron y Jane se perdió en su color brillante mientras sentía latir el espacio entre los dos. Él la buscó de nuevo y la atrajo hacia sí, pero esta vez Jane se detuvo a dos centímetros de su cara. Jesse frunció el ceño; sus ojos buscaron los labios de Jane e inclinó la cabeza hacia ellos. Ella no se movió.

—Jane, por favor.

Jane se mordió el labio. Habría sido fácil besar a Jesse, llevárselo de nuevo a la cama. Sus músculos se tensaron anticipando su peso, sus extremidades abrazando las suyas, el tacto áspero de su mejilla contra su cuello, su voz susurrándole al oído.

—No —dijo.

---

[1] Tardes convertidas en cucharas. / Ojalá llegue pronto la bajada.

Jesse tardó un instante en reaccionar, como si le faltara voluntad. Luego la soltó. Cerró y abrió las manos.

—Como quieras —dijo.

Se levantó de la cama y se vistió mientras los primeros rayos de sol entraban por entre las cortinas. Jane estaba como anestesiada. En pocos minutos, Jesse se iría. Este se pasó las manos por el pelo y miró a Jane con expresión inescrutable; era tan bello que hacía parecer importante todo lo que tocaba.

Jane se sentó en la cama y los dos se miraron un momento sin hablar.

—¿De verdad quieres casarte? —preguntó ella.

Un frente frío empezaba a apoderarse de las facciones de Jesse; su mirada era glacial. Su tono de voz siguió siendo cortés, pero recordó a Jane los peores días que había pasado con él durante la gira.

—La verdad es que me es indiferente —respondió Jesse—. Me gustaba la idea de estar con la persona que más me importa en el mundo. Pero puesto que me dicen que eso no es posible, supongo que me da igual una cosa u otra. Hasta la vista, Jane.

Esta escuchó las pisadas de sus botas bajar las escaleras, oyó crujir y después cerrarse la puerta de la mosquitera y a continuación, la de madera.

Entonces lo siguió. Jane se detuvo en el recibidor; la luz blanca de la mañana revelaba las grietas del empapelado de la pared.

Flowers painted on the wall,
Tattered paper bouquets fall.

Se miró en el espejo. Al cabo de un rato oyó a Elsie en las escaleras, a su espalda.

—¿Se ha ido Jesse? —dijo.

Jane asintió con la cabeza; pensó que la pregunta de su abuela era la única prueba de que Jesse había estado allí.

Elsie bajó el último peldaño y se colocó detrás de Jane. Le puso las manos en los hombros y buscó sus ojos en el espejo.

Jane bajó la mirada.

—No se lo cuentes a Grace —pidió.

34

Alex Redding nunca había estado en la isla de Bayleen, pero siempre había querido fotografiarla. Nada más bajar del avión ya percibió lo distinta que era la luz de abril, tamizada por la sal.

Jane Quinn salió de una ranchera desvencijada con carrocería de madera junto a la pista llena de maleza y saludó con la mano. Alex le sonrió y se abrazaron. A Alex siempre le había gustado Jane y estaba impaciente por fotografiarla otra vez; estaba perfecta en aquel entorno, con el pelo rubio agitado por la brisa, el vestido de calicó y las botas de piel vuelta. Subieron al coche y Jane enfiló un camino forestal.

—¿Cuánto tiempo te quedas? —preguntó.

Circulaban bajo una bóveda de ramas en flor, un estallido de colores dentro de un caleidoscopio vegetal.

—El que haga falta. Paga Pegasus. No tengo otro encargo hasta la semana que viene.

Jane encendió la radio. Estaba sonando «Under Stars», de Jesse Reid.

Imagine, a life with you,
Makes me complete

Imagine, a dance hall
Rip your stockings, move your feet.[1]

Alex puso los ojos en blanco y cambió de emisora.

Tratar de evitar «Under Stars» era como tratar de esquivar una epidemia; era la única canción que sonaba en cada emisora, cada gramola, cada radiocasete. Los únicos otros discos eran aquellos cercanos al paciente cero: el de Morgan Vidal, por supuesto, y el de Loretta May; Jesse había versionado la canción de Loretta «Safe Passage» en su álbum y ahora el LP debut de esta, *Hourglass*, estaba en la lista de los más vendidos.

La producción del resto de catálogo de Pegasus para el invierno se había interrumpido casi en su totalidad para que no fuera fagocitada por el éxito descomunal de *Under Stars* y del primer álbum de Morgan Vidal, que se llamaba como ella; no tenía sentido hacer competencia hasta que pasara un poco la fiebre de estos dos bombazos. Alex sabía que el LP de Jane había sido aplazado a junio.

Había oído rumores de que Jane y Jesse habían sido pareja durante la gira del año anterior, pero la primera no parecía alterada por la canción y había empezado a hacerle preguntas sobre su trabajo.

—¿Qué es lo que determina la emoción que transmite una fotografía? —preguntó.

—Una combinación de cosas —respondió Alex—. El tema. La luz. El ángulo. Mi mirada.

—Cuando hiciste las fotos para la portada de los Breakers, ¿qué veías?

Alex pensó un momento, recordando mentalmente la imagen.

—Vi a una chica que le hacía frente a un matón —dijo.

---

[1] Imagina, una vida contigo, / me completa. / Imagina, una pista de baile. / Rásgate las medias, mueve los pies.

Jane ladeó la cabeza.

—Así que la foto en realidad es tu punto de vista.

—Más o menos.

Pasaron junto a un letrero que decía PUEBLO DE PESCA-DORES, 3 KILÓMETROS. El terreno dio paso a vegetación coste-ra hasta desembocar en un largo muelle. En el puerto cabecea-ban barcos fondeados junto a numerosas nasas verdes y amarillas para langostas. Después de un puñado de tiendas, una escollera se internaba durante un kilómetro y medio en el mar.

Jane aparcó y llevó a Alex por la escollera para una vista general del pueblo. Se agachó y le hizo un gesto para que la imitara. Alex se agachó también hasta que estuvieron a la mis-ma altura y Jane señaló una serie de casitas repartidas por la bahía pantanosa.

—¿Ves esas siete luces?

Alex entrecerró los ojos. Desde aquel ángulo, las luces de las casas parecían la Osa Mayor. Aquel fondo funcionaría muy bien con el título del álbum de Jane.

—Me gusta —dijo—. Entonces… ¿quieres estar en pri-mer plano?

—Sí —contestó Jane—. Quiero un primer plano y fondo oscuro.

—Va a quedar bárbaro —opinó Alex.

Jane lo miró. Incluso así, agachado, la doblaba en tamaño.

—¿Qué ves ahora mismo, cuando me miras? —preguntó.

Alex estudió sus bonitos ojos grises, sus pómulos marca-dos, sus labios irresistibles.

—Veo una mujer que sabe lo que quiere —respondió.

Jane se quedó pensativa. Luego se levantó y volvieron al coche.

Llevó a Alex al hotel Regent's Cove y, después de hacer el registro, cenaron en el restaurante. En todas partes la gen-te se dirigía a Jane por su nombre, no la trataban como si fuera alguien famoso, sino como a una paisana más. Después de cenar, Jane llevó a Alex al pub que había en el sótano del hotel.

Un hombre con gafas que estaba bebiendo en la barra la saludó con una inclinación de cabeza.

—Jane —dijo.

Ella le devolvió el saludo.

Sentó a Alex en el otro extremo de la barra y lo invitó a una copa. Alex estaba relajado y excitado; sentía que había química entre Jane y él. Cuando se pusieron a hablar del álbum, supo que era solo cuestión de tiempo.

—El presupuesto para esta portada es bastante más alto —comentó Alex mientras les ponían delante otra ronda de bebidas.

—Es el premio de consolación de Willy por el retraso de cinco meses —dijo Jane.

—En cierta manera es un halago —matizó Alex—. No lo habrían retrasado si no pensaran que va a ser un éxito.

Jane lo miró y dio un sorbo de su bebida.

—Qué ojos tan azules tienes —dijo.

Alex sonrió y le puso una mano en la rodilla.

Sabía que Jane sería divertida en la cama, lo que no se había imaginado era que necesitara tanto un polvo. Casi no habían entrado en la habitación cuando empezó a desabrocharle el cinturón. Alex casi no tuvo tiempo de ver que Jane no llevaba ropa interior cuando se levantó la falda y se sentó a horcajadas encima de él. Estaba ciega de deseo; le daba igual lo que pensara Alex, solo quería tener su polla dentro... Él se esforzó por hacer una lista mental de los equipos de la NBA. Jane soltó una palabrota al terminar y Alex le agarró del culo y la ayudó a cabalgar encima de él hasta que gimió de nuevo. Luego le quitó el vestido y se le escapó un gruñido; Jane tenía unas tetas maravillosas, pequeños conos que se meneaban suavemente cada vez que Alex se movía dentro de ella. Le dio tirones en el pezón izquierdo con los dientes mientras la follaba y los dos se corrieron.

Después, Jane se separó de él y buscó un cigarrillo en su bolso.

—No tienes ni idea de las ganas que tenía de hacer esto —dijo Alex.

Jane lo miró como si estuviera a punto de decirle que sabía exactamente cuánto, pero pareció pensárselo mejor. Alex tuvo la impresión de que había más afecto en esa mirada que en el acto sexual previo.

A la mañana siguiente, el desayuno llegó en bandeja de plata y con el periódico de la mañana.

—Se nota que *The Island Gazette* adora a Jesse Reid y Morgan Vidal —comentó Alex mientras leía por encima un artículo de portada sobre los nuevos proyectos inmobiliarios de la pareja: una mansión en la zona más exclusiva de la isla y un lujoso club nocturno daban trabajo a casi el diez por ciento de la población activa de Bayleen.

Jane dio una calada a su cigarrillo y se puso un albornoz del hotel que hacía juego con las cortinas.

—Ha sido una montaña rusa —dijo, echando la ceniza en un cenicero de cristal—. Primero estábamos encantados porque iban a celebrar una boda por todo lo alto en la isla. Luego los odiamos porque se fugaron a Nueva York. Ahora los queremos otra vez por el club. Somos muy volubles.

Alex trató de descifrar el pasado de Jane con Jesse a partir de estos comentarios; por la forma en que hablaba del famoso matrimonio, su aventura con el cantante no podía haber sido nada serio. Casi parecía aburrida del tema.

—Lo que espero es que saquen pronto algo nuevo —dijo él—. Si tengo que oír «Under Stars» una vez más…

Jane expulsó el humo y le guiñó un ojo.

Aquel día, Jane llevó a Alex a dar una vuelta en coche por la isla. Le enseñó las mansiones que en otro tiempo habían pertenecido a magnates de la industria ballenera, las playas privadas, los acantilados de piedra arcillosa. Cuando el sol empezó a ponerse volvieron al pueblo de pescadores y, de nuevo, Jane lo llevó al final de la escollera.

—¿Qué ves ahora? —dijo—. Cuando me miras.

Alex reflexionó. Tenía la sensación de ser una lente que Jane estaba intentando calibrar.

—Veo a una mujer complicada y con muchas capas —respondió.

Dejaron la escollera sin sacar una sola fotografía. Compraron bocadillos de langosta en uno de los puestos de pescado del pueblo y los comieron mirando el sol anaranjado hundirse en el agua.

—¿Te gustaría oír las canciones? —preguntó Jane—. Las de *Ursa Major*.

Alex la miró.

—Claro —dijo.

Pensó que tal vez Jane le pondría un casete en el coche, pero volvieron al Regent's Cove en silencio. Jane aparcó a la puerta de una fachada color verde con un letrero que decía «Pico de Viuda» y abrió con unas llaves que llevaba en el bolsillo.

—Es el negocio de mi abuela —explicó mientras cerraba por dentro. Condujo a Alex hasta un almacén detrás de la peluquería y fue hasta una funda de guitarra apoyada en un montón de cajas—. Aquí es donde ensayaba con mi banda.

Se sentaron en cajas enfrentadas y Jane afinó la guitarra a partir de una nota que tenía en la cabeza. Mientras preparaba el instrumento se instaló una seriedad en sus facciones que le daba aspecto de hechicera.

Alex nunca había estado enamorado, o lo había estado centenares de veces, según se mirara. Había conocido a mujeres para las cuales ser atractivas implicaba despertar admiración por lo que hacían. Sospechaba que aquel iba a ser uno de esos casos y no esperaba conmoverse.

Entonces Jane empezó a tocar.

Cuanto más cantaba, mejor entendía Alex que no estaba mostrándose ella, sino que lo guiaba a él hacia un lugar secreto en el que, con cada canción, se adentraba más en un túnel en penumbra.

Oh, the moon is new tonight, little lion,
Nowhere to be seen, peaceful and serene,
Have a dream and sleep, little lion,
Have yourself a dream.[2]

Alex se sintió transportado en el tiempo. Su hermana mayor, Kathleen, se había marchado de casa cuando él tenía nueve años; recordó la sensación de vacío al entrar en su habitación, inmutable como un santuario.

Wooden poles and telephone wires,
Clotheslines running through the plains,
You were right, I am a liar,
And I will never love again.[3]

De cuando en cuando Alex atisbaba a Jane delante de él en el túnel y su juventud y su tristeza lo conmovían. Pero con cada nueva canción tenía la impresión de profundizar más en sí mismo. Había combatido en una guerra. Había tenido en brazos a hombres moribundos. No era algo en lo que pensara si podía evitarlo. Pero ahora sí lo hizo.

---

[2] Hay luna nueva, pequeña leona. / No se la ve, tranquila y serena. / Sueña y duerme, pequeña leona. / Ten un sueño feliz.
[3] Postes de madera y cables de teléfono, / como cuerdas de tender en la llanura. / Tenías razón, te he mentido. / Nunca me volveré a enamorar.

Maybe you'll remember me after I'm gone.
If this is all right, then why does it feel wrong?[4]

Alex no se dio cuenta de que Jane había dejado de tocar y no supo cuánto tiempo llevaba mirándolo. Le devolvió la mirada y pensó que, en realidad, la ruptura con Jesse la había destrozado, solo que todavía no lo sabía. Jane devolvió la guitarra a su funda. Mientras lo hacía, Alex se puso en pie. Había salido a la superficie una parte más joven de él, una que quería consolar a Jane.

Se inclinó para besarla y notó cómo ella se replegaba detrás de la misma avidez que había demostrado la noche anterior. Sus manos bajaron por el pecho de Alex y se detuvieron en el cinturón; en menos de treinta segundos estarían follando.

Alex se separó y le cogió las manos.

—Vamos a mi habitación —dijo.

Lo que no dijo era que tenía ganas de abrazarla después.

Aquella noche, Jane se sumió en un sueño inquieto; Alex no pegó ojo. Se quedó despierto mirando la pálida luna iluminar las facciones de Jane y preguntándose, no por vez primera, cuántas historias de amor se habían desperdiciado por no surgir en el momento propicio.

Al día siguiente, cuando fueron al pueblo de pescadores, Alex se sentía igual que un lenguado abierto en canal por un cuchillo de pescadero. Cuando Jane y él bajaron del coche y caminaron hacia la escollera, aparecieron nubes de tormenta que tiñeron la luz de color azul.

Jane llegó al mismo punto de los días anteriores y se detuvo.

—¿Cómo me ves hoy?

---

[4] Tal vez me recuerdes cuando ya no esté./Si todo está bien, ¿por qué me siento mal?

Alex estaba tan cansado que dijo lo primero que le vino a la cabeza.

—Si te digo la verdad, me gustaría poder quitarte esa tristeza a polvos.

Jane calló unos instantes.

—Vale —dijo.

Alex no estuvo seguro de haber oído bien.

—¿Vale?

—Vale —repitió ella—. Deberías hacer la foto ahora.

Alex bajó hasta el final de la escollera para que su lente captara a Jane y también el conjunto de casitas. Cuando hizo zoom a la cara de Jane, con los pómulos afilados igual que aristas de granito, pensó para sí que *Songs in Ursa Major* iba a pillar a todos por sorpresa.

35

Rolling Stone
8 de julio de 1971
Mark Edison

CANTO DE SIRENA:
SOBRE JANE QUINN Y *SONGS IN URSA MAJOR*

Lo primero que hay que decir de Jane Quinn es que pasa de todo.

Es más fácil encontrar a esta notoriamente reservada cantante fumando un pitillo en un rincón de su bar habitual que codeándose con las élites de la industria discográfica. Algo que puede permitirse, porque Jane Quinn tiene eso, esa inefable cualidad común a todas las reinas del baile de fin de curso (y no me refiero solo a su abundante melena del color de un rayo de sol); Quinn tiene un conocimiento innato de lo auténtico al que la mayoría de nosotros ni siquiera puede aspirar, pero que reconocemos al verlo.

La primera vez que vi a Quinn actuaba en el circuito de festivales con su banda de rock, los Breakers, y ya entonces saltaba a la vista que era una estrella en ascenso; todos buscaban su compañía, desde el público a sus compañeros de banda y de gira, pasando por Jesse Reid, su supuesto amante. Lo que el pop rápido de los Breakers no dejaba ver era que Quinn es una virtuosa. Por suerte, las bandas se separan.

Con su debut en solitario, *Songs in Ursa Major* (al que nos referiremos como *Ursa Major*), recién lanzado por Pegasus Records el 22 de junio, Quinn demuestra que su convincente presencia en el escenario y su físico exótico no son más que el preludio de sus verdaderos talentos: originalidad sin trabas y asombrosa musicalidad.

Los diez temas del álbum tienen más de blues que de rock and roll, aunque los ganchos musicales que convirtieron *Spring Fling* en un éxito siguen presentes en *Ursa Major* (en ocasiones, varios en una misma canción). No todos los temas de *Ursa Major* responden a la estructura tradicional del pop, pero, por complejas que sean las canciones, nunca hay duda de que Jane tiene por completo el control.

Despojada del sonido eléctrico que hizo de *Spring Fling* una sensación inmediata, la atracción principal de *Ursa Major* es el talento vocal de Quinn, que combina acrobacias de soprano con una sonora potencia. Aunque su interpretación es asombrosa, es su habilidad como compositora lo que coloca a Quinn a la altura de Dylan, McCartney y Simon. El juego entre melodía y letra en *Ursa Major* empareja la poesía con una variedad de estilos y convierte este álbum en un verdadero festín para los sentidos.

La primera vez que alguien escuche *Ursa Major* no pensará en Jane Quinn, pues se sentirá transportado a su primer amor y a las demoledoras decepciones que este suele traer consigo. Hasta que no se ha escuchado varias veces *Ursa Major* uno no empieza a preguntarse por la creadora del álbum y por las historias detrás de las canciones.

La música de Quinn está muy influida por el hecho de haberse criado en una comunidad marinera; benjamina de un conocido clan matriarcal, Quinn tiene antepasadas con fama de haber sido brujas marinas en la época ballenera. Las letras de Quinn están tan pobladas de mar y noches estrelladas como su historia familiar, y temas como «Little Lion», «Last Call» y «A Shanty» tienen el mar grabado en sus huesos. Otra gran influencia en la vida y la obra de Quinn es el Island Folk Fest (1955-1970), donde la madre de Quinn actuó antes de desaparecer en 1959. Diez años después de aquello, Quinn fue descubierta por el cazatalentos Willy Lambert después de que los Breakers subieran al escenario como sustitutos de última hora de un Jesse Reid lesionado. Después de aquello, Willy Lambert reclutó a Quinn y su banda para el catálogo de Pegasus y el resto es historia. Mitad epistolario, mitad relato de un viaje de la inocencia a la desilusión, *Songs in Ursa Major* reúne todas las características de un álbum clásico en treinta y seis minutos que te pueden cambiar la vida. El tema que da título al álbum es uno de los grandes logros; la experiencia de escucharlo es como salir de la fiesta que era el *single* «Last Call» y encontrarse un cielo oscuro. «Ursa Major» empieza con un autorretrato, un marinero navegando «en blanco y negro», una alusión tanto al cielo nocturno como al teclado de un piano. En las manos de Quinn, las constelaciones de la Osa Mayor y la Osa Menor se convierten en «señales estrelladas que se reflejan igual que los espejos detrás de la barra de un bar; botellas de colores; cicatrices de colores». Con esta imagen Quinn revela la metáfora central de la canción, una comparación entre la constelación de la Osa Mayor y el ciclo de la adicción a las drogas; aquí, la osa (o Ursa) de mediodía es el comportamiento destructivo que convierte las tardes «en cucharas», una alusión a dos amantes abrazados en la cama y, cabe suponer, a la heroína. El clímax teatral de la canción refleja la agonía y el éxtasis de la portada del álbum, para, poco a poco, culminar en la súplica final de Quinn: «Por favor, no me dejes sola». El ingrediente estrella del álbum, no obstante, es el noveno tema, «A Thousand Lines»; en él, Quinn trasciende el género de chica con el corazón roto y nos brinda algo hasta ahora inexistente en el pop: la verdad sin adornos, al recordar: «Qué bonita pareja hacíamos siempre, también los mentirosos van de dos en dos». Por desoladora que sea la estrofa, el estribillo reconoce que: «Podría escribir mil líneas y seguirías dentro de mi cabeza».

Quinn está acompañada en este álbum por el bajista Kyle Lightfoot y el guitarrista Rich Holt, dos de los antiguos componentes de los Breakers. La transición sin solución de continuidad de Lightfoot al bajo acústico desde el eléctrico sin trastes que lo dio a conocer proporciona una base dinámica al álbum, mientras que el estilo apasionado de Holt acentúa la ansiedad inquieta que permea todo el disco. El veterano de *Painted Lady*, Huck Levi, a la percusión es la esencia de la sutileza y, hasta que no se escucha el disco por tercera o cuarta vez, uno no empieza realmente a apreciar la complejidad de sus elecciones, que afianzan y al mismo tiempo impulsan el disco.

Jesse Reid toca la guitarra en tres temas: «New Country», «A Shanty» y «A Thousand Lines», aunque aquellos curiosos por conocer mejor el supuesto romance de Quinn con Reid tendrán más suerte si analizan el tema que cierra el álbum: «No puedo prometerte un mañana, no pude prometerte un hoy. Tú estás en vallas publicitarias, yo me voy».

Ursa Major no está exenta de defectos. «Wallflower», aunque bien ejecutada, resulta incompleta, como un dueto en el que solo se ha grabado una de las voces. En ocasiones Quinn roza lo pretencioso; las notas al álbum revelan cierta utilización cuestionable de las mayúsculas a lo Emily Dickinson, y el peor ejemplo lo encontramos en la canción que da título al LP: «Es el momento de estar vivo, dicen, con voces afiladas como cuchillos cuando, escondida en tu Luna Creciente, solo intentas sobrevivir». Claro que como frase musical es maravillosa. De tanto en tanto, las acrobacias vocales de Quinn distraen y hay varios momentos en que fuerza los límites de lo que puede considerarse un número razonable de sílabas por verso. Estos detalles sin importancia palidecen si se piensa en la repercusión que sin duda va a tener *Ursa Major*. El álbum destaca sobre otros títulos del pop igual que un crisol en una habitación llena de tazas de té; en *Ursa Major*, las esperanzas crecientes de Quinn se transmutan en sombría desesperación, para renacer después con una vitalidad que no tiene parangón entre sus mucho más apacibles contemporáneos. Cuando se le pregunta cómo consigue conjugar estos elementos tan dispares, Jane Quinn da una calada a su cigarrillo y dice: «Cuando estoy triste por lo general significa que antes he sido feliz».

36

Sales en cinco minutos —le dijo un asistente de producción a Jane.

Esta sonrió con la cara rígida por el maquillaje.

—Una última pregunta —dijo Archie Lennox, director de publicidad de Pegasus Records con una señal al asistente de producción para que se detuviera.

Después de publicarse el artículo de *Rolling Stone*, Archie le había conseguido a Jane su primera aparición en un programa de televisión nocturno, *Tremain Tonight*. Jane se había quedado atónita cuando el programa le ofreció sacarle un billete a Los Ángeles para el directo; mientras esperaba a que le tocara salir, seguía sin entender muy bien por qué había aceptado hacer aquello.

En el plató, Nick Tremain salió de detrás de la mesa desde la que acababa de leer su monólogo y se dirigió hacia un par de butacas enfrentadas. Otro asistente de producción le dio un taco de tarjetas con el logo del programa; eran las preguntas que le iba a hacer a Jane.

—¿Qué tal esos nervios? —preguntó Willy con un pie a cada lado de dos cables gigantescos.

—¿Por qué no puedo hacer una gira y ya está? —dijo Jane.

Había conseguido contratar unos pocos bolos en la isla, pero ir y volver en avión le costaba más de lo que sacaba por las actuaciones. Aquello estaba a años luz de la gira en autobús de *Painted Lady*. Willy se encogió de hombros.

—Haz unos cuantos programas como este, vende algunos discos y entonces quizá puedas.

—Si es que ni siquiera voy a cantar en directo —dijo Jane.

—Hay otras maneras de promocionar un disco. Hoy te estás vendiendo tú.

Jane hizo una mueca de desagrado.

—Yo comunico a través de mi música. Si no puedo conectar con el público, ¿qué sentido tiene salir en la televisión?

—Es tu primer álbum en solitario, Jane —dijo Willy—. Todo ayuda.

—Jesse hizo una gira de su primer álbum.

—Eso era distinto —matizó él.

—Lo que quieres decir es que Jesse le caía bien a la discográfica —dijo Jane. Calló un instante—. ¿Está intentando sabotearme Vincent Ray?

Willy negó con la cabeza.

—No eres lo bastante conocida aún para justificar los costes de una gira. —Jane puso los ojos en blanco—. Procura alegrarte. La mayoría de las personas mataría por una publicidad así.

—Deberían dejarme cantar —opinó Jane.

—Estoy de acuerdo —convino Willy—, pero no es lo que ha pedido la producción del programa. Te quieren a ti.

Archie llamó a Jane al plató antes de que le diera tiempo a contestar.

Salió de detrás de un conjunto de cámaras encendidas y técnicos a un plató muy iluminado y decorado como un cuarto de estar de los años cincuenta. Nick Tremain estaba maquillado hasta decir basta. Sus expresiones joviales, tan populares en las casas de todo el país, vistas de cerca resultaban casi caricaturescas. Se levantó y besó a Jane en ambas mejillas como si fueran amigos de toda la vida, cuidando de que su cara quedara más cerca de la cámara que la de ella.

—Después de leer el artículo de *Rolling Stone* me esperaba a una auténtica amazona —dijo—. ¡Y resulta que eres una cosita menuda!

—Eh…, gracias —contestó Jane.

Buscó a Willy, quien le dirigió una mirada de ánimo. Archie le hizo un gesto para que sonriera.

—Tu disco, *Songs in Ursa Major*, tiene canciones de lo más pegadizas. ¿Es cierto que las has escrito todas tú?

Nick le señaló una silla a Jane y los dos se sentaron.

—Sí —respondió ella. Por el rabillo del ojo veía a Archie fuera del plano, apremiándola a mostrarse encantadora—. Me gusta escribir canciones.

—Y se te da muy bien —afirmó Nick como quien felicita a un niño pequeño por sus dibujos a cera. Sacó la tarjeta para hacer la siguiente pregunta—. Estas canciones son muy personales. ¿De dónde sacas la inspiración?

—De observaciones —respondió Jane—, de cosas que me han pasado a mí y a personas que conozco.

—¿Alguien en particular? —dijo Nick—. He oído el rumor de que algunas letras hablan de Jesse Reid.

Archie le había indicado a Jane qué debía decir si salía aquel tema. La política de la empresa era que todos en Pegasus eran amigos y se influían mutuamente. Aquella idea formaba parte del producto tanto como los discos; si te gustaba un artista de Pegasus, entonces también te gustarían los otros.

—Mis canciones… —empezó a decir Jane.

Paseó la vista por el plató, más allá de los focos, y sus ojos se detuvieron en una niña del público. Tendría unos doce años y miraba a Jane con una concentración que esta reconoció porque era como había mirado ella a Maggie una vez, para aprender a ser como ella. Jane sintió un impulso protector; no le gustaba pensar que estaba enseñando a aquella niña a tolerar preguntas que invadían su intimidad. Carraspeó.

—¿De qué crees tú que hablan mis canciones? —le preguntó a Nick.

Este pareció sorprendido.

—¿Yo? —dijo—. Bueno, no me considero ningún experto.

—Todo el mundo es experto en sus propios gustos —contestó Jane—. ¿Cuál es la canción del álbum que más te gusta?

—Uy, me gustan todas —dijo Nick.

Eso significaba que no había escuchado ninguna.

Jane entornó los ojos. En el extremo opuesto del plató estaba la banda de jazz de Nick, esperando al siguiente segmento. Uno de ellos tenía una guitarra.

—¿Qué te parece si te toco una y luego la comentamos? —planteó Jane.

El público creyó que se trataba de algo planeado y rompió en aplausos mientras Jane cruzaba el plató con las cámaras detrás.

—Sí, ¿por qué no? —dijo Nick con una sonrisa encantadora.

Jane no se volvió a comprobar las reacciones de Willy y Archie. El guitarrista le dio su instrumento y, antes de que nadie pudiera detenerla, Jane empezó a tocar «Brand New Cassette», principalmente porque tenía una afinación estándar y por tanto no necesitaba ajustar las cuerdas.

Yellow neon rest-stop sign,
Humming in the cool night air,
French fries, coffee, diner fare,
Now I know you won't be mine,
Now I know that I did care.[1]

---

[1] El neón amarillo de área de descanso, / vibra en el aire fresco de la noche. / Patatas fritas, café, comida de cafetería. / Ahora sé que no serás mío. / Ahora sé que te quería.

Cantó para el cámara, el técnico de sonido, la madre de Chicago, la niña. Cuando atacó la segunda estrofa, el bajista y el batería se habían unido a la actuación. Mientras las cámaras enfocaban a Jane, un ayudante entró corriendo a soplar a Nick el título de la canción. Cuando Jane terminó, este se puso en pie.

—Señoras y señoras, Jane Quinn nos ha interpretado «Brand New Cassette».

El público se volvió loco.

Cuando hicieron una pausa para la publicidad, Nick Tremain fue directo a Archie.

—A ver si atas más corto a tu niña prodigio, gilipollas —dijo y se fue hecho una furia a su camerino.

—Buen trabajo, Jane —le soltó Archie con sarcasmo antes de salir detrás de Nick y su productor.

Jane, todavía radiante por la calurosa acogida del público, miró a Willy. Este le respondió con una mirada de advertencia.

—Estás jugando con fuego —dijo.

A pesar de la reacción inicial, el segmento hizo tanto ruido que Archie pronto se encontró atendiendo peticiones de *The Tonight Show*, *The Mike Douglas Show*, *The Phil Donahue Show* y *The Des O'Connor Show*, por nombrar unos pocos. Jane aceptó las invitaciones a condición de que la dejaran tocar en directo. No podía evitar que los hombres que la entrevistaban la trataran como a una niña pequeña, pero una vez empezara a tocar, nada se interpondría entre ella y sus admiradores.

—Todas estas canciones son de tu nuevo álbum, *Songs in Ursa Major*, ¿verdad? —dijo Don Drischol, anfitrión de *Variety Nightly*.

Jane acababa de interpretar «Last Call» y ocupaba una silla frente a él.

—Así es —confirmó.

—Cuéntanos cómo fue grabar este álbum —dijo Don—. Me apuesto cualquier cosa a que nunca habías visto antes tantos botones juntos.

Rio de su propio chiste.

—Pues la verdad es que sí, cuando grabé el álbum de mi banda —replicó Jane con naturalidad.

Archie la había aleccionado para que se refiriera a *Spring Fling* como «el álbum de la banda» y no «mi primer álbum», de modo que los espectadores creyeran que era una artista revelación.

—Y trabajas sin un productor, ¿no es así? —dijo Don.

—Si puedes contar con Simon Spector en tu disco, no necesitas productor —dijo Jane.

Había hecho el comentario con la intención de elogiar a Simon, pero, por cómo palideció Willy fuera de las cámaras, supo que lo había entendido como un ataque a Vincent Ray.

—¿Y la instrumentación?

—Kyle Lightfoot, mi bajista, y Rich Holt, mi guitarrista; estaban en mi banda, los Breakers. —Hubo una salva de aplausos para los Breakers—. Y mi amigo Huck Levi ha hecho la percusión.

—Conociste a Huck en la gira de *Painted Lady*, ¿verdad? —dijo Don.

—Sí.

—¿Fue ahí donde conociste a Jesse Reid? También te ha echado una mano con unas cuantas canciones.

—A Jesse lo conocí en la isla de Bayleen, donde crecí —contó Jane—. Tuvo la amabilidad de grabarme unas cuantas pistas de guitarra.

—Debió de ser un momento muy intenso en los estudios Pegasus. Tú, Jesse y Loretta Mays grabando al mismo tiempo. Tuvo que ser como una reunión de antiguos compañeros de gira.

—Solo nos faltaba el autobús —comentó Jane.

—¿Qué opinas del flechazo entre Jesse y Morgan Vidal? —preguntó Don.

—Me parece muy romántico —respondió Jane.

—Me ha contado un pajarito que algunas de las canciones más tristes de *Ursa Major* hablan de Jesse —dijo Don. Jane apenas le vio el blanco de los ojos debajo de la capa de rímel cuando se inclinó hacia ella para asestarle el golpe definitivo—. Fuisteis pareja, ¿verdad?

Jane se inclinó hacia delante, como disponiéndose a confesar algo.

—Don —dijo.

—¿Sí? —dijo Don imitando la postura de Jane hasta quedar casi en cuclillas.

Jane le sostuvo la mirada.

—¿Cómo voy a ser pareja de Jesse si estoy enamorada de ti? El público rugió de risa.

Mientras Jane salía, su mirada se encontró con la de Willy.

—¿Se sabe algo de las ventas? —preguntó.

—Tú sigue así y tendrás tu gira —contestó Willy ofreciéndole un vaso de agua.

—¿Cómo que siga así? —dijo Jane antes de dar un sorbo—. Creía que esta era la última entrevista.

—La última de la Costa Oeste —dijo Willy—. Archie te ha concertado toda una serie en Nueva York. Empiezas dentro de tres semanas.

—¿Y luego tendré mi gira?

—¿No tienes curiosidad por saber si entras en las listas de los más vendidos? —preguntó Willy.

Jane se encogió de hombros. Entornó los ojos y miró más allá de los focos, al público. Cuando la vieron, un rebaño de chicas adolescentes se puso en pie y agitó sus banderolas de «¿Qué haría Jane?» para llamar su atención. Jane sonrió y las saludó con la mano. Las chicas intercambiaron miradas y grititos.

Que Jesse se quedara con las listas de éxitos. Ella tenía suficiente con su público.

37

La semana que Jane volvió a Bayleen, su sencillo «Last Call» se colocó en el octavo puesto de la lista de los 100 principales de *Billboard*, desplazando a Loretta al noveno puesto y sacando a Morgan de los diez primeros. Jesse seguía inamovible en el número uno.

Aquel domingo, un mensajero llevó un sobre plateado a Tejas Grises. Por todo remite, la carta tenía grabada la imagen de un granero. Dentro, un grueso tarjetón negro estampado en letras plateadas invitaba a Jane a la inauguración por todo lo alto del Silo, el club nocturno de Morgan y Jesse. Jane se preguntó si su nombre no se habría colado en alguna lista por equivocación. Willy la sacó de dudas.

—Han invitado a todo el mundo —dijo—. Este acto tiene el respaldo completo de la discográfica y va a ser muy fotografiado. Tienes que ir.

—No puedo —replicó Jane.

Willy gruñó.

—Mira, ya sé que no es lo ideal, pero tienes que pasarte. Te llevaré y no te dejaré sola en ningún momento. No hay nada que discutir. Nos vemos dentro de dos semanas.

Colgó antes de que a Jane le diera tiempo a llevarle la contraria.

Jane encontró un vestido de lamé azul en Perry's Landing que daba a su pelo un brillo plateado. Mientras esperaba a Willy en el recibidor, Grace y Elsie la admiraron.

—Maravillosa —dijo su abuela.

Le guiñó un ojo a Jane y se fue a la cocina. Grace siguió de pie detrás de Jane con ojos llorosos.

—Qué orgullosa estoy de ti —le confesó Grace—. Has llevado maravillosamente todo lo de Jesse. Ahora ya puedes salir ahí fuera con la cabeza bien alta.

El sonido de un claxon en la calle informó a Jane de que había llegado Willy. Su tía la acompañó hasta la puerta y le sujetó la mosquitera para que saliera. Willy salió del coche para ayudarla a instalarse en el asiento del pasajero.

—Qué guapa —comentó él. Grace les dijo adiós desde el porche—. Sé que es una lata para ti hacer esto —añadió—, así que te lo agradezco mucho.

—Lo que haga falta para Pegasus —afirmó Jane.

Willy asintió con la cabeza y un destello en los ojos.

—De eso se trata precisamente —dijo—. Has arrasado en los medios de comunicación, las ventas han subido un montón y al consejo de administración no le ha pasado desapercibido que has estado de lo más… receptiva.

—¿Qué me estás diciendo?

—Te estoy diciendo que han dado luz verde a una gira por cinco ciudades de Nueva Inglaterra con todos los gastos pagados.

—¿Estás hablando de Nueva York? —dijo Jane.

—Estoy hablando de Burlington, Nashua, Portland y dos ciudades más que se me han olvidado. Pensaba esperar a que estuviera totalmente confirmado para contártelo, pero puesto que te has tomado tan bien lo de esta noche me pareció que debía darte un motivo para estar ilusionada. ¿Estás contenta?

—¿Debería? —preguntó Jane.

—Creo que sí —contestó Willy—. Llevas tres meses pidiéndome una gira y ahora ya la tienes.

—¿Cinco ciudades pequeñas cuentan como una gira?

Willy puso los ojos en blanco.

—Es un comienzo —dijo.

Cuando torcieron por un camino oscuro de grava apareció la silueta del Silo. Entraron en una gran rotonda llena de coches que depositaban a los invitados delante de dos mastodónticas puertas de madera. Jane miró a las centelleantes figuras acercarse a la entrada bajo una bóveda de glicinia y guirnaldas de luces y pisando caracolas rotas.

Cuando llegaron al principio de la fila, varios aparcacoches rodearon el vehículo de Willy. Uno abrió la puerta a Jane para que bajara y otro le cambió las llaves a Willy por una ficha.

Jane notó una punzada de nervios cuando se dirigió hacia la entrada. Willy pareció darse cuenta y le ofreció el brazo. Ella se lo agradeció con una sonrisa tímida y entraron.

El Silo era al mismo tiempo acogedor y elegante, un club nocturno diseñado por estrellas del rock. Un sencillo escenario de madera le recordó a Jane a Peggy Ridge, aunque aquí había una instalación de sonido y luz de última generación. En el piso de arriba, un espacioso anfiteatro daba al escenario, la pista de baile y a una enorme araña con forma de rueda de carro. Había barras encastradas en todas las paredes libres.

Jane vio a Jesse enseguida, al pie del escenario, absorto en una conversación con un hombre que llevaba puesto un sombrero tejano. Sintió alegría por su presencia y también la vieja atracción. Willy la condujo hasta unas mesitas dispuestas en círculo en el borde de la pista de baile y enseguida se acercó un camarero a preguntarles qué querían beber. Jane reparó en que Willy tomaba nota de las personas a las que tendría que saludar. Cuando llegaron las bebidas, se acabó la suya de un trago.

—Tengo que darme una vuelta —dijo Willy—. ¿Vas a estar bien?

Jane asintió sin palabras y Willy se unió al gentío.

El corazón de Jane se aceleró mientras estudiaba la habitación. Ni siquiera las fiestas a las que había asistido en Los Ángeles habían estado tan repletas de estrellas. De manera que así vivía uno cuando tenía el respaldo de Pegasus.

—Janie Q —saludó un inconfundible acento de Kent a su espalda. Jane se volvió y vio a Hannibal Fang contoneándose en dirección a su mesa. Sintió un inmenso alivio—. Luz de mi vida, fuego de mi entrepierna —añadió él mientras ocupaba la silla de Willy, al lado de Jane—. Tenía la esperanza de verte aquí. He estado devorando *Ursa Major*. Me…, me hace sentir cosas.

—Buenas, espero —apuntó Jane.

—Por ti, siempre —dijo Hannibal—. Tú hazme caso, seguro que ganas un Grammy.

—¡Venga ya!

—El de artista revelación, seguro —insistió él con una sonrisa lobuna—. Entonces, cuéntame, ¿esta noche es tu noche?

—Es muy posible que lo sea —respondió ella.

Hannibal arqueó una ceja en un gesto travieso y llamó al camarero. Los flashes de las cámaras de fotos en el local eran como luciérnagas.

Jane notó que alguien la miraba y, cuando levantó la cabeza, se encontró con los ojos de Jesse, brillantes como dos llamas azules, al otro lado del local. Se le encogió el estómago, pero en ese momento Morgan subió al escenario y la habitación entera rompió en aplausos. Llevaba un mono de rayas azules y naranjas y su pelo a capas parecía tener un halo caoba bajo los focos. Hannibal puso los ojos en blanco en el preciso instante en que Jesse se unió a Morgan en el escenario.

—Muchas gracias a todos por venir —dijo Jesse al micrófono.

Morgan estaba a su lado con expresión de seguridad, exudando energía y sensualidad. Con cada uno de sus gestos, los anillos que adornaban sus dedos brillaban igual que monedas bajo la luz de los focos.

—Esta es nuestra casa —dijo al micrófono con voz cantarina—. Así que también es la vuestra. ¡Bienvenidos!

Se quitó los zapatos y Jesse la miró con tal expresión de adoración que a Jane se le tensó todo el cuerpo.

—¿Qué me dices, señora Reid? —preguntó Jesse—. ¿Quieres que le cantemos una canción a esta gente?

—Pues sí, sí quiero —respondió Morgan.

Cuando miró a Jesse los ojos se le iluminaron y las mejillas se le tiñeron de rosa brillante. La tensión entre los dos hacía vibrar todo el local. Jane dio un sorbo a su bebida.

Jesse tocó las primeras notas de «Broken Door» y el público se entregó por completo. La diferencia entre un buen músico y uno grande, pensó Jane, era que un buen músico te hacía sentir que estabas a medio metro del escenario, mientras que uno grande te hacía olvidar dónde estabas. Tanto Morgan como Jesse eran grandes músicos. Su presencia era magnética. Era como ver a dos jugadores de tenis profesionales anotar un punto detrás de otro; «Sylvie Smiles» seguida de «Sweet and Mellow» seguida de «Painted Lady» seguida de «Under Stars» seguida de «Strangest Thing». Cuando terminaron «My Lady», Hannibal se inclinó hacia Jane.

—Si son así en el escenario, no quiero ni pensar en cuando estén en la...

Jane llamó al camarero y pidió otra copa, doble esta vez. Sabía a qué se refería Hannibal; era como ver una partida de strip-póquer en la que cada canción dejaba al descubierto una nueva capa de la vida de los jugadores. Para cuando cantaron a dúo «Summer Nights», Morgan y Jesse daban la impresión de ir a terminar uno en brazos del otro.

Cuando Jane paseó la vista por el local se le ocurrió que nada de aquello era real. En el público no había amor, no había verdadera conexión; solo tiburones del mundo de los negocios tratando de asegurarse un puesto dentro de la cadena alimentaria. Jane sintió una oleada de rechazo; ella y sus fans existían fuera de aquel mundo.

El público se puso en pie cuando Loretta subió al escenario. Se sentó al piano y Jesse le dio la entrada a «Safe Passage», con Morgan haciendo la segunda voz en el estribillo.

> *When darkness falls upon you,*
> *And the cold begins to bite,*
> *Just reach for my hand, dear,*
> *And we'll walk back to the light.*[1]

Loretta había escrito la canción a modo de réplica de «Strangest Thing» y era fácil darse cuenta de ello al oír la segunda estrofa. Los tres músicos eran tan buenos que, por un momento, Jane olvidó sus celos y se limitó a mirar. Cuando saludaron juntos, Jesse se acercó al micrófono.

—Sí, Loretta es un miembro muy especial de nuestra familia —dijo—. Va a unirse a nosotros en nuestra próxima gira de *Under Stars*; tenemos la intención de visitar los cincuenta estados, así que barras y estrellas para siempre.

El público rio y Loretta abandonó el escenario. Jane se llevó su vaso a los labios y se metió un hielo en la boca. El frío le quemó la lengua, pero lo retuvo allí hasta que empezó a derretirse.

---

[1] Cuando la oscuridad te aceche / y el frío apriete, / busca mi mano, cariño / y juntos volveremos a la luz.

Siempre había menospreciado a Loretta por parecerle demasiado convencional; y sin embargo estaba a punto de irse de gira por todo el país mientras ella luchaba por unas migajas. Jane miró de nuevo a su alrededor y la asaltó un pensamiento terrorífico: ¿Y si gustar a muchas personas fuera de allí no importaba si no ocurría lo mismo con los allí presentes?

«La gloria es siempre prestada».

Jane siempre había creído que su talento la llevaría adonde quisiera llegar. Pero ¿y si Jesse tenía razón y el talento dejaba de tener importancia cuando determinadas personas así lo decidían?

Examinó los rostros que la rodeaban y los vio adquirir nitidez, algunos con expresión más calculadora que otros. Miró a Willy. Tenía buen corazón, pero Jane no podía estar segura de hasta qué punto estaría dispuesto a poner en peligro sus vínculos con la discográfica.

Solo una persona allí había visto a Jane en el mismo plano en que se veía ella, la había defendido siempre que había tenido ocasión, había creído en su talento cuando ni ella misma lo hacía, había querido protegerla. Y ella había renunciado a él a cambio de una gira de cinco ciudades.

—Vamos a tocar una canción más —dijo Morgan sin aliento mientras Jesse afinaba su guitarra.

Tocó unas cuantas notas y todos guardaron silencio. Jesse parecía haber estado aguardando ese momento, dándolo por hecho, incluso; estaba haciendo esperar a su público. Tocó unos cuantos acordes sueltos para hacerlo esperar un poco más. A continuación, empezó a tocar la introducción de una canción que Jane conocía tan bien como las suyas propias.

Let the light go,
Let it fade into the sea.
The sun belongs to the horizon,
And you belong to me.

Jesse cantó la parte que en otro tiempo había pertenecido a Jane y Morgan se unió en el estribillo. La voz de Morgan era como el rocío y la de Jesse como una luz; la manera en que el timbre de ella rodeaba el de él resultaba hipnótica. Jane se quedó sin respiración.

Cuando Jesse se volvió a mirar a Morgan, Jane se puso rígida y se le llenaron los ojos de lágrimas. Hasta aquel momento no había sido consciente de hasta qué punto daba por hecho que Jesse aún la quería.

I'll watch over you,
As long as I am here,
As long as I am near,
You can dream, dream away.

Antes de que terminaran la canción, el público ya estaba en pie. Jane también se levantó, lo mismo que Hannibal.

—Tengo ganas de fumar —dijo este—. ¿Tú no?

Ella dijo que sí con la cabeza y lo siguió a la calle. Fuera, la noche era húmeda y fragante. Jane sintió el aire acondicionado evaporarse en su piel mientras daba una calada a un Newport de Hannibal.

—Si quieres —propuso él—, traigo mi Rolls-Royce y nos perdemos en la noche.

Jane no necesitó pensárselo.

—Claro.

Hannibal pareció encantado, pero no sorprendido.

—Excelente —dijo y buscó la ficha de aparcamiento en su bolsillo—. ¿A quién puedo darle esto? —Todos los aparcacoches habían desaparecido; por muy refinado que pareciera el club, era la noche de inauguración—. No te muevas de aquí —le pidió Hannibal y echó a andar en dirección al aparcamiento.

Jane se estaba llevando el cigarrillo a los labios cuando, detrás de ella, se abrió la puerta del club. En medio de una algarada de risas, una voz grave dijo: «Necesito comprobar una cosa; vuelvo enseguida». Jane levantó la vista y se encontró con Jesse. Sin decir una palabra, este le puso la mano en el brazo y echó a andar.

Cuando estuvieron fuera de la vista del club, Jesse aflojó el paso; Jane podía sentir el calor de la actuación emanando todavía de su cuerpo. La mano de Jesse seguía en su piel; no parecía ser capaz de retirarla y ella tampoco quería que lo hiciera. Despacio, tiró de ella hasta que estuvieron frente a frente; Jane dio un paso atrás y notó el tronco de un árbol contra su espalda. Él la miró y se inclinó como si fuera a besarla.

—¿Por qué has venido? —quiso saber. Jane parpadeó, le costaba encontrar su voz—. Se suponía que tenía que ser una noche feliz —continuó Jesse—. No tenías derecho a presentarte así.

—Me invitaste tú —respondió Jane.

Jesse abrió y cerró la boca.

—Me... —Se le quebró la voz—. Debió de ser la discográfica.

—Morgan es maravillosa —no pudo evitar decir Jane.

—Cuidado —le advirtió Jesse.

—Ha cantado muy bien nuestra canción —dijo Jane.

—Querrás decir *mi* canción.

Jane negó con la cabeza.

—Me dijiste que esa canción siempre sería para mí —dijo—. Supongo que era mentira.

Jesse se acercó a ella y le inmovilizó los brazos contra el árbol. Sus caras estaban a escasos centímetros de distancia.

—Tú no eres quién para llamarme mentiroso —susurró.

Jane se puso nerviosa.

—Tranquilízate —dijo.

Los dedos de Jesse le rozaron el hombro del vestido. Jane se quedó sin respiración. La expresión de él se suavizó.

—Recuerdo el primer día que viniste a la Choza —dijo— para que Grace pudiera acompañar a Maggie. Recuerdo pensar: «Esta chica es oro puro». —Una sombra le atravesó las facciones—. Lo creí de verdad. Nadie miente tan bien como tú, Janie Q.

Bajó los brazos. A pesar de que el aire era cálido, Jane sintió un escalofrío de la cabeza a los pies.

«Ten cuidado con lo que le cuentas».

—¿De qué hablas? —preguntó.

Ella solo había querido decirle a Jesse que había cometido una equivocación y, en lugar de eso, la conversación estaba tomando un derrotero que le resultaba insoportable.

—«When hidden in your Crescent, you're just trying to survive» —dijo Jesse—. Siempre me pareció que había algo extraño en ese verso. Ese «Crescent» con mayúscula. Es demasiado obvio, ¿no?

—Jesse, ¿se puede saber qué...? —dijo Jane.

Él la miró con expresión de reproche.

—No hagas eso —dijo.

Jane contuvo el aliento cuando lo miró a los ojos y leyó el mensaje implícito en su color y forma. En ocasiones, cuando Jesse la miraba, era como si lo supiera. Como si ella no necesitara decir las cosas porque él, de alguna forma, las intuía. Pero cuando el resentimiento empezó a endurecer sus facciones, Jane no tuvo más remedio que aceptar que esa comunicación solo había existido en su cabeza.

«Tenías razón, soy una mentirosa».

—Jesse, quería contártelo.

La mirada de Jesse era gélida.

—Pero no lo hiciste —dijo—. Me dijiste que había desaparecido, que no sabías dónde había ido ni si estaba viva o muerta. Menuda patraña. Todo este tiempo ha estado en el Cedar, la ves cada semana. Lo sé, Jane. Le pedí a mi padre que lo investigara. —La vergüenza recorrió a Jane igual que una corriente eléctrica—. Me mentiste sobre lo más importante.

—Las cosas no son así, Jesse —dijo Jane—. A mí no me correspondía...

—Claro que sí —la interrumpió él—. Me hiciste creer que compartíamos algo sagrado. Nunca te lo perdonaré.

—¿Qué estás diciendo?

—Esto. —Jesse le cogió la cara con las dos manos de manera que su cigarrillo quedó a un milímetro de distancia de la oreja de Jane—. Gracias. Todo este tiempo había creído que había sido culpa mía que nos separáramos. Pensaba que habían sido mi adicción, mi debilidad, mis mentiras lo que lo habían jodido todo. Pero ahora ya sé que eres todavía peor que yo, joder. Así que gracias —dijo—. Ahora es posible que tenga oportunidad de disfrutar de la vida.

La soltó. Cuando retrocedió hacia la luz a Jane le temblaron las piernas.

«Y nunca volveré a enamorarme».

—Será mejor que vuelva con mi mujer —concluyó Jesse.

Sus pisadas se alejaron por el sendero y Jane sintió cómo un frío enfermizo se apoderaba de ella.

«Ten cuidado con lo que le cuentas».

Jane no podía volver a Tejas Grises; no podía mirar a Grace a la cara.

Fue consciente de la inmensidad de la noche oprimiéndola. No quería esperar a Willy. No quería irse con Hannibal. Se quitó los zapatos y sintió la isla viva bajo sus pies.

Echó a correr.

38

Jane llegó a Middle Road al amanecer y echó a andar en dirección sur, a Caverswall. La bruma matutina persistía cuando se encontró en el arranque de otro largo camino de entrada, este pavimentado con precisión. Se detuvo junto a la caseta de seguridad.

—¿Noche loca? —preguntó Lewis en alusión al vestido de Jane.

Levantó la barrera para dejarla pasar y Jane subió la cuesta con los zapatos en la mano como si no quisiera despertar a la casa después de haberse escabullido después del toque de queda. Siguió el camino de baldosas que rodeaba el edificio principal hasta la entrada de personal y dejó atrás un letrero que dirigía a los visitantes a los distintos puntos del complejo: aparcamiento, zona de recreo al aire libre, ingresos de larga duración, unidades con vigilancia. En la parte superior del letrero, las palabras CEDAR CRESCENT: HOSPITAL Y CENTRO DE REHABILITACIÓN estaban grabadas en relieve con letras doradas.

—¿Y tú por qué estás tan guapa? —le preguntó Monika desde el mostrador.

Todo en el Cedar estaba limpio y relucía: los pasillos, las habitaciones, incluso la zona del personal.

—Llegas pronto —dijo Jane.

—Me vienen bien las horas extra —respondió Monika.

Jane fichó, entró en el cuarto de las taquillas y sacó un uniforme de los que usaba Grace, que se puso encima del vestido. Cambió los zapatos de tacón por unas deportivas también de su tía y se recogió el pelo en un moño. Luego volvió a la oficina y descolgó el teléfono que había en la mesa de Monika.

—No te tenía apuntada para hoy —dijo Monika cuando Jane colgó.

—No lo estoy —confirmó Jane—, pero decidí venir.

—No pasa nada.

Se levantó, un manojo de llaves del tamaño de un puño le colgaba a la altura de la cadera.

Jane siguió a Monika por las escaleras traseras, que transitaban personas uniformadas igual que ella. Pasaron junto a los pacientes en cuidados intensivos de la segunda planta y las unidades para adolescentes y personas mayores de la tercera y llegaron a la de adultos, en la cuarta planta.

En las películas, los pasillos de los hospitales psiquiátricos siempre temblaban y resonaban con gritos ahogados; los del Cedar estaban desiertos y mudos igual que un paisaje recién nevado. Mientras conducía a Jane hasta la habitación 431, Monika habló de la bicicleta nueva que tenía intención de regalarle a su hija con el dinero que estaba ahorrando. Cuando llegaron, Monika miró por la mirilla de la puerta y sonrió meneando la cabeza.

—Uy, sí. Ya se ha levantado —dijo—. Hoy va a ser un gran día. —Llamó a la puerta—. Hola, Charlie. Tienes visita.

—Adelante, adelante —indicó una voz queda desde dentro de la habitación—. Jane, querida.

Charlie se levantó despacio de su tocador para saludar a Jane. Tenía dos años menos que Grace, pero parecía sacarle diez, con su piel ajada y pelo ralo, secuelas de muchos años de medicación. Vestía un mono blanco almidonado, pero sus maneras elegantes hacían que pareciera alta costura.

—Llama si necesitáis algo —le ofreció Monika señalando un botón rojo en la cara interior de la puerta.

—¿Unos cócteles quizá? —preguntó Charlie.

El alcohol estaba prohibido en el Cedar Crescent, pero eso daba igual, porque Charlie no sabía dónde vivía.

—Veré lo que puedo hacer —dijo Monika y se fue.

—Mi niña querida —saludó Charlie y besó a Jane en ambas mejillas—. ¿Te llegó el mensaje de la fiesta de esta noche? —Jane se sentó en la cama de Charlie. Esta regresó al tocador y se examinó la cara. Cogió unos polvos compactos imaginarios y empezó a aplicárselos—. Hoy va a ser un gran día —continuó—. Y tenemos que estar preparadas. Doris vendrá a buscarnos dentro de una hora más o menos.

—Muy bien —dijo Jane—. ¿Qué tal está Doris?

—Tan teatrera como siempre —contestó Charlie poniendo los ojos en blanco—. Está hecha una furia porque Bob me invitó a esta fiesta antes de invitarla a ella, y le he dicho que eso es solo porque mi nombre sale antes en su agenda de teléfono, pero ¿te crees que me ha escuchado? Pues claro que no. Y eso ha sido solo el principio. —Mientras hablaba, Charlie se «empolvó» la cara a base de continuas pinceladas con una brocha imaginaria. Jane se recostó en la almohada de la cama y miró cómo la mano dibujaba vueltas y más vueltas—. Así que le dije —continuó Charlie—: si así es cómo te sientes, habla con Bob. ¿Qué quiere que haga yo al respecto?

Se volvió hacia Jane y la miró con expresión atónita. Esta negó con la cabeza.

—No tengo ni idea —dijo.

Charlie era como una máquina de discos; si la alimentabas de vez en cuando, podía funcionar toda la noche.

—¿Pues sabes lo que hizo? —continuó Charlie volviéndose a mirar su reflejo en el espejo—. ¡Fue derecha a Lucy y se lo contó todo!

Charlie vivía en un mundo poblado en su mayor parte por estrellas de la pantalla de su niñez: Doris Day, Bob Hope. Lucille Ball. Su psiquiatra de cabecera, el doctor Chase, le había explicado a Jane en una ocasión: «Cree vivir donde considera que le corresponde. Desde que tuvo la crisis, no soporta vivir en un mundo en el que no sea una estrella, y cualquier cosa que amenace ese mundo puede hacerla estallar».

Al principio a Jane nunca se le permitía estar a solas con Charlie en la habitación; por aquel entonces, una mirada podía bastar para desencadenar un ataque. Pero años de atentos cuidados la habían vuelto más o menos dócil. Habían transcurrido ya más de dos desde su último episodio agresivo; a pesar de ello, no se le permitía tener en la habitación nada que pudiera usarse como arma, ni una caja de plástico de cosméticos ni una cucharilla de metal.

—¿Te importa ir a ver quién es? —dijo Charlie señalando hacia la puerta con un gesto de la cabeza.

Nadie había llamado y Jane tardó un segundo de más en reaccionar.

—Olvídalo —dijo Charlie, agitada—. No es más que Doris. No puedo atenderla ahora, estoy demasiado ocupada.

—Vale —aceptó Jane.

«Delirios» y «alucinaciones» eran los términos clínicos para lo que tenía Charlie. Hasta el momento ninguna medicación había logrado evitarlos por mucho tiempo. Doris y Bob eran personajes imaginados que hablaban a Charlie en tiempo real; Lucy era la enfermera favorita de Charlie; su verdadero nombre era Mary, pero se parecía asombrosamente a Lucille Ball.

El mundo de Charlie era bastante coherente; su existencia se organizaba alrededor de episodios dramáticos, igual que un programa de televisión, la mayoría de los cuales giraban alrededor de una serie de fiestas imaginarias. Mientras obedecieras las reglas, no era un mal sitio para vivir. Y las reglas eran sencillas: dejar hablar a Charlie y no sugerir nunca que nada de aquello era imaginado.

Llamaron a la puerta.

—Creía haberte dicho que le dijeras a Doris que se fuera —insistió Charlie.

La puerta se abrió unos centímetros y entró Mary con una bandeja en la que había dos vasitos de plástico, uno con agua y el otro con pastillas.

—Hola, Jane —saludó Mary—. Hola, Charlie.

—Lucille. —Charlie se puso en pie y la besó en las dos mejillas—. Hablando del rey de Roma.

—Te veo muy elegante —comentó Mary con tono distraído—. ¿La fiesta de Sinatra es esta noche?

—Fue la semana pasada —dijo Charlie irritada.

Jane siguió en silencio, sentada en la cama. Cuantos más estímulos recibía Charlie, más le costaba integrar a las personas en su mundo. Con más de dos visitas a la vez, empezaba a ponerse nerviosa y le costaba distinguir quién era quién.

—No me pillas en un buen momento, Lucille —dijo Charlie.

Había sacado un lápiz de labios imaginario y se lo estaba aplicando, acercando los dedos juntos a la boca y luego retirándolos como si se hubiera quemado. Simuló ajustar la longitud del aplicador y volvió a probar. La medicación seguía intacta sobre la mesa de tocador.

—Por lo menos podrías haberte puesto un vestido —reprendió a Mary—. Te dije que era una noche importante. Con ese aspecto nunca vas a encontrar un hombre.

—Tienes razón —convino esta.

Charlie se volvió a mirarla.

—No me sigas la corriente —le espetó y sus ojos azules brillaban furiosos—. Se te nota mucho. ¡Creo que deberías irte!

Mary asintió con la cabeza.

—En cuanto te tomes las pastillas, me voy. —Charlie puso los ojos en blanco e hizo lo que le pedían. Mary cogió los vasos y se volvió a mirar a Jane—. Han venido a buscarte —dijo en voz baja.

Ella asintió y Mary se fue. Jane miró a Charlie fingir que se rociaba con perfume, luego se levantó y se separó de la cama.

—Yo también me voy —anunció.

De pie detrás de Charlie, veía la cimera del escudo que llevaba tatuado en el cuello. Se había decolorado un poco sobre su pálida piel, pero ahí estaba: sol, luna, agua.

—Jane, querida, ¿te veré en la fiesta?

En ocasiones, cuando Charlie le hacía preguntas como aquella, el cerebro de Jane las traducía a comentarios con sentido, del tipo: «¿Te veré pronto?».

—No creo —contestó Jane—. Mamá, he venido porque... voy a estar un tiempo fuera.

Charlie rio, incómoda.

—No me llames así, querida. No me gusta.

Empezó a ajustar el aplicador de carmín imaginario. Jane negó con la cabeza y se disculpó sin añadir nada más.

Mientras bajaba las escaleras se cruzó con varias enfermeras de día, quienes la saludaron por su nombre. Devolvió el uniforme a la taquilla de Grace y salió al aparcamiento. El escarabajo de Greg esperaba en la plaza reservada a discapacitados. Cuando Jane se acercó, Maggie le quitó el seguro a la puerta para que se subiera.

—Necesito que me lleves al barco —pidió Jane.

Hizo la señal del coyote con la mano. Maggie la miró de arriba abajo, reparando en el vestido, el moño, los zapatos. Luego le devolvió la señal.

—Necesitarás dinero —dijo su prima.

«Las chicas indómitas no hacen preguntas».

39

Jane hacía cola, esperando para dar su billete al auxiliar del mostrador de Lufthansa. Llevaba una camisa de franela de Greg encima del vestido azul y viajaba con una bolsa de tela de kílim llena de ropa de Maggie. Unas grandes gafas de plástico le tapaban los ojos. Cuando el auxiliar leyó su nombre, necesitó mirarla dos veces.

—Dieciséis F —dijo con marcado acento alemán.

Mientras el avión rodaba por la pista de despegue, los sentimientos de culpabilidad acorralaron a Jane igual que un enjambre de avispas furiosas. Si el avión se daba prisa en despegar, quizá pudiera dejarlos atrás.

Ocurrió cuando ella tenía nueve años, tal y como le contó a Jesse. Tal y como le contó a Jesse también, su madre había salido de casa una noche y no regresó nunca. Tal y como le contó a Jesse, la razón había sido «Lilac Waltz».

Lo que no le había contado a Jesse era esto: desde que Charlie escuchó «Lilac Waltz» en la radio, empezó a experimentar drásticos cambios de humor; pasaba de la euforia a la depresión en cuestión de instantes, bailando por la casa porque había llegado el correo, llorando y gritando porque no traía más que publicidad. A todos aquellos dispuestos a escucharla, tanto en casa como en la cola del supermercado, Charlie les contaba que era la autora de «Lilac Waltz».

Hasta que no recibieron una orden de cese y desista de Elektra, la compañía discográfica de Tommy Patton, las Quinn no se enteraron de que Charlie había estado enviando cartas amenazadoras al cantante. Jane recordaba esconderse en la habitación de Maggie mientras sus respectivas madres se gritaban.

—¿Qué esperas sacar de esto? —gritó Grace.

—¡*Girl* rima con *pearl*! —aulló Charlie—. ¡*GIRL* RIMA CON *PEARL*!

Después de la discusión hubo unos pocos meses tranquilos y dio la impresión de que Charlie había pasado página. Sus cambios de humor disminuyeron y recuperó sus rutinas y su capacidad de concentración.

Entonces la Academia Nacional de Artes y Ciencias de la Grabación anunció que se sumaba al Fest como copatrocinadora, con una actuación estelar de Tommy Patton para señalar el principio de la colaboración. Grace y Elsie se prepararon para otra discusión, pero Charlie pareció tomárselo con filosofía.

—No iré esa noche y ya está —dijo, suave como la seda.

Fiel a su palabra, la noche del Fest, Charlie hizo planes para salir a cenar con un hombre. Jane todavía recordaba su aspecto, con un vestido lila claro, de pie junto a la puerta, con el pelo recogido en un moño italiano.

Su pretendiente era un texano llamado Bill que pasó a buscarla en un Cadillac beis y con un mondadientes en la boca. Tocó el claxon tres veces para avisar a Charlie de su llegada.

—Encantador —dijo Elsie.

—No me esperéis levantadas —avisó Charlie.

La última imagen que tenía Jane de su madre en Tejas Grises era reaplicándose el color de labios delante del espejo del recibidor antes de salir.

El avión de Jane aterrizó en Fráncfort siete horas más tarde. Consultó la pantalla de salidas y fue hasta el mostrador de Olympic Air.

—Un billete para Grecia —solicitó.

—Muy bien, señorita. Le puedo dar uno para el vuelo 1114 a Atenas —dijo el agente de viajes—. ¿Solo ida?

—Sí —respondió Jane.

Tal y como lo describía Grace, a Charlie se le había encendido una alarma dentro de la cabeza hacia las 20.00, una hora antes de la actuación de Tommy Patton. Grace había querido creer a su hermana, pero, después de que esta se fuera a su cita y mientras veía *The Honeymooners* en la televisión con Jane y Maggie, empezó a notar un cosquilleo en el estómago. Fue a la habitación de Charlie para tranquilizarse y encontró una segunda carta de cese y desista encima de su cama y, debajo de ella, cientos de cartas idénticas, todas con la escritura de Charlie:

«Voy a matarte por lo que has hecho, Tommy Patton».

Elsie se quedó en casa con Maggie y Jane y Grace fue en coche hasta el Fest. Aparcó la ranchera en un prado junto al escenario principal y estudió el público desde la ladera de la colina en el preciso instante en que Tommy Patton hacía su entrada. En la luz del crepúsculo, el público se mecía formando una masa indistinguible. Aunque Charlie hubiera estado allí, no había razón alguna para que Grace la encontrara.

Y sin embargo lo hizo. Porque Charlie estaba en primera fila delante del escenario y los focos iluminaban su pelo rubio recogido. Las personas que tenía más cerca habían empezado a mirarla y ella sonreía a Tommy Patton con expresión rígida, como una máscara. A Grace se le hizo un nudo en el estómago.

Se abrió camino entre el gentío mientras sonaban las primeras notas de «Lilac Waltz» y pisando un césped alfombrado de colillas. Alcanzó a su hermana en el preciso instante en que Tommy Patton empezaba a cantar la segunda estrofa:

I count to three and suddenly
The moon hangs low,
White as a pearl.[1]

Charlie sostuvo en alto una botella de licor que tenía cogida del cuello como si se dispusiera a beber. Cuando giró la cabeza, Grace vio que tenía un cigarrillo entre los labios color carmesí. En su mano aleteaba alguna cosa: del cuello de la botella sobresalía un trozo de tela.

Charlie acercó el cigarrillo a la tela y lanzó la botella a Tommy Patton en el preciso instante en que este cantaba *I'm the guy in your arms.*[2]

—¡Charlie, no! —gritó Grace y su voz recorrió el público.

La botella aterrizó en el escenario y explotó en una espiral de fuego a los pies de Tommy Patton.

Cuando cundió el caos, Charlie hizo ademán de subir al escenario. La mano de Grace se cerró alrededor de la muñeca de su hermana igual que un grillete.

—Suéltame —siseó Charlie sacando la mandíbula, furiosa.

---

[1] Cuento hasta tres y de pronto / la luna es enorme, / blanca como una perla.
[2] Soy el hombre en tus brazos.

La camisa de Tommy Patton estaba en llamas y él gritaba. No era el único. A su alrededor, las víctimas saltaban del escenario igual que cenizas que escupe un volcán.

Jane llegó a Atenas cinco horas después de haber comprado el billete. Había viajado tan lejos que ya no podía leer los letreros, escritos en un alfabeto que desconocía.

—Quiero ir a Creta —le pidió a un hombre sentado debajo de un logotipo de gran tamaño que más tarde sabría que era de Hellenic Airlines.

El agente le imprimió un billete.

—Esto la llevará hasta Heraclión —dijo.

Jane lo cogió.

—¿Has visto una noche más bonita que esta? —dijo Charlie alegremente mientras Grace la arrastraba de vuelta al aparcamiento—. Qué contenta estoy de haber podido actuar con unos músicos tan buenos. ¿Crees que volverán a invitarme el año que viene?

—¿Qué estás diciendo? —gritó Grace—. ¿Qué ha pasado con tu cita?

—¿Mi cita? —preguntó ella sin comprender.

—¡El hombre que te ha traído aquí!

—No era una cita —dijo Charlie con voz asqueada—. No era más que un admirador que conocí en el pueblo y que se ofreció a llevarme a mi actuación. ¡Ha venido desde Texas solo para verme!

—¿Sabes lo que has hecho? —preguntó Grace.

—¡Soy la mejor letrista de mi generación y eso es algo que ni tú ni nadie puede arrebatarme! —gritó Charlie llena de cólera. Grace la abofeteó sin saber lo que hacía y su hermana gruñó y le enseñó los dientes—. Me lo vas a pagar. ¿Tienes idea de quién soy yo?

—¿Y tú? —gritó Grace mientras Charlie le echaba las manos al cuello.

Las dos hermanas rodaron por el suelo, cada una intentando reducir a la otra, hasta que la mano de Grace encontró una lata vacía.

Llamó a Elsie desde una cabina de la carretera con Charlie inconsciente en el asiento trasero del coche.

—Gracias a Dios que estáis bien —dijo Elsie al oír la voz de Grace—. En la radio no hablan de otra cosa. ¿Qué ha pasado?

Grace miró el tráfico en dirección a ella.

—Ha sido Charlie —dijo—. Ha perdido por completo la cabeza. No sé si... No sé si es seguro llevarla a casa.

Hubo un silencio al otro lado de la línea telefónica y Grace oyó risas enlatadas procedentes del televisor.

Apareció un coche modelo Crown Victoria color gris.

—¿La han visto? —preguntó Elsie.

El coche se detuvo junto a ellas. Encendió la luz de la sirena. Grace tragó saliva.

—Sí —dijo.

Jane consiguió llegar a la estación de autobuses de Heraclión siguiendo a un grupo de hippies estadounidenses por una carretera que salía del aeropuerto.

—¿Adónde va este autobús? —preguntó mientras hacían cola para comprar los billetes a una señora sentada dentro de una caseta de estuco.

—A Matala —respondió un joven de pelo largo.

A la cabeza de Jane acudió igual que un deseo un comentario oído por casualidad en Laurel Canyon: «Matala es el sitio. Solo estáis tú, el mar, y las cuevas, y las estrellas».

Se dio la vuelta y echó a andar hacia el final de la cola.

—Oye, tú eres Jane Quinn —dijo el joven mirándola con atención.

—¿Esa quién es? —preguntó Jane.

El doctor Chase declaró en una vista preliminar que Charlie no estaba capacitada para comparecer en un juicio porque tenía un brote psicótico y el juez ordenó que fuera recluida en una institución hasta ser declarada capaz.

—Pueden ingresarla en un centro privado —dijo el juez—. De lo contrario se convertirá en tutelada del Estado.

Solo había un lugar en Bayleen que encajara en esa descripción. Cedar Crescent era un lujoso hospital privado donde médicos de renombre percibían sumas de dinero exorbitantes por tratar a pacientes ricos que nadie quería. La primera vez que Grace cruzó sus puertas no imaginaba que aquel lugar se convertiría en parte de su día a día. Entonces solo pensaba que estaba dispuesta a hacer lo que fuera con tal de retener a su hermana en la isla.

Después de la vista, la comunidad de la isla cerró filas alrededor de las Quinn. Eran una de las familias más antiguas de Bayleen y un hilo crucial del tapiz local. Además, a todos les interesaba que el asunto se tratara con discreción para no ahuyentar a los patrocinadores del festival; la isla entera sufriría si perdía el Fest. Sin mencionar el nombre de Charlie, *The Island Gazette* informó de que la policía había cerrado el caso de piromanía y creado una fuerza especial en colaboración con el comité del Festival para garantizar que «un incidente así nunca vuelva a producirse». Pronto todos lo olvidaron.

Todos, menos las Quinn.

Después de meses de exámenes, el doctor Chase sentó a Grace y a Elsie en su despacho y les explicó que Charlie tenía algo llamado esquizofrenia, una enfermedad que solía iniciarse durante la adolescencia, pero podía estar años latente hasta que algo la desencadenaba.

—Tiene fuertes delirios —les dijo el doctor Chase—. A decir verdad, no sé cuándo podré darle de alta. Necesita supervisión las veinticuatro horas del día; de lo contrario será un peligro para sí misma y para los demás. Pero existen algunas opciones.

Jesse había acertado en su comentario la primera vez que oyó «Spark». La canción trataba sobre la terapia de electrochoques. Charlie había empezado a recibir este tratamiento poco después de ser ingresada. Las sesiones la dejaban apática, aturdida y confusa. El Cedar también había probado a tratarla con varios medicamentos antipsicóticos, cada uno de los cuales tenía efectos secundarios peores que el anterior.

Durante aquel primer año Jane se escapaba al Cedar al menos una vez por semana. Cogía el autobús al norte de la isla y suplicaba al personal que la dejara ver a su madre. Por entonces Charlie estaba aislada en un ala de seguridad. Después de un año aproximadamente se le permitió recibir visitas los domingos.

Más o menos por esa época, las Quinn se encontraron con que tenían un nuevo problema: el dinero.

—¿Y si hacemos un trueque? —le propuso Grace al doctor Chase—. Trabajo a cambio de sus cuidados.

Grace había dejado su empleo en Pico de Viuda y había empezado a trabajar en la lavandería del Cedar. Con los años fue ascendiendo: cuando Jane empezó el instituto tenía el título de enfermera y cuando se graduó, el de fisioterapeuta. El salario de fisioterapeuta de cuidados prolongados de Grace era el único que entraba en la casa; aparte de eso, las Quinn vivían de los ahorros de Elsie. Todo lo que cobraba Grace, y más tarde Jane, en el Cedar se destinaba a los cuidados médicos de Charlie.

Fuera del Cedar, las Quinn empezaron a llamar «Charlotte» a Charlie para trazar así una línea de separación entre lo que había sido y lo que era ahora. Si alguien preguntaba qué había sido de ella, las Quinn decían que había desaparecido. Esto último había sido siempre motivo de fricción entre Elsie y Grace.

—No deberíamos mentir —decía Elsie—. La enfermedad mental no es ninguna deshonra. Diciéndole a la gente que ha desaparecido, perpetuamos ese estigma.

—Es un estigma real —respondía Grace—. Nosotras no vamos a cambiarlo. Por lo menos así, cuando Charlie salga, tendrá una mínima posibilidad de llevar una vida normal.

La discusión salía a relucir de vez en cuando, pero al final Elsie siempre aceptaba la opinión de Grace porque esta había sacrificado muchas cosas para ayudar a Charlie.

Pero Charlie era un caso perdido. Habían pasado ya más de diez años desde su ingreso y lo único que habían logrado los médicos era volverla inofensiva. Aun así, las Quinn jamás revelaban su paradero. Ello no se debía a que tuvieran la esperanza de que Charlie volviera a casa algún día; se trataba más bien de una negativa a aceptar que no sería así. Habían encontrado consuelo para su pérdida en la imaginación de otros; mientras alguien siguiera preguntando por Charlie, era posible fingir que podía estar en cualquier parte. En ocasiones, Jane sospechaba que Greg conocía la verdad; si era así, nunca le había dicho una palabra. El secreto de las Quinn permanecía intacto bajo una capa de mentiras.

«Una noche se fue y no volvió. No volvimos a saber de ella. Podría estar en cualquier parte. Podría estar muerta».

Jane era capaz de recitar estas frases de manera automática como quien promete ser fiel a la bandera de Estados Unidos. Eran su juramento de lealtad a la familia.

Cuando Jane bajó del autobús la asaltó un recuerdo: luz dorada del atardecer, la mesa de estudio de una biblioteca; un libro manoseado. En el recuerdo, los ojos de Charlie no eran vidriosos; no leía, recitaba.

—¿De qué habla esa historia? —la interrumpió abruptamente Jane.

La madre se enderezó.

—Ah, pues no sé, Janie —dijo—. Me gusta el monstruo.

Jane negó con la cabeza.

—No te gusta por eso.

Su madre reflexionó.

—Tienes razón —dijo—. Dice la verdad sobre la verdad: que puedes distorsionarla, enterrarla, partirla en dos, pero nunca desaparece del todo. Supongo que eso me reconforta.

Jane se sentía desconcertada.

—Pero ¿por qué? —preguntó—. Teseo, Dédalo, el Minotauro... Ninguno es real.

Charlie se humedeció los labios y Jane sintió una inquietud que no sabía aún definir. Cuando parpadeó, la expresión de su madre se había suavizado.

—La realidad no es siempre real, Janie —matizó con dulzura—. A veces las historias son más reales que la vida.

Cuando Jane salió a la tarde azul, decidió que su madre había estado en lo cierto.

La verdad nunca desaparecía por completo.

Las personas, sí.

Ahora, mientras caminaba en dirección a Matala, razonó que solo necesitaba pasar un tiempo lejos de todo.

40

Matala era una pequeña población en la orilla sur de Creta, flanqueada por acantilados y la bahía de Messara, cuyas aguas color turquesa tenían una temperatura que resultaba cálida incluso para ser el mar Mediterráneo. Conformaban el pueblo un puñado de edificios repartidos por la playa: dos restaurantes, un negocio de comestibles, una panadería y unas pocas tiendas de suvenires para turistas. El principal atractivo de la zona era un conjunto de cuevas excavadas por el hombre y que ahora habían ocupado un grupo de expatriados americanos.

Jane pasó su primera noche en las cuevas, durmiendo asida a su bolsa de tela de kílim. Se despertó cubierta de unos pequeños cangrejos de color blanco, que se sacudió bajo la mirada de varios californianos desnudos demasiado fumados para que les resultara divertido. Aquel mismo día, Jane alquiló una modesta habitación en una pensión junto al restaurante Delphini. Las cuevas podían ser una solución para unos cuantos días, pero tenía intención de quedarse en Matala mucho más que eso.

A continuación, se dedicó a desprenderse de su antigua vida. Evitaba la televisión, la radio, incluso los relojes; su única referencia era el Delphini. Si el barco de pesca del restaurante seguía en el mar, era demasiado temprano para levantarse; si había varias docenas de calamares puestos a secar, entonces era hora de hacer lo mismo.

Cada día bajaba a la playa, se desnudaba y tomaba el sol. Cuando el sudor le empapaba la toalla, se acuclillaba en el agua lo suficiente para refrescar su piel sedienta. Luego regresaba a su puesto de secado y se estiraba sobre la arena igual que un calamar colgado de una cuerda. Era asombroso lo mucho que la agotaba estar allí tumbada sin hacer nada. Cuando se ponía el sol, hacía una comida rápida en el Delphini y se quedaba dormida escuchando los alegres sonidos bajo su ventana. No soñaba con nada y eso era lo que quería.

El centro tecnológico de Matala era la tienda de alimentación, que tenía televisión, un teléfono y la única nevera del pueblo. Desde allí telefoneó a Tejas Grises por primera vez. Contestó Elsie.

—Estoy en Grecia —le contó Jane.

Elsie suspiró.

—¿Qué ha pasado?

—No podía más.

—Vaya por Dios —dijo Elsie.

—¿Qué tal estáis vosotras?

—Atareadas. Grace ha estado preocupada. Ha sido una locura, Jane.

—Lo siento —dijo esta.

—¿Quieres que mire si se puede poner? —preguntó Elsie.

—No —se negó Jane.

Recordó a Grace recogiéndola del arcén de la carretera con diez años y se avergonzó de su cobardía.

—Es lo menos que puedes hacer —dijo Elsie.

—No puedo —insistió Jane.

Una vez Grace supiera que Jesse estaba al tanto del secreto familiar, no volvería a mirar igual a Jane. Al dejar un rastro de migas a Jesse, había traicionado la única regla que se le había pedido que respetara a cambio de toda una vida de sacrificio, amabilidad y generosidad: no contar a nadie lo de Charlie. Enfrentarse a ello significaba también pensar en Jesse. Jane sintió el impulso apremiante de ir a tumbarse al sol.

Elsie suspiró.

—Me alegra que estés bien —dijo.

Elsie apuntó la dirección y el teléfono de la tienda y en las semanas que siguieron Jane y ella iniciaron una correspondencia. Jane enviaba postales y Elsie la informaba de las novedades: el vocabulario de Bea ahora incluía «relámpago» y «dragón». Grace se marchaba de nuevo a Europa con su paciente, esta vez a Italia; a Charlie iban a aumentarle la dosis de clorpromazina.

Jane estaba saboreando una de estas cartas durante la cena cuando de la cocina salió uno de los cocineros blandiendo una sartén en llamas. Su aspecto era exótico, con hombros anchos y bronceados y manos enormes moteadas de delgadas cicatrices blancas. Tenía el pelo decolorado por el sol y sujeto en la coronilla en un moño, un asomo de barba color caoba le ensombrecía el ángulo del mentón. Había en sus ojos un brillo alegre que despertaba automáticamente simpatía. Mientras lo miraba servir un pescado salteado en el plato de un comensal, Jane no pudo evitar sentirse intrigada.

El cocinero se detuvo en su mesa de camino a la cocina sujetando la sartén igual que una raqueta de tenis.

—¿Alguna pregunta sobre el menú? —preguntó en inglés con acento canadiense.

Jane negó con la cabeza.

—Solo tengo elogios —dijo.

El cocinero la miró de reojo.

—¿Has probado la anguila al estilo de Matala?

La forma en que formuló la pregunta hizo reír a Jane. No recordaba la última vez que había reído.

—No —respondió.

—Pues veamos primero si te gusta la anguila, Jane Quinn, y luego ya decidiremos si podemos ser amigos.

Delante de una copa de vino cretense se presentó como Roger Kavendish, llegado desde Saskatoon vía Londres. Había aguantado un año entero en el Cordon Bleu antes de abandonar los estudios para ganarse la vida cocinando en los rincones más bellos del mundo.

—Y tú has venido aquí para huir de todo —le dijo a Jane. No era una pregunta y Jane no le llevó la contraria. Le gustaba la manera de hablar de Roger, como si no hubiera lugar mejor donde estar que aquel restaurante vacío, compartiendo una botella de vino bajo las estrellas—. Así que… te gusta la anguila —añadió Roger.

Jane no tenía ganas de compañía en aquel momento, pero aquella persona no la molestaba.

—Me gusta la anguila —coincidió.

Al oír aquello a Roger le brillaron los ojos. Jane sintió un agradable cosquilleo debajo del ombligo.

—Mira qué bien —dijo Roger.

Roger sabía un poco de todo y se mostraba generoso con sus conocimientos. Mientras los dos exploraban las cuevas y las playas de Matala, le enseñó a Jane los nombres de la flora y la fauna locales, además de unas nociones de griego, sin las cuales había logrado arreglárselas hasta el momento.

—Me parece un poco osado irte de casa a otro país sin saber siquiera cómo se pregunta por el cuarto de baño, incluso para ser tú —dijo Roger dándole un codazo cariñoso con sus bíceps. Jane se resistió al impulso de tocarlos.

La alegría de Roger enmascaraba una gran intuición. Esto lo convertía en una compañía grata. Era un conversador ágil, al que nunca le importaba cambiar de tema. Jamás hacía preguntas entrometidas.

También resultó ser un cocinero de talento y, durante las semanas siguientes, Jane comió como una reina. Vieiras una noche, calamares la siguiente, lubina fresca, atún salvaje. Sabía que Roger la estaba seduciendo por el estómago y le parecía bien. Al ser chef, tenía un gran sentido de los tiempos, y Jane sospechaba que estaba esperando el momento indicado para dar el primer paso. Una noche, justo cuando empezaba a preguntarse si no habría malinterpretado sus intenciones, Roger la invitó a ir a nadar con él.

Protegido por la oscuridad, le cogió la mano a Jane debajo del agua y la atrajo hacia sí. Los labios de ambos se encontraron en un torrente de piel y sal. Por fin las manos de Jane se agarraron a sus hombros y brazos, fríos en el mar salobre. Roger dejó escapar un gruñido con la boca pegada a su cuello cuando Jane le rodeó las caderas con las piernas hasta tenerlo dentro. Aunque estaban hundidos en el agua hasta la cintura, Jane se dio cuenta de que Roger era más fuerte que Jesse y dejó que la sensación de ser transportada la sacara de sus pensamientos. Sus dedos se hundieron en el pelo de Roger mientras este se movía dentro de ella y los sonidos de ambos rasgaron el agua cálida e ingrávida. Cuando terminaron, se dejaron mecer boca arriba por las suaves olas y estuvieron un rato a la deriva de la mano, como una pareja de nutrias.

Cuando Jane se fue a la cama esa noche, todavía tenía sensación de flotar.

Roger necesitaba mucho espacio; la idea de dormir cada noche en la misma cama, es más, de dormir en una cama, no encajaba con su manera de ser. Con él no había dos semanas iguales; justo cuando Jane empezaba a pensar que se estaba domesticando, se iba a las cuevas. En ocasiones ella se unía a él, en ocasiones no. A pesar de la alergia de Roger a la rutina, entre los dos se desarrolló una inercia más o menos general, como si fueran planetas de una misma órbita; Jane sabía que Roger estaba ahí incluso si no lo veía. A medida que las semanas se convertían en meses, el pelo de Jane se le fue volviendo blanco por el sol, su piel adquirió un color marrón y se le pusieron los pies negros de alquitrán.

En octubre empezaron a marcharse los turistas, pero el agua y la temperatura seguían siendo cálidas y Jane no tenía intención de volver a casa. Seguía sin hablar con nadie a excepción de Elsie y Roger. Desde su marcha no había cantado ni tocado; en Matala no había guitarra, tampoco piano. *Songs in Ursa Major* le parecía un sueño, la creación de otra persona. No tenía ni idea de cuántas semanas llevaba en venta ni de qué tal estaba funcionando.

Oír lo mucho que había decepcionado a Willy era otra conversación que Jane deseaba posponer indefinidamente. Incluso si este le cogía el teléfono, Jane no dudaba de que al dejar tirados a los medios de comunicación y la gira por la Costa Este, por pequeña que esta fuera, había echado a perder cualquier futuro que hubiera podido tener en Pegasus.

Pero allí nada de eso importaba.

Allí sus únicas preocupaciones eran la meteorología y sus apetitos. Solo necesitaba pensar en lo que iba a cenar esa noche y en si podía llover.

Un día de mediados de octubre, Jane fue a la tienda a comprar algo de fruta y le dieron un mensaje de un número de teléfono con muchas cifras. Era de Europa, y Jane llamó desde el teléfono de la tienda preguntándose quién sería.

—Soy Jane Quinn.

Entonces oyó la voz de Grace.

—Cómo me alegro de que me llames.

—¿Dónde estás? —dijo Jane con el estómago encogido.

—De eso quería hablarte —respondió Grace—. Hemos decidido hacer un pequeño crucero desde Sicilia y voy a ir a Creta. Llegaremos dentro de unos diez días. ¿Puedo ir a verte?

—Si quieres —contestó Jane.

—Quiero —afirmó Grace.

Concretaron los detalles y Jane colgó el teléfono, aturdida. Miró al tendero contar las monedas del cambio para el cartero, escuchó el zumbido del preciado frigorífico mezclarse con el de la emisora de radio; de pronto todo ello le pareció precario, como si pudiera llevárselo una simple ráfaga de viento.

41

Jane cambió el peso de una pierna a otra cuando el autobús de Grace se detuvo en la parada de Matala. Se había puesto sus mejores galas para la ocasión, una túnica beis comprada en una de las tiendas para turistas. Llevaba el pelo trenzado a la espalda e iba descalza. Contuvo la respiración; no sabía qué esperar. Entonces bajó Grace del autobús de la mano de un hombre de cuarenta y pocos años con aspecto de ratón de biblioteca.

Jane sonrió.

—Debes de ser Nate —saludó. Era la primera vez que conocía a un novio de Grace.

—Y tú debes de ser Jane —correspondió Nate estrechándole la mano.

Grace sonrió de oreja a oreja.

Jane los llevó al restaurante Delphini e hizo las presentaciones pertinentes delante de lubinas frescas y una botella de vino blanco de la casa.

—Cornualles es el mejor sitio del mundo —le dijo Roger a Nate—. Pasé un verano allí trabajando en el Spotted Goose.

—Yo fui camarero durante mis años de universidad —le contó Nate con una sonrisa—. Terminé harto del pastel de sardinas.

Roger se estremeció al recordar aquel plato típico de Cornualles que se sirve con las cabezas de las sardinas asomando de la masa del pastel.

—Claro que no hay nada comparable al queso de Yarg —añadió Nate.

—Es verdad que es el rey de los quesos —estuvo de acuerdo Roger.

Después de comer, Roger se llevó a Nate a explorar las cuevas para que Jane y Grace pudieran ponerse al día delante una taza de café.

—Es muy simpático —comentó Grace. Jane asintió con la cabeza, de nuevo nerviosa. Miraron dos gaviotas trabajar en colaboración para abrir la concha de un molusco en la playa—. Te veo… relajada.

Jane miró el mar apacible.

—Me gusta estar aquí —dijo—. Todo es… fácil. —Encendió un cigarrillo y miró a Grace, preparada para enfrentarse a su desaprobación, pero en la expresión de su tía solo vio ternura. De pronto, Jane sintió ganas de llorar—. Lo siento —dijo—. No debería haberme marchado así. La he… jodido. —Grace guardó silencio. A Jane le ardían las mejillas. Entonces pronunció las palabras que llevaba meses evitando—. Jesse sabe lo de mamá. Y es culpa mía. Grace, lo siento muchísimo.

Grace miró a Jane con expresión inescrutable.

—Me temía algo por el estilo. —Jane tembló. Había sucedido. Había llegado el momento en que Grace por fin se daría cuenta de que nunca había sido merecedora de su bondad—. Me acuerdo de cuando eras pequeña —continuó Grace—. Te daba mucha vergüenza cuando te encontrábamos después de escaparte; pasabas días evitando mirarme a los ojos. Quizá por eso nunca viste lo mucho que nos alegrábamos de haberte recuperado.

Jane bajó la cabeza.

—Os he decepcionado.

—Eso no es lo que estoy diciendo —la corrigió su tía—. Lo que estoy diciendo es que no tiene importancia. No comparado con que tú estés bien.

—Venga ya, Grace —dijo Jane.

—Janie, no pasa nada.

—Pues claro que pasa —le llevó la contraria ella con un nudo en la garganta—. Lo sabes perfectamente. Tú eres la que me dijo que no confiara en Jesse.

—Eso fue injusto por mi parte —reconoció Grace con una mueca.

Aquello sorprendió a Jane.

—De eso nada —dijo—. Solo intentabas proteger a mamá. Lo único que tenía que hacer yo era mantener la boca cerrada y ahora lo he estropeado todo.

Grace la miró, pensativa.

—Janie, no hay nada que estropear.

Jane la miró incrédula. Grace no debía de estar entendiendo lo que trataba de decirle. Jesse lo sabía. Ella, Jane, había destruido por completo su modo de vida, había tirado por la ventana años de discreción. El corazón se le desbocó cuando intentó poner esta sensación en palabras.

—Jesse sabe lo de mamá —repitió—. ¡Lo de mamá!

—Lo he entendido —dijo Grace—. Y te digo que no pasa nada.

—Pero es que sí pasa —repuso ella—. Tiene que ser así. Si no…

«Si no, le mentí a Jesse sin motivo».

Jane empezó a llorar. Grace le cogió una mano.

—Yo soy la única que lo siente, Jane. Cuando pasó todo lo de tu madre no teníamos ni idea de lo que estábamos haciendo. Nos limitamos a reaccionar sobre la marcha. Aquellos primeros días fueron una pesadilla: los altibajos de un tratamiento detrás de otro casi acaban con nosotras. Mantenerlo en secreto nos daba la sensación de que todo era más manejable. Era lo único que podíamos controlar.

Grace retiró su mano y apoyó la cabeza en ella.

—Nunca fue mi intención guardar el secreto tanto tiempo. Solo esperaba a hacerme a la idea de que ella no iba a volver, pero ese momento nunca llegó. Entonces un día me desperté y habían pasado diez años. Ay, Jane, creo que al retrasar mi duelo he prolongado el tuyo. No sabes cuánto lo siento.

Los ojos de Grace se llenaron de lágrimas. Era demasiado que asimilar. La sinceridad de su tía desarmó a Jane. Apagó el cigarrillo y le puso una mano en el brazo.

—Las cosas no son así —dijo—. El Cedar no es más que otro elemento más en mi vida. Y gracias a ti ha sido tolerable. La mayor parte del tiempo ni siquiera era consciente de estar ocultándolo. Por lo menos hasta...

—Jesse —completó Grace.

Jane asintió con la cabeza.

—No lo entiendo —dijo—. Desde el primer momento había algo en él que... Cuando me preguntó por mi madre le conté lo que a todo el mundo, pero recuerdo haber pensado: «Él me comprende de verdad».

Grace la miró con atención.

—Pues claro —dijo—. ¿Quién mejor que un paciente del Cedar para entenderlo?

Jane nunca lo había pensado. Encendió otro cigarrillo.

—Al pasar tiempo con él empecé a ser consciente de la carga. Solo que tampoco era consciente en realidad. Simplemente, oía una música.

—*Ursa Major* —dijo Grace.

Jane dijo que sí con la cabeza y echó la ceniza a la arena.

—No la escribí para él —dijo—. La mayor parte de la gente de la isla ni siquiera conoce el nombre completo del

Cedar. Para eso hace falta tener relación con el lugar. Y, si me apuras…

—¿Una relación contigo?

Las lágrimas siguieron bajando por las mejillas de Jane mientras se terminaba el cigarrillo.

—La he jodido completamente —dijo exhalando humo en dirección al cielo.

—Jane —suplicó Grace.

Esta negó con la cabeza.

—Es la verdad —dijo—. La he jodido. No entendí lo que nos estaba pasando mientras nos pasaba. Él intentó decírmelo, pero no quise escuchar. Me había convencido a mí misma de que si lograba cierto grado de éxito, el resto de mi vida tendría algún sentido, y no soportaba deshacerme de esa idea, de modo que me dije que no quería a Jesse y lo dejé marchar. —Dio otra calada al cigarrillo y las manos le temblaban con tal violencia que tardó unos segundos de más en poder llevárselo a los labios—. Le hice creer que compartíamos la misma pena. Y ahora no puede perdonarme.

—Dale tiempo. Estoy segura de que cuando se tranquilice lo comprenderá —dijo Grace—. Dios sabe que tampoco él es perfecto.

Jane sintió un dolor sordo en la garganta.

—Ya no importa —dijo—. Se ha casado con otra. —Dio una calada al cigarrillo—. Qué ciega he estado. Solo me importaba brillar.

Grace se puso pensativa.

—Habías emprendido una cruzada —dijo—. No había lugar para Jesse en ella.

—¿Qué quieres decir?

A Jane, la manera en que Grace ladeó la cabeza le recordó a Maggie.

—Desde que firmaste el contrato con la discográfica has abordado la música como una suerte de búsqueda —explicó—.

Creo que una parte de ti lo veía como una redención, como la forma de enmendar lo que le había ocurrido a Charlie. Como si tu éxito fuera a compensar todo lo que le había salido mal a ella.

Jane se recostó en el respaldo de la silla con el cigarrillo colgando de los dedos.

—Le daba sentido a todo lo que hacía —dijo. Le vino a la cabeza una imagen del Silo: Loretta, Jesse y Morgan brillando en el escenario rodeados de ejecutivos del mundo de la música que los habían elegido para estar allí—. O al menos así fue durante un tiempo —añadió con voz queda—. Después de la noche en el Silo… me di cuenta de que esa clase de éxito no me estaba destinado. Y una vez empecé a cuestionarme eso, todo lo demás comenzó a desmoronarse también.

Estuvieron un momento mirando las gaviotas flotar en el agua.

—Entonces… ¿ahora qué? —preguntó su tía.

Jane se secó las lágrimas.

—Ahora nada —respondió—. Ahora vivo aquí.

Grace cruzó los brazos.

—¿Y qué pasa con tu música?

Jane tiró el cigarrillo a la arena.

—Ya no me interesa.

Grace frunció el ceño.

—O sea, que si no puedes ser como Jesse, ni siquiera lo vas a intentar.

—Intentarlo fue una locura desde el principio —dijo Jane—. Cada vez que tenía suerte pensaba que era porque estaba destinada a la grandeza. Ahora me doy cuenta de que todo fue mera casualidad, de que nada de lo que me pasó me estaba realmente destinado.

—Jane, ¿cómo puedes decir eso? —preguntó Grace.

Ella se encogió de hombros.

—No pasa nada. El mero hecho de reconocerlo ha sido liberador.

Grace la observó.

—Nunca se sabe —dijo. Y, al cabo de un instante, añadió—: No creo que tu misteriosa desaparición te haya perjudicado desde el punto de vista de la publicidad. —Jane rio—. Hablo en serio.

Grace había llevado consigo una carpeta con recortes de periódico y revistas, todos los cuales elogiaban *Ursa Major* por su calidad artística y aventuraban hipótesis sobre el paradero de Jane. La mayoría era de aquel verano. Pero las especulaciones se habían prolongado más de lo que habría esperado Jane. Las teorías incluían la huida de un triángulo amoroso con Morgan y Jesse, posibles fugas con diversas celebridades y un voto de silencio en un monasterio tibetano.

—La verdad es que me entristece un poco no haber pensado en esa posibilidad —admitió Jane.

Pasaron la tarde nadando en las aguas límpidas y poniéndose al día del viaje de Grace. En torno a las seis de la tarde, Roger devolvió a Nate a la playa para irse a trabajar al Delphini. Nate parecía algo conmocionado por su visita a las cuevas.

—Hay gente… viviendo allí —dijo—. ¡En cueros!

—Es muy fuerte —dijo Jane. La tensión entre los autóctonos y los turistas aumentaba a medida que en las cuevas crecían más y más los niveles de putrefacción—. Te puedo invitar a una botella de vino del país a modo de consuelo —le ofreció.

—No me vendría mal.

Cenaron opíparamente en el restaurante Delphini. Roger estaba en plena forma, entrando y saliendo de la cocina con sartenes llameantes y brochetas de verduras tan curvas y coloridas como arcoíris. Cuando las mesas estuvieron recogidas, unos cuantos músicos del pueblo empezaron a tocar una melodía y todos bailaron. Giraron y saltaron juntos bajo las estrellas hasta que el dueño del restaurante, Demetrios, apagó las luces. Nate y Grace se quedaron en la habitación de Jane en la pensión y esta durmió al raso con Roger.

Por la mañana, Jane sintió nostalgia mientras acompañaba a Grace y a Nate de vuelta al autobús.

—¿Sabes, Jane? —dijo Grace—. Hay sitio si quieres volverte con nosotros. Podríamos llevarte hasta el continente sin problemas.

Jane sonrió.

—Gracias por venir —dijo.

—Gracias por recibirme —contestó Grace—. Te veo a tu vuelta.

—Claro.

Miró el autobús desaparecer en una nube de humo del tubo de escape.

No tenía intención de regresar aún.

42

Cuando llegó noviembre, el barman del Delphini volvió a la Grecia continental; Roger habló con Demetrios y este contrató a Jane para atender la barra. Ya hacía casi todas las comidas gratis en el restaurante, y lo que ganaba le bastaba para cubrir el coste de su habitación. Por lo que a ella respectaba, el mundo podía seguir así indefinidamente.

Una noche en su cama, con las extremidades enredadas en las de Roger, Jane notó que este le apretaba el hombro.

—¿Qué pasa? —preguntó.

Entonces se oyó un coro de voces masculinas.

—Me parece que ya están aquí —dijo Roger.

Jane abrió los ojos. Luces de colores bailaban al otro lado de los cristales de las ventanas. Roger estaba en lo cierto; los aldeanos habían tenido éxito en sus requerimientos a la policía local, que en plena noche había enviado varias unidades para sacar a los hippies de las cuevas.

—Joder —dijo Jane.

Fuera, cientos de cuerpos bronceados caminaban en dirección al pueblo completamente desnudos. Brincaban y reían agitando antorchas y linternas mientras desfilaban ante la mirada divertida de los agentes de policía. Jane y Roger se miraron y acto seguido bajaron a la calle para verlo todo de cerca.

Un equipo de la televisión local se había instalado en el patio del Delphini. La presentadora estaba empeñada en que el cámara la enfocara a ella, pero este no perdía de vista el desfile nudista. La presentadora puso los ojos en blanco y le regañó, entonces vio a Jane y a Roger en la puerta.

—Qué locura, ¿no? —dijo.

—Nunca había visto tanta anguila junta —comentó Roger.

Jane miró la procesión de cuerpos. Cuando la lente de la cámara se inclinó hacia una cadena de hombres que brincaban, sintió una brisa fría procedente del mar.

Una vez evacuadas las cuevas, los ratos muertos en la barra del Delphini empezaron a alargarse. Una noche, no mucho después, Roger y Jane estaban solos mirando la luna subir por el cielo sobre el patio del restaurante. Él levantó su copa.

—¿Por qué brindamos? —preguntó Jane.

—Por Rabat —contestó Roger alargando mucho la erre.

Jane asintió con la cabeza.

—¿Dónde está eso?

—En Marruecos —dijo Roger, alargando de nuevo la erre.

—¿Cuándo te marchas? —preguntó Jane.

—Dentro de una semana —respondió—. Dos, quizá. No me gusta quedarme más de seis meses en un sitio. Deberías venir, Jane. Es un sitio cálido donde pasar el invierno.

Lo cierto era que Jane tenía ganas de volver a casa, pero no podía permitírselo. Había sacado el billete de ida a Grecia con el dinero de *Ursa Major* y en los meses siguientes había ido tirando de los ahorros, sin ingresar nada. Tenía un pequeño colchón de dinero, pero no bastaba para un vuelo trasatlántico.

—Me voy a quedar aquí hasta la próxima temporada —le dijo a Elsie por teléfono al día siguiente—. Cuando vuelvan los turistas, mis ingresos se triplicarán.

—¿No te vas a sentir sola sin Roger? —preguntó su abuela.

Jane dio una calada a su cigarrillo. Podía permitirse irse con Roger, pero a duras penas. No tenía formada una idea de Marruecos y estaba indecisa sobre si ir; las principales ventajas serían Roger y estar más cerca del Atlántico. Viajar hasta allí le costaría el poco dinero que le quedaba y eso significaba que tendría que trabajar para reunir lo suficiente para el billete.

—Estaré perfectamente —dijo.

A la mañana siguiente, Roger salió a pescar para los platos del día y Jane se quedó al cuidado del restaurante. Sin los turistas, la playa parecía pequeña; el tono turquesa de las aguas empezaba a apagarse bajo el encapotado cielo invernal.

Desde detrás de la barra, Jane vio a dos hombres caminar hacia el restaurante desde el pueblo. Mientras los miraba empezó a hacer una lista mental de posibles formas de ganar dinero. «Atender la barra, lavar ropa, cortar pelo, poner inyecciones, cambiar pañales».

Los hombres venían del continente. Saltaba a la vista por la palidez de su piel y la calidad de sus ropas. «Coser dobladillos, pasar cartas a máquina, servir mesas, abrir ostras».

Cuanto más se acercaban los hombres, más familiares le resultaban a Jane. Se preguntó si no habría tomado demasiado sol. Ambos tenían una forma de caminar, un peinado, un contoneo que conocía a la perfección. «Pintar uñas, cambiar sábanas, hornear pan, escribir canciones».

Jane solía escribir canciones.

Al recordar esto, tuvo una alucinación. En ella, Willy entraba en el restaurante Delphini con unas gafas modelo aviador de cristales rojos que brillaban igual que señales de tráfico reflectantes y una sonrisa de oreja a oreja. Y había dos Willys.

—Con todos los bares que hay en el mundo —decía el espejismo.

Jane pestañeó varias veces seguidas.

—¿Willy? —preguntó.

Él se quitó las gafas. Jane miró a su acompañante.

—Jane, este es mi hermano Freddy —dijo Willy—. De la discográfica Ear Wool Records.

—Encantado de conocerte —saludó Freddy. Dio un paso adelante y estrechó la mano de Jane.

En algún rincón de la memoria de esta surgieron datos. Freddy era el hermano mediano de Willy, el que vivía en Londres y producía música punk. A Jane le pareció extraña la forma en que se lo había presentado Willy, como si acabaran de coincidir por casualidad en un cóctel.

—Estáis en Matala —dijo Jane.

—Oímos que andabas por aquí y decidimos pasarnos —explicó Willy sentándose en un taburete.

—¿Cómo habéis sabido que estaba aquí?

Antes de que a Willy le diera tiempo a contestar, apareció Roger con los brazos llenos de redes de pescar que se retorcían.

—Jane, esos calamares estaban empeñados en vivir. He tenido que ser despiadado —dijo dejando caer las redes en la arena.

Empezó a poner calamares a secar.

—Roger… —Jane le hizo un gesto con la mano para que se acercara.

Él miró a Willy y después a Freddy.

—Hola, hola —dijo—. Imagino que habéis venido a llevaros a Jane de vuelta a la civilización.

Willy y Freddy se miraron.

—Esa es la idea —confirmó Willy mirando a Jane.

—No voy a volver —respondió Jane.

Era la verdad, no tenía dinero para hacerlo, pero eso no se lo iba a decir a Willy.

—Jane, estos hombres han hecho un largo viaje —dijo Roger con los ojos brillantes—. Vamos a comer algo.

Ella se dio cuenta de que Willy y Freddy miraban escépticos a Roger, pero una vez probaron sus vieiras a la plancha decidieron que querían llevárselo a él a Estados Unidos en lugar de a Jane.

—Una comida magnífica —alabó Freddy—. ¿Te has planteado abrir un restaurante en Londres?

—Un par de veces —dijo Roger guiñándole un ojo a Jane.

—En serio —insistió Freddy—. Nunca he probado unas vieiras como estas.

Roger sonrió.

—No es difícil, amigo —dijo—. Ven, te voy a enseñar a hacerlas.

Roger y Freddy apilaron los platos de la comida y se fueron a dar una clase de cocina. Willy miró a Jane.

—¿Damos una vuelta y así me enseñas esto? —preguntó.

Caminaron por la playa. Jane vio los granos de arena colarse en los mocasines de Willy. Trató de recordar la última vez que se había puesto ella unos zapatos.

—No entiendo qué es todo esto —dijo—. ¿No deberías estar de gira por los cincuenta estados con *Under Stars*?

Willy rio y se metió las manos en los bolsillos.

—Me llamó Elsie —dijo Willy. Jane levantó la vista, sorprendida—. Dice que necesitas ayuda para volver a casa, pero que jamás la pedirás. —Jane encendió un cigarrillo—. Freddy vive en Londres, así que cuando le dije que venía aquí, se ofreció a acompañarme. No me puedo creer que te hicieras todo ese viaje sola.

Esperó a que Jane hablara. Ella hundió los dedos de los pies en la arena.

—Mi abuela no tenía ningún derecho a hacer eso —dijo—. Estoy perfectamente. A Roger y a mí nos va muy bien y estar aquí es justo lo que necesito. Puedo marcharme cuando quiera.

Incluso ella se dio cuenta de que sus palabras sonaban falsas.

Willy se quitó las gafas.

—¿De verdad puedes?

Jane se había olvidado de lo penetrante que podía ser la mirada de Willy.

—Sí —afirmó.

Él arqueó las cejas.

—Sé lo que pagué por tu último disco —dijo—. Sé lo que cuestan los billetes de avión… y si tienes bastante dinero para volver a casa, entonces es que Roger es un príncipe habsburgo.

—Con Roger nunca se sabe —dijo ella.

Willy levantó las manos, dando a entender que se rendía y siguieron paseando por la playa.

Aquella noche, Roger y Willy sirvieron lubina a la brasa y los cuatro ahogaron sus penas con vino minoico. Una tarde cálida había vuelto festiva a la clientela local y a lo largo de la velada el patio se fue llenando de tal manera que casi parecía temporada alta.

El cartero empezó a tocar una melodía popular en el dulcémele y varias parejas salieron a bailar. Jane tuvo ganas de reír al mirar a los hermanos Lambert tratando de decidir si aquel instrumento musical podía tener tirón comercial.

De pronto se sintió angustiada. Caminó hasta el final del patio que daba al mar oscurecido.

«Noche sin estrellas, soy una forastera».

Oyó pisadas en la arena y, cuando levantó la vista, Willy estaba a su lado.

—Déjame llevarte a casa —suplicó.

Jane miró el agua.

—Allí no me espera nada —dijo—. Me asombra que Pegasus te haya pagado por venir hasta aquí a buscarme.

Willy pareció incómodo.

—No lo ha hecho —aclaró al cabo de unos instantes.

Jane notó calor en las mejillas.

—Mierda. Ya lo entiendo. Entonces ¿se ha terminado todo? ¿No quieren saber nada de mí?

Willy suspiró.

—No es tan sencillo como eso, pero la cosa no pinta bien —dijo.

Entonces Jane cayó en la cuenta.

—¿Te has pagado tú el viaje? —preguntó—. ¿Te estás ofreciendo a pagarme el billete de vuelta? Willy, eso es demasiado. No puedo aprovecharme así de ti.

—Pues deberías —repuso él con un carraspeo—. Te lo digo de corazón. Para empezar, me siento responsable en parte de que hayas terminado aquí.

Jane abrió la boca para protestar, pero Willy levantó una mano.

—El verano pasado me dijiste claramente que no querías ir al Silo y no te hice caso —dijo—. Y... creo que no estarías aquí ahora si yo no te hubiera obligado a ir, y que fueras es culpa mía. Cuando nos conocimos, te dije que siempre estoy ahí para mis artistas y esa es la clase de persona que quiero ser. No un Lambert cualquiera que lo supedita todo a la política de la compañía.

Jane se miró los pies, que tenía agrietados y secos.

—No me lo merezco —dijo—. Lo único que querías era que me promocionara como artista. Solo intentabas hacerme famosa y yo te correspondí portándome como si supiera más que tú. La... La verdad es que no entiendo cómo has venido hasta aquí.

Willy la miró con expresión ofendida.

—No iba a abandonar a Jane Quinn en una cueva —dijo.

Ella negó con la cabeza.

—Jane Quinn es persona *non grata*.

Willy suspiró.

—Lo es —dijo—. Y yo soy su representante.

Cuando volvieron a la fiesta, Jane miró a Roger. Por su expresión supo que ya presentía lo que iba a decirle. La condujo a la pista de baile y la estrechó contra sí, sujetándola por la espalda de la camisa. Jane miró sus ojos brillantes y rio.

—Pero que quede claro —dijo Roger—: si las cosas no salen bien, te espero en Rabat.

43

Casi todos los medios de comunicación empezaron a congregarse a la puerta del Felt Forum a las cinco de la tarde. Marybeth Kent, de *Snitch Magazine*, llegó a las cuatro acompañada de su fotógrafo, Trevor.

—Vamos a adelantarnos a *Esquire* —le susurró a Trevor mientras los dos enseñaban sus pases a seguridad y pisaban la alfombra roja.

Para cuando llegó el resto de la prensa, Marybeth y Trevor ya se habían apropiado el mejor sitio, una tarima de tres metros de altura delante de la entrada al teatro.

En la otra acera de la Octava Avenida, un grupo de admiradores silbaba detrás de las vallas metálicas. Cuando llegó una limusina hubo un murmullo de emoción. El coche depositó a un ejecutivo de pelo plateado acompañado de varias asistentes vestidas de colores brillantes en el arranque de la alfombra roja.

—¿Qué tal estoy? —le preguntó Marybeth a Trevor.

Llevaba un vestido largo de lentejuelas y la melena pelirroja suelta sobre los hombros; sus ojos felinos color turquesa asomaban detrás de gafas con montura de carey. Trevor, que llevaba tirantes rojos y pajarita a juego, la miró con los pulgares levantados.

Tenían que parecer lo bastante glamurosos para mimetizarse con el entorno.

Desde su atalaya sobre la alfombra roja, Marybeth se sentía más una cazadora que una periodista de ecos de sociedad. Aquella velada tenía un ritmo que le recordaba a los patrones migratorios de los animales; observando las aves uno podía presentir la llegada de la caza mayor.

Allí estaba Lacey Dormon, subiendo centelleante las escaleras con un vestido rosa iridiscente.

—Lacey, ¿alguna predicción para esta noche? —le preguntó Marybeth.

—He venido a apoyar a mis amigos —dijo Lacey.

Entró en el teatro. A Marybeth la sorprendió la cantidad de estrellas que hacían acto de presencia. El año anterior, la mitad de los galardonados no habían ido a recoger sus premios. Los estudios estaban intentando convertir la gala en un gran acontecimiento, como los Óscar; debían de haber presionado a sus artistas para que acudieran.

Momentos después, una limusina se detuvo junto a la acera y de ella salió Loretta Mays. Cuando el coche se alejó, los admiradores al otro lado de la calle la vieron y rugieron.

Loretta estaba nominada para siete Grammys, incluidos los cuatro grandes: Disco del Año por «Safe Passage», Álbum del Año por *Hourglass*, Canción del Año por «Safe Passage» y Mejor Artista Revelación. También estaba nominada para Mejor Portada de Álbum, Mejores Notas de Álbum y Mejor Producción de Álbum No Clásico. Mientras caminaba por la alfombra roja estaba resplandeciente. Aquella era su noche y todos lo sabían.

Marybeth, sin embargo, estaba más interesada en la pareja que venía por la alfombra roja detrás de ella, formada por Kyle Lightfoot y Rich Holt. Caminaban en compañía de un hombre delgado con gafas que probablemente era otro músico del estudio. A Marybeth no le interesaban las giras que estuvieran haciendo en aquel momento; pensaba en los Breakers. Si alguien podía confirmar los rumores de la asistencia de Jane Quinn al acto, eran sus antiguos compañeros de banda. Marybeth les sonrió cuando subían las escaleras.

—Menuda noche —dijo—. Debéis de estar encantados.

—Nos alegramos de estar aquí —contestó Kyle.

—Aquí entre nosotros —dijo Marybeth acercándose a ellos—, ¿tenéis idea de si va a venir Jane Quinn?

—Jane es impredecible —respondió Kyle.

Hannibal Fang, candidato a Mejor Canción por «Hunger Pains», llegó al rellano de la escalera y Kyle y Rich aprovecharon para despedirse de Marybeth.

Jane Quinn no había sido vista desde la inauguración del Silo el verano anterior, una velada tan bien documentada que había procurado material a *Snitch* durante meses. *Songs in Ursa Major* había arrancado con fuerza, y el primer sencillo de Jane, «Last Call», había sonado muchísimo en la radio durante el verano, no tanto en los últimos meses. Las teorías sobre la desaparición de Jane habían seguido alimentando las noticias mucho después de que Pegasus dejara de promocionar el álbum.

Aunque los críticos habían saludado el álbum *Songs in Ursa Major* como una proeza artística, no había sido nominado para ni un solo premio. Como periodista, Marybeth sabía que aquel desprecio obedecía a razones políticas, pero como admiradora tenía la sensación de que a Jane le habían arrebatado un reconocimiento que merecía.

No era la única. Legiones de mujeres jóvenes que habían sentido que *Ursa Major* hablaba de ellas estaban indignadas por el desaire; algunas se habían congregado en la acera contraria de la Octava Avenida con pancartas que decían: «Justicia para Jane» y «¿Qué haría Jane?». La propia Marybeth había oído escuchado «A Thousand Lines» una y otra vez después de que su novio de toda la vida la dejara por ser «demasiado intensa» y tenía una camiseta de «No hay Jane sin dolor».

Una semana antes de los Grammy, una fuente anónima de dentro de Pegasus había filtrado que Jane Quinn estaba ensayando en los estudios de la discográfica para actuar en la ceremonia. Marybeth sospechaba que se trataba de una estrategia publicitaria; era precisamente el tipo de intriga que animaba a los telespectadores a encender el televisor. Pero había funcionado; aquella noche, la pregunta de si Jane Quinn reaparecería o no flotaba en el aire.

Los gritos al otro lado de la calle se volvieron histéricos: habían llegado Jesse Reid y Morgan Vidal. Si había una pareja a la que Marybeth, o cualquiera en su sector, hubiera dedicado más espacio en sus columnas que a ninguna otra, era la formada por Jesse y Morgan. Su matrimonio resultaba tan estelar que parecía concertado por los dioses mismos de la industria discográfica. Desde que se hicieron pareja eran intocables, tanto en lo referido a ventas de discos como a la mala prensa.

Al menos hasta ahora. Mientras Marybeth los miraba desfilar por la alfombra roja, su olfato para el escándalo se despertó. El verdadero talento de Marybeth, si es que podía llamarse así, era que no se enamoraba de las celebridades. Esto le permitía verlas como lo que en realidad eran: personas. Y, como todas las personas, se delataban en pequeños gestos. La diferencia era que la mayoría de quienes las miraban estaban demasiado cegados por su halo de fama para darse cuenta.

La experiencia de Marybeth le decía que era igual de fácil saber si una pareja tenía problemas maritales viéndolos en la alfombra roja que sentados en la mesa de un restaurante. Aquella noche, su instinto le decía que la luna de miel entre Jesse y Morgan tocaba a su fin.

Jesse sobresalía en estatura a los presentes. Mientras se dirigía al teatro sonreía, pero en el rictus de sus labios había amargura. Acompañaba a Morgan igual que un perro con correa, pero sin caminar realmente con ella, ni con nadie. Su versión del tema de Loretta «Safe Passage» estaba nominada a Mejor Canción.

Morgan estaba radiante con un vestido lencero color carne que acentuaba sus largas piernas, pero Marybeth entrevió el pánico detrás de su sonrisa. No dejaba de mirar de reojo a Jesse, como para asegurarse de que seguía a su lado. También ella era candidata a un Grammy, en su caso al de Mejor Artista Revelación.

—¿De quién es el vestido? —le preguntó Marybeth con voz alegre cuando pasaron a su lado mientras Trevor la fotografiaba.

Mientras Morgan explicaba en voz baja que su «querido amigo Giorgio» le había diseñado el vestido, Marybeth se fijó en la nula atención que le prestaba Jesse. Sintió una punzada de lástima por Morgan al recordar cómo había mirado Jesse a Jane Quinn solo dos años antes.

Los ojos de Jesse, de un azul asombroso, se posaron entonces en Marybeth y esta tuvo la sensación de que la reconocía. Se le ocurrió entonces que quizá era aquello lo que convertía a Jesse en una estrella mundial; menos de dos segundos de contacto visual con él te hacían sentir especial.

Jesse y Morgan entraron en el teatro media hora antes de que empezara la gala.

—¿Has conseguido lo que querías? —preguntó Trevor.

—Sin duda —dijo Marybeth.

Tres limusinas esperaban en el arranque de la alfombra roja para depositar a sus ocupantes. De la primera bajó un puñado de coristas, de la segunda, un dúo de cantantes country.

—¿Vamos recogiendo? —dijo Trevor.

Marybeth negó con la cabeza mientras se fijaba en una última limusina que se detenía junto a la acera; una de las puertas se abría.

Algo estaba a punto de ocurrir, Marybeth estaba convencida de ello. Tardó un instante en entender por qué: la gente reunida al otro lado de la calle se había callado. Del coche había bajado alguien a quien no reconocían y no sabían cómo reaccionar.

Una figura esbelta como una estatua apareció al principio de la alfombra como salida de una nube. Llevaba un elegante vestido suelto color negro y collares de plata colgaban de su cuello como hebras de luna. Sobre los hombros y por la espalda le caía un velo de pelo rubio. Mientras el coche se alejaba esperó, mirando la alfombra, las escaleras, la entrada al teatro. Entonces, como si acabara de caer en la cuenta de dónde estaba, se volvió y miró a toda la gente que la observaba.

—¡Es Jane! —gritó una niña levantando una pancarta de «¿Qué haría Jane?».

Los vítores hicieron temblar las vallas de seguridad.

—¿Estás sacando esto? —preguntó Marybeth.

Por toda respuesta, Trevor empezó a hacer fotografías.

Willy Lambert se unió a Jane en la alfombra y la condujo hacia el teatro. Esta le cogió del brazo y pestañeó bajo los flashes de las cámaras. Mientras miraba a Jane subir las escaleras, Marybeth estaba atónita. Aquella persona se parecía a Jane Quinn, pero la confianza que antes irradiaba había dado paso a la timidez. Entonces, al detenerse en el rellano, los ojos grises de Jane se encontraron con los de Marybeth y sonrieron. Por primera vez en su vida, Marybeth supo lo que era sentirse deslumbrada.

—Te conozco —dijo Jane—. Eres de *Snitch*. —Ningún famoso había reconocido jamás a Marybeth—. Recuerdo que te hiciste pasar por universitaria en Portland State.

—Sí, lo siento —admitió Marybeth.

Jane se encogió de hombros.

—A veces nuestro trabajo nos exige ser infieles a nosotras mismas —dijo.

«Por esto te quiero tanto», quiso decir Marybeth.

Pero antes de que le diera tiempo a encontrar las palabras, Willy le puso una mano a Jane en la espalda para guiarla y ella se volvió hacia la puerta con la cabeza inclinada, igual que una sacerdotisa a punto de oficiar una ceremonia de sacrificio. Se abrieron las puertas y Jane desapareció en la luz incandescente.

44

Jane y Willy no habían recibido más que largas por parte de Pegasus desde el momento en que intentaron hablar de un nuevo álbum. Al parecer la compañía había optado por dejar correr el tiempo que les quedaba de contrato con Jane.

Willy creía que había una pequeña posibilidad de que cambiaran de idea. El sello no había lanzado un segundo sencillo, pero «Last Call» seguía sonando en la radio. Durante la espera, Jane compiló con esmero unos cuantos temas inspirados en sus viajes y empezó a actuar de forma regular en el Carousel. No era mucho, pero sí lo suficiente para mantenerse ocupada mientras transcurrían las semanas.

A finales de febrero recibió por fin la llamada.

—Jane —comentó la voz de Willy al otro lado de la línea—, ha surgido… algo inesperado.

—¿El qué? —preguntó ella preparándose para lo peor.

—Te han invitado a actuar en la entrega de los Grammy.

Jane no estuvo segura de haber oído bien.

—¿A actuar? —repitió—. Pero si no soy candidata a ningún premio.

—Estoy tan sorprendido como tú —aclaró Willy—. Igual han pensado que servirá para generar publicidad.

—Las galas de premios son una cursilería —dijo Jane.

Los Grammy existían desde hacía unos diez años y para Jane era una ceremonia envarada y plomiza. Willy carraspeó.

—Con lo de cursilería me estás diciendo «Por supuesto que iré», ¿verdad?

—Sí —confirmó Jane—. Claro que sí.

Jane llegó a Nueva York una semana antes de la gala sintiéndose cautelosamente optimista. Pegasus la había alojado en el Plaza y subió flotando detrás del botones hasta su habitación. Cuando el botones se hizo a un lado, se le cayó el alma a los pies.

—Ni siquiera sabía que tuvieran habitaciones tan pequeñas —comentó Willy con expresión de apuro.

Jane supuso que su reacción era indicativa de las dimensiones de la suite en el ático que ocupaban Morgan y Jesse.

—Me siento afortunada de estar aquí —dijo.

A la mañana siguiente, Willy la escoltó a las oficinas de Pegasus para ensayar. La noche anterior había habido ventisca y mientras caminaban en dirección oeste por Central Park tuvieron que esquivar nieve amarilla y blanca, sucia de hollín y de pis de animales. Los carruajes de caballos esperaban en fila haciendo sonar sus campanillas; la guarnición de los caballos incluía anteojeras para que no se espantaran con el tráfico. Jane sintió náuseas al mirar sus ojos cansados e inyectados en sangre.

—Esta ciudad es asquerosa —le dijo a Willy.

Cuando entraron en el vestíbulo de cristal y mármol de Pegasus, Jane no supo si la pareja de gélidas secretarias sentadas detrás del mostrador de recepción eran las mismas de su primera visita. Cuando las miró de cerca se dio cuenta de que en realidad no se parecían tanto y probablemente tenían su edad.

—Señora Quinn, señor Lambert —saludó la de la izquierda—, los estábamos esperando. Por favor, acompáñenme. ¿Les puedo ofrecer un poco de agua?

—Vamos a los antiguos estudios —indicó Willy.

La secretaria frunció el ceño.

—Perdone, pero eso no es lo que tenemos aquí apuntado —dijo—. Tengo que llevarlos directamente a Metropolis A.

—Vale —accedió Willy—, pero ensayamos dentro de diez minutos, así que espero que sea algo rápido.

—Estoy segura de que sí —dijo la secretaria—. Por aquí, por favor.

Willy y Jane se miraron. Siguieron a la secretaria por un pasillo de mármol soleado, a ambos lados del cual había despachos acristalados con vistas a la ciudad. Entraron en una espaciosa sala de reuniones con cristales del suelo al techo en dos de las paredes. Las otras dos estaban decoradas con discos de oro, igual que las oficinas de la compañía en Memphis. Jane pestañeó.

Daba la impresión de que había reunión del consejo de administración. Lenny Davis estaba sentado a la cabeza de una larga mesa de superficie brillante, con su guardaespaldas de pie, pegado a la pared detrás de él. Ocupaban las otras sillas hombres que Jane no conocía. Se preguntó si la secretaria no se habría equivocado. Miró a Willy, y entonces habló Lenny Davis:

—Adelante, Jane, Willy. —Señaló la silla a su derecha.

Cuando Jane se sentó se dio cuenta de que tenía a Vincent Ray enfrente. Este hizo como si no la viera. Aquello no era una reunión del consejo de administración. Era una emboscada. Jane sintió el impulso de darse la vuelta y echar a correr, cuando oyó cómo la secretaria cerraba la puerta.

—Gracias por venir —dijo Davis.

Su tono era despreocupado, pero Jane reconoció la misma mirada calculadora que le había visto en Memphis. Se le puso la piel de gallina al recordar que se había referido a ella como «una monada» entre bastidores en Minglewood Hall.

—¿De qué va esto? —preguntó Willy. Estaba mirando a un hombre sentado a la izquierda de Lenny. Vestía traje de cachemir a medida y parecía una versión madura de Danny, el hermano de Willy—. Papá.

—Will —dijo Jack Lambert. Miró a Jane, pero no la saludó—. Siéntate.

Ella no habló mientras miraba el círculo de caras inexpresivas; se dio cuenta de que estaban multiplicando en silencio los años que le quedaban antes de perder su atractivo por la cantidad de dólares que podía hacerles ganar.

—Jane, este el consejo de administración de Pegasus —dijo Davis—. Creo que ya conoces a Vincent Ray. —Este miró a Jane, quien lo saludó con una inclinación de cabeza—. No es más que una charla amistosa. Queríamos que Jane nos contara qué tiene pensado para la gala de los Grammy.

—¿A todos? —dijo Willy mientras se guardaba las gafas de sol en el bolsillo de la camisa.

Jane lo miró. Dos años antes, Willy jamás habría usado ese tono. Dos años de éxitos lo habían envalentonado y la presencia de su padre lo volvía desafiante.

—Solo queremos asegurarnos de que estamos en la misma onda —explicó Lenny Davis.

—Vale —accedió Jane—. Pues, en primer lugar, gracias por darme esta oportunidad. —Lenny Davis sonrió, pero el calor de la sonrisa no alcanzó sus ojos—. El productor ha sugerido «Last Call», puesto que es el sencillo de mi álbum. Pero estoy abierta a otras propuestas.

Lenny Davis asintió con la cabeza y se volvió hacia Vincent Ray.

—Nosotros habíamos pensado en «Spring Fling» —intervino este.

Jane alzó las cejas.

—¿La canción de los Breakers?

—Sigue siendo tu sencillo más vendido —dijo Vincent—. Usaremos esta actuación para hacer la transición de forma pública al estilo de música que vas a grabar a partir de ahora.

—Esperad un momento —interrumpió Willy—. He pasado meses intentando obtener alguna respuesta sobre el contrato de Jane y solo me he encontrado burocracia. ¿Y ahora nos contáis esto como si estuviera ya decidido?

—Después de la decepción que supuso *Songs in Ursa Major*, habíamos resuelto rescindir el contrato de Jane —explicó Lenny Davis—, pero entonces Vincent Ray sugirió aprovecharlo para relanzar el álbum de los Breakers.

Aquello tenía que ser una broma, la idea de que Vincent Ray apoyara *Spring Fling* era absurda. Jane miró a Willy y se fijó en el paisaje de oficina detrás de él.

Cayó en la cuenta de que estaban en la misma sala de reuniones en la que se habían hecho las fotografías para la portada del álbum. Se le cayó el alma a los pies. Todo aquello era en represalia por esa portada, solo que ahora Vincent Ray iba a reclamarla como símbolo de su poder. Obligando a Jane a interpretar «Spring Fling» en los Grammy haría saber al resto de la industria discográfica que él siempre tenía la última palabra.

—Está claro por el relativo éxito de *Spring Fling* y *Ursa Major* que, dejada en tus manos, Jane ha perdido el rumbo —dijo Vincent Ray.

Willy tenía la expresión de alguien que acaba de recibir una bofetada.

—Espera un momento —dijo—. «Last Call» arrancó todavía mejor que «Spring Fling». La única razón por la que no ha vendido es que el sello dejó de publicitarla.

—El consejo ha decidido que tenemos una oportunidad si conseguimos que Jane recupere su imagen de antes —dijo Vincent Ray—. Vamos a usar la gala de los Grammy para relanzarla y dejar claro que esta es la música que va a hacer a partir de ahora: pop divertido y playero. Se acabaron los experimentos.

—Mi banda lleva un año sin tocar —dijo Jane.

—Uy, no me has entendido bien. Va a ser una actuación en solitario —aclaró Vincent Ray.

Jane se puso mala solo de imaginarse interpretando una versión acústica de «Spring Fling» ante un público en el que estuvieran Morgan, Loretta y Jesse. No dijo nada.

—Esto es un despropósito, a los seguidores de Jane les encantó *Ursa Major*. Tenéis que haber visto las camisetas de «¿Qué haría Jane?» —dijo Willy hablando para todos los presentes.

—Las adolescentes son como ovejas —dijo Lenny Davis—. Les gusta lo que nosotros les digamos. Para conquistar al público masculino, Jane tiene que volver al pop.

Jane había oído suficiente.

—Lo tengo claro —dijo.

—¿Lo tienes claro? —preguntó Lenny Davis.

—Sí. No pienso actuar.

Vincent Ray la miró con desdén.

—No tienes elección —preguntó—. La cláusula de publicidad en tu contrato te obliga a hacer cualquier promoción que consideremos necesaria. Te sugiero que aproveches esta oportunidad para mostrarnos tu gratitud por nuestra magnanimidad contigo el verano pasado.

Willy estaba a punto de perder los papeles.

—Entonces…, digamos que Jane actúa en los Grammy y «recupera» su «imagen» de antes —dijo—. Luego, ¿qué?

—Luego Vincent Ray ha tenido la generosidad de ofrecerse a producir su siguiente disco, este sí en la línea de *Spring Fling* —explicó Lenny Davis.

De pronto, Jane se sorprendió deseando que la discográfica hubiera decidido prescindir de ella.

—No quiero un productor —dijo.

—Menuda niñata desagradecida —soltó Jack Lambert.
Willy palideció.

—No se trata de lo que tú quieras —le espetó Lenny
Davis—. Tienes un contrato. Si decidimos hacerlo valer estás
obligada a respetarlo.

—Yo no escribo canciones como «Spring Fling» —aclaró
Jane.

—Entonces contrataremos a un profesional. No lo está
entendiendo —dijo Lenny Davis mirando a Vincent Ray para
que le echara una mano—. ¿Lo intentas tú?

Vincent Ray se volvió hacia Jane.

—Vas a cantar lo que nosotros te digamos —le explicó despacio.

—¿Cómo? —preguntó Jane.

—¿Demasiado impreciso? A ver esto: eres propiedad
nuestra. Bueno, al menos las partes tuyas que interesan. Tu
catálogo de canciones, tus éxitos, tu imagen, tu tiempo. Todo
lo que has hecho y lo que eres nos pertenece.

También *Ursa Major*.

Willy tenía los nudillos blancos de tanto apretar los puños.

—No puedes hablarle así —dijo.

Jack Lambert miró a su hijo con expresión amenazadora.

—No haría falta si hubieras hecho bien tu trabajo.

—No hay necesidad de ponernos desagradables —medió
Lenny Davis—. Hemos invertido en Jane y no nos interesa
desperdiciar un activo así. Si nos demuestra que puede portar-
se bien y hace lo que le pedimos, no hay razón por la que no
podamos trabajar juntos.

—¿Y si no lo hace? —planteó Willy.

Lenny Davis y Vincent Ray se miraron.

—Entonces cogeremos sus próximos cuatro álbumes y
los encerraremos en una caja de seguridad junto con *Ursa Major* —dijo Vincent Ray.

Jane contuvo la respiración.

Jesse le había advertido que aquello podía ocurrir. Entonces ella había sentido indignación, urgencia por demostrarle que se equivocaba, por dejar su huella en el mundo. Recordaba la luz en la Choza, con Jesse reclinado mientras ella transcribía las notas de sus canciones. En aquel momento Jane se moría de ganas de ver su nombre en un disco; pensaba que eso lo solucionaría todo. Qué tonta había sido; ahora renunciaría a todos los discos que había vendido a cambio de recuperar la esperanza de entonces.

—Muy bien —dijo.

La cabeza de Willy se volvió hacia ella como un resorte.

—Así me gusta, buena chica —dijo Lenny Davis.

—¿Cómo que «muy bien»? —intervino Willy—. Esto no está nada bien. *Ursa Major* tuvo una gran acogida por parte de la crítica.

—Will —dijo Jack Lambert.

—No —se negó él—. Es ridículo. No pienso...

—Willy —lo interrumpió Jane—, no pasa nada.

Por un momento todos guardaron silencio. Luego habló Vincent Ray.

—Desde luego, menuda sorpresa —dijo—. No me había esperado que Jane fuera la razonable y tú el bocazas, Lambert.

Jane y Willy se pusieron en pie y salieron de la habitación sin girarse, como si los apuntaran con un arma. Una vez en el pasillo, Willy dejó escapar un fuerte suspiro y se dobló hacia delante.

—Qué harto estoy de que mi padre me toque los cojones —soltó pasándose una mano por la cara—. Es que no lo entiendo. Que hayan convocado al consejo para esto tiene que significar... —Negó con la cabeza y se volvió hacia Jane—. ¿Y desde cuándo eres tú una buena chica?

—Desde que me he cansado —dijo Jane.

—¿Te has cansado?

Jane se encogió de hombros.

—Me he cansado de pelear batallas que no puedo ganar —explicó—. Ya lo has oído. *Ursa Major* les pertenece. —Negó con la cabeza—. Quizá esto es lo más lejos a lo que puedo llegar.

—No lo es —replicó Willy—. No quiero que te rindas. Deberías ir a otra compañía, una que te valore.

Jane rio.

—¿Después de cuatro álbumes como *Spring Fling*? ¿Qué sentido tiene? En la cúspide de cada discográfica hay un consejo de administración igual a este, y esas personas siempre me van a ver como a una chica del coro de Jesse Reid, no como a su igual. Quizá sea mejor aceptarlo y ya está.

—Jane, no quiero oír algo así, no de tu boca —dijo Willy.

Jane le dio unas palmaditas en el brazo.

—Eres un buen hombre, Willy —dijo—. No es más que una gala de premios tonta. Es posible que no la vea nadie. Ya te lo dije, esas ceremonias son una cursilada.

Willy parecía debatirse entre añadir algo o quedarse callado. Al cabo de unos instantes asintió con la cabeza.

—Venga, vamos a ensayar —dijo sacándose las gafas de sol del bolsillo.

Desde que trasladó la producción a Los Ángeles, Pegasus alquilaba sus antiguos estudios de grabación como salas de ensayo. Las habitaciones habían sido despojadas de las moquetas y cortinas, dejando al descubierto ásperas paredes de cemento. Bajo el zumbido de los fluorescentes, Jane traspuso «Spring Fling» al piano para que no sonara tan huérfana sin los Breakers.

Oh,
We should be a movie,
We should be a show.

Durante la semana siguiente Jane tuvo flashbacks de sus sesiones de grabación con Rich, Kyle y Greg en aquel mismo estudio. Pero, para su sorpresa, descubrió que *Ursa Major* ocupaba la mayor parte de sus pensamientos. Jane no había imaginado que fuera posible añorar una etapa de su vida en la que se había sentido tan desgraciada; claro que entonces no había aprendido todavía que había cosas más duras que la infelicidad.

La apatía que sentía ahora era peor que todo el dolor sufrido mientras creaba *Ursa Major*. Al menos entonces se había sentido viva.

Oh,
You make me feel groovy,
Light it up and go.

Cuando la limusina de Jane se detuvo a la puerta de los Grammy, se sentía tan vacía y fútil como la letra de «Spring Fling». Después de todo, quizá tenía sentido cantar esa canción.

45

El asiento de Jane estaba en la última fila del patio de butacas. Willy la dejó instalada al lado de Kyle, Rich y Simon y se dirigió a las primeras filas a sentarse con los candidatos.

—Te veo bien, Janie Q —dijo Kyle.

—¿Estás preparada? —preguntó Rich.

Jane se encogió de hombros y en ese momento se apagaron las luces. El público era más numeroso de lo que había esperado. Centelleaban en sus butacas igual que joyas en un estuche de terciopelo cuando Andy Williams se situó en el centro del escenario bajo una escultura luminosa en forma de guirnalda. Los aplausos recorrieron el teatro cuando empezó su monólogo de bienvenida, con las cámaras rodeándolo igual que buitres.

Durante la hora siguiente Jane vio como *Hourglass*, de Loretta May, ganaba el premio a la Mejor Portada de Álbum, Mejores Notas de Álbum y Mejor Producción de Álbum No Clásico. Todos aplaudieron cuando Huck recibió el premio a la Mejor Interpretación Instrumental Pop por «Safe Passage». La sala vibró cuando Jesse recibió el Grammy al Mejor Sencillo por la misma canción y su figura delgada caminó por el escenario para recogerlo.

Mediada la gala, un asistente de producción apareció al lado de Jane para acompañarla entre bastidores. Ella lo siguió por una serie de pasillos con paredes de ladrillo visto que desembocaban detrás de la plataforma del escenario en la que iba a cantar. Willy ya estaba allí.

—¿Qué tal estás? —preguntó.

Jane se vio pequeña en la imagen que reflejaban sus gafas de espejo.

—Son solo tres minutos —dijo.

Los dos escudriñaron la multitud destellante.

—Te toca —dijo el asistente de producción.

Jane lo siguió a un lateral del escenario. Vio a Andy Williams sonriendo alternativamente al público y a una cámara de la CBS.

El regidor levantó una mano a Andy y contó de cinco a cero. Andy hizo un gesto en dirección al lateral.

—Demos la bienvenida a Jane Quinn, quien va a interpretar «Spring Fling».

Un murmullo recorrió el público cuando Jane se situó delante de las cámaras.

Rich y Kyle se enderezaron en sus asientos. Incluso desde las últimas filas la veían con más claridad que a otros artistas del escenario. Jane resplandecía.

Desde el escenario, Jane sentía cómo el tiempo cambiaba a su alrededor, apremiándola y deteniéndose a la vez. Si entrecerraba los ojos podía ver a Kyle y a Rich; identificó a Lacey Dormon, vestida de rosa brillante, y a Huck a su izquierda. Había varias filas al principio del patio de butacas reservadas para la Academia Nacional de Artes y Ciencias de la Grabación; Jane vio relampaguear las cadenas de Lenny Davis y los dientes de Vincent Ray. También a los otros candidatos, en el centro de las primeras filas: Loretta y su marido; Hannibal Fang y una supermodelo croata; Morgan y Jesse.

Jane se quedó sin respiración; no había estado tan cerca de Jesse en casi un año. Estaba sentado a dos filas de ella, con la espalda muy pegada al respaldo de su butaca y la vista fija en la cabeza que tenía delante. A Jane le recordó a los caballos exhaustos y con anteojeras a la entrada de Central Park.

Se giró hacia el piano, cubierto de luces. Apoyó las manos en las teclas. No eran más que tres minutos, un número musical. ¿Qué le había dicho Jesse en una ocasión? «"Spring Fling" es una canción de lo más digna».

Levantó la vista y vio a Willy en el lateral del escenario. Habían recorrido un largo camino juntos desde el Folk Fest de la isla de 1969. Nueva York, Grecia, Los Ángeles. ¿Qué le había dicho aquella noche en Laurel Canyon?

«Mientras tengas un instrumento en las manos, eres un problema».

Al fondo del teatro, Rich y Kyle se miraron.

—¿Qué pasa? —preguntó Simon.

—No ha... —Kyle inclinó la cabeza como hacía siempre Jane antes de tocar.

Desde el escenario, Jane observó a Vincent Ray esperando a que hundiera sus dedos en las teclas del piano y ver así sellada su victoria. Sería un momento triunfal para él y todos lo sabrían.

Jane se ponía enferma solo de pensarlo; pero ¿qué podía hacer? La discográfica tenía todos los ases en la manga. Era la dueña de sus futuros álbumes, de *Ursa Major*. Volvió a mirar a Jesse. Incluso el caballo ganador de Pegasus estaba siendo reducido a pegamento. Su imagen parpadeó ante ella, un hombre tan bello a punto de desaparecer.

Entonces, Jesse miró a Jane.

You run through me like fountain dye...
Starry signs themselves reflecting...
No matter where you roam...[1]

---

[1] Me recorres como la tinta de una pluma, / señales estrelladas que se reflejan. / No importa adónde huyas...

Jane se inclinó sobre las teclas y cerró los ojos.

Dentro del piano se desató una tempestad.

—Eso no es «Spring Fling» —dijo Rich.

Simon arqueó las cejas cuando reconoció el tercer tema de *Songs in Ursa Major*.

—Es «Wallflower».

Mientras Jane tocaba la intro de la canción sintió una fuerza crecer en su cuerpo y su corazón desbocarse. Era posible que la discográfica tuviera el control, pero ella tenía aquellos tres minutos. Tenía aquel instrumento. Eran armas modestas, un puñado de fósforos contra la escarcha invernal; y, sin embargo, Jane sabía que renunciar a ellas significaría perder más de lo que podía permitirse.

«Tú y yo», pensó evocando las notas con las yemas de los dedos. Empezó a cantar.

> *Flowers painted on the wall,*
> *Tattered paper bouquets fall,*
> *Your laugh echoes down the hall.*

Mientras las cámaras la enfocaban, tomó aliento y continuó. Tocó con ternura, sufriendo cada nota. En la primera fila, Hannibal Fang sonrió.

La única imagen que pensaba recuperar Jane aquella noche era la suya propia.

> *I've never known a girl like you,*
> *Dress so faded, eyes so blue,*
> *Lord in heaven see me through.*

Cuando terminó el estribillo se sintió transportada de nuevo a la explanada del Fest, ante un público de miles de personas. Sintió lo que había sentido entonces, un valor nacido de la rebeldía. «Enséñame de lo que eres capaz». Apremió al piano, cogiendo ímpetu a través de octavas igual que un viento soplando sobre las olas del mar.

—La domadora de pianos —susurró Kyle.

Mientras los dedos de Jane seguían tocando el acompañamiento, levantó la barbilla y miró por encima del instrumento a un punto distante. Dejó pasar la entrada a la segunda estrofa y tocó la melodía de «Wallflower» con la mano derecha. Entonces empezó a cantar una canción diferente.

Porque, al igual que Jane, aquellas letras contenían un secreto.

I count to three and suddenly
The moon hangs low,
White as a pearl.

Jane había escrito «Wallflower» como contrapunto a «Lilac Waltz»; oídas juntas, las melodías se entrelazaban igual que enredaderas en una celosía. «Wallflower» relataba la versión de Jane de una historia que se suponía que no debía contar nunca. Mientras cantaba, le rodaban lágrimas por las mejillas.

I'm the girl in your arms,
The air is filled with melody,
And you still think so well of me.[2]

Durante mucho tiempo, Jane había querido vengar a su madre. Pero aquella era una carga que no le correspondía soportar a ella, en realidad no. Había llegado el momento de soltarla. Sintió las teclas del piano, duras y tangibles bajo sus dedos, y dejó que los últimos versos de Charlie llenaran el teatro.

---

[2] Soy la mujer en tus brazos./El aire está cargado de música/y tú aún me quieres.

Darling, it was not meant to be
After the lilac waltz.[3]

El timbre argentino de su voz hacía vibrar la inolvidable melodía contra el poderoso fondo del piano y Jane navegaba entre ambas cosas con rigurosa precisión. Respiró y dejó que el piano la transportara de vuelta al estribillo de «Wallflower».

I've never known a girl like you.[4]

Charlie dándose la vuelta para salir de Tejas Grises con su vestido lila era la imagen fija que había habitado los sueños de Jane y definido su existencia. Ahora la presentaba ante un público lleno de mercenarios, jugadores, artistas, y Jesse.

Car pulls up, a screen door slams,
Clicking heels, a beige sedan,
Inside is another man.

Allí estaba, a poco más de cinco metros de ella, pero separado por un golfo de dolor, anhelo, confusión y arrepentimiento. Y, sin embargo, en aquel instante, Jane guardaba una última cerilla. Encontró los ojos de él y envió el último verso de la canción al espacio entre ambos como si fuera una linterna haciendo señas desde un acantilado lejano.

I stand aside, I watch you go,
I start to cry, nobody's home,
I love you so, and now you know.

---

[3] Cariño, no estaba escrito./Después del vals de las lilas.
[4] No he conocido a otra como tú.

Su mirada se detuvo en el rostro de Jesse hasta que le faltó valor; luego volvió el piano para el estribillo final. Cuando la canción tocaba a su fin, Jane tomó aire y dejó que sus dedos escaparan a las teclas más agudas, entretejiendo notas de «Lilac Waltz» en el contrapunto.

By and by, how time flies.

Cuando terminó la canción, Jane cerró los ojos e inclinó la cabeza sobre el piano.

Por un momento solo hubo silencio.

La sala estalló en aplausos. Jane abrió los ojos. Durante una fracción de segundo vio un arcoíris flotar sobre el público.

A continuación, Loretta Mays, la cantante más premiada del año, se puso en pie. Mientras aplaudía a Jane, su expresión era radiante.

—¡Bravo! —exclamó.

Las filas detrás de ella se levantaron también. Jane vio un fogonazo de rosa cuando lo hizo Lacey. Oía a Kyle y a Rich gritar desde el fondo. Hannibal Fang vitoreó y Morgan aplaudió cortésmente. Jesse también se puso en pie, pero no miró hacia el escenario en ningún momento.

Cuando Jane se levantó de la banqueta, sus ojos buscaron a los directivos de la discográfica. Lenny Davis tenía expresión sombría. Vincent Ray parecía ansioso por darle una nueva lección. Que lo intentara; no era fácil inculcar cosas a Jane contra su voluntad.

Andy Williams regresó corriendo al escenario y las cámaras lo enfocaron. Por un momento Jane quedó en sombras; entonces Andy le hizo un gesto para que se reuniera con él bajo los focos.

—Esto no nos lo esperábamos, ¿eh? —dijo—. ¡Supongo que el rock and roll es así!

Jane hizo un tímido saludo y salió por un lateral mientras el público continuaba aplaudiendo.

Ya fuera del escenario, vibraba de pies a cabeza. Se volvió a mirar a Jesse; tenía la cara vuelta hacia Andy y reía con una de sus ocurrencias.

Apareció Willy meneando la cabeza.

—¿Lo tenías planeado? —dijo mientras le ofrecía un vaso de agua.

Jane dijo que no con un gesto.

Willy sonrió.

—Esa es mi Jane —dijo.

—La que nos ha jodido a los dos.

—Y de qué manera —confirmó Willy.

46

Al día siguiente, Jane bajó del transbordador y se encontró con el abrazo de Maggie, Elsie y Grace. Mientras volvían las cuatro del brazo a la ranchera se cruzaron con un grupo de chicas de instituto con pancartas de «¿Qué haría Jane?».

—¡Jane, te queremos!

—¡Eres mi ídolo!

—Jane, ¿quieres ir al baile de graduación con mi hermano?

—Hombre, por fin te invita alguien —dijo Maggie.

Aquella noche, las Quinn se sentaron en el porche de Tejas Grises provistas de un surtido de velas y mantas de lana. Elsie abrió una botella de vino de lilas y las cuatro se repartieron por las escaleras a beber y mirar las estrellas.

—La abuela se dio cuenta —contó Maggie—. Cuando te sentaste al piano, dijo: «No va a tocar "Spring Fling"».

—Tenías esa expresión de cuando eras pequeña e intentábamos darte puré de verduras —explicó Elsie.

—Me sigue pareciendo asqueroso —dijo Jane.

—¿Qué pasó? —preguntó Grace.

—No pude hacerlo —respondió Jane mientras le venía a la cabeza una imagen de Jesse.

—Interesante —dijo Elsie. Guiñó un ojo—. Resistirse a los poderosos es muy saludable.

Jane rio.

—Eso dímelo cuando los poderosos entierren mi próximo álbum en algún lugar donde no brille el sol.

—De verdad que fue una actuación asombrosa —afirmó Grace.

Elsie asintió con la cabeza.

—En eso no has salido a mí —opinó.

—Creo que ya sabemos de dónde le viene —dijo Maggie.

Al día siguiente, Jane y Grace fueron al Cedar. Esperaron en el porche a que Charlie terminara su clase de calistenia en la explanada de césped.

—¿A quién está guiñando el ojo? —preguntó Jane.

—A los paparazzi —explicó Grace.

Cuando terminó la clase, se unieron a Charlie en el patio.

—¡Jane! —saludó Charlie entusiasmada—. ¡Has vuelto! ¿Qué tal el viaje? ¿Dónde habías ido?

Jane nunca estaba segura de lo que recordaría su madre de conversaciones anteriores. En aquel momento Charlie parecía casi normal.

—A Nueva York —respondió.

—Qué emocionante —dijo Charlie—. ¿Qué hacías en Nueva York? Tendrás que perdonarme, he estado tan ocupada que se me ha olvidado.

Jane miró a Grace.

—He estado en la entrega de los Grammy —le contó.

Ni siquiera estaba segura de si su madre sabía lo que era eso; cuando la ingresaron, los premios llevaban pocos años entregándose.

—¿De verdad? —dijo Charlie abriendo más los ojos—. ¡Qué curioso, yo también! Y no nos hemos cruzado.

—¡Anda! —exclamó Jane maquinalmente.

—Yo no te vi —dijo Charlie—. ¿Tú a mí sí? Llevaba un vestido negro y collares de plata. ¡Me subí al escenario y toqué el piano de maravilla! Se suponía que tenía que cantar la canción de otra persona y se sorprendieron muchísimo cuando toqué «Lilac Waltz». —Soltó una risita ante su propia travesura. Jane y Grace se miraron—. Entonces, dime —continuó—, ¿me viste?

—Sí —dijo Jane—. Te vi.

—¿Y? —quiso saber Charlie—. ¿Estuve bien?

—Fuiste la mejor.

—Esa canción la escribí yo, ¿sabes, Jane?

—Sí, lo sé —respondió ella.

Charlie sonrió y por un momento pareció la de antes. Entonces otro paciente cruzó el patio y la saludó con la mano; detrás iba su cuidador con dos raquetas de bádminton.

—Ese es Tony Trabert —les dijo Charlie devolviéndole el saludo—. Ha ganado el U. S. Open... ¡dos veces!

Media hora más tarde salió Mary a darle la medicación a Charlie y Grace y Jane se despidieron. Los instantes que seguían a una visita a Charlie siempre eran silenciosos. Grace le puso a Jane una mano en el hombro y las dos fueron caminando al edificio principal. Al pasar delante de la sala de recreo, Jane se detuvo junto a un gran televisor.

—Debieron de ver la gala aquí —comentó.

—Pues parece que, a su peculiar manera, a Charlie le gustó tu actuación —dijo su tía.

Cuando llegaron al aparcamiento, anochecía. Jane le ofreció un cigarrillo a Grace y se detuvieron a fumar y a mirar las gaviotas sobrevolar los árboles.

—¿Crees que de verdad escribió «Lilac Waltz»? —preguntó Jane al cabo de un momento.

Grace se encogió de hombros.

—¿Acaso importa?

Jane miró a su tía, sorprendida.

—De no ser por esa canción no estaría internada aquí.

Grace adoptó una expresión extraña.

—No estoy segura de eso —dijo—. Después de tantos años de ver así a Charlie, creo que las cosas habrían terminado igual, con independencia de las circunstancias.

—¿Qué quieres decir?

Grace suspiró.

—Era cuestión de tiempo que algo desencadenara sus síntomas —explicó—. Estaba escrito que terminaría en el Cedar. Yo desde luego habría luchado por que así fuera. Con canción o sin ella, no había otro desenlace posible para Charlie.

Jane dio una calada a su cigarrillo y miró los pájaros volar hacia un cielo oscurecido.

Jane sabía que los Grammy tendrían consecuencias y esperó noticias de Willy mientras se aclimataba de nuevo a la vida en la isla. Pasaron semanas, las suficientes para que varias revistas mensuales publicaran artículos pidiendo un segundo sencillo de *Ursa Major*.

Era mayo cuando finalmente el teléfono sonó.

—Jane, da la casualidad de que estoy en la isla.

—Nadie está en la isla por casualidad —respondió ella.

—Pues yo sí —dijo Willy—. Quedamos para comer en el hotel Regent's Cove dentro de una hora.

—Vale —accedió Jane—, pero paga Pegasus.

Willy rio y colgó el teléfono.

El aire era cálido y fragante por la naturaleza en flor. Jane se puso un vestido de tirantes y fue hasta el pueblo dando un paseo.

Sabía que Willy vendría de la casa de Jesse y Morgan y trató de ahuyentar este pensamiento. No había tenido noticias de Jesse desde los Grammy y tampoco las había esperado.

Había albergado la esperanza de que la experiencia la ayudara a pasar página. Elsie y Grace seguían insistiendo en que era cuestión de tiempo, pero Jane dudaba de que llegara alguna vez el día en que dejara de pensar en Jesse.

La recepcionista la acompañó a la mesa de Willy. Este sonrió y sus gafas de aviador reflejaron la imagen del puerto. Después de pedir, llegó el camarero con champán.

—¿Y esto? —preguntó Jane.

—Estamos de celebración —respondió Willy.

—Vas a ser padre.

—En cierta manera sí —dijo Willy. Levantó la copa y Jane hizo lo mismo—. Por la libertad.

—Por... la libertad —repitió Jane.

Ambos bebieron.

—Pegasus está a punto de declararse en quiebra —dijo Willy con una sonrisa de oreja a oreja.

—Estás de broma.

Willy negó con la cabeza.

—Supe que algo pasaba el día que nos acorralaron —dijo—. No tenía ningún sentido que el consejo al completo interviniera en un asunto creativo, a no ser que la compañía estuviera en serias dificultades. Resulta que el álbum de los Breakers fue uno de los pocos que dio beneficios en los últimos años, porque el presupuesto de producción y el anticipo fueron muy bajos. Buscaban producir más éxitos como ese para aplacar a los accionistas sin causar demasiado revuelo. —Willy dio un gran trago de champán—. Como si eso hubiera funcionado alguna vez —continuó—. *Snitch* está a punto de publicar un reportaje destapándolo todo. Después de la gala de los Grammy, una reportera, que al parecer es gran admiradora tuya, se puso a investigar por qué ibas a cantar «Spring Fling» y, mira por dónde, descubrió que la compañía es completamente insolvente. Para finales del trimestre lo habrán liquidado todo.

—Y… ¿eso qué significa? —preguntó Jane.

Willy sonrió.

—Significa que tu contrato es nulo y sin efecto legal —dijo—. Eres libre de irte adonde quieras. Lo que me lleva a la segunda noticia que tengo que darte: Black Sheep Records.

—Ah, ¿sí?

—¿Qué te parece? ¿Demasiado explícito?

—Me gusta —admitió Jane—. Entonces ¿vas a montar un sello discográfico? ¿Con qué estudio?

—Con el mío propio —respondió él—. Tengo ahorros suficientes y contigo, espero, con Jesse y unos cuantos artistas más, en un par de años ya deberíamos tener beneficios.

—Es maravilloso —dijo Jane.

Jesse y ella seguirían estando en el mismo sello. La idea la reconfortaba.

—No sé si te das cuenta de hasta qué punto lo es —dijo Willy—. Jane, van a tener que vender su catálogo. Vas a poder comprarles los derechos de *Ursa Major*.

—Willy, no tengo dinero para eso —dijo Jane.

—Lo tendrás —le aseguró Willy—. Y hasta que llegue ese momento, lo tengo yo.

Jane se arrellanó en su silla.

—Por la libertad —brindó.

47

Malinda King vibraba en el escenario desatando una tormenta con su banda, The Lost Cause, mientras la pista de baile giraba bajo luces color índigo. Desde la galería del segundo piso, Morgan vio cómo un chico al que había estado observando por fin se llevaba a su chica a un rincón.

Jesse y ella habían querido que los isleños se sintieran bien recibidos en el Silo y con aquellos dos sin duda lo habían logrado. La chica llevaba blusón de volantes y vaqueros; el chico, una camisa de cuello almidonado. Morgan tenía la sensación de que estaba asistiendo a la gran noche de una pareja muy poco glamurosa.

Y sin embargo, no conseguía apartar la vista de ella.

A lo largo de varias canciones, la chica había florecido bajo la mirada del chico. Morgan no creía que los pensamientos de este tuvieran nada de profundo o poético, pero daba igual; aquella noche los dos eran protagonistas de una película y la forma en la que él la miraba hacía que ella se sintiera bella. Cada vez que se tocaban tardaban un poco más en separarse, hasta que por fin el chico tiró de la chica hacia él y la besó.

Morgan los miró refugiarse en las sombras. Encendió un cigarrillo.

Jesse y ella habían querido abrir un club en el que la gente presumiera de a quién habían visto actuar o de lo que habían hecho en los cuartos de baño; el Silo había sido construido como un laberinto lleno de rincones oscuros y recovecos precisamente por este motivo.

Morgan había disfrutado imaginando que Jesse la atraía a uno de estos rincones y la arrancaba de sus deberes de anfitriona para disfrutar de unos momentos de pasión clandestina. En sus fantasías, lo descubría mirándola, le sonreía y los dos se escabullían al armario más cercano.

Morgan exhaló humo por la nariz. Había empezado a sospechar que esa clase de pasión no iba a seguir formando parte de su vida. No tenía más que veinticuatro años pero, comparada con los jóvenes a los que acababa de ver besándose, se sentía una anciana.

Jesse y ella habían conocido algo parecido a la pasión al principio, pero con el tiempo quedó claro que él ya tenía una relación y que Morgan siempre sería la otra.

Desde fuera, daba la impresión de que Morgan lo tenía todo: el físico, la carrera profesional, el matrimonio. Pero lo cierto era que vivía su vida a base de ratos robados, breves periodos de atención entre dosis y dosis de Jesse. Morgan había pasado años enamorada platónicamente de él; después, al conocerlo, cuando descubrió que tenía problemas, decidió que estaba mejor preparada que nadie para ayudarlo a superarlos.

El padre de Morgan también había sido un hombre de talento, pero distante. Acostumbrada desde la infancia a esperar al momento adecuado para pedir un poco de cariño, sabiendo que si calculaba mal solo recibiría frialdad y desprecio, Morgan había cultivado las destrezas necesarias para vivir con un temperamento difícil.

Su psicoanalista en ocasiones usaba expresiones como «consentidora» y «vampirismo emocional», pero, tal y como lo veía Morgan, eso no eran más que cualidades especiales que habían encontrado acomodo en ella. Cuando se enteró de los hábitos de Jesse, se lo tomó con filosofía. Muchas personas tenían problemas; eso no era motivo para rechazar a alguien que, en todos los demás aspectos, era un gran partido. Cuando él le dijo que quería estar con ella para siempre, Morgan lo creyó.

Ahora su existencia se organizaba alrededor de «quizá cuando». Quizá cuando Jesse termine el álbum se dará cuenta de que tiene que parar. Quizá cuando nos casemos querrá parar. Quizá cuando abra el club. Quizá cuando gane un Grammy.

Cada una de estas metas alimentaba las esperanzas de Morgan; pero a medida que iban quedando atrás sin indicio alguno de cambio, justificar su optimismo se fue haciendo más y más difícil. Los «quizá cuando» se volvieron sombríos. Quizá cuando me marche una semana sin decirle dónde voy. Quizá cuando me vaya para siempre.

Los Lost Cause empezaron a tocar «Sea Runner», un tema movido que solía durar nueve minutos. Era casi la una de la madrugada; la mayoría de los VIP se habían ido a otras fiestas. Una de las razones por las que Morgan había querido abrir un club nocturno en la isla, en lugar de en Nueva York, era que allí los locales cerraban a las dos. Eso le dejaba tiempo para estar un rato con los artistas una vez que habían terminado de actuar. Disfrutaba con todo lo que entrañaba gestionar un local de música, desde probar el sonido a preparar el escenario.

Como le pasaba con casi todo, a Jesse le había gustado más la idea de abrir el club que el club en sí. Solían hacer acto de presencia sobre las once de la noche; la posibilidad de ver a Jesse era un gran incentivo para el público y ambos entendían que formaba parte de la inversión. Pero los paseos por el club se habían convertido en una obligación y les procuraban escaso placer; en cuanto tenía ocasión, él se escabullía para pincharse.

Morgan lo imaginaba ahora, tumbado en la oficina detrás del escenario, desplomado en el sofá de cuero verde con un torniquete hecho con una goma en el brazo. Las primeras veces que lo vio así, había sentido tanta repulsión que dudó que fuese capaz de soportarlo. Pero después Jesse la había mirado con esos ojos suyos y Morgan se había enamorado todavía más y había sentido que estaba llamada a ayudarlo en aquel trance, a creer en él cuando le decía lo avergonzado que se sentía y lo mucho que deseaba dejarlo.

Aquello estaba muy lejos de un polvo apasionado en un cuarto de baño, algo que Morgan presentía que estaba haciendo en aquel momento la pareja de isleños.

Dio una última calada al pitillo, miró la colilla zigzaguear igual que un pez tetra rojo en la luz azul del local y disfrutó de la voz de Malinda King trepar por las colinas y los valles de «Sea Runner». Al expulsar el humo, tosió y le sorprendió la cantidad que tenía en los pulmones. Se le llenaron los ojos de lágrimas. Apagó el cigarrillo en la barandilla de la galería.

A su alrededor, la gente también había empezado a toser. Morgan escudriñó el piso de abajo a través de la penumbra. El Silo tenía una máquina de humo que en ocasiones se usaba para dar sensación de que el local estaba lleno una vez la gente empezaba a irse. Morgan fue al intercomunicador y llamó al bar del piso de abajo. Contestó el encargado, Dennis.

—Hola —dijo Morgan—. ¿Está encendida la máquina de humo?

Antes de que a Dennis le diera tiempo a contestar, el micrófono del escenario chirrió cuando Malinda empezó a toser con sus potentes pulmones. La banda siguió tocando, a la espera de que se recuperara. Entonces el batería salió de detrás de los tambores y miró con aspecto asustado a la derecha del escenario.

—¡Fuego! —gritó.

Morgan se puso rígida.

—¡Encended las luces! —dijo—. ¡Llamad a los bomberos!

Colgó el teléfono y corrió escaleras abajo.

La gente estaba borracha y no entendía lo que ocurría. A su alrededor, las personas movían la cabeza de un lado a otro, igual que roedores confundidos por su propia sombra.

Morgan estaba cruzando la pista de baile cuando se encendieron las luces. Las vigas y la galería se habían llenado de humo negro, oscuras columnas que se esparcían por la sala igual que tentáculos.

Al ver aquello, las pupilas se dilataron y los despistados reaccionaron. La banda echó a correr, encabezando la avalancha en dirección a la puerta delantera.

Sin la música, empezó a oírse un crujido; a continuación, algo que se rasgaba: el telón del fondo del escenario comenzó a arder y entre los pliegues aparecieron agujeros carmesí igual que bocas abiertas.

—Tienes que salir —dijo Dennis cogiendo a Morgan del brazo.

—Creo que Jesse está ahí detrás —respondió ella soltándose.

La gente a su alrededor gritaba mientras Morgan corría entre bastidores con Dennis pisándole los talones.

La puerta de la oficina estaba cerrada. A Morgan le temblaban las manos mientras probaba distintas llaves de un llavero, deseando que la adecuada saliera sola.

—Déjame a mí —dijo Dennis y metió su llave en el cerrojo y empujó el picaporte con la mano envuelta en la camisa.

Salió humo negro y Morgan entró a toda prisa y estuvo a punto de tropezar con dos pies de gran tamaño.

Jesse estaba inconsciente en el suelo. Algo no iba bien; incluso cuando estaba muy colocado, siempre respondía con un sonido o un pequeño gesto. Morgan y Dennis lo sentaron y de su boca salió una sustancia espumosa. La cabeza cayó hacia atrás, flácida como la de una muñeca de trapo.

—¿Está...?

Dennis negó con la cabeza. Estaba vivo.

La habitación se había llenado casi por completo de humo; era posible que caer al suelo le hubiera salvado la vida. Se pegaron todo lo posible al suelo de la oficina y lo sacaron a rastras. El pánico subió por el pecho de Morgan; la piel de Jesse parecía de goma, sus huesos pesaban como plomo.

—Hay que llevarlo al hospital —dijo Dennis.

Pero ir a un hospital no era una opción. La gente no podía ver a Jesse Reid en aquel estado: lo acusarían de posesión de estupefacientes y la prensa lo despellejaría. Habían hablado de qué hacer si se presentaba una situación así. Un nombre le vino a Morgan a la cabeza.

—Vamos a sacarlo por la puerta de atrás —dijo.

48

Grace y Jane se habían quedado dormidas cubiertas de envoltorios de chocolatinas viendo un maratón de *I Love Lucy*. Cuando las despertó el teléfono, la emisora había terminado su programación. Grace se movió para contestar y su silueta se recortó contra un fondo de vibrantes franjas color neón.

—¿Sí? —dijo. El reloj sobre el fregadero marcaba las dos y cinco de la madrugada—. Soy Grace.

Jane se enderezó y apagó el televisor. Vio cómo su tía daba un respingo.

—Pues claro que me acuerdo de Jesse —contestó.

Jane sintió que faltaba oxígeno en la habitación. La expresión de Grace era cada vez menos somnolienta, a medida que escuchaba a la persona al otro lado de la línea de teléfono.

—Deberíais llevarlo al hospital —dijo Grace. Una pausa—. Lo entiendo. —De nuevo silencio—. Sí —dijo—. Sí, ¿qué dirección es? —Cogió un lapicero de una lata junto al teléfono y apuntó la respuesta—. Llegaré en veinticinco minutos. Tumbadlo de costado.

Grace colgó el teléfono. Estuvo callada un momento. A continuación, miró a Jane.

—Era Morgan Vidal. Jesse ha tenido una sobredosis.

El corazón de Jane empezó a latir con fuerza. Su tía ya iba hacia la puerta. Cogió su maletín de emergencias del recibidor.

—Acompáñame, Jane. Te necesito —dijo Grace y cogió las llaves que colgaban de un gancho junto al interruptor de la luz.

Jane se plantó a su lado en tres zancadas.

—Déjame conducir —pidió.

Mientras circulaban hacia el norte de la isla a toda velocidad, Grace le dio detalles.

—Ha habido un incendio en el Silo —le contó—. Todas las carreteras principales están cortadas.

Aunque Tejas Grises estaba diez minutos más cerca de la Choza que los servicios de emergencias de la isla, puesto que había mucho tráfico, existía la posibilidad de que tardaran incluso veinte minutos menos que una ambulancia.

—Ahora mismo, cada segundo cuenta —dijo Grace.

Jane se saltó un semáforo en rojo mientras su tía buscaba cosas en su maletín para irse preparando.

—¿Qué va a pasar? —preguntó mirando a Grace de reojo mientras esta llenaba una jeringuilla y expulsaba el exceso de líquido.

—Puede que la naxolona consiga contrarrestar la sobredosis, de momento —explicó Grace—. Su efecto no dura tanto como el de la heroína, así que, aunque funcione, tendremos que seguir administrándosela. Por lo que me han dicho, tengo la impresión de que tomó alguna cosa más. Tendremos que hacerle un lavado de estómago.

Jane tragó saliva. Había asistido en aquel procedimiento varias veces desde que trabajaba en el Cedar; su papel sería mínimo, pero la idea de tener que ver a Jesse pasar por algo así la hizo temblar.

—¿Se va a poner bien? —preguntó.

—No lo sé, Jane. No sé cuándo se inyectó ni qué cantidad, ni de qué exactamente. Tampoco sé si ha sufrido quemaduras.

Jane mantuvo la vista fija en la carretera. Sabía que el complejo en el que vivían Jesse y Morgan estaba contiguo al Silo, pero no conocían la entrada secreta desde la que se accedía. Al acercarse al club oyeron bocinas de coches atascados en dirección contraria al incendio; Jane distinguió a lo lejos una bruma roja y azul, espesa como una mancha de pintura al pastel.

—Tuerce a la derecha en Holmes Farm —le indicó Grace.

La adrenalina de Jane subió cuando dejaron la carretera principal y el atasco de tráfico. Los faros del coche atravesaron la oscuridad y las ruedas rebotaron en el suelo sin asfaltar. La propiedad estaba tan apartada como había querido Jesse.

Una luz parpadeaba entre los árboles igual que un espíritu señalándoles el camino. Cuando Jane guio el coche hasta un claro, vieron un farol a los pies de un edificio enorme y oscuro.

Se abrió una puerta y Morgan Vidal salió y se situó debajo de la luz.

—Manos a la obra —dijo Grace.

Jane aminoró la marcha, su tía bajó a toda prisa del coche y corrió hacia Morgan. Jane aparcó y sacó una nevera portátil llena de suministros médicos de emergencia del maletero.

Cuando sus ojos se acostumbraron a la oscuridad, estudió la casa. Era una quimera. Estilos arquitectónicos distintos (como grandes puertas de granero o una torreta de aspecto medieval) se había combinado de una manera que acentuó la sensación que tenía Jane de estar viviendo una pesadilla de cuento de hadas.

La cocina era mitad villa toscana, mitad despensa rústica. Cuando Jane entró, oyó la voz de Morgan desde algún lejano rincón de la casa. Pasó bajo un enrejado de relucientes sartenes de cobre y salió al pasillo en penumbra. Con el corazón a mil por hora, siguió una luz que provenía de un salón de estilo palaciego.

Jesse estaba en el suelo, tumbado sobre una sábana. Estaba flaco y pálido y tan quieto que a Jane se le contrajeron los pulmones. Aquella persona con tanta música dentro estaba ahora ante ella muda y rota. Jane se sobrepuso. Hasta que no terminaran su trabajo, tenía que pensar en Jesse como un instrumento que hacía falta reparar y nada más.

—Jane —dijo Morgan—, ¿qué haces aquí?

—Tiene la formación necesaria para hacer un lavado gástrico. La he traído para que me ayude —explicó Grace arrodillándose junto a Jesse y poniéndose unos guantes de látex.

Morgan dio la impresión de ir a discutir, pero entonces Grace sacó una jeringuilla con naxolona y dio un golpecito a la punta de la aguja. Levantó el brazo de Jesse y buscó una vena buena.

—Jane, tijeras —pidió.

Ella buscó en el maletín de Grace y sacó unas.

—¿Qué vais a hacer? —preguntó Morgan.

Grace cortó la pernera de los vaqueros de Jesse. Jane apartó la vista cuando Grace le insertó la aguja en el muslo.

Pasó un momento. Otro. Entonces los párpados de Jesse empezaron a temblar. Jane dejó la nevera portátil a sus pies y se puso unos guantes.

—Vamos a incorporarlo —ordenó Grace.

El hombre que estaba con Morgan se agachó y ayudó a sujetar a Jesse. Morgan acercó una otomana de tela de *chintz* para que pudiera apoyarse y estar erguido.

—Jesse, cariño, no te duermas —dijo Grace.

Le hizo una señal a Jane, quien le pasó un frasco de espray antiséptico. Grace le abrió la boca a Jesse y este emitió un ruido que recordaba al llanto de un niño. Jane empezó a lubricar el tubo de succión.

—¿Cómo te llamabas?

—Dennis.

—Sujétalo —dijo Grace.

Administró el espray y se lo devolvió a Jane, quien le dio el tubo.

—Jesse, cariño, voy a necesitar que tragues.

Morgan miraba desde detrás de la otomana en angustiado silencio. Jane la buscó con la mirada.

—¿Tienes un cubo? —preguntó—. ¿O una cacerola?

Morgan asintió con la cabeza y salió de la habitación.

—Abre, Jesse —le pidió Grace—. Así, cariño. Ya lo sé, ya lo sé…

Jane se dio media vuelta y empezó a llenar jeringas de cien mililitros con solución salina. A su espalda oía a Jesse patalear contra el suelo mientras Grace le metía el tubo por la garganta centímetro a centímetro. Jane se estremeció. Por lo menos se movía.

—Lo sé, cariño —dijo Grace—. Lo sé.

Morgan volvió y dejó una cazuela de hervir langosta al lado de Jane. Saltaba a la vista que era un regalo de bodas. Se quedó mirando a Jesse, paralizada. Jane recordó la primera vez que había visto a su madre sedada y se apiadó de ella. En aquel momento le resultaba más fácil centrarse en Morgan que en Jesse.

—Ya casi está —explicó Grace—. Jane.

Morgan retrocedió cuando Jane le dio a su tía un estetoscopio y una jeringuilla vacía. Grace insertó la jeringuilla en el tubo e inyectó aire en el estómago de Jesse; luego escuchó con el estetoscopio.

—Ha entrado —dijo.

Soltó la jeringa vacía y Jane le pasó otra llena de solución salina. Despacio, Grace fue inyectando el líquido en el estómago de Jesse para desalojar el contenido tóxico de este. Cuando sacó el émbolo, el tubo se llenó de un fluido amarillo de aspecto indefinido.

Grace soltó la jeringa y Jane le dio otra y vació el contenido del estómago en la cazuela con una salpicadura metálica. Volvió a llenar la jeringa con solución salina.

Trabajaron a este ritmo hasta que el tubo de la jeringa se llenó del líquido claro que habían estado metiendo en el estómago de Jesse.

—Jane —pidió Grace. Ella le pasó una bolsa de suero. Jesse gimió—. Tranquilo, cariño —dijo.

Dennis y Grace llevaron a Jesse al sofá y esta le cogió una vía en el muslo. Jane le pasó un portasueros metálico y colgaron la bolsa.

Cuando ambas retrocedieron, Morgan se agachó junto a Jesse y empezó a murmurarle al oído.

Grace le puso una mano en el hombro a Jane, quien no conseguía apartar la vista de Jesse. Todavía no estaba fuera de peligro; no sabían si la naxolona había funcionado, y era posible que se hubiera deshidratado por completo, lo que desencadenaría toda una serie de problemas nuevos. Solo quería verlo abrir los ojos. Por desgracia, el temblor de sus párpados parecía disminuir.

—Grace —dijo Morgan nerviosa.

—Ya lo veo —respondió esta—. Jane, gracias. ¿Por qué no te llevas todo esto?

Jane empezó a guardar los residuos biológicos en una bolsa especial mientras su tía buscaba en su maletín y preparaba una segunda inyección de naxolona. Cuando salía de la habitación, Jane oyó cómo Grace se ponía unos guantes limpios.

Se sentó en la ranchera y escuchó a los grillos al otro lado de la ventanilla.

Cerró los ojos y pensó en el joven triste y hermoso que un día le declaró su amor. Hubo un breve momento en que Jane podía haber sido la dueña de aquella mansión; había pasado mucho tiempo lamentándose por ello. Imaginó lo distinto que habría sido todo si los dos siguieran juntos. Habrían formado una pareja mucho más feliz, mucho más unida.

«No hay luz sin oscuridad».

Jane encendió un cigarrillo con manos temblorosas.

Lo que no lograba imaginar era un escenario en el que Jesse no se drogara. Por mucho que cambiara los detalles en su cabeza, él siempre era un adicto.

Suspiró.

Oyó golpecitos en la ventanilla. Levantó la vista y vio a Morgan.

—¿Puedo entrar? —preguntó ella.

—Por favor —dijo Jane.

Morgan se sentó en el asiento del pasajero. Jane reparó en su pelo encrespado y los ojos inyectados en sangre; pero incluso en aquellas circunstancias, Morgan conservaba su glamour. Le ofreció un cigarrillo y Morgan lo aceptó.

—Quería darte las gracias —comenzó.

Jane le pasó el mechero.

—Por favor, no lo hagas.

Morgan encendió su cigarrillo.

—Tu tía es maravillosa —dijo al cabo de un instante. Sus elegantes dedos se cerraron alrededor de su deliberadamente sencilla alianza de oro, deslizándola una y otra vez hacia el nudillo—. Cuando conocí a Jesse me contaba historias sobre ella. Siempre hablaba de las Quinn y de Regent's Cove. Recuerdo que cuando empezamos a construir esta casa decía: «Quiero que se parezca a la de las Quinn». Hasta que un día caí en la cuenta de que las Quinn de Regent's Cove eran la familia de Jane Quinn y entonces dejó de contarme cosas. ¿Te acuerdas del día que nos conocimos? —preguntó—. ¿La primera vez que nos vimos en la Choza? —Jane asintió con la cabeza, sorprendida de que Morgan se acordara—. Recuerdo pensar: «Joder, qué guapa es, se va a enamorar de ella». Creo que nunca ha dejado de quererte. No del todo —Jane se puso tensa, Morgan siguió hablando—. Creo que no fui consciente de hasta qué punto era así hasta la inauguración del Silo. Nunca hemos actuado de esa manera, ni antes de aquella noche ni después. Estoy segura de que fue porque tú estabas entre el público. Me dije que no debía sentirme amenazada por ello, que habías tenido tu oportunidad y la habías dejado escapar. —Morgan negó con la cabeza—. Qué superior me sentía... Incluso cuando las cosas empezaron a ir mal, pensaba: «Por lo menos no soy Jane Quinn». Por lo menos no pasé por alto la oportunidad de estar con Jesse Reid. Como si soportar esta situación fuera un honor. —Hablaba con los ojos brillantes de lágrimas—. Estoy tan cansada, Jane. Dos años de matrimonio y ya tengo la impresión de ser una mujer de mediana edad. Vivo angustiada, siempre con la preocupación de que pase lo de hoy. Y ahora que por fin ha sido así, me siento casi... aliviada. ¿Y si Jesse no se recupera y mi primera reacción ha sido de alivio?

—Se va a poner bien —aseguró Jane.

«Tiene que ponerse bien».

—¿Hasta cuándo? —dijo Morgan—. ¿Hasta la próxima sobredosis? Yo no quiero eso. No quiero que mi vida sea esto.

Jane guardó silencio mientras Morgan lloraba. No sabía qué decir. Por primera vez en mucho tiempo, pensó que tampoco ella quería eso en su vida.

49

A Jane la despertaron los golpecitos de Grace en la ventanilla. Morgan se había ido y la luz diurna se filtraba entre los árboles en haces blancos. Su tía tenía la camisa cubierta de manchas de distintos colores y los ojos hinchados, pero cuando ocupó el asiento del pasajero su expresión era tranquila.

—Está estable —dijo—. He llamado a Betty para que me sustituya.

Jane vio que había un nuevo coche a la entrada de la casa. No arrancó el motor; quería entrar y comprobar por sí misma la situación.

—Es hora de irnos, Jane —dijo Grace—. Se va a poner bien.

Mientras volvían a Regent's Cove, Grace aventuró que Jesse debía de haberse inyectado justo cuando empezaba el incendio. Su supervivencia dependía de factores que nadie habría podido ni prever ni controlar.

—Ha tenido mucha suerte —sostuvo—. Creo que no he conocido a un hombre más afortunado.

El Silo no había salido tan bien parado. Cuando Jane y Grace entraron en la cocina, se encontraron a Elsie mirando una fotografía del club quemado hasta los cimientos en la primera página de *The Island Gazette*. El departamento de bomberos sospechaba que el fuego había empezado por un cigarrillo mal apagado; cuando llegaron, en menos de diez minutos, el tejado ya había prendido. Para cuando lograron contener las llamas, la estructura del edificio se había derrumbado.

Aquella había sido la gota que colmaba el vaso para Morgan. Cuando Grace fue a comprobar cómo seguía Jesse, se la había encontrado implorándole que ingresara en un centro de rehabilitación. Él se había negado en redondo.

—Necesitas cuidados especializados —decía Morgan con tono desesperado—. Yo no… No puedo hacerme cargo. Tengo que trabajar.

Acto seguido, llamó al doctor Reid, quien pasó a recoger a su hijo. Grace ayudó a Jesse a instalarse en el asiento delantero del BMW de su padre. Sujetaba la bolsa de suero intravenoso igual que un niño que ha ganado un pez de colores en una feria campestre.

—¿Viene con nosotros? —preguntó al doctor Reid a Grace por la ventanilla del coche.

Ella asintió con la cabeza y los siguió hasta la Choza. Unas horas después, Morgan cogió un avión a Nueva York.

Aquella noche, cuando Jane bajó de su habitación se encontró a Elsie y a Grace hablando en susurros en el porche. Por entre las ramas sin podar de los lilos volaban luciérnagas. Se detuvo en el recibidor y escuchó sin ser vista.

—El doctor Reid le está dando metadona para mitigar el síndrome de abstinencia, pero necesita tratamiento —dijo Grace—. Una vez empiece a estar deprimido, no habrá nada que le impida volver a las andadas o hacer algo peor.

—Tiene que estar asustado —supuso Elsie—. Quizá demasiado para reconocer la gravedad de la situación. ¿No hay nadie en quien confíe que pueda hacérselo comprender?

—Su padre lo quiere mucho, pero es demasiado brusco —apuntó Grace.

—¿Y algún amigo? —preguntó Elsie.

Grace chasqueó la lengua.

—La gente del mundo del espectáculo es muy falsa. Además, cuando se trata de una enfermedad mental, miran para otro lado. No quieren ver la realidad.

Elsie pareció pensar.

—¿Cómo lo superó hace unos cuantos veranos? Entonces su condición física era incluso peor.

—Creo que fue gracias a Jane —respondió Grace—. Y creo que sigue siendo así. Cuando se despertó ayer por la mañana y me vio, dijo su nombre y se echó a llorar.

Jane contuvo la respiración.

—Me da pena el chico —dijo Elsie—, pero Jane está empezando a superar la ruptura. Esto no es responsabilidad suya.

—Ya lo sé —apuntó su tía—. Ya lo sé. Pero es que… Mamá, puede que no sobreviva.

Jane se dio cuenta de que Grace lloraba. Elsie le pasó un brazo por los hombros.

—Grace —dijo—, tampoco es responsabilidad tuya.

Jane nunca había visto a su tía llorar ni a su abuela ejercer de madre con ella. Retrocedió hacia el pasillo y miró su reflejo en el espejo del recibidor.

Jesse estaba en verdadero peligro.

Aquella noche, Jane dio vueltas en la cama preguntándose qué pasaría si se presentaba en la Choza. Habían transcurrido dos años desde que rompieron. Eran muchas las cosas que habían cambiado, pero en aquel momento se sintió como si no fuera así. Recordó las palabras que le había dicho Jesse en Navidad.

«Pero cuantas más vueltas le daba, más evidente me parecía que solo tenía que coger el coche y venir. Así que eso he hecho».

A la mañana siguiente, Jane desayunó, se subió en el coche con la intención de ir a ver a Maggie y en lugar de eso fue a la Choza. No tenía ningún plan, solo la convicción de estar cumpliendo con su deber. El viaje hasta allí le resultó lógico y conocido; ¿cuántas veces había hecho aquel trayecto mentalmente?

Se detuvo en la garita de seguridad y, cuando aparcó delante de la casa, el doctor Reid salió a recibirla.

—Jane —saludó con una cordialidad que la sorprendió.

El hombre imponente que recordaba de años atrás había sido reemplazado por un anciano aterrorizado por su hijo. Se le ocurrió a Jane que tal vez siempre había sido así, solo que ella no había sido capaz de verlo.

El doctor Reid la condujo cruzando el cuarto de estar hasta el porche trasero, que daba al jardín. Por las puertas acristaladas, Jane vio a Jesse sentado en una butaca de mimbre.

—Jesse —anunció el doctor Reid—, tienes visita.

Cuando Jane salió al porche, él se incorporó un poco. Sus ojos se encontraron con los de ella y a continuación la rehuyeron.

—Os dejo solos.

El doctor Reid desapareció dentro de la casa.

Jesse estaba demacrado; tenía grandes ojeras violetas y los brazos llenos de cardenales. Jane se fijó en que ya no tenía el gotero. En una mano sostenía un cigarrillo.

—¿Me das uno? —preguntó.

Él no se movió y Jane empezó a preguntarse si ir hasta allí no había sido una equivocación. Entonces Jesse empujó la cajetilla de tabaco y las cerillas hacia ella.

—Supongo que es lo menos que puedo hacer. —Levantó la vista—. Gracias.

—Me alegro de verte —dijo Jane al cabo de un instante.

Jesse apartó la mirada.

Ella encendió un cigarrillo y dio una calada. Era un día neblinoso y hacía bochorno. El porche parecía retener el sol igual que una parrilla; Jane vio una capa de sudor en la frente de Jesse.

—¿Puedes caminar? —preguntó.

Jesse la miró y a continuación al jardín. Asintió con la cabeza.

—¿Te importa…?

Se apoyó en los brazos de la silla para levantarse y Jane lo sujetó. Lo ayudó a bajar las escaleras y Jesse se apoyó en ella para cruzar la extensión de césped. Olía a etanol, pero también a él. Sin mediar palabra, se dirigieron hacia un pequeño sendero arbolado que Jane recordaba de veranos anteriores.

Bajo la bóveda de hojas, Jesse pareció respirar con más facilidad. Caminaron juntos escuchando los sonidos del bosque, siguiendo el curso de un riachuelo hasta llegar a un puente. Una vez allí, se detuvieron para que Jesse pudiera apoyarse en la barandilla. Soltó el brazo de Jane, encendió otro cigarrillo y los dos se lo fueron pasando y fumando en silencio. Por fin, habló.

—¿Por qué has venido?

Jane tragó saliva.

—Quería asegurarme de que estabas bien.

Jesse la miró con suspicacia.

—Has venido para convencerme de que vaya a un centro de rehabilitación —dijo—. ¿Te ha pedido alguien que lo hagas? ¿Mi padre? —Jane no dijo nada. Jesse dejó escapar un gruñido de impaciencia—. No sé si te acuerdas de que mis experiencias ingresado en instituciones no han sido precisamente buenas —añadió y la expresión de su cara se cerró igual que un puente levadizo.

Jane reaccionó de manera instintiva.

—No sé si te acuerdas de que precisamente yo conozco bastante bien cómo funcionan esos sitios. —Jesse levantó la vista y esperó a que Jane siguiera hablando—. Espero que sepas que no fue nada personal —dijo—. No era mi intención engañarte.

Jesse se miró los cardenales del brazo.

—Probablemente pensabas que me lo merecía —dijo.

—Jamás he pensado eso —negó Jane—. Quería... Quería contártelo.

—Sí, claro.

—De verdad —le aseguró—. La noche que me invitaste a ir de gira contigo estuve a punto.

Jesse la miró.

—Y... ¿qué pasó?

Jane lo miró.

—Pasó que me besaste.

Los ojos de Jesse se posaron involuntariamente en la boca de Jane y los apartó enseguida.

—Tuviste más oportunidades después.

—Y lo intenté en más ocasiones.

La mirada de Jesse la taladró.

—¿Por ejemplo? —dijo.

Jane tomó aire. Había ocurrido hace tanto tiempo que se preguntó si sería capaz de recordar.

—En Chicago —dijo—, cuando la mujer aquella del club de vinos.

—¿La que lanzó la copa al escenario? —preguntó Jesse.

Jane asintió con la cabeza.

—La noche que mi madre tuvo el brote, arrojó una botella al escenario durante el Folk Fest. A Tommy Patton.

Jesse pestañeó, dando muestras de comprender.

—Me acuerdo de que empezaste a contarme algo en la salida de artistas —dijo.

—Quería hablarte de Charlie —dijo Jane—. Había... Llevaba semanas queriendo contártelo, pero me faltó valor.

Jesse la miraba con expresión inescrutable.

—Luego en Navidad —añadió Jane.

Los ojos de Jesse brillaron a pesar suyo al comprender una vez más.

—Por eso te afectó tanto que Tommy Patton no te reconociera —dijo—. Temiste que lo de «Lilac Waltz» fuera un delirio de tu madre.

Jane asintió con la cabeza.

—Aquella noche estuve a punto, más que en ningún otro momento —explicó—, pero cuando llevas tanto tiempo viviendo con un secreto… no es fácil encontrar las palabras.

—En «Ursa Major» sí las encontraste —dijo Jesse.

Jane se colocó un mechón de pelo detrás de la oreja.

—Sí —respondió.

—Noches convertidas «en cucharas» —dijo Jesse—. Y yo convencido de que hablaba de mí.

—Y así es —confirmó Jane—, pero en su momento no me di cuenta. —Jesse abrió más los ojos al oír aquello—. Había muchas cosas que me había ocultado a mí misma. Era tanto lo que tenía encima que no soportaba mirarlo de frente, así que… salió de manera indirecta a través de mis canciones. Creía… Creía que «Ursa Major» era sobre Charlie. Hasta más tarde no empecé a comprender de lo que en realidad hablaba la canción. —Jesse la miró con curiosidad—. «Señales estrelladas que reflejan». Esas no somos Charlie y yo —explicó Jane—. Sois Charlie y tú. Una de las razones por la que siento esta conexión tan fuerte contigo es que… eres como ella. Quiero decir que los dos sois originales, tenéis talento, sois…

La expresión de Jesse se ensombreció.

—Inestables.

Jane frunció el ceño.

—Fuiste mi inspiración —dijo. Él dejó escapar un pequeño suspiro—. Lo que pasa es que yo no estaba preparada —continuó Jane—. He necesitado años y distancia para comprender lo unida que estaba a Charlie y a su loco universo. Era un lugar triste, pero dentro de él me sentía segura en el aspecto de que, por mucho que me esforzara en arreglar las cosas, sabía cómo terminarían. Tú en cambio eras distinto —dijo—. Eras peligroso.

Jesse rio.

—¿Peligroso en qué sentido?

Jane suspiró.

—Eras peligroso porque contigo sí podía tener esperanza —afirmó—. Y cuando descubrí lo que te estabas haciendo me vi a mí misma esperando durante años aferrada a esa esperanza y... tuve que irme.

Por un momento Jane pensó que Jesse estaba enfadado. Entonces este bajó la vista.

—Tenías razón —dijo—. Habrías tenido que esperarme.

Una ráfaga de viento agitó los árboles.

—Desde que murió mi madre me cuesta aceptar que yo estoy aquí y ella no —explicó Jesse—. Ojalá la hubieras conocido, Jane. Su luz, su bondad... Nunca he logrado comprender que ella muriera y yo no. —Se frotó la barbilla—. Cuando te conocí, me pareció que brillabas. Quería cuidarte... como para compensar no haber podido cuidar de ella. —Sonrió débilmente—. Pero tú no estabas dispuesta —siguió diciendo—. Así eres tú. La única persona que nunca parecía querer nada de mí. —Arrugó el ceño—. He hecho cosas de las que no me enorgullezco. Nunca debería haberme casado con Morgan. Parte de mí quería creer que saldría bien, pero en mi fuero interno sabía que no sería así. Lo hice solo porque la discográfica me lo dijo y porque tú no querías ser mi mujer. —Jane se ruborizó—. Aquella noche en el Silo —continuó Jesse—, estaba furioso. Furioso porque me hubieras mentido, pero, en realidad, furioso porque me hubieras rechazado. Quería hacer que te arrepintieras. Cantar esa canción con Morgan fue una crueldad. Y las cosas que te dije luego... —Negó la cabeza—. Y lo peor es que me pasé el resto de la noche pensando: «¿Se habrá ido con Hannibal Fang»? —Carraspeó—. Hasta que no desapareciste no empecé a darme cuenta de lo injusto que había sido —dijo—. Te había puesto en un pedestal sobre el que no podía vivir nadie de carne y hueso.

A Jane le ardían las mejillas.

—Y ahora ya sabes que soy una persona más —dijo.

Jesse arrugó el ceño.

—No —replicó—, para mí nunca serás una persona más. —Por un momento, la brisa se calmó—. Durante un tiempo, pensé que se había terminado —siguió diciendo Jesse—, pero entonces te oí cantar «Wallflower» y... Estoy loco por ti. Pensé: «Tengo que mantenerme alejado, de lo contrario no voy a poder ser un buen marido».

Jane tenía la boca seca.

—Cuando canté eso venía de pasarlo muy mal —aclaró—. Todo lo que dijiste de la discográfica se había hecho realidad. Me sentía derrotada. No veía salida. —Jesse la miró con sus ojos azul brillante y Jane pensó de nuevo en lo guapo que le parecía: sorprendente y familiar al mismo tiempo—. Aquella noche iba a tocar «Spring Fling», pero cuando te vi me sentí...

Se llevó la mano al estómago.

—¿Cómo? —preguntó Jesse.

Jane tragó saliva.

—Feliz —dijo—. Siempre me hacías sentir feliz.

Jesse dio un paso hacia ella.

Jane suspiró.

—Me miraste y pensé: «¡A tomar por culo!». —Jane miró a Jesse a la cara. La luz cambió y, por un momento, lo vio recuperado, fuerte y joven—. Cómo te he echado de menos.

—Ay, Jane —suspiró Jesse.

Sus dedos se cerraron alrededor de los de ella. Se inclinó de modo que las frentes de ambos se tocaron. Jane cerró los ojos y se permitió vivir por un momento en un mundo donde solo existían ellos. Donde estaban juntos y, por esa razón, nada más importaba.

Se quedaron así hasta que se levantó otra vez la brisa. Cuando Jane abrió los ojos vio que el sol se había desplazado y Jesse había empezado a sudar. El miedo le puso la carne de gallina.

Jesse no estaba bien.

Fríos zarcillos de temor serpentearon dentro de su pecho, oprimiéndola más y más.

«Por favor, no me dejes sola».

Jane se echó a llorar. Jesse la estrechó en sus brazos y dejó que sus lágrimas le empaparan la camisa.

—No quiero que te mueras —suplicó Jane.

La sangre empezó a latirle en los oídos llenándolos de un sonido indefinible. Cuando su llanto cedió, volvió a oír el susurro de las hojas. Dio un paso atrás. Jesse estudió el rastro de las lágrimas en su cara y a continuación las secó con los dedos. Cogió la mano de Jane.

—Lo que me preocupa no es desintoxicarme —dijo—. Es lo que viene después, cuando esté solo, atrapado en mi cerebro, cada día, hasta el resto de mi vida.

A Jane se le aceleró el corazón. Jesse estaba bajando el puente levadizo.

—No puedes saber cómo va a ser —rebatió—. No lo sabes. Podrías perfectamente llegar a ser un anciano que recuerda su vida maravillado.

Jesse negó con la cabeza.

—No creo que viva tanto tiempo.

Jane dio un respingo.

—Solo estoy siendo sincero —explicó Jesse—. Cada día que me levante de la cama, será otro día en que tenga que enfrentarme a esto. Será una lucha sin descanso. ¿Por qué intentarlo siquiera?

Jane recordó la noche que había pasado bajo las estrellas, aterrada por la idea de enfrentarse a sí misma. Apretó la mano de Jesse.

—Porque puedes —dijo—. Porque la capacidad de lucha es un don.

Jane notó la energía de la isla vibrando alrededor de los dos, la sal en el aire, la luz tenue de la tierra. Había música en el viento, simples acordes esperando ser tejidos en armonías. Miró a Jesse los ojos y supo que él también los oía.

Estuvieron así un largo instante, escuchando juntos la melodía de los árboles. Luego, despacio, dejaron el puente y volvieron a la casa.

Cuando Grace llegó al Cedar aquella noche, la sala del personal era un hervidero; Jesse Reid acababa de ingresar para una cura de desintoxicación.

50

The Island Gazette
1 de agosto de 2022
Jen Edison

Este domingo tuvo lugar la ceremonia de inauguración del refugio de vida silvestre Parque y Reserva Natural del Silo. Entre los asistentes se encontraban el legatario del parque, Trent Mayhew, así como miembros del Ayuntamiento de Caverswall y una serie de celebridades de la isla vinculadas al legendario Silo.

La dilatada y muchas veces pospuesta creación del parque ha eliminado gran parte de la edificación original, pero el equipo del proyecto ha logrado preservar unos pocos artefactos.

El ojo perspicaz reconocerá la jardinera en el centro del Jardín de Meditación como la araña con forma de rueda de carro, ahora llena de coloridas plantas perennes. La pérgola cubierta de glicinia que desemboca en el jardín de hierbas aromáticas en otro tiempo separaba el camino de entrada de la puerta del club. Y el arenero infantil ocupa lo que antes era el escenario.

La ceremonia se celebró delante de *El espíritu de la canción*, una escultura en hierro del artista local Lou Stranger que representa una clave de sol; en el pedestal se pueden leer los nombres de todas las estrellas de la música que visitaron el club en su fulgurante año de vida, algunas de las cuales asistieron al acto.

Fue notable la ausencia de la dueña original del Silo, Morgan Vidal. «Me emocionaría demasiado —dijo la estrella de setenta y cuatro años, hoy afincada en Nueva York—. Me hace feliz que otras personas disfruten de la propiedad, pero necesito dejar el pasado en el pasado».

Al mediático matrimonio de Vidal con Jesse Reid siguió otro igualmente notorio con el líder de Fair Play, Hannibal Fang. Después de otra década de discos de platino, Vidal se retiró para pasar más tiempo con su familia y ha tenido una segunda carrera profesional como autora de la colección de libros infantiles *Billie la rockera*.

Entre los que sí asistieron a la inauguración se encontraba la ganadora de los premios Emmy, Grammy, Oscar y Tony Loretta Mays, objeto de un biopic estrenado el año pasado con el título de *Safe Passage*. Mays y el también asistente al evento, Jesse Reid, acaban de anunciar una gira en formato íntimo de *Safe Passage* (pueden consultarse los detalles en islandGazette.org).

Los propietarios de Beach Track, Rich Holt y Simon Spector, acudieron en compañía de otros antiguos miembros de la banda de culto los Breakers: Kyle y Greg Ligthfoot y Jane Quinn. «Nunca desaprovechamos la ocasión de reunirnos», dijo Greg Lightfoot, de setenta y cuatro años, quien, junto con su pareja, Maggie Quinn, y sus tres hijas ha sido clave en la fundación de Folk Friends, la ONG que supervisa la producción del Island Folk Fest desde que se reanudó, en 2009.

«El Silo es muy importante en nuestra historia cultural», declaró la directora de cine Ashley Kramer, de sesenta y dos años, quien asistió con su marido, Kyle Lightfoot. Los dos se conocieron cuando Lightfoot compuso la banda sonora de la exitosa distopía de Kramer, *Arena negra*, en 1987 y viajaron a la isla de Bayleen solo para asistir a la inauguración.

Tanto Jane Quinn como Jesse Reid, ambos residentes en la isla, dijeron unas palabras.

La carrera discográfica de Quinn se prolongó durante las décadas de 1970 y 1980. Su cuarto álbum, *Glitter and Grime*, ganó el Grammy al Mejor Álbum y Mejor Sencillo en 1974. Aunque *Glitter and Grime* tuvo más éxito en su día, *Songs in Ursa Major* está considerada la cima de la carrera musical de Quinn. En el año 2000, *The New York Times* lo incluyó entre los veinticinco álbumes que supusieron «un punto de inflexión y un hito en la música popular del siglo xx». Desde entonces sus ventas han superado las de *Glitter and Grime* y ha obtenido tres discos de platino.

Después de colgar el micrófono, Quinn se asoció con la leyenda del soul Lacey Dormon para dirigir la productora feminista Vit & Vim, que definió la revolución de las mujeres en la música pop de finales de la década de 1990. Tras la muerte de Dormon, en 2006, Quinn se retiró a vivir en la isla. Desde aquí continúa su labor como portavoz de Mind Matters, la asociación para la divulgación de las enfermedades mentales fundada por su abuela Lila Charlotte (Elsie) y su tía Grace Quinn a finales de la década de 1970.

«Es un lugar especial —dijo Jane Quinn, de setenta y tres años—. Siempre me recordará a las mujeres que me criaron y me siento feliz de poder compartirlo con mis hijas». La famosa cantante, que nunca se ha casado, asistió a la ceremonia con sus hijas, Lila y Suzie, y su nieta, Caro.

Jesse Reid fue el último en intervenir y, en calidad de antiguo dueño del Silo, el encargado de cortar la cinta.

Como valedor de Mind Matters, Reid rindió homenaje al Hospital y Centro de Rehabilitación Cedar Crescent de la isla, al que llamó «su salvación» durante sus diez años largos de lucha contra su adicción, la que le costó un primer matrimonio con Vidal (entre 1971-1972) y el segundo con la abogada de la industria del entretenimiento Vita Spruce (1979-1981).

Reid consiguió rehabilitarse y encontrar el amor duradero con la isleña Shelby Green, una *coach* de meditación a la que conoció en un retiro de yoga en el norte de la isla en 1987. Han tenido cuatro hijos, de los cuales dos, Alison y Kate, asistieron a la inauguración. Green falleció en 2010 después de una larga lucha contra la ELA, durante la cual Reid permaneció siempre a su lado.

A pesar de los altibajos de su vida personal, Reid nunca ha sacado un álbum que vendiera menos de un millón de copias. Su último trabajo, *Lone Pine: A Jesse Reid Christmas*, saldrá a finales de año en el sello Black Sheep Omnimedia.

En su intervención, Reid citó el apoyo de sus amigos, con mención especial a Quinn y Mays, y también a su antiguo A&R, Willy Lambert, gracias a cuyos criterio y visión de futuro Black Sheep prosperó durante la revolución del cedé y también de la música en *streaming*, antes de la muerte de Lambert en 2012.

«Qué intenso era todo al principio —dijo Reid, de setenta y seis años—. Hoy en cambio solo veo alegría. Actos como el de hoy son importantes, porque quedamos muy pocos para recordar esos tiempos».

Tiempo de mitos, de belleza, de rock and roll.

Después de la ceremonia, Reid y Quinn tuvieron una tranquila charla a la sombra. Han pasado décadas, pero salta a la vista que se profesan un gran cariño. Al verlos ahora, ella con su bastón, él con su gorra, nadie diría que hubo un tiempo en el que fueron dioses.

Agradecimientos

Este libro tiene una familia tan grande y cariñosa que daría para llenar un estadio, pero hay unas cuantas estrellas de rock que merecen ser las primeras en los créditos y a las que profeso rendida admiración.

Gracias a mi inimitable agente y amiga, Susan Golomb, por hacer tan divertido el proceso y por subir a Janie Q al escenario principal, en más de un sentido. Gracias también a Mariah Stovall, Sarah Fornshell, Jessica Berger y al maravilloso equipo de Writers House. ¡Me siento afortunada de tener vuestro apoyo!

Gracias a Jenny Jackson, mi cósmica editora y amiga; tus instructivos comentarios me ayudaron a hacer cosas que no sabía hacer y le dieron brillo a esta historia. He disfrutado de cada minuto que hemos pasado haciendo este libro.

Gracias a mi equipo de Knopf, incluidos Reagan Arthur, Maya Mavjee, Maris Dyer, Erinn Hartman, Demetris Papadimitropoulos, Emily Murphy, Morgan Fenton, Peggy Samedi, Lydia Buechler, Anne Zaroff-Evans, Maria Carella, Kathy Hourigan, Kelly Blair y Dan Novack. Sois magníficos.

Gracias a mi editora del Reino Unido, la encantadora Charlotte Brabbin, y a su equipo de Harper UK. Estoy en deuda también con mis editores internacionales.

Gracias a Sylvie Rabineau, Anastasia Alen y al equipo de WME por llevar de gira promocional *Canciones desde la Osa Mayor* con tanto estilo y elegancia.

Gracias a Anna Pitoniak, Johanna Gustavvson y Emma Parry por vuestras sugerencias y ánimos.

Gracias a mis queridas mentoras Carita Gardiner, Margie Friedman, Lindley Boegehold y Sherry Moore por vuestros consejos y vuestro humor sobre la tarea de escribir, ser una mujer en las redes, la integridad creativa y la naturaleza humana.

Gracias a mi heroína de tantos años, Mandy Moore, cuyo álbum de 2004, *Coverage*, me descubrió a Joni Mitchell.

Gracias a Caroline Hill, domadora de pianos, por dejarme acompañarla en tantos ensayos.

Debo una mención especial a Mental Notes, por enseñarme lo que significa formar parte de una banda de música; en especial a Phoebe Quin, Tom Murphy y Kevin Uy. Gracias a Eric Brodie, por ser la Jane de mi Rich y por llevarme a la mayoría de las localizaciones de la gira de *Painted Lady*.

Gracias a los clanes Brodie, Casey y Garcia por darme tanto cariño y apoyo.

Gracias, mamá, papá, Clara y Ben; supongo que los pájaros vuelan hacia las estrellas y vuestra luz siempre me ha guiado. Papá, gracias por descubrirme *Sweet Baby James* y por tomarme en serio. Clara, gracias por ser mi primera lectora y mi rebelde de confianza. Mamá, tu voz y tus enseñanzas están muy presentes en esta historia; gracias por compartir tu magia conmigo. Ben, tu virtuosismo es leyenda; gracias por dar vida a las canciones de este libro con tu música.

Gracias por encima de todo a mi dulce, cariñoso y brillante marido, Kevin, por hacerme tan feliz y por regalarme tantas buenas ideas. Creo que te lo dije hace un par de septiembres, pero eres mi corona y mi ancla.

Nota de la autora

Este libro está inspirado en los discos producidos en A&M Studios y Sunset Sound a finales de la década de 1960 y principios de la de 1970 bajo sellos como Reprise Records, Ode Records y Warner Bros. Records.

Esto es una obra de ficción. Los nombres, lugares y sucesos descritos son producto de la imaginación de la autora o se usan de manera ficticia. Cualquier parecido con personas reales, vivas o muertas, sucesos o lugares es pura coincidencia.

«A veces las historias
son más reales que la vida».

«Para viajar lejos no hay mejor nave que un libro».

EMILY DICKINSON

Gracias por tu lectura de este libro.

En **penguinlibros.club** encontrarás las mejores
recomendaciones de lectura.

Únete a nuestra comunidad y viaja con nosotros.

penguinlibros.club

 penguinlibros